한국 고전시가 비평사

김진희

연세대학교 국어국문학과를 졸업하고, 같은 대학에서 「송강가사의 수용론적 연구」로 박사학위를 받았다. 이후 고전시가의 비평과 번역 등에 대한 연구를 지속해 오고 있다. 저서 및 역서로 『송강가사의 수용과 맥락』(새문사, 2016), 『지붕 위의 탭댄스—영어로 지은 우리 시조』(박이정, 2016)가 있고, 공저로 『한국고전문학 작품론』(휴머니스트, 2018), 『한국시가 연구사의 성과와 전망』(보고사, 2016) 외 다수가 있다. 미국 하버드대학 옌칭연구소의 객원연구원, 연세대학교 및 서울시립대학교 강사를 거쳐, 현재 아주대학교 다산학부대학 교수로 재직하고 있다.

한국 고전시가 비평사

초판 1쇄 인쇄 2018년 6월 18일
초판 1쇄 발행 2018년 6월 25일

지 은 이 김진희
펴 낸 이 이대현

책임편집 임애정
편   집 이태곤 권분옥 홍혜정 박윤정 문선희 백초혜
디 자 인 안혜진 홍성권
마 케 팅 박태훈 안현진 이승혜

펴 낸 곳 도서출판 역락 / 서울시 서초구 동광로46길 6-6(반포4동 577-25) 문창빌딩 2층(우-06589)
전   화 02-3409-2058 FAX 02-3409-2059
이 메 일 youkrack@hanmail.net
홈페이지 www.youkrackbooks.com
블 로 그 blog.naver.com/youkrack3888
등   록 1999년 4월 19일 제303-2002-000014호.

ISBN 979-11-6244-274-6 93810

*정가는 뒤표지에 있습니다.

이 저서는 2013년 정부(교육부)의 재원으로 한국연구재단의 지원을 받아 수행된 연구임
(NRF-2013S1A6A4018149).

한국
고전시가
비평사

김진희

역락

머리말

　고전은 하루아침에 이루어지지 않는다. 오랜 시간이 쌓이고 그 시간 동안 여러 사람이 어떤 작품을 사랑하고 그것에 대해 많은 이야기를 나누고 나서야 그 작품은 고전이 될 수 있다. 한국문학의 일부를 이루는 고전문학, 또 고전문학의 일부를 이루는 고전시가도 마찬가지다. 20세기에 들어와 근대민족국가라면 응당 갖추어야 할 민족문학에 대한 요구가 생겨나면서 옛 시가 작품들에 대한 담론은 풍부해지고 체계화되었다. 그렇게 형성된 것이 21세기의 지금 우리가 아는 고전시가이다. 하지만 옛 노래를 사랑하고 그 가치를 평가하며 그것에 대해 이야기한 것은 근대에 들어서야 시작된 것은 아니다. 이미 오래전, 신라와 고려시대로부터 우리말로 된 시가에 대한 비평들이 있어 왔다.

　필자는 송강 정철 시가에 대한 수용과 비평담론들을 주제로 박사학위논문을 쓰던 때부터 고전시가에 대한 당대의 비평에 관심을 가지고 연구해 왔다. 16세기 말에 지어진 송강의 가사 작품들이 17, 18세기를 거쳐 19세기에 이르기까지 어떻게 수용되며 고전으로서 의미화되었는가, 17세기 말에서 18세기 전반을 살아간 병와 이형상이 보여 준 방대한 시가 비평작업의 의미는 무엇인가, 18세기 말 유득공과 19세기 말 원세순이 시조를 한역하고 그 선집을 편찬하면서 드러낸 국문시가의 가치는 무엇인가. 이 같은 의문들을 풀어내면서 전근대의 오랜 시간 동안 어떤 시가 작품들이 어떻게 의미화되었는지 살펴보고자 했다. 그리고 그렇게 발견해 낸 조각들을 통시적 흐름 속에 배치함으로써 그 의미를 온당히 조명해 보고자 이 책을 기획하게 되었다.

시가詩歌란 말은 사실 옛 노래들을 좀 더 고상하게 지칭하기 위해 근대에 고안된 용어다. 아마도 "시"란 말을 붙임으로써 문학적 아취를 입히고자 한 것일 테다. 하지만 전근대시기에 "시"는 "시"고 "가"는 "가"일 뿐이었다. 여기서 "시"는 한문으로 된 한시고, "가"는 우리말로 된 옛 노래들이다. 쉽게 짐작되겠지만, 이 시기에 높은 예술적 가치를 지닌 것으로 인식된 것은 물론 시다. "변방"의 말인 우리말로 된 노래 따위는 "중화"의 한시에 비하면 이급 문예일 뿐이었다. 그러나 그와 같은 중세적 패러다임 속에서도 모국어를 통해 정감을 발산하고자 하는 서정적 욕구와 그에 대한 담론은 계속되었다. 그리고 그러한 담론 속에서 중화와 변방, 지식인과 민중, 본격문학과 민중문화의 이분법적 사고방식들 또한 허물어져 갔다.

사실 고전시가에 대한 전근대의 비평담론들은 본격적인 문예학적 담론이 되기는 어려웠다. 노래 또한 논의할 가치가 있다는 것 자체를 논의하기에도 힘이 모자랄 만큼 중세적 사고의 틀이 견고했기 때문일 것이다. 그랬기에 시가의 형식적·내용적 특성을 체계적으로 설명하고 우리말 시가의 시학을 규명하는 작업은 근대의 시작을 기다려서야 비로소 가능했다. 하지만 기존의 문화적 제도와 규범에 의문을 던지며 진정한 예술적 가치를 "변방"의 "민중문화"인 시가에서 찾으려 했던 전근대 문인들의 꾸준한 시도를 따라가 보는 것은 고전시가의 의미뿐 아니라 문학과 문화 일반에 대한 우리들의 사고의 지평을 넓혀 줄 수 있으리라 본다.

이 책은 한국연구재단 저술출판지원사업의 지원을 받아 기획되고 집필되었다. 재단의 지원과 관계자분들의 독려가 아니었다면 이처럼 긴 호흡을 필요로 하는 주제에 선뜻 뛰어들기는 어려웠을 것이다. 고전시가 비평사의 시기를 구분하고 그 시기의 굽이굽이를 돌아가는 여정은 예상보다 더 어렵고도 흥미로웠다. 이러한 작업을 가능하게 해 준 재단 측에 감사드리며, 게으른 발걸음이 미치지 못했거나 잘못 이해한 많은 풍경들에 대해서는 독자 제현의 질정을 바랄 뿐이다.

끝으로 어려운 출판업계의 사정 속에서도 이 학술서적의 출간을 선뜻 맡아 주신 도서출판 역락 이대현 사장님께 감사드린다. 그리고 빠듯한 일정에 맞추어 책을 보기 좋게 편집하고 꾸며 주신 임애정 대리님과 안혜진 팀장님, 기타 출판사 관계자 여러분들께도 감사의 마음을 전한다. 나의 학문적 동반자이자 든든한 버팀목인 박재민 박사와, 엄마를 따라 이곳 광교산 자락에 이사 와 이 책이 집필되는 동안에도 무럭무럭 자라 준 호인과 해인에게도 이 책이 작은 기쁨이 되었으면 좋겠다.

2018년 6월 녹음이 짙은 원천호숫가에서
김진희

차례

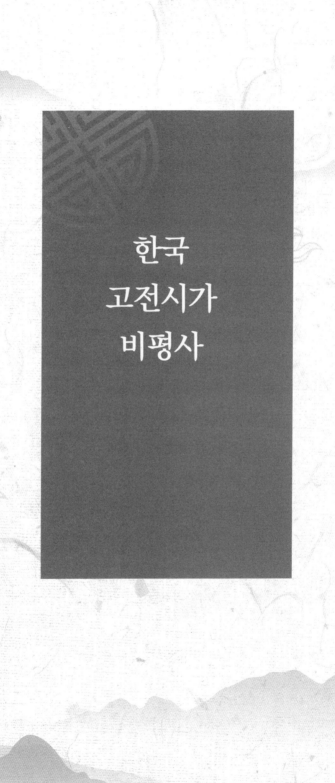

한국
고전시가
비평사

제 1 장

한국 고전시가 비평사의 의미와 시기 구분

1. 고전시가 비평사의 의미

이 책은 국문으로 된 한국 고전시가에 대한 비평 자료들을 망라하여 그 특징을 역사적으로 조감한 것이다. 여기서 말하는 비평 자료란 작품의 특징과 의미에 대해 해석자의 가치평가를 드러내는 기록을 의미하는데, 이는 단순히 작가나 향유 양상에 대해 설명해 놓은 기록과는 다르다. 국문으로 된 고전시가에 대한 비평 자료들이 근대 이전 시기에 어떠한 양상으로 전개되었는지 살펴보는 것이 이 책의 주된 내용이다.

이 책의 주제는 한국 고전시가사를 기술하는 것과는 다르다. 시가사가 주요 시가 작품과 작가를 비롯하여 그에 대한 여러 관련 기록들을 모두 기술의 대상으로 삼는 데 비해, 이 책에서는 국문시가에 대한 비평 자료들만을 주 대상으로 한다. 따라서 이 책에서 논의하고자 하는 한국 고전시가 비평사는 한국 고전시가사의 하위 영역이 된다.

한국 고전시가의 사적 전개와 관련해서는 그동안 많은 연구가 축적되었다. 전체적인 시가사가 기술되었으며, 역사적 각 시기에 따른 특징 또한 세밀히 논의되었다.[1] 이러한 연구들 속에서 비평자료를 포함한 여러 가지 고전시가 관련 기록들에 대해서도 다양한 연구가 진행되었다. 그런데 고전시가의 비평에만 초점을 맞춘 통시적 연구는 현재까지 별로 이루어진 바가 없다. 고전시가의 비평과 관련하여 자료집이 출간된 바 있고, 일정 시기에 초점을 맞추어 수용의 측면을 연구한 경우는 있다.[2] 그러나 전자의 경우 단순 향유 기록과 섞여 있고 한문 자료를 나열하는 데 그쳤으며, 후자의 경우 통시적 고찰이 되지는 못하였다는 점에 한계가 있다.

국문시가 비평사가 부재하는 현 상황은 한국 고전문학계의 다른 분야들의 경우와 사뭇 다르다. 특히 한문학 분야의 경우 비평사가 매우 활발히 연구되었는데, 문학비평사 혹은 문학사상사의 이름으로 이루어진 여러 편의 업적들이 이루어진 바 있다.[3] 이 중에는 국문시가에 대한 비평

---

1) 한 저자가 시가사 전반에 대해 기술한 것으로는 조윤제의 『朝鮮詩歌史綱』(동광당서점, 1937)이 아직까지도 독보적이라 할 수 있다. 이외 시가사의 일부인 시조사로 이능우의 『李朝時調史』(이문당, 1956)가 있었고, 이후로도 시가의 통시적 연구로 박을수, 『韓國 詩歌文學史』(아세아문화사, 1997) 등이 있었다. 근래에는 시기별 연구가 활발히 전개되었는데, 다음의 예들을 들 수 있다. 이상원, 『17세기 시조사의 구도』, 월인, 2000; 김상진, 『16·17세기 시조의 동향과 경향』, 국학자료원, 2006; 고미숙, 『18세기에서 20세기 초 한국시가사의 구도』, 소명출판, 1998; 김용찬, 『18세기의 시조문학과 예술사적 위상』, 월인, 1999; 고미숙, 『19세기 시조의 예술사적 의미』, 태학사, 1998; 이동연, 『19세기 시조예술론』, 월인, 2000; 신경숙, 『조선후기 시가사와 가곡 연행』, 고려대학교 민족문화연구원, 2011.

2) 조선 전기 시가론에 대한 연구를 예로 들 수 있다. 이민홍, 『朝鮮中期詩歌의 理念과 美意識』, 성균관대학교출판부, 1993; 길진숙, 『조선 전기 시가예술론의 형성과 전개』, 소명출판, 2002 참조. 그런데 조선 후기에는 조선 전기에 비해 훨씬 많은 비평자료들이 양산되었음에도 불구하고, 조선 후기의 비평사에 대한 연구는 아직까지 나오지 않고 있다.

을 논의의 일부분으로 삼은 경우도 있으나,[4] 논의의 중심은 어디까지나 한문학에 대한 비평에 있다. 고전소설의 경우에도 한문학에서만큼 활발히 연구가 진행되는 못했어도 소설론에 대한 통시적 연구가 역시 이루어진 바 있다.[5]

시가에 대한 비평의 역사는 한문학의 경우에는 미치지 못하지만 소설의 경우보다는 오히려 더 오래다. 국문시가의 비평사는 국문시가사의 한 영역일 뿐만 아니라, 한국 고전문학 비평사의 한 영역이 되기도 한다. 따라서 그것은 한문학 비평의 영역에서 소극적으로 다루어질 것이 아니라 독자적 영역으로서의 특징이 검토된 이후에 다른 분과의 경우와 비교·검토되어야 할 것이다.

국문시가의 비평에 대한 종합적·역사적 이해가 중요한 까닭은 이외에도 다음의 이유를 더 들 수 있다. 먼저 국문시가에 대한 당대의 비평은 국문시가 작품이 당대에 수용된 의미를 직접적으로 보여 준다. 고전문학에 대한 해석은 당대적 의미와 현대적 의미의 양 방향에서 이루어질 때 온당할 수 있는바, 국문시가에 대한 당대의 비평에 대해 이해하는 것은 국문시가에 대한 연구와 해석에 있어 중요한 의미를 지닌다.

또한 국문시가 비평에 대한 통시적 이해는 특정 시기의 특정 비평이

---

3) 김주한, 「韓國漢文學批評研究의 近況과 問題點」, 『모산학보』 11(동아인문학회, 1999)에 정리된 연구사 참조. 주요 업적들을 들어 보면 다음과 같다. 전형대·정요일·최웅·정대림, 『한국고전시학사』, 홍성사, 1978; 김흥규, 『조선후기 시경론과 시의식』, 고려대학교 민족문학연구소, 1982; 전형대, 『한국고전비평 연구』, 책세상, 1987; 정요일, 『漢文學批評論』, 인하대학교출판부, 1990; 정옥자, 『朝鮮後期文學思想史』, 서울대학교출판부, 1990; 정대림, 『韓國古典文學批評의 理解』, 태학사, 1991; 김상홍·양광석·신용호, 『韓國文學思想史』, 계명문화사, 1991; 이암, 『朝鮮文學思想史研究』, 국학자료원, 1994; 안대회, 『朝鮮後期詩話史研究』, 국학자료원, 1995.

4) 전형대, 위의 책; 정요일, 위의 책 참조.

5) 김경미, 「朝鮮後記 小說論 研究」, 이화여자대학교 박사논문, 1994 참조.

지닌 의미를 보다 적절히 파악하게 해 줄 수 있다. 단적인 예로 김만중金
萬重(1637~1692)이 『서포만필西浦漫筆』에서 언급한 이른바 "앵무지언鸚鵡之言"
논의를 들어 보자. 그간 이 평설은 소위 민족어문학론6)이냐 아니냐를
놓고 논쟁처가 되어 왔다. 그러나 이 평설의 역사적 의미를 알기 위해서
는 전후 비평에 대한 통시적 이해가 선행되어야만 한다. 17세기는 물론
18, 19세기의 여러 비평자료들 속에서 김만중의 평설이 어떤 위치에 놓
여 있는가 하는 점이 드러나야만 그것의 의미는 온전히 드러날 수 있을
것이다. 그러나 지금까지 이에 대한 논의들은 각기 서로 다른 특정 자료
들을 위주로 하여 다소 편향적인 시각에서 이루어져서, 통시적·종합적
이해에 도달했다고 보기 어렵다.7)

고전시가 비평사는 국문시가 작품과 비평의 역사적 의미를 온당히 조
명하게 해 줄 수 있을 것이다. 또한 이는 국문시가사와 고전문학 비평
사, 나아가서는 고전문학사를 기술함에 있어 중요한 일부분이 될 것이

---

6) 여기서 민족어문학론이란 한문학에 대응되는 국문문학의 가치를 적극적으로 인정하
는 문학론이라고 이해할 수 있다. 중국문화를 선진문화로 여기고 한문학만을 본격적
인 문학이라고 생각하던 전근대사회의 중세적 질서 속에서 국문으로 된 문학의 가치
를 주체적으로 인식한 논의가 여기서 말하는 민족어문학론이다. 이 책에서는 이 개
념을 특히 시가에 한정하여, "민족어시가론"이라는 용어로 변용해 사용하였다. 여기
서 "민족어시가"란 국문시가와 그 외연은 같다. 하지만 국문시가가 보다 가치중립적
인 용어라면, 민족어시가란 "한시에 뒤지지 않는 예술적 가치를 지니는 시가"로서의
국문시가를 의미한다. 국문시가와 민족어시가는 이처럼 외연은 같지만 내포하는 바
가 다르다.

7) 서포의 발언과 관련된 논의들로는 조동일, 『한국문학통사』, 지식산업사, 1994; 고미숙,
「조선후기 민족어문학론의 전개양상: 김만중에서 박효관까지」, 『18세기에서 20세기
초 한국 시가사의 구도』, 소명출판, 1998; 강명관, 『국문학과 민족 그리고 근대』, 소
명출판, 2007; 안대회, 「17세기 비평사의 시각에서 본 김만중의 복고주의문학론」,
『민족문학사연구』 제20집, 민족문학사학회, 2002; 하윤섭, 「17~8세기 '민족어문학
론'에 대한 재검토」, 한국어문학국제학술포럼, 2008 등을 참조할 수 있다. 이 논의
들은 여러 각도에서 서포의 평설을 바라보았는데, 시가 비평사에 대한 종합적인
시각 속에서 연구가 이루어지지는 못했다.

다. 따라서 이 책에서는 고전시가의 비평자료를 망라하여 그 다채로운
스펙트럼을 조명하고, 그 가운데 각 시기 비평에 드러난 시대정신을 규
명함으로써, 국문시가와 그 역사, 고전문학사와 그 비평사를 이해하는
데 도움이 되고자 한다.

2. 고전시가 비평사의 시기 구분

이 책에서는 한국 고전시가 비평사의 시기를 크게 여섯 가지로 구분
한다. 첫째는 한시와 민족어시가에 대한 인식이 형성된 "이원적 시가론
의 성립기"로, 왕조로는 고려시대에 해당하며, 향가鄕歌 장르에 대한 논
의가 이루어졌다. 둘째는 보편어로서의 한문 문학에 대한 지향 속에서
국문 시가의 가치에 대한 양면적 인식이 이루어졌던 여말선초麗末鮮初로,
"민족어시가론의 동요기"로 명명된다. 이 시기에는 고려속요에 대한 논
의가 주로 이루어졌다. 셋째는 조선 전기에 해당하는 "유교적 효용론의
확립기"로, 경기체가景幾體歌와 <어부가漁父歌>, 시조時調 등을 중심으로
국문시가의 의미가 유학적 가치관 속에서 본격적으로 논의된 때이다.
넷째는 17세기 무렵 시조와 가사歌辭 작품이 다양하게 양산되며 이에 따
라 시가의 정서표출 기능이 인정되기 시작한 시기로, "표현론의 발흥과
민족어시가의 재인식기"로 명명한다. 다섯째는 18세기에 해당하며, 시가
비평의 자료가 문집뿐 아니라 가집歌集과 필기筆記・총서류叢書類로 확장
되며 국문 시가의 가치 또한 더욱 적극적으로 인식되던 "민족어시가론
의 중흥기"이다. 마지막으로 여섯째 시기는 이전 시기의 비평 양상이 유
지・변이되던 19세기 무렵으로, "민족어시가론의 지속과 변이"로 이 시

기의 특징을 말할 수 있다. 각각의 시기에 대해 좀 더 살펴보면 다음과
같다.

첫째, "이원적 시가론의 성립기"에는 이루어진 시가비평의 양이 그리
많지 않다. 그러나 그때까지의 중요한 시가 장르인 향가에 대한 주목할
만한 비평이 이루어졌다. 이때 향가는 특히 당시唐詩, 즉 중국의 한시와
대비되며 그것이 지닌 고유한 가치가 인식되었다. 이렇듯 한문학과의
대비 속에서 국문시가의 의미를 인식하는 것은 이후 시기 내내 이어지
는 경향이어서 주목할 만하다. 보편어로서의 한문으로 이루어진 "시詩"와
민족어로 형성된 "가歌"라는 이원적 체계 속에서 시가론의 기틀이 잡혀
진 시기로 이 시기를 이해할 수 있다.

둘째, "민족어시가론의 동요기"에는 국문시가의 표현론적 가치에 대한
인식이 이루어지는 동시에 다른 한편에서는 유교적 예악사상의 영향 속
에서 그 효용론적 가치가 폄하되기도 하였다. 이후로도 국문 시가에 대
한 인식은 표현론과 효용론의 양 방면에서 이루어졌는데, 이러한 점에
서 이 시기는 이후 시기들에 전개되는 시가론의 틀이 보다 구체화되던
때라고 볼 수 있다. 이 시기에는 고려속요를 중심으로 하여 시가론이 전
개되었다. 여말麗末의 문인들이 인정세태를 드러낸다는 점에서 고려속요
의 표현론적 가치를 옹호했다면, 선초鮮初의 문인들은 구 왕조인 고려의
문화를 부정하고 새 왕조의 문화를 정비하는 과정에서 고려속요 또한 비
윤리적인 것으로 비판하였고, 이에 국문시가의 위상은 흔들리게 되었다.

셋째 시기 이후는 왕조로 보면 모두 조선 시기에 해당한다. 이 중 셋
째 시기가 14~16세기에 걸쳐 있어 제일 긴 반면, 나머지 시기들은 거
의 1세기 단위로 나누어진다. 역사학계의 시기 구분에 비추어 본다면,
셋째 시기는 대략 임진왜란 이전까지로 조선 전기에 해당하는 기간이며,

넷째 시기 이후로는 조선 후기에 속하는 시기이다.

조선 전기에 해당하는 셋째, "유교적 효용론의 확립기"는 비록 3세기에 걸쳐 있어 물리적으로는 길지만, 이 시기 이루어진 시가 비평의 양은 조선 후기에 비한다면 적은 편이다. 이 시기에는 훈민정음 창제 이후 국문시가의 창작이 본격적으로 이루어지고, 이와 관련하여 국문시가의 가치에 대한 논의 또한 새롭게 시작된 때이다. 이 시기의 비평은 대체로 왕조 초기의 예악론禮樂論을 바탕으로 하여, 시가가 지닌 심성수양의 기능을 인식하고 강조하는 경향을 보여 준다. 그리하여 경기체가와 시조 등의 장르가 지닌 효용론적 가치가 인정되었다. 이러한 측면에서 이 시기는 국문시가에 대한 유교적 효용론의 관점이 수립된 시기로 평가된다.

임진왜란 이후의 조선 후기에는 조선 전기에 비해 국문시가 창작의 폭과 깊이가 넓고 깊어졌으며, 이에 따라 시가 비평도 전기에 비할 수 없을 만큼 다채롭게 전개되었다. 이에 조선후기의 시가 비평에 대해서는 시기를 좀 더 세분화하여 볼 필요가 있다. 이미 시가사 일반에 대한 연구에서도 17, 18, 19세기는 각기 상이한 특징을 지닌 시간단위로 그 의미가 규명되어 온 바 있다. 또한 역사학계서도 이 각 세기들을 붕당정치기朋黨政治期, 탕평정치기蕩平政治期, 세도정치기勢道政治期로 구분하여 보고 있다.8) 시가비평사의 측면에서도 마찬가지로 이 시기들은 세분화하여 의미화하는 것이 긴요할 것으로 보인다.

먼저 17세기에는 전 시기의 유교적 효용론을 넘어 시가의 가치가 보다 다양한 측면에서 논의되기 시작하였다. 앞 시기의 비평이 도학道學이나 강호江湖 주제 시가에 집중되어 있었던 것에 반해, 이 시기에는 비평

---

8) 고영진, 「기획: 조선사회를 어떻게 볼 것인가 조선사회의 정치·사상적 변화와 시기구분」, 『역사와 현실』 18, 한국역사연구회, 1995, 107면 참조.

의 대상이 연군시가戀君詩歌, 우국시가憂國詩歌, 전원시가田園詩歌 등으로
넓어졌으며, 이에 따라 비평의 내용도 다채로워졌다. 특히 유교적 심성
수양이라는 효용성에 대한 논의에서 벗어나 개인적 정감의 분출이라는
표현론적 기능을 새롭게 인정하는 면모를 보여 준다. 이러한 인식은 이
후 국문시가의 가치를 적극적으로 옹호하는 18세기의 민족어시가론과
연결되게 된다는 점에서 중요하다. 이 시기가 넷째 시기인 "표현론의 발
흥과 민족어시가의 재인식기"이다.

탕평盪平 정국 하에서 실학實學 사상이 발전하고 문화적으로는 천기天機
와 진眞의 가치가 풍미하던 18세기에는 시가비평도 보다 적극적이고 본
격적으로 이루어졌다. 앞 시대의 비평이 국문시가의 일정 부분만을 인
정하는 소극적이었던 것에 비해, 이 시기에는 국문시가 비평이 보다 전
면적이고 적극적인 양상을 띤다. 이 시기에는 가집의 편찬이 활발해지
고, 이와 함께 시조의 한역漢譯을 통한 선집화選集化 작업이 행해지며, 또
한 필기·총서류 저작에서도 국문시가의 의미와 역사가 심도 있게 논의
된다. 이 가운데 국문시가가 지닌 표현론적 가치는 더욱 강조되고 그 외
연이 확장되었으며, 한시에 대응하는 국문시가의 의미는 그 어느 때보다
적극적으로 인정되기에 이른다. 이 시기를 다섯째, "민족어시가론의 중
흥기"로 명명한다.

마지막으로 19세기는 개항開港이라는 외부 영향으로 인해 역동적 변
화를 겪으면서도 한편으로는 세도정국 하의 보수적 특성을 지니고 있던
시기로 일반적으로 이해되는데, 시가사에 있어서도 이 시기는 양 방향
으로 해석되어 왔다. 즉, 시가의 담당층이 대중화된 개방성의 시대로 해
석되기도 했고, 형식에 대한 집착과 주제의 통속화에 빠진 보수성의 시
대로 비판되기도 한 것이다.9) 시가비평의 측면에서 보면 이 시기에는

대체로 앞 시대 비평의 형식과 내용이 유지되면서 변화하는 모습을 볼 수 있다. 가집의 편찬과 한역시의 창작, 그리고 이에 따른 비평 작업이 계속되었고, 앞 시대 민족어시가론의 골격 또한 계승되었다. 그러면서 국문시가의 미학적 인식에 대한 노력이 더해져 갔다. 이 시기가 마지막 시기인 여섯째, "민족어시가론의 지속과 변이기"이다.

---

9) 전자의 논의로 고미숙의 연구(1998)를, 후자의 논의로 박애경, 『한국 고전시가의 근대적 변전과정 연구』(소명출판, 2008)를 참고할 수 있다.

제 2 장

이원적 시가론의 성립기

한국문학사에서 가장 이른 시기에 형성된 시가 장르는 향가鄕歌이다. 이 장르의 연원은 일찍이 신라 제3대 왕인 유리왕儒理王(재위 24~57) 때까지 올라간다. 『삼국유사三國遺事』의 기록에 보면, 유리왕이 지은 <도솔가兜率歌>에 "차사嗟辭 사뇌격詞腦格"이 있다고 하여,10) 이 노래가 향가와 맥이 닿는 작품이었음을 알게 한다. "사뇌가"는 향가의 다른 말로 흔히 쓰이던 말이며, "차사", 즉 감탄사 또한 십구체十句體 향가의 중요한 특징이니, 유리왕의 <도솔가>가 "차사 사뇌격"을 가졌다는 말은 이 노래가 향가에 가까운 것이었음을 보여 준다.

한편 신라 하대下代의 진성여왕眞聖女王 2년(888)에 왕이 대구화상大矩和尙과 각간角干 위홍魏弘 등에게 명하여 향가를 수집하여 『삼대목三代目』을

---

10) "朴弩禮尼師今【一作儒禮王】 … 癸未卽位【年表云, 甲申卽位】, 改定六部號, 仍賜六姓. 始作兜率歌, 有嗟辭詞腦格."(신라 노례왕【유례왕이라고도 함】이 계미년(23)에 즉위하여【연표에는 갑신에 즉위하였다 함】6부의 이름을 고치고 6성을 하사하였다. 처음에 <도솔가>를 지으니, '차사·사뇌'의 격조가 있었다.) <삼국유사 권1, 紀異 제1, 第三弩禮王>

편찬하게 했다고 한 것을 보면,[11] 향가는 신라의 상대부터 하대에 이르기까지 지속적으로 사용된 장르임을 알 수 있다.

그러나 진성여왕대의 『삼대목』은 불행히도 현재 전하지 않고, 신라시대의 향가로 남아 있는 것은 모두 고려 후기 일연—然 선사禪師(1206~1289)의 『삼국유사』에 수록되어 있는 것들이다. 그런가 하면 향가는 고려시대에도 계속 지어져, 고려 전기의 균여均如 대사大師(923~973)가 지은 <보현시원가普賢十願歌> 11수가 혁련정赫連挺의 『균여전均如傳』에 남아 전하고 있다.

향가 작품을 수록하고 또 그에 대한 기록을 남긴 문헌들 중 현전하는 『삼국유사』와 『균여전』은 모두 고려시대 이후의 것들이다. 이 문헌들에서는 향가의 의미와 가치에 대한 주목할 만한 기록들을 남겨 놓았는데, 국문시가 장르에 대한 비평은 이들에서 시작되었다고 볼 수 있다.

고구려·신라·백제, 삼국의 역사를 불교적 관점에서 서술한 『삼국유사』에는 여러 편목에 걸쳐 향가 14수가 실려 있으며, 이에 따라 향가 관련 기록들도 산재해 있다. 이 기록들에서는 향가의 내용·형식적 특성과 가치에 대한 설명과 평가가 이루어지고 있으므로, 이는 고려 후기의 중요한 시가비평 자료로서 종합적으로 고찰될 필요가 있다.

고려 중기의 문인 혁련정이 지은 『균여전』 또한 균여의 향가인 <보현시원가> 11수와, 최언위崔彦撝(868~944)의 아들인 최행귀崔行歸의 한역시漢譯詩, 그리고 향가에 관한 몇 가지 기록들을 담고 있다. 『균여전』 중 향가 관련 기록이 있는 부분은 제7 <가행화세분자歌行化世分者>(노래로 세

---

11) "王素與角干魏弘通, 至是常入內用事. 仍命與大矩和尙, 修集鄕歌, 謂之三代目云." (왕이 평소 각간 위홍과 더불어 사통하더니 이때에 이르러서는 항시 안으로 들이고 일을 맡겼다. 또, 대구화상과 더불어 향가를 모아 수집하라 명하고 이를 『삼대목』이라 하였다.) <三國史記 권11, 新羅本紀 제11, 眞聖王>

상을 교화하다)와 제8 <역가현덕분자譯歌現德分者>(노래를 한역하여 덕을 드러내다)이다. 여기에는 향가의 형식과 내용, 향가 한역의 의미에 대한 것 등이 서술되어 있다. 이『균여전』의 기록들은 고려 전기 시가 비평의 대표적 자료로서 주목된다.[12]

이제 향가 장르가 전개된 양상과 맥락에 대해 개괄하고,『삼국유사』와『균여전』을 중심으로 향가에 대한 비평 담론들을 살펴보기로 한다.

1. 향가 장르의 전개와 맥락

1) 향가의 전개

『삼국유사』의 기록에 의거하면, 현전 향가 중 연대가 가장 이른 것은 진평왕대에 지어졌다는 무왕의 <서동요>와 융천사의 <혜성가>이고, 연대가 가장 늦은 것은 헌강왕대에 불렸다는 <처용가>이다. 현전 향가 작품들의 형성 연대를 시대순으로 정리하면 다음과 같다.

작품명	작가	형성시기
서동요薯童謠	무왕武王	제26대 진평왕眞平王(재위 579~632)
혜성가彗星歌	융천사融天師	
풍요風謠	미상(백성)	제27대 선덕여왕善德女王(재위 632~647)

---

12) 최철, 「균여전・삼국유사 향가 기록의 쟁점(Ⅰ)」,『문학한글』제7호, 한글학회, 1993 참조.『균여전』의 기록과 관련해서는 "三句六名"을 둘러싼 향가의 형식 논의가 집중적으로 이루어졌다. "句"와 "名"이 어떠한 형태적 단위를 의미하는가에 대해 수 많은 학설이 제기되었고 현재도 여전히 제기되고 있다.

원왕생가願往生歌	광덕처廣德妻	제30대 문무왕文武王(재위 661~681)
모죽지랑가 慕竹旨郞歌	득오得烏	제32대 효소왕孝昭王(재위 692~702)
헌화가獻花歌	미상(노인)	제33대 성덕왕聖德王(재위 702~737)
원가怨歌	신충信忠	제34대 효성왕孝成王(재위 737~742)
도솔가兜率歌	월명사月明師	
제망매가祭亡妹歌		
안민가安民歌	충담사忠談師	제35대 경덕왕景德王(재위 742~765)
찬기파랑가 讚耆婆郞歌		
도천수관음가 禱千手觀音歌	희명希明	
우적가遇賊歌	영재永才	제38대 원성왕元聖王(재위 785~798)
처용가處容歌	처용處容	제49대 헌강왕憲康王(재위 875~886)

작품 수는 비록 얼마 되지 않지만 이처럼 신라 상대로부터 중대를 거쳐 하대까지 포진해 있는 현전 향가 작품들은 향가가 신라 시대 내내 즐겨 불렸던 장르임을 알게 해 준다. 이렇듯 신라 왕조의 대표적 시가 장르였던 향가는 신라 말기 진성여왕 2년(888) 『삼대목』이라는 작품집으로 집대성되기도 하였다. 비록 이 책은 현재 사라졌지만, 왕실 주도로 이러한 책이 편찬되었다는 사실은 향가가 신라인들에게 얼마나 중요한 의미를 지니고 있었는지 짐작하게 한다. 『삼대목』의 편찬사실을 보여주는 『삼국사기三國史記』의 기록은 다음과 같다.

왕이 평소 각간 위홍과 더불어 사통하더니 이때에 이르러서는 항시 안으로 들이고 일을 맡겼다. 또, 대구화상과 더불어 향가를 모아 수집하라 명하고 이를 『삼대목』이라 하였다.[13]

이 기사에서 진성여왕은 자신이 총애하는 위홍으로 하여금 대구화상과 함께 향가를 수집하게 하고 이를 "삼대목"이라 이름하였다. 여기서 "삼대三代"가 의미하는 바가 무엇인지는 단정 짓기 어렵지만, 신라의 상·중·하대를 의미하는 것으로 추정할 수 있다.

물론 진성왕 당대 사람들이 자신의 시대를 하대로 규정했을지에 대해서는 의문이 존재한다. 그러나 김부식金富軾(1075~1151)의 『삼국사기』에 있는 기록을 통해 보면, 신라 시대를 크게 세 시기로 나누어 보는 시각은 적어도 고려시대부터는 분명히 있었다.[14] 또, 이러한 시대 구분은 왕의 계통 변화와 관련한 것이어서 신라 당대부터 이러한 시대 구분 의식이 존재했을 법도 하다.[15] 그것이 굳이 상·중·하와 같은 개념은 아니었을 수도 있으나 여하간 "삼대목"의 "삼대"는 세 부분으로 나뉜, 진성여왕 때까지의 신라 시기 전체를 의미하는 표현일 수 있겠다. 이처럼 볼 때 『삼대목』은 신라 전 시기에 걸쳐 애호된 유구한 역사를 지닌 향가를 왕실이 주체가 되어 집대성한 것이라는 점에서 남다른 의미를 지닌다.

---

13) 王素與角干魏弘通, 至是常入內用事. 仍命與大矩和尙, 修集鄕歌, 謂之三代目云. <삼국사기 권11, 신라본기 제11, 진성왕>

14) "國人自始祖至此, 分爲三代, 自初至眞德二十八王, 謂之上代, 自武烈至惠恭八王, 謂之中代, 自宣德至敬順二十王, 謂之下代云." (나라사람들이 시조대왕에서부터 이(신라 멸망)에 이르기까지를 3대로 나누었으니, 처음부터 진덕왕까지의 28왕을 일러 상대라 하고, 무열왕부터 혜공왕까지의 8왕을 일러 중대라 하며, 선덕왕부터 경순왕까지의 20왕을 일러 하대라 한다.) <삼국사기 권12, 신라본기 제12, 敬順王>

15) 『삼국사기』에서 나눈 상대는 1대 혁거세로부터 28대 진덕여왕 때까지로, 성골 출신에게 왕위가 계승되었으며, 중대는 29대 태종무열왕으로부터 36대 혜공왕 때까지로, 진골 출신인 태종무열왕의 계통으로 왕위가 승계되었다. 그리고 하대는 37대 선덕왕부터 56대 경순왕까지로, 내물왕계로 왕통이 바뀌었다. 다음의 기록 참조. "國人謂始祖赫居世至眞德二十八王, 謂之聖骨, 自武烈至永王, 謂之眞骨." (나라 사람들이 시조 혁거세부터 진덕여왕까지의 28왕을 일컬어 성골이라 하고, 무열왕부터 마지막 왕까지를 일컬어 진골이라고 하였다.) <삼국사기 권5, 신라본기 제5, 眞德王>

2) 향가와 악장樂章

진성여왕이 국가적 사업으로 『삼대목』을 편찬한 사실에서도 짐작할 수 있듯이 향가는 왕실의 악樂과 밀접한 관련을 지으며 성장한 시가 장르이다. 역사적 기록들은 이 장르가 왕실의 의례 속에서 형성되고 연행된 상황을 보여주는데, 이는 앞서 언급한 <도솔가>에서부터 살펴볼 수 있다. 신라 제3대 왕인 유리왕이 지었다는 이 노래는 『삼국유사』의 기록에서 보았듯이 향가의 격조를 지니고 있다.16) 그런데 이 노래와 관련된 또 다른 기록을 싣고 있는 『삼국사기』에는 그것이 향유된 맥락이 다음과 같이 나와 있다.

> 유리왕 5년(28) 11월에 왕이 나라 안을 순행巡幸하다가 추위와 굶주림으로 죽으려 하는 할멈을 발견하고 말했다. "내가 보잘 것 없는 몸으로 왕위에 있으면서 백성들을 부양하지 못하여 노인과 어린 것들을 이렇게 극심한 상황에 처하게 만들었으니, 이는 나의 죄이다." 왕은 자신의 옷을 벗어 노파를 덮어주고 노파에게 음식을 줘서 먹게 했다. 그리고 담당 기관에 명해 곳곳을 살펴 홀아비, 과부, 고아, 늙어 자식이 없는 사람과 늙고 병들어 스스로 살아갈 수 없는 자들에게 양식을 지급했다. 이를 듣고 이웃 나라 백성들이 많이 왔다. 이 해에 백성들의 풍속이 즐겁고 평안하였다. 처음에 <도솔가>를 지었으니, 이것이 가악歌樂의 시작이다.17)

위의 기사에서 보면 <도솔가>는 백성들에게 선정善政을 베푼 유리왕

---

16) 각주 10) 참조.
17) 五年, 冬十一月, 王巡行國內, 見一老嫗飢凍將死, 曰: "予以眇身居上, 不能養民, 使老幼至於此極, 是予之罪也." 解衣以覆之, 推食以食之. 仍命有司, 在處存問鰥寡孤獨老病不能自活者, 給養之. 於是鄰國百姓, 聞而來者衆矣. 是年民俗歡康. 始製兜率歌, 此歌樂之始也. <삼국사기 권1, 신라본기 제1, 儒理尼師今>

이 지은 노래로서, 최초의 악樂으로 평가된 작품이다. 이로써 사뇌가의
격조를 지니고 있던 <도솔가>가 왕실의 악장으로 쓰인 노래였음을 알
수 있다. 『삼국사기』 악지樂志에 수록된 몇 가지 기사들을 보면, 이후 사
뇌가는 궁중의 가무악歌舞樂으로서 신라 시대 내내 사용되었음을 알 수
있는데, 기사의 내용은 다음과 같다.

> <사내악思內樂>【"시뇌"라고도 씀】은 나해왕奈解王 때 지은 것이다.[18]

> <사내기물악思內奇物樂>은 원랑도原郞徒가 지은 것이다.[19]

첫 번째 기사에 따르면 <사내악思內樂>이 만들어진 것은 나해왕(재위
196~230) 때이니, 이때도 사뇌가는 궁중의 악으로 불리고 있었음을 볼
수 있다. 두 번째 기사에서는 <사내기물악思內奇物樂>이 원랑도原郞徒가
지은 것이라고 하였는데, 여기서 원랑도는 화랑花郞의 시초인 설원랑薛原郞
이 이끄는 낭도郞徒인 것으로 추정된다. 설원랑은 진흥왕眞興王(재위 540~576)
이 원화原花 제도를 폐지하고 일으킨 화랑 제도의 첫 국선國仙인데, 이 최
초의 화랑이 진흥왕대에 낭도들을 이끌고 지은 노래가 <사내기물악>이
고 이것이 신라의 악장으로 쓰였음을 알겠다.[20]

---

18) 思內【一作詩惱】樂, 奈解王時作也. <삼국사기 권32, 잡지 제1, 악>
19) 思內奇物樂, 原郞徒作也. <위의 책>
20) 정구복 외, 『역주 삼국사기』 4 주석편(하)(한국정신문화연구원, 1997, 80면)의 다음
    설명 참조. "원랑도는 『삼국사기』에는 더 이상 나오지 않으나, '原'이라는 이름을 가
    진 낭도, 또는 '原郞'이라는 화랑의 낭도를 가리킬 수 있다. 그런데 覺訓의 『海東高
    僧傳』「法雲傳」에 '原郞으로부터 羅末에 이르기까지 (화랑이) 모두 200여 명'이라는
    기록이 있고, 『삼국유사』 권3 興法篇 彌勒仙花·未尸郞·眞慈師條에 '비로소 薛原郞
    을 國仙으로 삼았는데, 이 花郞이 국선의 처음'이라는 기록이 있다. 그러므로 원랑은
    설원랑과 동일인일 가능성이 높고, 원랑도는 설원랑의 낭도로 보는 것이 좋을 듯하
    다. 다만 사내기물악의 기재 순서가 진평왕 때의 곡인 捺絃引 뒤인 것으로 보아, 그

한편 『삼국유사』 악지樂志에는 가야에서 귀화한 악사 우륵于勒이 지은 곡으로 <상기물上奇物>과 <하기물下奇物>이 나오는데, <사내기물악>의 "기물악奇物樂"은 우륵의 악곡과 관련이 있을 것으로 추정된 바 있다.21) 우륵이 신라에 귀화한 것이 진흥왕대이고 설원랑이 최초의 화랑이 된 것도 진흥왕대이니, 진흥왕대에 설원랑의 낭도들이 이미 있던 <사내악>과 우륵에 의해 새롭게 전파된 <기물악>을 합쳐 새로운 악을 만든 것이 <사내기물악>인 것으로 짐작할 수 있다.

이처럼 사뇌가는 신라 상대부터 왕실의 악으로 사용되었다. 그런데 이는 상대뿐 아니라 중대와 하대에도 계속 그러하였음을 다음의 기록들을 통해 본다.

> 『고기古記』에 이르기를, "정명왕政明王 9년에 신촌에 거둥하여 잔치를 베풀고 음악을 연주케 하였다. …(중략)… 사내무思內舞에는 감監 3명, 금척琴尺 1명, 무척舞尺 2명, 가척歌尺 2명이다. …(중략)… 애장왕哀莊王 8년에 음악을 연주하였을 때는 먼저 사내금思內琴을 연주하였다. 무척 4명은 청의靑衣를 입고, 금척 1명은 적의赤衣를 입고, 가척 5명은 채색 옷에다 수놓은 부채를 들고 또 금으로 아로새긴 띠를 매었다.22)

위의 기록에 따르면 신라 중대의 정명왕, 즉 신문왕神文王(재위 681~692) 때에는 <사내무思內舞>를 연행하였고, 하대의 애장왕(재위 800~809) 때에는 "사내금思內琴"을 연주하였다. 이들은 각기 춤이나 악기 연주와 관련되

---

21) 위의 책 참조.
22) 古記云: "政明王九年, 幸新村, 設酺奏樂. … 思內舞, 監三人, 琴尺一人, 舞尺二人, 歌尺二人. … 哀莊王八年奏樂, 始奏思內琴. 舞尺四人靑衣, 琴尺一人赤衣, 歌尺五人彩衣, 繡扇, 並金鏤帶." <삼국사기 권32, 잡지 제1, 악>

는 명칭이다. 하지만 그것의 실연을 위해서는 무희나 악공뿐 아니라 가수도 각기 2명과 5명씩 필요한 것으로 되어 있다. 이것으로 보아 이러한 공연들은 연주와 노래, 춤이 함께 이루어지는 종합적인 가무악歌舞樂이었을 것으로 짐작되며, 여기에서 불린 노래는 사뇌가였을 것으로 추측된다.

한편 현전하는 작품들의 관련 기록을 통해서도 사뇌가가 왕실의 악으로 사용된 정황을 볼 수 있는데, 예를 들면 다음과 같다.

경덕왕景德王 19년 경자庚子(790) 4월 초하루에 해가 둘이 나란히 나타나서 열흘 동안 없어지지 않았다. 일관日官이 아뢰기를, "인연 있는 중을 청하여 산화공덕을 지으면 재앙을 물리칠 수 있을 것입니다." 하였다. …(중략)… 왕이 사람을 보내어 그를 불러 단을 열고 기도하는 글을 짓게 했다. …(중략)… 월명이 <도솔가>를 지어 읊으니, 그 가사는 이렇다. …(중략)… 이윽고 해의 변괴가 사라졌다.[23]

왕이 나라를 다스린 지 24년(765)에 오악五岳과 삼산三山의 신들이 때로는 혹 대궐 뜰에 나타나 왕을 모셨다. 3월 3일에 왕이 귀정문歸正門의 누 위에 나가서 좌우의 측근에게 말하기를, "누가 길거리에서 위의威儀 있는 승려 한 사람을 데려올 수 있겠느냐?"라고 하였다. …(중략)… 왕이 묻기를, "그대는 누구요?"라고 하니, 승려가 대답하기를, "충담忠談이옵니다."라고 하였다. …(중략)… 왕이 말하기를, "짐이 일찍이 듣기로는 스님이 기파랑耆婆郎을 찬양한 사뇌가詞腦歌가 그 뜻이 매우 높다고 하던데, 과연 그러하오?"라고 하니, 대답하기를, "그러하옵니다."라 하였다. 왕이 말하기를, "그렇다면 짐을 위해 백성을 편안히 다스릴 노래를 지어주시오."라 하니, 승려가 즉시 칙명을 받들어 노래를 지어 바쳤다. 왕이 그를 아름답게 여겨 왕사王師로 봉하였으나, 승려는 두 번 절하고 굳이 사양하며 받지 않았다.[24]

---

23) 景德王十九年庚子四月朔, 二日並現, 挾旬不滅. 日官奏: "請緣僧作散花功德則可禳." … 王使召之, 命開壇作啓. … 明乃作兜率歌, 賦之, 其詞曰, … 旣而日怪卽滅. <삼국유사 권5, 感通 제7, 月明師 兜率歌>

위의 기록들은 월명사의 <도솔가>[25)]와 충담사의 <안민가>가 신라 중대 제35대 경덕왕의 요청에 의해 불린 사실을 보여 준다. 두 작품 모두 나라의 안녕을 위협하는 상황에서 지어졌다. <도솔가>는 해가 둘 나타난 괴변에 처하여, <안민가>는 오악삼산五嶽三山의 신이 왕에게 자주 뵈는 위기의 상황에서 불렸는데, 이러한 위협을 없애는 왕실의 제의를 올리는 데 이 노래들은 사용된 것으로 추정된다.

지금까지 본 것처럼 향가는 유리왕의 <도솔가>에서 그 단초를 보인 이래로, 신라의 상대와 중대, 하대에 이르기까지 신라 왕실의 악으로서 오랜 기간 사용되었음을 알 수 있다.

그러나 향가는 왕실의 악으로만 사용된 것은 아니다. 이미 <도솔가> 와 <안민가>의 예에서도 향가가 특히 국선國仙, 즉 화랑 집단에서 즐겨 부르던 것임을 알 수 있는데, 이는 앞서 본 원랑의 낭도들이 지었다는 <사내기물악>에서도 짐작되는 바이다. 다음 절에서는 향가가 악장의 용도를 벗어나 화랑과 승려, 그리고 민중 등 다양한 계층들에 의해서도 향유되던 노래였다는 점을 살펴보려 한다.

3) 다양한 계층의 향가 향유

향가는 화랑 집단과 관련이 깊은 장르이다. 현전 향가인 융천사의 <혜성가> 또한 화랑들의 금강산 유람길에 불린 것이고, 충담사의 <찬

---

24) 王御國二十四年, 五岳三山神等時或現侍扵殿庭. 三月三日王御故正門樓上, 謂左右曰: "誰能途中得一員榮服僧來?" … [王]曰: "汝爲誰耶?" 僧曰: "忠談." 王曰: "朕嘗聞師讚耆婆郞詞腦歌其意甚高, 是其果乎?" 對曰: "然." 王曰: "然則爲朕, 作理安民歌." 僧應時奉勅, 歌呈之. 王佳之, 封王師焉, 僧再拜, 固辭不受. <삼국유사 권2, 기이 제2, 景德王 忠談師 表訓大德>
25) 유리왕의 <도솔가>와 이름만 같고 서로 다른 노래이다.

기파랑가>와 득오의 <모죽지랑가>도 각각 기파랑과 죽지랑, 두 화랑을 기린 노래들이다. <찬기파랑가>에 대해서는 노래가 지어진 맥락이 전하지 않지만, <혜성가>와 <모죽지랑가>에 관해서는 노래가 지어진 배경이 설명되어 있다. <혜성가>는 거열랑居烈郎, 실처랑實處郎, 보동랑寶同郎 등 3화랑의 무리가 금강산을 유람하려던 때에 혜성의 변괴를 없애기 위해 불렀다고 한다.26) 그리고 <모죽지랑가>는 죽지랑의 낭도인 득오가 죽지랑을 사모하여 부른 노래로 설명되어 있다.27)

화랑뿐 아니라 승려 계층과도 향가는 밀접한 관련을 지니고 있었다. 위에서 예로 든 <혜성가>와 <찬기파랑가>만 해도 그 작자는 승려인 융천사와 충담사이다. 한편 <제망매가>와 <도솔가>를 지은 월명사 또한 승려이다. 이들 융천사와 충담사, 월명사 등은 모두 화랑 집단과 연결되어 있었던 승려들인 것으로 보인다. 특히 월명사는 자신이 국선國仙, 즉 화랑의 무리에 속해 있다고 왕에게 아뢰었는데, 이는 화랑과 승려가 관련되어 있었던 당대의 사회상을 직접적으로 보여 준다.

그런가 하면 진성여왕이 『삼대목』의 편찬을 완성하게 명하였다는 대구화상도 향가에 조예가 깊었던 승려로 보인다. 대구화상이 향가를 잘하였음은 『삼국유사』의 다음과 같은 기사를 통해 드러난다.

국선國仙 요원랑·예혼랑·계원·숙종랑 등이 금란金蘭을 유람할 때 은근히 임금을 도와 나라를 다스릴 뜻이 있었다. 이에 노래 세 수를 짓고, 심필·사지를 시켜 침권針卷(공책)을 주어 대구화상의 거처에 보내 세 가지 노래를 짓게 하니 첫째가 <현금포곡玄琴抱曲>이요, 둘째가 <대도곡大道曲>이요, 셋째는 <문군곡問群曲>이었다. 들어가 왕에게 아뢰니, 왕은 크게 기

---

26) 『삼국유사』 권5, 「감통」 제7, <融天師 彗星歌 眞平王代>.
27) 『삼국유사』 권2, 「기이」 제2, <孝昭王代 竹旨郎>.

뻐하여 칭찬했다. 노래는 알 수 없다.[28]

위의 기사는 제48대 경문왕(재위 861~875) 때의 기사이다. 경문왕 당시
에도 대구화상은 노래를 잘 짓는 것으로 알려져 있었음을 이 기사는 보
여주는데, 이때의 노래는 향가였을 것으로 추측된다. 이 기사에서도 대
구화상이 화랑인 요원랑 등과 함께 노래를 지은 것으로 나와, 앞서 본
것처럼 화랑과 승려가 함께 향가를 즐겨 불렀음을 역시 확인할 수 있다.
이처럼 향가는 왕실과 화랑, 그리고 승려 등 국가 지배층의 비호 아래
신라 시대를 풍미했던 시가 장르다.

그러나 향가는 지배층만의 장르는 아니었다. 그것은 또한 일반 백성
들이 즐겨 부른 노래이기도 했다. 그것은 <원왕생가>나 <도천수관음
가>의 작가들과 같은 필부필부匹夫匹婦에 의해 불리기도 했던 것이다.
<원왕생가>를 지은 광덕廣德은 분황사芬皇寺 서쪽 마을에서 짚신을 삼으
며 살던 한미한 백성이었다.[29] <도천수관음가>를 지은 이는 눈 먼 다
섯 살 아이 혹은 그 아이의 어머니였다.[30] 향가는 이처럼 보잘 것 없는
출신의 백성들이 부처의 은혜를 희구하며 부른 노래이기도 했다.

『삼국사기』에서도 하서군河西郡의 <덕사내德思內>와 도동벌군道同伐郡의
<석남사내石南思內> 등을 소개한 끝에 "이들은 모두 향인鄕人들이 기쁘고

---

28) 國仙邀元郎・譽昕郎・桂元・叔宗郎等遊覽金蘭, 暗有爲君主理邦國之意. 乃作歌三首,
使心弼・舍知, 授針卷, 送火炬[大炬]和尙處, 令作三歌, 初名玄琴抱曲, 第二大道曲, 第三
問羣曲. 入奏扵王, 王大喜稱賞. 歌未詳. <삼국유사 권2, 기이 제2, 四十八 景文大王>
29) 『삼국유사』 권5, 「감통」 제7, <廣德嚴莊>.
30) 『삼국유사』 권3, 「塔像」 제4, <芬皇寺 千手大悲 盲兒得眼>. <도천수관음가>는 漢
岐里에 사는 희명이란 여자가 자신의 눈 먼 다섯 살 아이에게 지어 부르게 한 것으
로 나와 있다("令兒作歌禱之"). 그러나 실제로는 다섯 살 아이가 이러한 노래를 짓기
는 어려웠을 것이므로 노래를 지은 이는 그의 어머니인 희명이었을 것으로 짐작된다.

즐거워서 지었던 것이다. 그러나 악기의 수효와 가무歌舞하는 모습은 후세에 전하여지지 않는다."[31]라는 부기를 달았는데, 이로 보아도 사뇌가가 왕실과 귀족을 위한 것뿐 아니라 일반 백성들이 널리 즐기던 노래이기도 했음을 알 수 있다.

동아시아의 전통에서 악부樂府 혹은 악장樂章은 본래 위정자가 백성들의 삶을 알고자 민간의 노래를 채집하는 이른바 "채시관풍采詩觀風"의 이념과 밀접한 관련을 지니고 있다. 민간의 노래가 왕실의 악장으로 수용·변용되어 보다 발전된 예술적 형태를 갖추고 이렇게 형성된 예술장르가 다시 민간으로 확산·전파되는 경로를 거치는 것은 고려가요와 시조·가사 등 대부분의 한국 시가장르에 공통적으로 일어난 현상이었던 것으로 추정된다.

향가 또한 악장으로 성립하여 화랑이나 승려 등 상층 귀족층을 중심으로 발전하였으며, 그것이 다시 민간으로 확산되었던 것이라고 볼 수 있다. 향가가 지니고 있었던 불심佛心과 법력法力은 신라 시대의 대규모 법회法會들과 원효元曉(617~686)와 같은 시주승施主僧의 활동, 그리고 화랑의 대규모 행사 등을 통해 민간에 퍼져 나간 것으로 짐작된다.[32] 민간에서 왕실 및 상층으로 이동하며 세련화되고 다시 그것이 민간으로 퍼져 저변이 확대되는 순환·발전 속에서 향가는 생장할 수 있었다.

---

31) 德思內, 河西郡樂也. 石南思內, 道同伐郡樂也. … 此皆鄕人喜樂之所由作也, 而聲器之數, 歌舞之容, 不傳於後世. <삼국사기 권32, 잡지 제1, 악>
32) 박재민, 「향가 대중화의 기반에 대한 소고」, 『한민족어문학』 68, 한민족어문학회, 2014, 5~37면 참조.

2. 향가 비평

향가 작품을 수록한 『삼국유사』와 『균여전』 등에서는 향가의 특성과 가치에 대해서도 언급해 놓았다. 특히 이 기록들은 향가의 우수성을 서술하며 비교문학적 시각을 드러내고 있기도 하여 주목된다. 아래에서 『삼국유사』와 『균여전』의 기록들을 차례로 살펴본다.

1) 『삼국유사』의 향가 비평

신라인들은 향가를 단지 애호하기만 한 것이 아니라 숭상하기까지 하였다고 하는데, 아래의 기록을 통해 이를 살펴볼 수 있다.

〈월명사 도솔가月明師兜率家〉

경덕왕景德王 19년 경자庚子(790) 4월 초하루에 해가 둘이 나란히 나타나서 열흘 동안 없어지지 않았다. 일관日官이 아뢰기를, "인연 있는 중을 청하여 산화공덕을 지으면 재앙을 물리칠 수 있을 것입니다."라고 하였다. …(중략)… 왕이 사람을 보내어 월명사를 불러 단을 열고 기도하는 글을 짓게 하니 월명사가 말했다. "저는 단지 국선國仙의 무리에 속해 있을 뿐이기에 오직 향가만 알지 범성梵聲에는 능숙하지 못합니다." 왕이 말했다. "이미 인연 있는 스님으로 점지되었으니, 비록 향가를 써도 괜찮다." 월명이 <도솔가>를 지어 읊으니, 그 가사는 이렇다. …(중략)… 월명사는 또 일찍이 죽은 누이를 위해 재를 지냈는데 향가를 지어 제사했다. 그러자 갑자기 회오리바람이 일어나 종이돈을 불어 서쪽으로 날려 버렸다. …(중략)… 신라인들이 향가를 숭상한 지 오래되었다. 대개 시송詩頌의 종류인데 그런 까닭에 능히 천지의 귀신을 감동시킨 것이 한두 번이 아니었다.[33]

위의 기사는 향가가 신라인들에게 어떠한 의미를 띠고 있었는지 보여
주며, 나아가 『삼국유사』의 저자 일연이 이에 대해 가지고 있던 생각 또
한 나타낸다. 이 글에서 향가에 대한 신라인들의 생각을 단적으로 보여
주는 것은 "신라인들이 향가를 숭상한 지 오래되었다."라고 한 부분이다.
이 부분을 통해 향가는 당대인들에게 단지 애호된 것만이 아니라 숭상
되기까지 할 만큼 숭고한 대상이었음을 알 수 있다.

이 기록에서는 신라사람들이 향가를 숭상한 것이 그것이 지닌 법력法
力과 관련된 것임을 보여 준다. 향가가 지닌 종교적 힘은 이 조목의 여
기저기에 서술되어 있다. 먼저 월명사의 <도솔가>가 불린 상황 자체가
종교적 맥락에 놓여 있다. 이 작품은 해가 두 개 나타났다는 이변을 바
로잡기 위해 요청된 것이다. 이어지는 월명사의 일화, 즉 향가를 부르자
종이돈이 서쪽으로 날아갔다는 일화 또한 향가의 신통력을 보여 준다.
이 조목의 마지막에서 일연은 향가의 성스러운 속성을 요약적으로 제시
하는데, 향가는 "시송詩頌"의 부류로, "천지의 귀신을 감동"시키는 시가라
는 것이 그것이다.

한편 위의 이야기는 향가에 대한 또 다른 생각을 보여 준다. 그것은
향가를 외래의 시가인 범성梵聲에 대비되는 토속적 시가로 여기는 것이
다. 중국 한자문화의 영향 속에서 신라시기부터 이러한 이원론적 시가
관이 형성되어 있었음을 이를 통해 볼 수 있다. 국문시가에 대한 인식은
이러한 이원론적 사고 속에서 발전하였는데, 이는 조선 후기까지 이어

---

33) 景德王十九年庚子四月朔, 二日並現, 挾旬不滅. 日官奏: "請緣僧作散花功德, 則可禳."
… 王使召之, 命開壇作啓, 明奏云: "臣僧但屬於國仙之徒, 只解鄕歌, 不閑聲梵." 王曰:
"旣卜緣僧, 雖用鄕歌可也." 明乃作兜率歌, 賦之, 其詞曰 … 明又嘗爲亡妹, 營齊, 作鄕
歌祭之, 忽有驚颷吹紙錢, 飛擧向西而沒. … 羅人尙鄕歌者尙矣. 蓋詩頌之類歟, 故往往
能感動天地鬼神者非一. <삼국유사 권5, 감통 제7>

지는 시가론의 틀이라는 점에서 주목할 만하다.

윗글에서는 향가를 범성에 비해 열등한 것으로 보았던 당대 사고의 일단을 보기도 한다. 노래를 지어 달라는 경덕왕의 요청에 월명사는 자신이 범성을 모른다는 점을 들어 겸양의 태도를 보이는 것이다. 그러나 반대로 "이미 인연 있는 스님으로 점지되었으니, 비록 향가를 써도 괜찮다."라는 경덕왕의 말에서는 향가와 범성의 우열을 현실적으로 가리지 않는 태도가 드러나기도 한다.

향가가 지닌 고원한 정신성과 민족어시가로서의 가치에 대한 언급은 아래의 기사들에서도 찾아볼 수 있다.

〈경덕왕 충담사 표훈대덕景德王忠談師表訓大德〉

왕이 말하였다. "짐이 항상 듣기를, 선생께서 기파랑을 찬미한 사뇌가가 그 뜻이 매우 높다고 하던데 정말 그렇습니까?" 충담사가 대답하였다. "그렇습니다."[34]

〈원성대왕元聖大王〉

대왕께서 궁달의 변화를 통달하셨으니 그리하여 〈신공사뇌가身空詞腦歌〉를 지으셨다.[35]

위의 기록들은 향가의 고원한 정신적 가치를 보여 준다. 그러한 가치는 역시 불교와 많은 관련을 맺고 있을 것으로 보인다. 하지만 이는 수행이나 법력과 같은 것에만 군이 한정되지는 않는다. 〈경덕왕 충담사

---

34) 王曰: "朕嘗聞師讚耆婆郎詞腦歌其意甚高, 是其果乎?" 對曰: "然." 〈삼국유사 권2, 기이 제2〉
35) 大王誠知窮達之變, 故有身空詞腦歌. 〈위의 책〉

표훈대덕> 조에서처럼 화랑을 찬미한다든지 <원성대왕> 조에서처럼 세상의 이치를 드러내는 것과 같은 보다 보편적인 내용도 담아낼 수 있었던 장르가 향가였음을 이 기록들은 보여 주고 있다.

이렇듯 숭고한 내용을 담은 향가를 존숭한 것은 왕도 예외가 아니었다. 위의 예들에서 충담사의 <찬기파랑가>에 경덕왕은 경의를 표했고, 원성왕은 그 자신 직접 향가를 지었다. 또 경덕왕의 찬사에 충담사는 겸사 한 마디도 없이 자신의 사뇌가가 뜻이 높음을 긍정하는데, 이는 향가를 숭상하는 당대의 조류가 없었다면 불가능한 일이었을 것이다.

2) 『균여전』의 향가 비평

향가에 대한 존숭은 고려 전기까지 이어졌다. 이는 『균여전』의 기록들을 통해 볼 수 있다. 여기에서는 향가에 관한 보다 본격적인 시각을 보여 주고 있어서 주목을 요한다. 향가 관련 기록이 실려 있는 『균여전』의 조목은 제7 <가행화세분자 歌行化世分者>(노래로 세상을 교화하다)와 제8 <역가현덕분자 譯歌現德分者>(노래를 한역하여 덕을 드러내다)이다. 제7장에는 <보현시원가 普賢十願歌>에 대한 균여 대사의 서문이, 제8장에는 <보현시원가>의 한역시에 대한 최행귀의 서문이 나와 있는데, 이를 차례로 보기로 한다. 먼저 제7장의 내용을 보면 다음과 같다.

〈가행화세분자 歌行化世分者〉(노래로 세상을 교화하다)

스님은 불교 외의 배움으로 사뇌【뜻이 노랫말에 정밀히 나타나기에 '뇌 腦'라고 한다.】에 능하시어, 보현보살의 열 가지 서원에 의거하여 노래 11장을 지으셨으니, 그 서에 다음과 같이 이르셨다. "대저 사뇌는 세상 사람들이 희롱하고 즐기는 도구요, 원왕(으뜸가는 行願은 보살이 수행하는 중추中樞이니, 얕음을 건너 깊은 곳으로 돌아가고 가까운 곳을 따라 먼 곳에 이르며, 세속 이치에 기대지 않고는 얕은 근기根機를 인도할 수 없고 비루한 말에 붙이지 않고서는 큰 인연의 길을 나타낼 수 없다. 지금 알기 쉬운 비근한 일에 의탁하여 깨닫기 어려운 심원한 종지宗旨를 만나게 하고자, 열 가지 큰 서원의 글에 의거하여 열 한 수의 거친 노래를 시험하니, 여러 사람들의 안목에는 지극히 부끄럽지만 여러 부처님의 마음에는 부합하기를 바란다. 비록 뜻을 놓치고 말이 어그러져 성현의 신묘한 의취에 합치하지는 않더라도 서문과 노랫말을 지으니, 범속한 이들이 선근善根을 갖게 되길 원하며, 웃으며 외는 자는 서원을 외는 인연을 맺고 억지로 외는 자도 그 외움의 이익을 얻기를 바란다. 엎드려 청하노니, 이후의 군자들은 비방도 찬양도 긴치 않게 여겨 주소서.36)

균여의 이 서문에서는 향가가 세인들에게 애호되던 양상과 그 종교적 의의에 대해서 밝혀 놓았다. 균여는 사뇌가가 "세상 사람들이 희롱하고 즐기는 도구"라고 하였는데, 이는 신라에서 고려에 이르기까지 나라사람들이 향가를 즐겨 부른 정황을 볼 수 있는 대목이다. 그런데 균여는 또 이러한 유희적 도구를 통해 보살의 구도求道 행위에 이를 수 있다고 보았다. 보통 사람이 불법을 얻는 것은 너무 어려운 길이기에 쉬운 말을 통해 길을 열어줄 수 있는 도구가 사뇌가라는 것이 그의 설명이다. 이는 시가에 대한 불교적 효용론이라고 볼 수 있겠다.

한편 이 조의 첫머리에서 『균여전』의 저자인 혁련정은 "사뇌詞腦"의

---

36) 師之外學, 尤閑於詞腦【意精於詞, 故云腦也.】, 依普賢十種願王, 著歌一十一章, 其序云: "夫詞腦者, 世人戱樂之具, 願王者, 菩薩修行之樞, 故得涉淺歸深, 從近至遠, 不憑世道, 無引劣根之由, 非寄陋言, 莫現普因之路. 今托易知之近事, 還會難思之遠宗, 依二五大願之文, 課十一荒歌之句, 慙極於衆人之眼, 冀符於諸佛之心. 雖意失言乖, 不合聖賢之妙趣, 而傳文作句, 願生凡俗之善根, 欲笑誦者則結誦願之因, 欲毁念者則獲念願之益. 伏請後來君子, 若誹若讚也是閑!" <균여전, 제7 歌行化世分者>

의미에 대해 "뜻이 노랫말에 정밀히 나타나기에 '뇌腦'라고 한다."라고 설명해 놓았다. 비록 향가는 세인들이 즐기는 도구일 뿐이지만 그 내용은 심오한 불도佛道에 이르게 하는 것이기에 이러한 평가를 받을 수 있었을 것이다. 이러한 종교성과 문학성을 바탕으로, 『삼국유사』에서 보여준 것과 같은 향가에 대한 숭상이 가능했다.

향가의 문학적 특성과 의의에 대한 생각은 『균여전』 제8장 <역가현덕분자>에 더욱 자세히 드러나 있는데, 이를 보면 다음과 같다.

〈역가현덕분자 譯歌現德分者〉(노래를 한역하여 덕을 드러내다)

① 한림학사·내의승지·지제고 청하 최행귀는 스님과 같은 때 사람으로 스님을 흠모한 지 오래더니 이 노래(보현시원가)가 이루어지자 한시로 그것을 번역하였다. 그 서문은 다음과 같다.

게송은 부처의 공적을 찬양한 것이니 경문經文에 드러나 있고, 노래와 시는 보살의 수행을 드날린 것으로 논장論藏[37]에 거두어져 있다. 때문에 서방의 팔수[38]에서부터 동방의 삼산[39]에 이르기까지 때때로 고승이 나시어 오묘한 이치를 높게 읊조리고 이따금 걸출한 철인이 나타나 진리의 노래를 낭랑히 불렀다. 저 한나라 땅에서는 곧 부대사(491~569)가 가도(779~843)·탕혜휴와 함께 강남(양자강 이남)의 남상濫觴이 되었고, 현수(643~712)와 징관(?~839)·종밀(780~841)은 관중(산시성) 땅에서 불서佛書를 편찬했고, 또 교연·무가의 무리는 다투어 아름다운 시문을 조탁했으며, 제기·관휴의 무리는 고운 글귀를 아로새겼다. 우리 인자의 나라에도 곧 마사와 문칙, 체원이 있어 전아한 곡조를 짓기 시작하였으니, 원효는 부범, 영상과 더불어 현묘한 노래의 기틀을 세웠고, 또 정유, 신량과 같은 현자들이 구슬 같은 운율을 잘 지었으며, 순의, 대거와 같은 준걸들

---

37) 불교 서적은 經藏·律藏·論藏의 세 가지로 분류하는데, 이것을 三藏이라 한다.
38) "八水": 수미산 아래의 大海 가운데 있다는 八功德水. 여기서는 인도를 가리킴.
39) "三山": 봉래·방장·영주의 세 신령스러운 산. 여기서는 우리나라를 가리킴.

이 보석 같은 시편을 참으로 잘 지어,[40] 푸른 구름으로써 엮지 않음이 없었으니 맑은 시편이 감상할 만하였고, <백설곡>과 같은 명편을 전하니 오묘한 음향이 들을 만하였다.

② 그러나 한시는 중국 글자로 엮어서 5언 7자로 다듬고, 향가는 우리나라의 말로 배열하여 3구 6명으로 다듬으니, 소리로 논하면 곧 삼성參星과 상성商星이 떨어진 것 같아 이쪽과 저쪽을 쉽게 판별할 수 있지만, 이치에 근거하면 곧 창과 방패처럼 대적하여 강약을 나누기 어렵다. 비록 말의 수준을 서로 자랑한다고 말하나 모두 의해義海로 돌아감은 족히 인정할 만하니, 각기 제자리를 얻은 것이 어찌 장하다고 하지 않겠는가?

③ 하지만 한스럽게도 우리나라의 인재들은 당나라의 시를 이해할 수 있지만, 저 땅(당나라)의 학자들은 우리의 노래를 이해하지 못한다. 하물며 당나라의 문장은 구슬망이 서로 잘 짜인 것과 같아서 우리나라에서도 쉽게 읽을 수 있지만, 향찰은 범어梵語가 잇달아 펼쳐진 것과 같아 저 땅에서는 알기 어렵다. 양나라와 송나라의 구슬 같은 글월이 자주 동쪽으로 흘러 들어왔지만, 진한(신라)의 비단 같은 글귀는 서쪽으로 전해짐이 적었으니, 그 막히고 통함에 있어 또한 매우 한탄스럽다. 이 어찌 공자께서 이 땅에 살고자 하셨지만 이르지 못하고 설총薛聰이 한문을 애써 바꾸려 했으나 쥐꼬리 같은 것만 번거로이 만든 결과가 아니겠는가? …(중략)….

④ 대저 이와 같아서, 한문으로 된 8·9행의 <보현시원가> 서문은 뜻이 넓고 문채가 풍부하며, 11수의 향가는 시구가 맑고 아름답다. 그 지어진 것을 사뇌라 부르니 정관(당나라 태종의 연호) 때의 시를 능욕할 만하고, 정치精緻하기는 부賦 중 으뜸가는 것과 같아서 혜제惠帝(西晉,

---

40) 여기서 나오는 "大居"는 『삼국사기』의 大矩和尙, 『삼국유사』의 大矩和尙과 동일인물로 추정되었으며, "神亮"과 "純義" 등도 崔致遠의 <眞鑑和尙碑銘幷序>에 나오는 "僧亮" 및 "詢乂"("大師少讀書儒家書, 餘味在脣吻, 故酬對多韻語. 門弟子名可名者, 廑二千人, 索居而稱坐道場者, 曰僧亮, 曰昔愼, 曰詢乂, 曰僧光.")와 동일한 인물들로 추측된 바 있다. 그렇게 보면 여기에 나오는 정유, 신량, 순의, 대거 등은 진성여왕 전후 시기의 인물들로 볼 수 있다. 최철·안대회 역주, 『譯註 均如傳』, 새문사, 1986, 58~59면 참조.

재위 290~307)와 명제明帝(東晉, 재위 322~325) 때의 부 문학에 비길 만하다.
⑤ 그러나 중국 사람들이 볼 때는 서문 외에는 상세히 알 수 없고 우리
나라 선비들이 들을 때는 노래에 빠져 쉽게 읊조리기만 할 뿐이니 모두
반쪽의 이익만 얻을 뿐 각기 온전한 공은 놓치고 있다. 이러하므로, 요
하遼可와 패수浿水 사이에서 읊조릴 적에 불법佛法을 아끼는 이가 번역을
하긴 하겠지만, 오나라와 진나라 사이에서 읊는 이가 줄어들 적에 누가
이것들을 같은 글이라 하겠는가? …(중략)…. 한 줄기 물이 양 갈래로
갈라지듯이 시와 노래는 한 몸의 다른 이름이라, 한 수 한 수 각기 번역
하여 종이에 이어 적었다. 바라건대 동서에 막힘없이 통하여 해서楷書와
초서草書가 두루 행해져,41) 중이나 속인이나 인연 있는 이가 끊임없이
보고 듣고 마음마다 부단히 외워 흰 코끼리 타신 보현보살을 먼저 만나
고, 입에서 입으로 연이어 읊어 용화수龍華樹 아래 미륵불을 이후 만날진
저.42)

편의상 내용에 따라 단락을 나누고 일련번호를 붙였는데, 향가의 의

---

41) "해서와 초서"는 한시와 향가를 비유해서 쓴 말.
42) 有翰林學士內議丞旨知制誥請淸河崔行歸者, 與師同時, 鑽仰日久, 及此歌成, 以詩譯之. 其
序云: "偈頌, 讚佛陀之功果, 著在經文, 歌詩, 揚菩薩之行因, 收歸論藏. 所以西從八水,
東至三山, 時時而開生間生, 高吟妙理, 往往而哲人傑出, 朗詠眞風. 彼漢地則有傳公將·
賈氏·湯ои, 濫觴江表, 賢首与澄觀·宗密, 修葺關中, 或皎然·無可之流, 爭雕麗藻, 齋
己·貫休之輩, 競鏤芳詞. 我仁邦則有摩詞兼文則·體元, 鑿空雅曲, 元曉与薄凡·靈爽,
張本玄音, 或定猷·神亮之賢, 閑飄玉韻, 純義大居之俊, 雅著瓊篇, 莫不綴以碧雲, 淸篇
可玩, 傳其白雪, 妙響堪聽. 然而詩搆唐辭, 磨琢於五言七字, 歌排鄕語, 切磋於三句六名,
論聲則隔若參商, 東西易辨, 據理則敵如矛楯, 强弱難分. 雖云對術詞鋒, 足認同歸義海,
各得其所, 于何不臧? 而所恨者, 我邦之才子名公, 解吟唐什, 彼土之鴻儒碩德, 莫解鄕謠.
矧復唐文, 如帝網交羅, 我邦易讀, 鄕扎似梵書連布, 彼土難諳. 使梁宋珠璣, 數托東流之
水, 秦韓錦繡, 希隨西傳之星, 其在局通, 亦堪嗟痛. 庸詎非魯文宣欲居於此地, 未至鰲頭,
薛翰林, 强變於斯文, 煩成鼠尾之所致者歟? … 夫如是則八九行之唐序, 義廣文豊, 十一
首之鄕歌, 詞淸句麗. 其爲作也, 號稱詞腦, 可欺貞觀之詞, 精若賦頭, 堪比惠明之賦. 而唐
人見處, 於序外以難詳, 鄕土聞時, 就歌中而易誦, 皆沾半利, 各漏全功. 由是約吟於遼浿
之間, 翩如惜法, 減詠於吳秦之際, 孰謂同文? … 憑托之一源兩派, 詩歌之同體異名, 逐首
各翩, 間牋連寫, 所冀遍東西而無导, 眞草並行, 向僧俗以有緣, 見聞不絶, 心心續念, 先瞻
象駕於普賢, 口口連吟, 後値龍華於慈氏." <균여전, 제8 譯歌現德分者>

의를 서술한 ①, 향가의 형식과 내용에 대해서 논한 ②와 ④, 그리고 한역의 필요성과 한계를 드러낸 ③과 ⑤로 나누어 볼 수 있다.

①에서는 노래와 시가 보살의 수행을 드러내는 것이라고 하였다. 이는 노래와 시의 목적이 보살의 행동을 드러내어 사람들로 하여금 불교적 수행의 길을 알게 하는 것임을 의미한다. 노래와 시가 이렇듯 심원한 목적을 지닌 것이기에 중국과 우리나라의 현철한 여러 문사가 그것을 지어 왔음을 밝힌 것이 이 단락의 전반적인 내용이다.

②에서는 한문으로 된 한시가 "5언 7자"로 형식화되는 것에 비해, 우리말로 된 향가는 "3구 6명"의 형식을 지닌다고 하여, 향가의 형식적 특성을 서술하였다. 여기에서 "3구 6명"이 무엇을 의미하는지는 명확하지 않다. 그것은 내용 구조와 관련된 것으로 이해되기도 하고 감탄사를 뜻하는 것으로 논의되기도 하는 등, 여러 가지 의미로 해석되어 왔다. 어떻든 이처럼 형식은 한시와 향가가 다르지만, 각자 어울리는 형식을 통해 높은 이치를 드러냄은 서로 같다는 것이 이 단락의 대의다. 이렇듯이 단락은 향가의 형식적·내용적 특성을 긍정적으로 서술하고 있다.[43]

④에서 또한 향가의 미적 특질이 단적으로 제시된다. "11수의 향가는 시구가 맑고 아름답다."라고 한 부분이 그것이다. 이어 최행귀는 균여의 향가가 정관 시대의 시를 이길 만큼 아름답다고 하며 그 문학적 성과를 높이 평가하였다. 비록 이 부분은 향가 일반에 대한 것이라기보다는 균

---

43) 향가의 형식적 특성과 관련된 기록으로는 앞서 언급한 『삼국유사』의 <도솔가> 관련 기록이 있다. 여기에서는 <도솔가>에 차사와 사뇌격이 있었음을 서술하였는데, 사뇌격, 즉 향가의 격조와 차사의 존재 여부가 밀접하게 연결되고 있음을 본다. 그러나 이 정도를 제외하면 『삼국유사』에는 향가의 형식과 관련된 언급은 더 이상은 없다. "始作兜率歌, 有嗟辭詞腦格."(처음에 <도솔가>를 지으니, 차사와 사뇌의 격조가 있었다.)" <삼국유사 권1, 기이 제1, 第三 弩禮王> 참조.

여의 <보현시원가>에 한정된 것이지만, 향가의 미적 특성을 단적으로 드러내고 있는 평설로 이를 이해하여도 큰 무리는 없을 것이다.

이처럼 윗글은 향가의 문학성과 종교적 의의를 높이 평가하고 있는데, 나아가 ③번과 ⑤번 단락에서는 이러한 우수한 시가가 다른 문화권으로 널리 전파되지 못함을 한탄하고, 번역한 글이 원문을 온전히 드러내기 어려운 점을 또한 아쉬워하였다. 하지만 그럼에도 불구하고 노래를 보전하고 전파하기 위해서는 한역 작업이 필요하다는 것을 말하며 최행귀의 서문은 끝이 난다.

여기에서 두드러진 점은 한시와 국문시가의 가치를 완전히 동등하게 보고 있다는 점이다. 이러한 입장은 "보살의 수행을 드날리"는 것을 노래와 시의 가치로 한결같이 평가한 글의 전반부에서부터 드러나, "시와 노래는 한 몸의 다른 이름"이라고 평한 글의 말미에서 명백해진다. 해서와 초서가 다 같이 훌륭하듯이 한시와 국문시가의 가치 또한 우열을 가릴 수 없음을, 아니 오히려 균여의 <보현시원가>와 같은 향가 작품은 시와 가歌를 통틀어 가장 뛰어난 문학적 경지를 지님을 이 글은 서술하고 있다. 이는 앞서 본 『삼국유사』의 <월명사 도솔가> 조와 비교되는데, <월명사 도솔가>에서도 외래 시가인 범성에 견주어 향가를 인식했지만, 향가의 가치는 그렇게 적극적으로 서술되지는 못했던 것과 대비된다.

국문시가의 특성과 의의를 비교문학적 견지에서 밝히고 그 한역의 의의와 한계 또한 서술해 놓은 이 글은 조선 후기에 다수 이루어진 이른바 민족어시가론과 유사한 양상을 보여 준다. 조선 후기의 민족어시가론에 대해서는 이 책의 후반부에서 살펴볼 것인데, 최행귀의 이 서문에서 보여준 향가에 대한 자긍심은 후대의 시가론에 견주어 보아도 전혀 뒤지지 않는다. 그것은 신라 전 계층의 애호 속에서 성장한 향가가 높은 문학성과 종교적 사상성을 내포하고 있었기에 가능했던 것이라고 하겠다.

한편 현화사비玄化寺碑(1022)에 남아 있는 다음의 기록에서도 『균여전』에서 보여준 것과 같은 이원론적 시가관과 민족어시가에 대한 긍정적 인식이 엿보이는데, 이를 보면 다음과 같다.

> 〈영취산 대자은 현화사지비명靈鷲山大慈恩玄化寺之碑銘〉
>
> 말과 풍속은 비록 같지 않지만 일을 찬미하고 생각을 서술한 것은 모두 다르지 않으니 이것이 바로 『시경』에서 "찬탄함에 부족함이 있기에 노래하고, 노래함에 부족함이 있기에 손과 발로 춤춘다"라고 이야기한 뜻일 것입니다. 성상께서 향풍체鄕風體로 노래를 지으시고 이어서 신하들에게 〈경찬시뇌가慶讚詩腦歌〉를 바치도록 하니 모두 11인이었고, 이 노래들을 모두 나무판에 새겨서 법당의 바깥에 걸게 하였습니다. 이는 구경 오는 사람들로 하여금 모두 각기 자신이 아는 바에 따라 아름다운 뜻을 알게 하고, 방문하는 사람들로 하여금 다만 걸려 있는 시들을 보고 어느새 소리 높여 부르게 하여, 아름다운 소리가 두루 퍼져 이치에 통달하게 하고자 한 것이었습니다.[44]

여기에서는 말과 풍속은 다르지만 정을 노래로 드러내는 것은 시나 노래가 마찬가지임을 『시경』의 구절을 인용하며 보이고 있는데, 이는 시詩와 가歌의 이원적인 문화 풍토에서 민족어시가로서 향가를 인식하고 있는 면모를 보여 준다. 『시경』의 말을 인용하며 민족어시가의 당위성

---

44) "方言風俗, 雖則不同, 讚事叙陳意, 皆無異, 斯盖詩所云, 嗟歎之不足, 故詠謌之, 詠謌之不足, 故舞之蹈之之義, 是也. 聖上乃御製依鄕風體歌, 遂宣許臣下獻慶讚詩腦歌者, 亦有十一人, 幷令板寫, 釘于法堂之外, 庶使遊觀者, 各隨所習, 俱知雅旨之淸, 致令尋訪者, 只仰所懸, 莫識高吟之趣俾, 以嘉聲通遍, 致乎達理, 周旋而已." 〈靈鷲山大慈恩玄化寺之碑銘〉 許興植, 『韓國金石全文』中世上, 亞細亞文化社, 1984 참조.

을 논하는 것은 조선 중엽 이후 전개되는 시가론의 논리와 흡사하기도
하다. 비록 편린으로밖에 남아 있지 않지만, 향가의 의미와 가치에 대한
고려시대의 비평들은 이처럼 민족어시가에 대해 고려인들이 지니고 있
었던 자주적이고 긍정적인 사고의 일단을 보여 준다.

제 3 장

민족어시가론의 동요기

신라인들이 사랑했고 고려 전기까지도 애호되던 향가는 고려 예종睿宗 (재위 1105~1122)의 <도이장가悼二將歌>[45]에서 마지막 잔영을 보이고 역사의 뒤안길로 사라지게 된다. 이후 고려시대에 불린 노래들에는 고려속요高麗俗謠와 경기체가景幾體歌가 있다. 고려속요는 대체로 민간에 뿌리를 두고 우리말 위주로 구성된 가요이며, 경기체가는 귀족층이 지은 한문투의 노래이다. 이 장에서는 이 중 고려속요와 관련하여 형성된 논의들을 살펴보려 한다.

향가에 대해 이루어진 찬사들과는 달리 고려속요에 대해서는 옹호하는 입장도 있었지만 부정하고 비판하는 견해가 더 거세게 나타났다. 한편에서는 세태를 있는 그대로 드러낸다는 점에서 그것을 의미 있는 것으로 인정했지만, 다른 한편에서는 그 내용의 비윤리성을 비판했다. 이렇게 상반된 입장 사이에서 많은 고려속요 작품들이 한문시가로 교체되

---

45) 1120년에 예종이 지은 가요로, 鄕札로 표기되어 있다. 申崇謙의 행적을 기록한 『平山申氏壯節公遺事』에 전한다.

었고 국문시가에 대한 가치 평가는 위기를 맞이하게 된다. 그러나 이러한 와중에도, 비록 효율적 통치를 위한 정치적 목적 아래에서나마 시가에 내재된 진실성이 인정되었고, 또 일부의 고려속요는 윤리의식에서 벗어나지 않는 것으로 인정되어 권장되기도 하였다.

1. 고려속요의 전개와 맥락

고려속요는 가사가 전하는 현전가요現傳歌謠와, 가사는 전하지 않고 배경설화만 전하는 부전가요不傳歌謠로 나누어 볼 수 있다. 현전가요는 『악학궤범樂學軌範』(1493)·『악장가사樂章歌詞』·『시용향악보時用鄕樂譜』 등 조선 전기의 문헌들에 수록되어 전하며, 부전가요는 그 내용의 대략과 형성 배경이 『고려사』 악지樂志에 소개되어 있다.

향가가 왕실의 악장과 민간의 노래로서의 성격을 모두 가지고 있는 것처럼 고려속요 또한 이러한 두 측면을 함께 지니고 있다. 그런데 현전 기록으로 볼 때 향가는 궁중에서나 민간에서나 대체로 종교적 의례와 관련을 지닌 것에 비해, 고려속요의 내용과 연행맥락은 보다 세속적이고 일상적인 면모를 보여 준다. 아래에서 이러한 의례성과 세속성의 양 측면을 살펴보기로 한다.

1) 고려속요의 민간 가요적 성격

고려가요의 전반적인 내용을 살펴보기 위해 현전가요와 부전가요의 제목 및 주제를 정리해 보면 다음과 같다.

	작품명	주제
현전 고려속요	동동動動	남녀
	만전춘滿殿春	남녀
	가시리	남녀
	쌍화점雙花店	남녀
	이상곡履霜曲	남녀
	서경별곡西京別曲	남녀
	유구곡維鳩曲	남녀 / 언로言路
	정과정鄭瓜亭	연군戀君
	정석가鄭石歌	송도頌禱
	청산별곡靑山別曲	세고世苦
	처용가處容歌	벽사辟邪
	사모곡思母曲	효
	상저가相杵歌	효
부전 고려속요	서경西京	송도
	대동강大同江	송도
	장단長湍	송도
	정산定山	송도
	금강성金剛城	송도
	장생포長生浦	송도
	송산松山	송도
	원흥元興	남녀
	거사련居士戀	남녀
	제위보濟危寶	남녀
	예성강禮成江	남녀
	안동자청安東紫靑	남녀
	월정화月精花	남녀
	사리화沙里花	풍자
	장암長巖	풍자
	양주楊州	풍류
	총석정叢石亭	풍류
	한송정寒松亭	풍류
	동백목冬柏木	연군
	오관산五冠山	효
	벌곡조伐谷鳥	언로

앞의 표에서 보듯이 고려속요에는 남녀 간의 일을 다룬 것이 많고, 그 외에도 풍자나 세고世苦 등 민간의 삶과 관련된 주제가 많다. 특히 그 배경설화가『고려사』악지에 남아 있는 부전 고려속요들은 고려속요가 민간의 다양한 삶 속에서 기원한 정황을 잘 보여 준다. 이 중 참고로 몇 가지를 들어 보면 다음과 같다.

〈월정화月精花〉

월정화는 진주 기녀이다. 사록 위제만이 그녀에게 혹하여 그의 부인을 근심과 분노로 죽게 만들었다. 고을 사람들이 이를 슬퍼하여, 부인이 살아 있을 때에 서로 소중히 사랑하지 않은 것을 따지고 월정화에게 미친 듯 빠져든 위제만을 풍자하였다.46)

〈사리화沙里花〉

조세는 과중한데 힘 있는 자들까지 수탈하니, 백성들은 곤궁해져 가진 것을 잃었다. 이에 이 노래를 지어 참새가 곡식을 쪼아 먹는 것에 빗대어 원망하였다.47)

위에 제시한 두 노래의 배경설화는 모두 풍자적인 주제를 담고 있다. 전자의 〈월정화〉는 남녀관계와 관련하여, 후자의 〈사리화〉는 귀족과 관가의 수탈과 관련하여 부당한 당대 삶의 양상과 그에 대한 비판적 시각을 표현하였다.

〈월정화〉에서는 월정화라는 기생에 빠져 아내를 돌아보지 않은, 사

---

46) 月精花, 晉州妓也. 司錄魏齊萬惑之, 令夫人憂恚而死. 邑人哀之, 追言夫人在時, 不相親愛, 以刺其狂惑也. 〈고려사 권71, 志 권25, 樂 2, 俗樂〉
47) 賦斂繁重, 豪强奪攘, 民困財傷, 作此歌, 托黃鳥啄粟以怨之. 〈위의 책〉

록 벼슬을 지낸 위제만이라는 인물에 대한 풍자가 이루어진다. 여기에는 기생 월정화에 대한 위제만의 "미친 듯 빠져든" 사랑, 그리고 이로 인해 아내가 겪은, 죽음에 이를 정도의 근심과 분노가 생생하게 그려져 있다. 한편, <사리화>에서는 무거운 조세 부담에 대하여 귀족들의 수탈까지 이어져 파탄에 이른 민생의 모습을 그리고, 그러한 귀족과 관리들을 남의 곡식을 쪼아 먹는 참새에 빗대어 풍자하였다.

이 외에도 부역 나간 남편을 기다리며 아내가 불렀다는 <거사련>, 수로로 나간 장사꾼 남편의 생환을 기뻐하며 지은 <원흥> 등 부전 고려속요의 배경설화들은 민간 삶의 여러 양상들 속에서 형성된 고려속요의 면모를 잘 보여 준다. 이처럼 고려속요는 보다 세속적인 민간가요로서의 성격을 지니는데, 이는 향가가 특히 종교적 의식과 관련하여 민간에 널리 수용되었던 것과는 다른 점이다.

이렇게 향가와 고려속요 두 장르는 유사하면서도 서로 상이한 특징을 지니고 있고, 이러한 유사성과 상이성에 기반하여 두 장르에 대한 비평 또한 서로 비슷하면서도 다른 면모로 전개되었다. 아래에서는 왕실의 악으로 고려속요가 사용되었던 맥락을 살피고, 이어 고려속요에 내재된 민간가요적 성격과 악장적 특성의 양 측면에서 고려속요 비평이 전개된 양상을 고찰하기로 한다.

2) 악장으로서의 고려속요

고려속요와 경기체가는 궁중의 악장으로 연행되었기에 고려 속악가사俗樂歌詞라고 불리기도 한다. 『고려사』에 따르면 고려의 악樂은 아악雅樂, 당악唐樂, 속악俗樂으로 분류되는데, 고려가요는 이 중 속악에 쓰인 가사

이다. 『고려사』 악지樂志 속악조俗樂條에서는 여러 편의 부전 고려가요들
뿐 아니라 <동동>, <정과정> 등 현전하는 고려속요들에 대해서도 또
한 언급하였는데, 이러한 작품들이 악곡에 실려 속악으로서 궁중의 여
러 제사에서 쓰였음을 아래의 언급을 통해 알 수 있다.

> 원구圜丘, 사직社稷에 제사할 때와 태묘太廟, 선농先農, 문선왕묘文宣王廟에
> 제향할 때에 아헌亞獻, 종헌終獻, 송신送神에 모두 향악을 교주한다.[48]

위의 기록에서 향악이란 속악의 다른 말이다. 이에 따르면 속악은 왕
실의 여러 제사에 사용되었는데, 송宋의 대성악大晟樂이나 사악詞樂 등을
수입하기 이전부터 속악은 고려 왕실의 악으로서 사용되어 왔을 것으로
짐작된다. 『고려사』의 기록에 따르면, 고려의 문물이 갖추어졌다고 평가
되는 성종成宗(재위 981~997) 때는 아직 송나라로부터 대성아악大晟雅樂이 들
어오기 이전이었다. 그러나 교사郊社(하늘과 땅에 드리는 제사)와 체협禘祫(봉건
군주들이 자기 조상들을 합쳐서 제향하는 의식) 등 의식이 수립되었다고 하니,[49]
이때 악이 동반되지 않았을 리 없다. 그렇다면 이때의 악은 고려조 혹은
삼국의 향악, 즉 속악이었을 것이다.

---

48) 祀圜丘・社稷, 享太廟・先農・文宣王廟, 亞終獻及送神, 並交奏鄉樂. <고려사 권71,
지 권25, 악 2, 用俗樂節度>

49) "高麗太祖草創大業, 而成宗立郊社, 躬禘祫. 自後文物始備, 而典籍不存, 未有所考也. 睿
宗朝, 宋賜新樂, 又賜大晟樂. 恭愍時, 太祖皇帝, 特賜雅樂, 遂用之于朝廟, 又雜用唐樂及
三國與當時俗樂."(고려는 태조가 대업을 시작한 뒤 성종이 교사를 세우고 체협을
직접 거행하였다. 그 후부터 문물제도가 비로소 갖추어졌으나 전적이 보존되어 있
지 않아 상고할 길이 없다. 예종조에 송나라에서 신악을 내렸고 또 대성악을 내렸
다. 공민왕 때 명나라의 태조황제가 특별히 아악을 내려 마침내 조정과 종묘의 행
사에 사용하였고, 또 당악과 삼국 속악, 그리고 당시의 속악을 섞어 썼다.) <고려사
권70, 지 권24, 악 1>

이후 예종 때 송나라의 아악인 대성악이 들어오고 고려 말 공민왕恭愍 王(재위 1351~1374) 때는 명나라의 아악이 들어왔지만, 속악은 여전히 국가 의 중요한 의식에서 사용되었다.[50] 이러한 속악의 가사로 쓰인 것이 바 로 고려속요이다.

고려속요의 의식 관련성은 연행기록을 통해서뿐만 아니라 작품 내부 에서도 확인된다. 이는 송도頌禱의 내용을 담은 서사序詞와 후렴 등에서인 데, 예를 들면 다음과 같다.

〈정석가〉

딩아돌하 當今당금에 계샹이다
딩아돌하 當今당금에 계샹이다
先王聖代션왕셩ᄃᆡ예 노니ᄋᆞ와지이다[51]

〈동동〉

德으란 곰ᄇᆡ예 받ᄌᆞᆸ고
福으란 림ᄇᆡ예 받ᄌᆞᆸ고
德이여 福이라 호ᄂᆞᆯ

---

50) 고려가요는 고려뿐 아니라 조선에서도 계속 악장으로 사용되었다. 이에 대해서는 뒤에서 살펴볼 것이다. 한편 고려에서는 "唐樂"으로 일컬어지는 宋의 教坊樂과 詞樂 또한 수입하여 사용하였다. 송의 교방악에 관한 확실한 기록으로서 가장 빠른 것은 文宗 때 唐樂呈才가 연행되었다는 『고려사』 악지 〈用俗樂節度〉 기사이다. 이에 의 하면, 문종 27년(1073) 2월 燃燈會 행사 때 〈踏沙行歌舞〉를 쓰기로 하였고, 같은 해 11월의 八關會 행사 때 〈抛毬樂〉, 〈九張機別伎〉가 공연되었으며, 31년(1077) 2 월의 연등회 행사 때는 〈王母隊歌舞〉가 공연되었다. 당악의 용도는 역시 『고려사』 악지의 〈용속악절도〉 조목에 간단히 기록되어 있는데, 문종대에는 연등회와 팔관 회에, 공민왕대에는 使臣의 享宴과 徽懿公主의 魂殿에 錫命을 고할 때 初獻·亞獻 에, 그리고 仁熙殿의 제사에 당악이 연행·연주되었다.

51) 『악장가사』.

나ᄉ라 오소이다
아으動動다리[52]

〈처용가〉

新羅盛代 昭盛代
天下大平 羅後德 處容아바
以是人生애 相不語ᄒ시란ᄃᆡ
以是人生애 相不語ᄒ시란ᄃᆡ
三災八難이 一時消滅ᄒ샷다[53]

〈가시리〉

위 증즐가 大平盛代대평셩ᄃᆡ[54]

위에 제시한 것은 <정석가>·<동동>·<처용가>의 서사序詞 및 <가시리>의 후렴이다. 이 부분들은 공통적으로 태평성대를 칭송하고 복을 기원하는 송축의 내용을 담고 있다. <정석가>에서는 편종編鐘·편경編磬과 같은 악기의 성대한 구비를 들면서, <동동>에서는 덕과 복을 바치면서, <처용가>에서는 재앙의 소멸을 기원하면서 시가가 바쳐지는 대상을 송축하고 있다.

이러한 서사의 내용은 뒤에 이어지는 본사本詞의 내용과는 구별되는데, 특히 <정석가>와 <동동>에서 그러한 이질성이 두드러진다. <정석가>와 <동동>의 본사는 님과의 영원한 사랑이나 님에 대한 그리움을 주로 표현하는데, 서사는 이러한 본사의 내용과 동떨어져 청자인 군왕

---

52) 『악학궤범』.
53) 위의 책.
54) 『악장가사』.

및 연행이 이루어지는 시공時空에 대한 축원의 의미를 담고 있는 것이다. 한편 마지막에 예로 든 <가시리>의 경우에는 후렴이 여타 작품들의 서사와 같은 역할을 하고 있다. <가시리>의 후렴은 본사와 이질적인 송축의 내용을 담고 있다. 이러한 고려속요의 서사와 후렴들은 고려속요가 지닌 의식 관련성을 드러내는 작품 내의 징표라 할 수 있다.

그런데 고려속요가 국가 의식에서 사용된 것은 고려조만의 일이 아니다. 조선조에도 또한 그것은 국가 의식에서 사용된 악장이었으며, 그 존폐 논란이 조선 중기까지 이어질 만큼 오랜 시간 궁중악으로서 영향력을 행사했다. 비록 조선 초기에 궁중악을 아악 위주로 재편하려는 대대적인 움직임이 있었지만, 세종 때까지도 고려속요는 회례會禮에서 속악으로서 사용되었다. 『태종실록』의 기록을 통해 이를 살펴본다.

『태종실록』 권3, 태종 2년 6월 5일

국왕연사신악國王宴使臣樂: 왕과 사신이 좌정하면 차를 올리고, 당악唐樂이 <하성조령>을 연주한다. 첫 잔을 올리고 조俎를 올릴 때 이르러 <녹명>을 노래하되 <중강조>를 쓴다. 헌화獻花하면 <황황자화>를 노래하되 <전화지조>를 쓴다. 둘째 잔을 올리고, 첫 번째 탕을 올릴 때 이르러서는 <사모>를 노래하되 <금전악조>를 사용한다. 셋째 잔을 올리면 <오양선 정재>를 하고, 두 번째 탕을 올리면 <어리>를 노래하되 <하운봉조>를 사용한다. 넷째 잔을 올리면 <연화대 정재>를 하고, 세 번째 탕을 올리면 <수룡음>을 노래하며, 다섯째 잔을 올리면 <포구락 정재>를 하고, 네 번째 탕을 올리면 <금잔자>를 읊고, 여섯째 잔을 올리면 <아박 정재>를 하고, 다섯 번째 탕을 올리면 <억취소>를 부르며, 일곱째 잔을 올리면 <무고 정재>를 하고, 여섯 번째 탕을 올리면 <신공>을 노래하되 <수룡음조>를 사용한다. 여덟째 잔을 올리면 <녹명>을 노래하고, 일곱 번째 탕을 올리고 아홉째 잔에 이르면, <황황자화>를 노래하며, 여덟 번째 탕

을 올리고 열째 잔에 이르면, <남유가어>를 노래하되 <낙양춘조>를 사
용하며, 아홉 번째 탕을 올리고 열한 번째 잔에 이르면 <남산유대>를 노
래하되 <풍입송조>나 <낙양춘조>를 사용한다.55)

　위에 인용한 기사에서 보는 것처럼 태종조에 국왕이 사신에게 베푸는
잔치에서 당악과 속악이 함께 연주되었음을 볼 수 있다. 위에서 거론된
작품들 중 <아박> 정재呈才나 <무고> 정재, 그리고 <풍입송> 등은 다
속악인데, 이 중 <아박> 정재의 가사는 고려속요 <동동>이다.56)
　위의 인용부 다음에는 "국왕연종친형제악國王宴宗親兄弟樂", "국왕연군신
악國王宴群臣樂", "국왕견본국사신악國王遣本國使臣樂" 등이 이어지는데, 이들
연회에서도 당악과 속악이 함께 연주되기는 위와 같으며, 속악으로 고
려속요 <금강성> 등의 음악이 쓰였다. 또 이어 의정부議政府에서 베푸는
여러 연회들과 "일품이하대부사공사연악一品以下大夫士公私宴樂", "서인연부
모형제악庶人宴父母兄弟樂" 등도 기술되는데, 이러한 연회들에서도 <아박>
이나 <무고>, <금강성조>, <오관산>, <방등산> 등의 속악이 당악과
함께 쓰였다. 이 중 <금강성>과 <오관산> 등은 부전 고려속요 작품들
이다.57)

---

55) 國王宴使臣樂: 王與使臣坐定, 進茶, 唐樂奏賀聖朝令. 進初盞及進俎, 歌鹿鳴, 用中腔調.
　　獻花, 歌皇皇者, 用轉花枝調. 進二盞及進初度湯, 歌四牡, 用金殿樂調. 進三盞, 五羊仙呈
　　才. 進二度湯, 歌魚麗, 用夏雲峰調. 進四盞, 蓮花臺呈才. 進三度湯, 水龍吟. 進五盞, 抛
　　毬樂呈才. 進四度湯, 金盞子. 進六盞, 牙伯呈才. 進五度湯, 憶吹簫. 進七盞, 舞鼓呈才.
　　進六度湯, 歌臣工, 用水龍吟調. 進八盞, 歌鹿鳴. 進七度湯及九盞, 歌皇皇者華. 進八度湯
　　及十盞, 歌南有嘉魚, 用洛陽春調. 進九度湯及十一盞, 歌南山有臺, 用風入松調, 或洛陽
　　春調.
56) <무고 정재>의 가사인 <정읍사>는 백제 가요이며, <풍입송>은 한문으로 된 가요
　　이다.
57) <방등산>은 백제 가요이다.

다음의 『세종실록』 기록에서도 고려속요가 조선의 악장으로 사용된
예를 볼 수 있다.

『세종실록』 권116, 세종 29년 6월 4일

또 속악(俗樂)을 정하여 <환환곡>·<미미곡>·<유황곡>·<유천곡>·
<정동방곡>·<헌천수>·<절화>·<만엽치요도>·<최자>·<소포구
락>·<보허자>·<파자>·<청평악>·<오운개서조>·<중선회>·<백
학자>·<반하무>·<수룡음>·<무애>·<동동>·<정읍>·<진작>·
<이상곡>·<봉황음>·<만전춘> 등 곡조로써 평시에 쓰는 속악을 삼았
는데, 악보 1권이 있다.[58]

여기에서 보면 세종조에 속악으로 사용된 노래들 중에는 <보허자>,
<수룡음> 등의 당악과 <동동>, <정읍> 등의 향악이 섞여 있다. 이
향악들 중 <동동>, <진작>,[59] <이상곡>, <만전춘> 등은 모두 고려
속요이다.

이 밖에도 세조 12년에 완성된 『경국대전(經國大典)』과 성종대에 편찬된
『악학궤범(樂學軌範)』 등에서도 고려속요가 조선의 악으로 계속 사용된 정
황을 보여 준다. 『경국대전』「예전」의 악공 취재 곡목에는 <오관산>,
<동동>, <한림별곡>, <북전>, <만전춘>, <정읍>, <정과정> 등이
포함되어 있다.[60] 이중 경기체가인 <한림별곡>과 백제 가요인 <정읍>

---

58) 又定俗樂, 以桓桓曲·亹亹曲·維皇曲·維天曲·靖東方曲·獻天壽·折花·萬葉熾瑤
圖·唯子[嗺子]·小抛毬樂·步虛子·破子·淸平樂·五雲開瑞朝·衆仙會·白鶴子·
班賀舞·水龍吟·無㝵·動動·井邑·眞勺·履霜曲·鳳凰吟·滿殿春等曲, 爲時用俗
樂, 有譜一卷.

59) <진작>의 가사가 고려가요 <정과정>이다. <진작>은 악곡명이다.

60) 『經國大典註解』後集, 禮典, 取才條.

이외의 나머지 작품들은 모두 고려속요이다. 그리고 『악학궤범』에는 <동동>, <정과정>, <처용가> 등의 고려속요가 각기 <아박牙拍>, <무고舞鼓>, <학연화대처용무합설鶴蓮花臺處容舞合設> 정재에 수록되어 있다.

이상에서 보았듯이 고려속요는 고려조뿐 아니라 조선 전기까지 왕실의 악장으로서 사용되던 장르이다. 또 앞서 본 것처럼 그것은 민간의 삶을 담아낸 가요이기도 했다. 이렇게 고려속요는 왕실 악장과 민간 가요의 양 측면을 지니고 있었고, 이러한 맥락 속에서 그것에 대한 수용과 비평은 이루어졌다. 이제 이러한 양상을 살펴보기로 한다.

2. 고려속요 비평

1) 채시관풍采詩觀風의 시각과 고려속요의 수용

익재益齋 이제현李齊賢(1287~1367)과 급암及菴 민사평閔思平(1295~1359)이 각각 지은 소악부小樂府 11수와 6수는 당대의 고려속요들을 한역한 것이다. 이 소악부들을 짓는 과정에서 익재 이제현이 고려속요에 대한 의견을 피력한 것이 있어 주목된다.

익재와 급암 소악부의 원작품들은 실전된 것이 많지만, 그 중에는 현전 고려속요를 대상으로 한 것도 있고, 『고려사』 악지에 배경설화만 전하는 실전 고려속요에 대한 것도 있다. 전자의 경우로는 익재 소악부 중 6, 8, 9번째, 그리고 급암 소악부 중 4번째 작품이 있다. 이 작품들은 차례로 현전 고려속요인 <처용가>, <서경별곡>, <정과정>, 그리고 <쌍화점>의 일부를 한역한 것이다. 한편 후자의 경우로는 익재 소악부 중

각각 1, 2, 3, 4, 7번째 작품인 <장암>, <거사련>, <제위보>, <사리화>, <오관산>이 있다.

익재는 먼저 소악부 9편을 짓고 다시 2편을 더하여 지으며 급암에게도 소악부 짓기를 권하였고, 이에 급암이 6편의 소악부를 지어 응한 것이 익재와 급암의 소악부가 지어진 과정이다. 이 과정은 익재와 급암 사이에 오고 간 글을 통해 살펴볼 수 있는데, 익재가 보낸 글의 전반부를 보면 다음과 같다.

이제현, 〈작견곽충룡昨見郭翀龍…〉(어제 곽충룡을 만나보았는데…)

어제 곽충룡을 만나보았는데 그가 말하기를, "급암이 소악부에 화답을 하려고 하였으나, 일은 하나인데 말만 여러 가지가 될까봐 하지 않았습니다."라고 하였다. 내가 말하였다. "유우석劉禹錫은 <죽지가竹枝歌>를 지었는데 이는 기주夔州와 삼협三峽 지역의 남녀들이 서로 즐거워하는 말이고, 소동파蘇東坡는 이비二妃・굴원屈原・초회왕楚懷王・항우項羽의 일을 엮어서 장가長歌를 지었는데, 이것들이 어찌 옛사람의 것을 답습한 것이리오? 급암은 별곡別曲 중 마음에 느껴지는 바가 있는 것을 취하여 이를 새로운 가사歌詞로 번역할 수 있을 것이다." 이에 소악부 두 편을 지어 도발한다.[61]

위에서 급암이 처음에 화답하려고 했던 소악부란 바로 익재의 소악부 9편을 가리킨다. 글의 내용으로 보아 익재는 이미 급암이 자신의 소악부 작품에 대해 화답하기를 원했으나 급암은 이를 썩 내켜하지 않았음을 알 수 있다. 급암은 그 이유가 같은 일을 두 번 말하는 것은 쓸모없기 때문이라고 곽충룡에게 말하였는데, 위의 글에서 익재는 그러한 급암의

---

61) 昨見郭翀龍, 言: "及菴欲和小樂府, 以其事一而語重故未也." 僕謂: "劉賓客作竹枝歌, 皆夔峽間男女相悅之辭, 東坡則用二妃・屈子・懷王・項羽事, 綴爲長歌, 夫豈襲前人乎? 及菴取別曲之感於意者, 翻爲新詞可也." 作二篇, 挑之. <益齋亂藁 권4>

생각이 옳지 않다고 설득하고 있다.

예를 들어 소동파가 옛 사람들의 일을 엮어 시가를 지었다고 해도 그것이 그저 이미 있던 것의 답습은 아니라는 것이다. 오히려 그것은 시인의 현실과 감정을 드러내는 훌륭한 도구가 됨을 위의 글에서는 주장하고 있다. 이러한 이유로 익재는 "별곡別曲", 즉 고려속요 중 인상적인 것을 취하여 새로운 가사歌詞, 즉 소악부를 지어볼 것을 급암에게 권유한다.

익재는 위의 내용에 이어 자신이 새로 지은 소악부 두 수를 적고 그에 대한 단상을 또한 서술하였는데, 이 부분을 보면 당대의 노래인 고려속요와 그 한역시인 소악부에 대해 익재가 가지고 있던 생각을 아래와 같이 엿볼 수 있다.

> **이제현, 〈작견곽충룡…〉**
>
> 도시 부근 하천에 제방이 터져
> 수정사 마당까지 물이 넘치네
> 상방엔 오늘밤 선녀를 숨겨두고
> 절 주인이 도리어 뱃사공이 되었네

근래에 한 고관이 봉지련이란 늙은 기생을 희롱하면서 말하였다. "너희들이 돈 많은 중은 따르면서 사대부가 부르면 왜 그렇게 늦게 오느냐?" 그 기생이 대답하였다. "요즘 사대부들은 돈 많은 상인의 딸을 취하여 두 살림을 꾸리거나 아니면 그 종으로 첩을 삼는데, 중이라고 해서 가린다면 우리들이 어떻게 아침저녁을 지낸단 말이오?" 이에 좌중이 부끄러워하였다. 선우추鮮于樞의 〈서호곡西湖曲〉에 "서호의 그림배에 어느 집 여인이 / 재물을 탐내어 억지로 노래하고 춤추네"라고 하였고, 또 "어찌하면 천금 내는 사내를 만나 / 상간복상에서 〈행로〉를 노래할 수 있을지"[62]라고 하였는

---

62) 『禮記』 「樂記」에 "상간복상(복수 강가의 뽕나무숲)의 음악은 亡國의 음악이다."라고

데, 송나라가 망하자 사대부들이 이러한 식으로 사는 경우가 있어 이를 슬퍼한 것이다. 탐라耽羅의 이러한 곡은 아주 비루하지만 이로써 백성의 풍속을 보고 시속의 변화를 알 수 있다.

> 거꾸러진 보리 이삭 그대로 두고
> 가지 생긴 삼도 내버려 두었네
> 청자와 백미를 가득 싣고서
> 북풍에 오는 배만 기다리고 있구나

탐라는 땅이 좁고 백성이 가난하였다. 과거에는 도자기와 쌀을 팔러 전라도에서 장사꾼들이 때때로 오긴 했으나 많지 않았는데, 지금은 관가官家와 사가私家의 소와 말만 들에 가득할 뿐 농사지을 땅이 없다. 벼슬아치의 수레들만 베틀의 북처럼 드나들어 그들을 전송하고 영접하느라 허덕이니 백성들이 불행하였다. 그래서 여러 번 변고가 생겼다.[63]

위에서 익재는 탐라지방의 속요 두 편을 한역하여 소악부를 짓고 이에 대한 설명을 붙여 놓았다. 두 편 모두 탐라 지방의 부정적 세태와 관련되어 있는데, 특히 중의 난잡한 풍속을 읊은 첫째 수는 익재 자신이 비판한 대로 "비루"한 상황을 담고 있다. 하지만 그러한 노래조차 익재는 "백성의 풍속을 알 수 있다"는 점에서 의미 있는 것으로 보았다. 민풍

하였다. <행로>는『詩經』「召南」의 편명. 여인들이 정조를 지킬 것을 노래한 시다.
63) "都近川頹制水坊, 水精寺裏亦滄浪. 上房此夜藏仙子, 社主還爲黃帽郞." 近者有達官, 戲老妓鳳池蓮者, 曰: "爾曹惟富沙門, 是從, 士大夫召之, 何來之遲也?" 答曰: "今之士大夫, 取富商之女, 爲二家, 否則妾其婢子, 我輩苟擇緇素, 何以度朝夕?" 座者有愧色. 鮮于樞, 西湖曲云: "西湖畫舫誰家女, 貪得纏頭强歌舞." 又曰: "安得壯士擲千金, 坐令桑濮歌行露?" 宋亡, 士族有以此自養者, 故傷之也. 耽羅此曲, 極爲鄙陋, 然可以觀民風. 知時變也. "從敎壟麥倒離披, 亦任丘麻生兩歧. 滿載靑瓷兼白米, 北風船子望來時." 耽羅, 地狹民貧. 往時全羅之賈販瓷器稻米者, 時至而稀矣, 今則官私牛馬蔽野, 而靡所耕墾. 往來冠蓋如梭, 而困於將迎, 其民之不幸也, 所以屢生變也. <익재난고 권4>

民風을 안다는 이러한 고전적인 목적을 가지고 익재는 고려속요를 즐겨 들었을 뿐 아니라 그것을 한시악부로 새롭게 번역하기도 하였다. "채시관풍采詩觀風"의 이러한 태도는 익재가 먼저 지은 9수의 소악부 작품들에서도 엿볼 수 있는데, 예를 들면 다음과 같다.

이제현, 〈소악부小樂府〉

拘拘有雀爾奚爲	잡혀 버린 참새야 너는 어이해
觸着網羅黃口兒	그물에 걸린 새끼 새가 되었느냐
眼孔元來在何許	눈구멍은 본래 어디에 두었는가
可憐觸網雀兒癡	가련하게 망에 잡힌 어리석은 새끼 새야

黃雀何方來去飛	참새는 어디서 와서 어디로 날아가는가
一年農事不曾知	일 년 지은 농사는 아랑곳 않는구나
鰥翁獨自耕耘了	늙은 홀아비가 홀로 농사 마쳤더니
耗盡田中禾黍爲[64]	밭에 있는 벼와 기장 다 먹어 치운다네

위에 든 예는 익재 소악부의 첫째 수와 넷째 수로, 각각 『고려사』 악지에 수록된 〈장암長巖〉과 〈사리화沙里花〉의 한역이다. 모두 참새를 소재로 하고 있는데, 앞선 작품에서는 참새가 연민을 느끼게 하는 존재로, 뒤의 작품에서는 그것이 얄미운 존재로 그려졌다. 이러한 참새의 서로 다른 모습을 통해, 무고한 일에 연루되어 화를 입는 백성의 상황과 백성을 수탈하는 관리의 행태가 각기 풍자되었다. 이러한 풍자적인 고려속요 작품들을 한역의 소재로 삼은 것은 익재가 속요 향유의 의의로 언급한 "채시관풍"의 시점과 잘 부합한다고 할 수 있다.

---

64) 위의 책.

한편 익재는 남녀 간의 애정사를 표현한 작품들도 소악부의 재료로
삼았는데, 먼저 지은 소악부 9수 중 두 번째 작품인 <거사련居士戀>과
그 다음 작품인 <제위보濟危寶>가 그러한 경우이다. <거사련>은 부역
나간 남편을 그리워하는 노래이고, <제위보>는 남녀 간의 부적절한 만
남을 그린 것이다. 이 작품들은『고려사』악지 속악조에 배경설화가 소
개되어 있어 노래가 지어진 문맥을 더 쉽게 이해할 수 있는데, 관련 기
록을 보면 다음과 같다.

〈**거사련**居士戀〉

부역 나간 사람의 아내가 이 노래를 지어, 까치와 거미에 빗대어 남편이
돌아오기를 바랐다. 이제현이 시를 지어 풀이했다.

까치는 울타리의 꽃가지에 지저귀고
거미는 상머리에 거미줄 치네
내 님 돌아오실 날 멀지 않음을
정신이 미리 내게 알려 주누나[65]

〈**제위보**濟危寶〉

부인이 죄 때문에 제위보에서 노역을 살다가, 남에게 손을 잡히어 이를
설욕할 길이 없음을 한탄해 이 노래를 지어 스스로 원망하였다. 이제현이
시를 지어 풀이하였다.

완사계 언덕 위에 버들가지 늘어졌는데
손잡고 마음 전하던 백마 탄 낭군님

---

65) 行役者之妻作是歌, 托鵲蟢, 以冀其歸也. 李齊賢作詩, 解之曰: "鵲兒籬際噪花枝. 蟢子床
頭引網絲. 余美歸來應未遠, 精神早已報人知."<고려사 권71, 지 권25, 악 2, 속악>

삼월에 내린 비가 처마를 때린대도
손끝에 남은 향을 차마 어이 씻으리[66]

　앞의 <거사련>의 경우, 배경설화에 비추어 노래의 내용을 이해하는
데 어려움이 없다. 반면 뒤의 <제위보>에서는 배경설화와는 좀 다르게
노래의 내용을 이해할 여지가 있다. 노역을 살러 나간 여인이 시냇가에
서 한 남성을 만나게 된 상황 자체는 다르게 볼 것이 없다. 하지만 배경
설화에서는 여인이 이를 설욕하고자 했다고 서술한 것에 비해 노래의 내
용에서는 오히려 안타까움이 묻어나는 측면이 있다. 이처럼 해석의 차이
가 있을 수 있지만, 이 두 작품이 당대의 남녀 간 풍속을 표현하고 있다
는 점에는 변함이 없다.

　풍자적 내용과 남녀 간 애정을 통해 인정세태를 드러내기는 급암 민
사평의 소악부에서도 마찬가지이다. 급암은 익재가 소악부 두 편을 더
지어 독려하자 드디어 자신도 여섯 편의 소악부를 지어 화답하는데,[67]
이를 들어 보면 다음과 같다.

---

66) 婦人以罪, 徒役濟危寶, 恨其手爲人所執, 無以雪之, 作是歌以自怨. 李齊賢作詩, 解之曰:
　　"浣沙溪上傍垂楊. 執手論心白馬郎. 縱有連簷三月雨, 指頭何忍洗餘香." <위의 책>

67) "伏蒙宗伯益齋公, 錄示近所爲詩數篇, 其折輩行, 誘掖後進之意深且切矣. 雖以庸愚, 寧不
　　知感. 然自惟拙澁, 必不能攀和, 因循至今. 惶悚間公恕其逋慢之罪, 再以小樂府二章示之,
　　愈感愈悚, 謹和成若干首, 薰沐繕寫拜呈左右." (종장 익재공이 요즘 지은 몇 편의 시를
　　적어 보여 주시니, 항렬을 접고 후진을 이끌어 도우려는 뜻이 깊고 절실하다. 비록
　　용렬하고 어리석은 나로서도 어찌 은덕을 느끼지 않으리오. 그러나 문장이 서툴고
　　난삽하여 반드시 화답할 수 없으리라고 스스로 생각하였기에 이제까지 미루었다.
　　황송한 때에 공께서 태만한 죄를 용서하시고 다시 소악부 두 장을 보여 주시니 더
　　욱 감격하고 황송하여 삼가 이에 화답해 약간의 작품을 지었다. 재계한 뒤 잘 베껴
　　서 공께 절하며 올리다.) <及菴詩集 권3, 伏蒙宗伯益齋公…>

민사평, 〈소악부小樂府〉

情人相見意如存	연인끼리 만나려는 생각이 있다면
須到黃龍佛寺門	모름지기 황룡사 문 앞으로 와야 하리
氷雪容顔雖未覿	빙설 같은 얼굴은 보지 못해도
聲音仿佛尙能聞	목소리야 어렴풋이 들을 수 있을 테니
浮漚收拾水中央	물 가운데 물거품을 거두어 들여서
瀉入鷹疏經布囊	거칠고 성기게 짠 베자루에 쏟아붓네
擔荷肩來其樣範	어깨에 메고 오는 그 모습이라니
恰如人世事荒唐	세상사 허황한 것 이와 꼭 닮았구나
黑雲橋亦斷還危	먹구름에 다리 끊겨 더욱 더 위태한데
銀漢潮生浪靜時	은하수 물결조차 조용히 잦아든 때
如此昏昏深夜裏	이처럼 깜깜하고 야심한 밤길을
街頭泥滑欲何之	미끄러운 진창길 어디로 가려 하나
三藏精廬去點燈	삼장사에 등불 켜러 갔더니
執吾纖手作頭僧	그 절 주지 가녀린 내 손을 잡네
此言老出三門外	이 말씀이 이 절 문 밖에 새나간다면
上座閑談是必應	기필코 이는 상좌의 수다 때문이리라
紅絲祿線與靑絲	청실 홍실 그리고 초록 실
安用諸般雜色爲	갖가지 잡색 실을 어디에 쓸까
我欲染時隨意染	내가 물들이고 싶을 때 내 맘대로 물들이니
素絲於我最相宜	내게는 하얀 실이 가장 좋다네
再三珍重請蜘蛛	두세 번 정중히 거미에게 부탁하니
須越前街結網圍	앞길로 질러가서 거미줄을 쳐 주시게
得意背飛花上蝶	꽃 위에 앉은 나비 신이 나서 떠나면
願令粘住省愆違[68]	거미줄에 달라붙어 제 허물 뉘우치게

위에서 보듯이 급암의 소악부에는 특히 남녀 간 애정과 관련된 내용이 많다. 허황된 세태를 풍자한 두 번째 수만 제외하면 모두 남녀 간의 일과 관계되어 있다. 첫째 수에서는 사원 앞에서의 밀회를 읊었다. 목소리만으로 연인을 느껴야 하는 안타까운 밀회의 장면이 그려져 있다. 셋째 수와 넷째 수는 현전 가요들에 대한 것인데, 셋째 수는 백제 속요 <정읍>을 한역한 것으로 보인다. <정읍>은 길 떠난 장사꾼의 아내가 남편의 무사귀환을 바라며 부른 노래다. 그리고 넷째 수는 고려속요 <쌍화점> 및 <삼장三藏>과 관련된 것이다. <삼장>은 <쌍화점>의 둘째 연과 같은 내용을 지닌 한문가요로,『고려사』악지 속악조에 실려 있다.[69] <쌍화점>은 요릿집과 절, 술집과 우물가 등 여러 공간에서 계속되는 남녀 사이의 추문을 그린 고려속요다.

한편 다섯째 수는 그 내용으로 보아 부전 고려속요 <안동자청>의 한역임이 분명하다. <안동자청>은 남녀 관계에서 정조의 중요성을 강조한 노래다. 그리고 마지막 여섯째 수는 연인의 변심을 경계하며 그 변심을 응징하고자 하는 마음을 표현하였는데, 이 역시 부전 고려속요와 관련된 것이 아닌가 한다. <월정화>가 그것인데, 앞에서 그 배경설화를 살펴보았듯이 이 노래는 기생 월정화에게 빠져 아내를 근심과 분노로 죽게 한 위제만을 풍자한 것이다. 이러한 설화의 내용은 이 마지막 소악부 작품과 어느 정도 조응한다.

이처럼 익재나 급암의 소악부에서는 민중의 풍속과 세태를 드러내고 풍자하는 고려속요 작품들을 채택하여 그것을 한시로 풀이했다. 앞서

---

68)『급암시집』권3.
69) "三藏寺裏點燈去, 有社主兮執吾手. 倘此言兮出寺外, 謂上座兮是汝語." <고려사 권71, 지 권25, 악 2, 속악, 三藏>

본 익재의 글에서 표현된 것처럼 이들의 소악부 창작 목적은 채시관풍이라는 통치자의 시각에 입각한 것이었으므로, 이들이 중시한 것은 시가의 효용성과 교훈성이라고 볼 수 있다. 그러나 동시에 이들은 그러한 "관풍觀風"의 명분에 입각하여 다소 분방한 내용이라도 포용할 수 있었고, 결과적으로 시가의 내용에 대한 윤리적 규제는 크게 하지 않아도 되었던 것으로 보인다.

있는 그대로의 민풍을 보여 준다는 점에서 국문시가를 적극적으로 수용한 이제현과 민사평의 이러한 태도는 이후 조선조의 국문시가 옹호론자들에게 이어지고 발전된다. 이 같은 점에서 이들의 소악부 창작과 비평은 국문시가의 비평사에서 중요한 의미를 지닌다고 할 수 있다.

2) 고려속요의 음사淫辭 비판과 선택적 전승

고려 멸망 이후 조선조에서도 고려속요는 왕실의 악장으로 사용되었다. 그러나 조선 건국 이후 한편에서는 이에 대한 비판적 논의가 계속되었다. 조선의 공신들은 고려의 악樂을 망국의 악으로 비판하고 이를 잘 가려서 쓸 것을 선초부터 주장했다. 고려속요 작품에 대한 비판은 중종中宗(재위 1506~1544) 때까지 계속되었으며 그 범위가 넓어졌고, 이에 따라 고려속요는 점차 사라지거나 한문가사로 대체되는 운명을 결국 맞게 되었다. 아래에 관련 기록을 들어 본다.

① 『세종실록』 권3, 세종 1년 1월 1일
여러 신하들은 취할수록 더욱 공경하며 실컷 즐기고 밤이 깊어서야 파했다. 이 자리에서 상왕은 맹사성·변계량·허조 등에게 말하기를, "＜후전진작>은 그 곡조는 좋지만, 가사만은 듣고 싶지 않다."라고 하니, 맹사성 등이 아뢰기를, "전하의 분부는 당연하옵니다. 지금 악부에서 그 곡조만을 쓰고 그 가사는 쓰지 않습니다. <진작>은 만조慢調·평조平調·삭조數調가 있는데, 고려 충혜왕이 자못 음탕한 노래를 좋아하여, 총애하는 측근들과 더불어 후전에 앉아서 새로운 가락으로 노래를 지어 스스로 즐기니, 그 시대 사람들이 <후전진작>이라 일컬었던 것입니다. 그 가사뿐만 아니오라, 곡조도 쓸 수 없는 것입니다."라고 하였다.70)

②『성종실록』권219, 성종 19년 8월 13일

특진관 이세좌가 아뢰기를, "요사이의 음악은 거의 남녀가 서로 좋아하는 가사를 쓰고 있는데 이는 곡연曲宴이나 관사觀射에 거둥하실 때는 써도 무방합니다만, 정전正殿에 납시어 여러 신하들을 대할 때 이 속된 말을 쓰는 것이 사리에 어떠하겠습니까? 신이 장악제조가 되었으나 본래 음률을 해득하지 못합니다. 그러하오나 들은 바대로 말씀드린다면 <진작>은 비록 속된 말이나 충신이 임금을 그리는 가사이므로 쓴다 해도 방해될 것이 없으나, 다만 간간이 노래에 비루하고 저속한 가사로 <후정화>·<만전춘> 같은 종류도 많습니다. <치화평>·<보태평>·<정대업> 같은 것은 곧 조종祖宗의 공덕을 칭송하는 가사로서 마땅히 이를 부르도록 해서 성스러운 덕과 신령한 공적을 널리 기려야 할 것입니다. 지금의 기녀와 악공들은 오래된 관습에 젖어 있어 바른 음악을 버리고 음탕한 음악을 좋아하니, 심히 적당하지 못합니다. 일체의 속된 가사들은, 청컨대 모두 연습치 말게 하소서."라고 하니, 임금이 좌우를 돌아보며 물었다. 영사 이극배가 대답하기를, "이 말이 옳습니다. 다만 관습이 이미 오래 되어 갑자기 개혁하지는 못할 것입니다. 해당 관아로 하여금 상의하여 아뢰게 하소서."라고 하니, 임금이 옳다고 하였다.71)

---

70) 群臣醉益敬焉, 歡極夜深乃罷. 當宴, 上王語孟思誠·卞季良·許稠等曰: "後殿眞勺, 其音節雖好, 其歌詞不欲聞也." 思誠等曰: "上旨允當. 今樂府用其調, 不用其詞." 眞勺有慢調, 有平調, 有數調. 高麗忠惠王頗好淫聲, 與嬖幸在後殿, 作新聲淫詞以自娛, 時人謂之, 後殿眞勺, 非獨其詞, 調亦不可用.

③ 『성종실록』 권236, 성종 21년 1월 17일

권주가 또 아뢰기를, "장악원에서 익히는 속악俗樂은 대개 모두 신우(禑
王, 재위 1374~1388) 때의 가사로 망국의 음악이므로, 연향에 쓸 수 없습니
다. 더욱이 그 가운데 남녀가 서로 좋아하는 가사도 많으니, 청컨대 모두
버리소서." 하자, 임금이 말하기를, "곡은 갑자기 고칠 수 없으나, 그 사이
에 가사가 마땅히 버려야 할 것은 버려야 한다. 음률을 아는 재상으로 하
여금 지어서 보태어 넣게 하는 것이 가하다." 하였다.[72]

④ 『성종실록』 권240, 성종 21년 5월 21일

앞서 서하군 임원준·무령군 유자광·판윤 어세겸·대사성 성현 등에
게 <쌍화곡>·<이상곡>·<북전가> 중에서 음란한 기사를 고쳐 바로잡
으라 명하였는데, 이에 이르러 임원준 등이 지어 바쳤다. 전교하기를, "장
악원으로 하여금 익히게 하라." 하였다.[73]

⑤ 『중종실록』 29권, 중종 12년 8월 30일

"가사 가운데의 말이 음란한 데에 관계되는 것과 불교의 바르지 않은
음악은 빨리 혁파해야 하며, 조정에서 금하여 쓰지 않으면 조정은 물론 민
간에서도 보고 느껴서 구습을 고칠 수 있을 것입니다."[74]

---

71) 特進官李世佐啓曰: "方今音樂率用男女相悅之詞, 如曲宴·觀射·行幸時, 則用之不妨,
御正殿, 臨群臣時, 用此俚語, 於事體何如? 臣爲掌樂提調, 本不解音律. 然以所聞言之,
眞勺雖俚語, 乃忠臣戀主之詞, 用之不妨, 但間歌鄙俚之詞, 如後庭花·滿殿春之類亦多.
若致和平·保太平·定大業, 乃祖宗頌功德之詞, 固當歌之, 以襃揚聖德神功也. 今妓工
狃於積習, 舍正樂而好淫樂, 甚爲未便. 一應俚語, 請皆勿習." 上顧問左右, 領事李克培對
曰: "此言是也. 但積習已久, 不可遽革, 令該曹商議以啓." 上曰: "可."
72) 權柱又啓曰: "掌樂院所肄俗樂, 類皆辛禑時歌辭, 亡國之音, 不可用於宴饗. 況其中男女相
悅之詞亦多, 請皆去之." 上曰: "曲譜不可頓改, 其間歌辭, 當去者去之. 令知音宰相, 製而
添入可也."
73) 先是命西河君任元濬·武靈君柳子光·判尹魚世謙·大司成成俔, 刪改雙花曲·履霜曲·
北殿歌中淫褻之辭, 至是, 元濬等撰進. 傳曰: "令掌樂院, 肄習."
74) 歌詞中語涉淫辭·釋敎不正之樂, 宜亟痛革. 若朝廷禁而不用, 則中外閭巷自然觀感, 可變

⑥ 『중종실록』 권32, 중종 13년 4월 1일

대제학 남곤이 아뢰기를, "전일 신에게 악장 중 음사나 불교와 관계된 말을 고치라고 명하시기에, 신이 장악원 제조 및 음률을 아는 악사와 진지한 의논을 거쳐 <아박정재 동동사> 같은 남녀 음사에 가까운 말은 <신도가>로 대신하였으니, 이는 대개 음절이 그와 같기 때문입니다. <신도가>는 우리 왕조가 한양으로 천도할 때 정도전이 지은 것인데, 이 곡은 한문을 쓰지 않고 토속어를 많이 써서 지금 쉽게 이해할 수 없으나 토속적 가풍歌風 또한 보존해야 할 것입니다. 또 음악으로 말하면 옛날에는 느린 것을 숭상하였으나 지금은 촉박함을 숭상하니 고칠 수가 없습니다. <무고정재 정읍사>는 <오관산>으로 대용하였으니, 이것 역시 음률이 서로 맞기 때문입니다. <처용무>·<영산회상>은 새로 지은 <수만년사>로 대치하였으며, <본사찬>·<미타찬>도 새로 지은 <중흥악사>로 대치하였습니다. …(중략)…"하니, 전교하기를, "아뢴 말이 다 옳다. <처용무> 등은 아뢴 것처럼 고치는 것이 옳다. 그러나 옳지 못한 옛 습관이 이것뿐만 아니라 필시 많을 것이니 한꺼번에 없앨 수는 없을 것이다."하고, 곧 남곤이 제작한 악장으로 옛 악장을 대신하게 하였다.[75]

특정 고려속요 작품에 대한 비판으로 먼저 나온 것은 ①번 기록에서 보는 것처럼 세종 1년에 <후전진작後殿眞勺>에 대해 가한 태종의 비판이다. 충렬왕 때에 지어졌다는 <후전진작>은 <북전北殿>으로도 불리며 그 악곡이 『대악후보大樂後譜』에 남아 전하는데, <정과정>의 악곡인

舊習矣.

75) 大提學南袞啓曰: "前者, 命臣, 改製樂章中語涉淫詞·釋敎者, 臣與掌樂院提調及解音律樂師, 反覆商確, 如牙拍呈才動動詞, 語涉男女間淫詞, 代以新都歌, 蓋以音節同也. 新都歌, 乃我朝移都漢陽時, 鄭道傳所製也. 此曲非用文詞, 多用方言, 今未易曉, 土風亦當存之. 且節奏, 古則徐緩, 今則急促, 不可改也. 舞鼓呈才井邑詞, 代用五冠山, 亦以音律相叶也. 處容舞·靈山會相, 代以新製壽萬年詞, 本師讚·彌陀讚, 代以新製中興樂詞. …(중략)…"傳曰: "所啓之言皆是. 處容舞等, 如所啓革之, 則可也. 但不正之舊習, 不特此也, 必多有之, 不可一切革之."仍命以袞所製樂章, 代舊樂章.

<진작>과 같은 형식으로 되어 있다.[76] 그 가사는 사라져 알 수 없지만, 고려속요 <정과정>·<이상곡> 등과 악곡의 형식이 서로 유사하므로, 그 노랫말 또한 이들과 유사한 형식을 지닌 고려속요였을 것으로 짐작된다. ②번 기록에서 보면 <후전진작>은 성종 19년에도 비판되었다. 이 기록에서 언급한 <후정화>가 바로 <후전진작>이다. 한편 <만전춘> 또한 이때 함께 비판되었는데, 두 작품 모두 "음탕한 음악"으로 배척의 대상이 되었다.

그런데 성종 19년의 비판은 조회朝會에만 한정된 것이었고 곡연(연회)이나 관사(활쏘기 행사)와 같은 경우에 쓰는 것은 무방하다고 논의된 것에 비해, 이어 성종 21년 기록인 ③번 기록에서는 특히 "남녀가 서로 좋아하는 가사"(男女相悅之詞)와 관련하여 고려속요 전체에 대한 보다 전면적인 비판이 이루어지고 있다. 이어 동년의 ④번 기록에서 보면 고려속요 <쌍화점>·<이상곡>·<후전진작> 등이 모두 한문가사로 개편되었음을 볼 수 있다. 이후 중종조의 ⑤·⑥번 기록을 보면, 선초에 왕실에서 즐겨 사용하던 <동동>과 <처용가>마저 모두 한문가사로 대체된 상황을 접하게 되는데, 이와 같은 과정을 거쳐 조선 중기 이후 고려속요는 더 이상 악장으로 사용되지 않게 된 것으로 보인다.

위의 기록들에서 보면, 고려속요에 대한 조선조의 비판은 주로 가사를 중심으로 이루어졌다. 이에 비해 곡조에 대해서는 비교적 관대한 시각이 많았다. 물론 곡에 대한 비판 또한 존재하였다. 다음의 기록을 통해 보면 고려속요의 가사뿐 아니라 음악에 대한 비판도 있었음을 알 수 있다. 하지만 위의 ③번 성종조 기록에서 보는 것처럼 현실적으로 곡은 갑자기 고치기 어려우므로 곡은 그대로 두고 가사만 변경하는 것이 조

---

76) 양태순, 『고려가요의 음악적 연구』, 이회문화사, 1997, 171~174면 참조.

선조 악장의 일반적인 개작 방향이었다. 고려속요의 음악에 대한 비판은 다음의 기록을 통해 볼 수 있다.

『태종실록』 권3, 태종 2년 6월 5일

예조에서 의례 상정소 제조와 더불어 의논하여 음악을 올렸다. "신 등이 삼가 고전을 상고하건대, '음을 살펴서 악樂을 알고, 악을 살펴서 정사政事를 안다.' 하고, 또 말하기를, '악을 합하여 신령을 이르게 하며 나라를 조화롭게 한다.' 하고, 또 말하기를, '바른 소리는 사람을 감동시키되 기운이 응함을 순하게 하고, 간사한 소리는 사람을 감동시키되 기운이 응함을 거슬리게 한다.'라고 하였습니다. 그러므로 주나라의 음악인 대사악大司樂에서는 음탕한 소리·지나친 소리·흉한 소리·늘어지는 소리 등을 금하였습니다. 신 등이 가만히 보건대, 지난 왕조에서 삼국 말년의 악을 이어받아 그대로 썼고, 또 송나라를 따라 교방敎坊의 악을 사용토록 청하였으니 그 말년에 이르러 또한 음란한 소리가 많았사온데 조회朝會와 연향宴享에 일체 그대로 썼으니 볼 만한 것이 없습니다. 지금 건국 초기가 되어 이를 그대로 인습하는 것은 불가하옵니다. 신 등이 삼가 당악과 속악 양쪽의 악에서 그 소리가 약간 바른 것을 취하고 풍아風雅의 시詩를 참고로 하여 조회와 연향의 악을 정하고 신하와 백성들에게 통용되는 악에까지 미쳤으니, 다음과 같습니다."77)

윗글에서 비판한 음탕한 소리(淫聲)·지나친 소리(過聲)·흉한 소리(兇聲)·늘어지는 소리(曼聲) 등은 가사와 곡 양쪽 모두와 어느 정도씩 관련

---

77) 禮曹與儀禮詳定提調同議, 進樂調. "臣等謹按古典: '審音以知樂, 審樂以知政.' 又曰: '合樂以致神祇, 以和邦國.' 又曰: '正聲感人而順氣應, 姦聲感人而逆氣應.' 是以, 周官大司樂, 禁其淫聲·過聲·匈聲·曼聲. 臣等竊觀前朝承三國之季, 因用其樂, 又從宋朝, 請用敎坊之樂, 及其季世, 又多哇淫之聲, 朝會宴享, 一切用之, 無足可觀. 今當國初, 不可因襲. 臣等謹於兩部樂, 取其聲音之稍正者, 參以風雅之詩, 定爲朝會宴享之樂, 以及臣庶通行之樂, 具列于左."

되어 있는 것으로 보인다. 예를 들어 "지나친 소리"란 감정을 심하게 드러내는 노래를 말하는데, 이는 가사와 곡조 모두와 관련될 수 있다. 이것은 망국의 소리를 가리키는 "흉한 소리"도 마찬가지다. 이처럼 고려속요의 악곡 또한 비판을 받지 않은 것은 아니다. 하지만 앞서 언급하였듯이 현실적으로 악곡을 고치는 것은 힘들었기에, 가사만 고치고 악곡은 그대로 두는 것이 선초 악장 개작의 일반적인 방향이었다.

그런가 하면 가사 또한 모든 것이 비판된 것은 아니고, 이른바 "남녀상열지사"가 아닌 윤리적 내용을 담은 가사들은 옹호·권장되기도 하였다. 예를 들어, 효의 주제를 담은 <오관산>은 태조 때부터 중종 때까지 비판 없이 계속해서 쓰였다. 이 작품은 또 중종 때 <무고> 정재에서 <정읍사>를 대신하여 사용되기도 하였다. 그리고 <안동자청>과 같은 고려속요는 조선조에 실제로 불린 기록은 없지만, <원흥>, <거사런> 등의 작품과 함께 부인의 정절을 읊은 노래로 악에 올려 쓸 것이 건의된 바 있다. 이와 관련하여 실록의 기록을 보면 다음과 같다.

『세종실록』 권54, 세종13년 10월 6일

관습도감에서 아뢰기를, "<원흥곡>과 <안동자청조>를 가악으로 다시 쓰기를 청합니다. 원흥은 동북면에 있는 화령에 속한 군으로 큰 바닷가에 있는데, 그 고을 사람이 바닷배를 따라 행상을 하다가 돌아오니, 그 아내가 그를 맞아 기뻐하여 노래했습니다. <안동자청조>도 또한 부인이 지은 것인데, 부인이 몸으로써 남편을 섬기다가 한번 그 몸을 더럽히게 되면 남편이 천하게 여기고 미워하는 바이므로, 실의 홍·록·청·백색으로써 되풀이하면서 이를 비유한 것입니다. 두 곡조가 비록 모두 악부에 기재되어 있으나 폐지되어 쓰이지 않은 지가 오래 되었습니다. 지금 그 가사를 보니, <안동자청조>는 부인이 정숙하여 스스로 지조를 지켜 남에게 더럽히

지 않았으며, <원홍곡>은 남편이 돌아온 것을 보고 기뻐하여 이를 노래
했으니, 꼭 <거사련>과 서로 표리가 될 만합니다. 모두 풍교에 도움이 있
을 것이니 진실로 마땅히 관현管絃에 올려서 폐지되지 않게 하소서." 하니,
그대로 따랐다.78)

위의 기록에서 보듯이 조선조에서 비판한 것은 고려속요 전체가 아니
라 그것의 비윤리적인 부분에만 한정된 것이었는데, 그러한 비판이 이
루어진 사상적 토대는 다음과 같은 정도전鄭道傳(1342~1398)의 글을 통해
살펴볼 수 있다.

정도전, 〈악樂〉

악樂이란 바른 성정에 바탕을 두고 소리와 글월로 표현되는 것이다. 종
묘의 악은 조상의 성대한 덕을 찬미하기 위한 것이고, 조정의 악은 군신
간의 장엄함과 존경을 지극하게 하기 위한 것이며, 향당과 규방에 이르기
까지도 각기 일에 따라서 짓지 않음이 없다. 그러므로 그윽하면 조상이 이
르고, 밝으면 군신이 화합하며, 이를 향당과 온나라에까지 미루어 교화가
실현되고 풍속이 아름다워지는 것이니, 악의 효과가 깊도다!79)

정도전은 종묘와 조정의 악에서 담아야 할 것은 조상과 군주의 덕을
찬미하는 것, 즉 송축의 내용이라고 보았다. 그리고 향당과 규방 등 민

---

78) 慣習都監啓: "元興曲及安東紫青調, 請於樂歌復用. 元興在東北面和寧屬郡, 濱于大海. 郡
人隨海船行商而還, 其妻迎見, 悅而歌之. 紫青調亦婦人所作, 言婦人以身事人, 一失其身,
人所賤惡, 故以絲之紅綠青白, 反覆譬之. 二曲雖皆載諸樂府, 然廢而不用久矣. 今見其詞,
紫青調, 婦人有貞靜自守, 不爲人所汚; 元興曲, 見夫之還, 喜而歌之, 正與居士戀, 相爲表
裏. 皆足以有補於風敎, 誠宜被之管絃, 俾之勿壞." 從之.

79) 樂者, 本於性情之正, 而發於聲文之備. 宗廟之樂, 所以美祖考之盛德, 朝廷之樂, 所以極
君臣之莊敬, 以至鄉黨閨門, 莫不因其事而作焉. 故幽則祖考格, 明則君臣和, 推之鄉黨邦
國, 而化行俗美, 樂之效深矣哉! <三峯集 권7, 朝鮮經國典 上, 禮典>

간의 노래가 결과적으로 담아내야 할 것은 교화가 실현된 아름다운 풍속이라고 하였다. 이러한 송축성과 윤리성을 지닌 시가를 짓고자 한 것이 조선 초 가악 개편의 방향이었다. 이와 같은 시각에서 보았을 때 남녀 사이의 애정을 주된 주제로 했던 고려속요는 망국의 음, 이른바 정성鄭聲, 즉 정나라의 노래로 비판의 대상이 되었다.

반면 연군의 주제를 담은 <정과정> 같은 고려속요는 조선조의 비판을 비껴나갈 수 있었는데, 이는 앞서 인용한 기록에서도 보이는 바다. 또한 <정과정>은 충신연주지사로서 사대부들의 사석에서도 애호되었던 것으로 보인다.[80] 다음의 기록에서 볼 수 있는 것처럼 그것은 우리말 노래의 대표적인 작품으로 인식되고 있었다.

이종준, 〈유산악부시발遺山樂府詩跋〉

우리나라는 중국과 언어가 매우 다르다. 이른바 악부라는 것에 있어서는 소리를 내어 노래할 줄은 모르고, 다만 글자의 평측과 구의 장단을 나누고 운을 맞출 뿐이니, 이른바 시로 사를 짓는다는 것은 뭇 여인이 아무리 서시西施 흉내를 내며 가슴을 두드리고 찡그려본들 추할 뿐인 것과 같다. 이러하므로 문장의 대가들도 감히 억지로 짓지 않으니 재능이 미치지 못해서가 아니다. 또한 만일 중국사람에게 <정과정>과 <오관산>을 풀이한다면 이 역시 우스꽝스럽기 짝이 없을 것이다. 오직 익재 이제현만이 충선왕을 모시면서 염복閻復(1236~1312), 조맹부趙孟頫(1254~1322) 등의 학자들과 종유하며 사詞 및 여러 체를 갖추어 알았으니 우리나라에서 유일하였다. 그러나 진사도陳師道(1053~1102), 이청조李淸照(1081~1141)로 하여금 짓게 했다면, 손숙오처럼 다 떨어진 옷을 입고 천천히 걸어갈 줄 모른다 하더라

---

80) 왕실의 평가와 관련해서는 71번 각주의 성종 19년 기록 참조. 사대부들의 수용과 관련해서는 길진숙, 앞의 책, 29~37면; 최재남, 『士林의 鄕村生活과 詩歌文學』, 국학자료원, 1997, 120~125면 참조.

도 진짜 손숙오가 될 수 있었을 것이다. 이로써 사람들이 잠깐 사이에 악
부를 지을 수 있는 것이 아님을 알겠으니, 비록 악부를 모른다 해도 이는
우리나라 문장에 문제가 있어서가 아니다.[81]

이 글은 익재 이제현이 원나라에서 여러 문인들의 악부와 사곡詞曲을
수집하여 편찬한 책인 『유산악부遺山樂府』에 대해 용재慵齋 이종준李宗準
(?~1499)이 쓴 발문의 일부이다. 이종준은 김종직金宗直(1431~1492)의 문인
으로서 무오사화戊午士禍에 연루되어 죽은 문신인데, 진주 도사로 재임하
던 중인 1492년에 이 책을 간행하였다. 이 글의 전반부에서는 사詞 문학
에 대한 중국 문인들의 논의를 제시하였고, 후반부에서는 우리나라의
경우를 설명하였는데, 위의 인용문은 후반부의 내용이다.

위의 인용부에서 이종준은 중국의 악부에 대응하는 우리의 시가로서
<정과정>과 <오관산>을 들었는데, 이로써 15세기 성종조까지 이 작품
들과 같은 고려속요가 우리나라의 대표적인 시가로서 인식되고 있었음
을 볼 수 있다.

한편 이 글에서는 우리나라 사람들이 중국의 사를 짓기 어려움을 논
의하였는데, 그 까닭은 언어가 매우 다르기 때문이라고 설명하였다. 그
리고 중국인들이 우리 노래인 <정과정>이나 <오관산>을 향유하기 어
려운 것처럼 우리나라 사람 또한 중국인들이 노래로 즐기는 사 문학을
짓고 부르기 어려운 것은 당연한 일임을 언급하였다. 이렇듯 노래하는

---

81) 吾東方旣與中國語音殊異. 於其所謂樂府者, 不知引聲唱曲, 只分字之平側, 句之長短, 而
　　協之以韻, 皆所謂以詩爲詞者, 捧心而矉, 其里祇見其醜陋耳. 是以, 文章巨公, 皆不敢强
　　作, 非才之不逮也. 亦如使中國人, 若作鄭瓜亭·小唐鷄之解, 則必且使人撫掌絶纓矣. 唯
　　益齋入侍忠宣王, 與間趙諸學士游, 備知詩餘衆體者, 吾東方一人而已. 然使后山易安可
　　作, 未知弊衣縐步, 爲眞孫叔敖也耶. 以此知人不可造次爲之, 雖未知樂府, 亦非我國文章
　　之累也. <慵齋遺稿, 雜著>

시가는 우리말로 지을 수밖에 없다는 인식은 국문시가의 의의에 대한 뒷시대의 논의들로 이어진다는 점에서 주목되는데, 이와 관련해서는 다음 장에서 살펴볼 것이다.

조선조의 시가론은 고려속요에 대한 비판과 함께 시작되었다고 할 수 있다. 고려시대에 악장으로 사용되던 우리말 노래인 고려속요는 조선초 건국의 기틀을 다지는 과정에서 혁파의 대상이 되었다. 그러나 고려속요 중에도 유교적 가치에 부합하는 작품들은 조선조에서도 오히려 권장되었고, 그 중 <정과정>과 같은 작품은 공석과 사석에서 두루 애용되며 고려속요의 전통을 조선으로 이어갔다. 그리고 이러한 고려속요의 맥락은 시조와 같은 조선조 시가를 형성하는 기반이 될 수 있었다.

제 4 장

유교적 효용론의 확립기

조선 전기는 유교적인 국문시가론이 본격적으로 등장한 시기이다. 이 시기의 비평자료들은 고려속요와 경기체가 등 전대 장르에 대한 비평과, 시조와 같은 후대 장르에 대한 비평으로 나누어 볼 수 있다.

구어口語 위주의 고려속요에 대한 긍정적인 비평자료는 이 시기에 거의 찾아보기 어렵다. 앞 장에서 보았듯이 조선전기의 고려속요론은 국가적인 예악 정비 차원에서 이루어졌던 이른바 음사淫辭 논의가 주를 이루었다. 이 장에서는 경기체가나 시조 등 다른 장르들에 대한 비평 가운데 고려속요에 대한 언급을 보게 되는데, 여기서도 역시 고려속요에 대한 조선조 문인들의 부정적 인식이 드러난다.

고려가요의 윤리성 비판을 중심으로 왕실의 구악舊樂 정리가 이루어지던 가운데 한편에서는 조선조의 윤리적 지향성에 보다 부합하는 새로운 국문시가가 창작되었다. 경기체가와 시조가 그것이다. 『악장가사』에는 권근權近(1352~1409)의 <상대별곡霜臺別曲>과 변계량卞季良(1369~1430)의 <화산별곡華山別曲> 및 작자미상의 <연형제가宴兄弟歌>와 <오륜가五倫歌>가 실려 있는데, 이 작품들은 모두 경기체가로서 왕실의 악장으로 사용된 것들이다.

조선 왕실의 악장으로 사용되며 송도와 효 등 윤리적 내용을 담으며 창작된 경기체가는 이후 유교적 주제를 담아내며 사대부들의 사석에서 불리는 노래가 되었으니, 주세붕周世鵬(1495~1554)의 <도동곡道東曲>과 권호문權好文(1532~1587)의 <독락팔곡獨樂八曲> 등이 그러한 예이다. 조선 초에 고려속요가 망국의 시가라는 비판으로부터 자유롭기 어려웠던 데 비해, 경기체가는 사대부의 성정을 표현하기에 알맞은 시가로서 보다 적극적으로 수용될 수 있었다.

경기체가 및 시조와 관련된 이 시기의 문집 소재 기록들은 대체로 유교적 효용론의 입장에서 국문시가를 비평한다. 그런데 이러한 유교적 효용론과 관련된 시가론은 시조 장르를 중심으로 보다 적극적으로 표현된다. 특히 퇴계退溪 이황李滉(1502~1571)이 사대부의 생활시로서의 시가론을 펼치며 시조 장르를 택한 것은 조선시대 시가사에서 매우 중요한 사건이라고 할 수 있다. 이로 인해 국문시가에 대한 인식은 일대 전환기를 맞이하게 되기 때문이다.

주객일체의 서정성을 추구하기 위해서는 <한림별곡>과 같은 경기체가 형식보다는 시조 형식이 더 적합했을 것이다. 똑같이 유교적 수양론을 중시하되 객체에 대한 효용성의 측면을 강조한 주세붕이 경기체가 형식을 즐겨 사용했던 것에 비해, 시가에서도 서정적 혼용의 경지를 추구한 이황은 사대부의 생활시로서 시조 장르를 선택한다. 그리고 시조의 이러한 의미는 정도의 차이는 있지만 근대 이전까지 지속된다.

이제 경기체가와 시조, 그리고 <어부가漁父歌>를 중심으로 이 시기 시가사의 전개를 개괄하고 각각의 장르 혹은 작품에 대해 이루어졌던 논의들을 살펴보기로 한다. 이 중 <어부가>는 고려시대부터 불린 장가長 歌의 일종인데, 고려가요의 전통이 조선조의 시가로 계승되는 데 있어 중요한 역할을 담당한 작품이므로 여기서 함께 논의한다.

1. 경기체가·<어부가>·시조의 전개와 맥락

민간의 가요에 뿌리를 두고 왕실의 악장으로 사용되던 고려속요는 조선 초의 비판 및 선택적 수용을 통해 축소·변용되었다. 이는 고려 말의 익재 이제현이 풍자적이고 자유분방한 고려속요 작품들도 채시관풍採詩 觀風의 명분으로 적극적으로 수용했던 것과는 대조된다. 조선조에 들어 고려속요는 오로지 유교적 윤리에 부합하는 작품들만 살아남을 수 있었고, 그 외의 작품들은 배척당하다가 결국 사라지게 된다.

하지만 고려속요의 전통은 경기체가와 <어부가>, 그리고 시조 등으로 이어졌다. 이 중 경기체가와 <어부가>가 고려조부터 내려온 시가 장르라면, 시조는 조선 초 무렵 생성된 장르이다. 경기체가와 <어부가>는 모두 고려속요와 유사한 연장체連章體 형태로 되어 있다. 이 중 경기체가는 원래는 <한림별곡>처럼 사대부의 연회 자리에서 불리던 노래이지만, 조선초에 관료문인들이 고려속요를 대체할 악장의 가사를 찾는 가운데 새롭게 지어지기도 했다. 그리고 <어부가>는 자연미를 추구하는 작품의 내용이 유학자가 즐길 만한 것으로 여겨져 조선의 문인들에게 긍정적으로 수용될 수 있었다. 이들 경기체가와 <어부가>는 고려시대의 가요와 조선시대의 가요를 잇는 중요한 교량 역할을 하였다.

선초의 집권 관료들은 고려속요를 비판하면서 이를 대체할 가사를 창작하였다. 예를 들어 정도전이 지은 <정동방곡靖東方曲>과 <납씨가納氏歌>는 각기 『대악후보』와 『시용향악보』에 가사와 곡이 함께 실려 있는데, <정동방곡>의 곡은 고려속요 <서경별곡>의 곡과 같고, <납씨가>의 곡은 <청산별곡>의 곡과 같다.[82] 다시 말해 고려속요 <서경별곡>과 <청산별곡>의 가사는 버리고 곡만 취해 새롭게 가사를 붙인 것이 정도전의 <정동방곡>과 <납씨가>인 것이다.

<정동방곡>은 위화도 회군과 관련하여, <납씨가>는 북원北元의 장군 나하추納哈出(?~1388)를 격퇴한 것과 관련하여 태조 이성계의 행적을 찬미한 것인데, 이러한 송축의 내용을 지닌 가사들로 고려속요는 대체되었다. 송축의 내용을 담고 있기는 세종 때 고려가요 <처용가>를 대신해 불린 윤회의 <봉황음鳳凰吟>이나,[83] 중종 때 <정읍사> 대신 불린 <신도가新都歌> 등도 모두 마찬가지다.[84]

그런데 이렇게 새로 지어진 가사들 중에는 경기체가와 유사한 형식을 지니고 있는 경우가 많았다. 앞서 든 <정동방곡>뿐 아니라 변계량이 지은 악장 <천권동수지곡天眷東陲之曲>과 <복록가福祿歌>, 그리고 예조에서 올린 <축성수祝聖壽> 및 작자 미상의 <온문의경왕추존악장종헌가溫文懿敬王追尊樂章終獻歌> 등이 모두 그러하다.[85]

또한 『악장가사』에는 조선조에 지어진 여러 편의 경기체가 작품들이 실려 있는데, 권근의 <상대별곡霜臺別曲>과 변계량의 <화산별곡華山別曲> 및 작자 미상의 <연형제가宴兄弟歌>와 <오륜가五倫歌> 등이 그것이다. 이 작품들은 송축과 효 등 비교적 윤리적인 내용을 담고 있으며, 조선

82) 장사훈, 『國樂論攷』, 서울대학교출판부, 1966, 51~65면 참조.

83) 『세종실록』 권116, 세종 29년 6월 4일 기사 참조.

84) 『중종실록』 권32, 중종 13년 4월 1일 기사 참조.

85) 조규익, 『선초악장문학연구』, 숭실대학교출판부, 1990, 56~61면 참조.

왕실의 악장으로도 사용되었고, 사대부들의 사석私席에서도 불렸을 것으로 짐작된다. 이후 경기체가는 유교적 주제를 담아내며 사대부들에게 수용되었는데, 주세붕의 <도동곡道東曲>과 권호문의 <독락팔곡獨樂八曲> 등이 그러한 예이다.

한편 새롭게 등장한 시조 장르는 현전 고려속요 중 유일하게 조선조 사대부들에게 적극적으로 지지를 받았던 <정과정>의 영향 속에서 생성될 수 있었다. 조선 전기에 <정과정>의 악곡인 <진작>으로부터 분화된 <만대엽慢大葉> 악곡은 이후 사대부들이 그들의 생각을 담아 즐겨 부르는 노래가 되었는데, 그 과정에서 시조 장르가 형성될 수 있었다.

양덕수梁德壽의 『양금신보梁琴新譜』(1610)에는 <만대엽>이 <진작>에서 연원했다는 기록이 나온다.[86] 그리고 이득윤李得胤이 편찬한 『현금동문유기玄琴東文類記』(1620)에는 <만대엽>이 모든 곡의 조종이라는 말이 있다.[87] 여기서 말하는 "모든 곡"이란 중대엽中大葉과 삭대엽數大葉 등 후대의 악곡들을 의미하는데, 이후 시조는 이러한 악곡들에 얹혀 불리게 된다. 『양금신보』와 『현금동문유기』의 기록을 통해 우리는 시조를 얹어 부른 가곡이 <만대엽> 악곡의 발전 속에서 형성되었으며 <만대엽>은 그 연원을 고려조의 <진작>에 두고 있음을 알 수 있다.[88]

---

86) "時用大葉慢中數, 皆出於瓜亭三機曲中." (지금 사용하고 있는 <만대엽>·<중대엽>·<삭대엽>은 <鄭瓜亭> 三機曲에서 나왔다.)

87) "其平調慢大葉者, 諸曲之祖." (평조 <만대엽>은 모든 악곡의 조종이다.)

88) <만대엽>이 실려 있는 최초의 악보는 세조조의 악장을 담은 악보인 『大樂後譜』이다. 이후 <만대엽>은 16세기에 安瑺이 지은 『琴合字譜』에도 실려 전하며, 趙晟(1492~1555)이 이를 편곡했다는 기록 또한 1620년에 편찬된 『玄琴東文類記』의 <古今琴譜見聞錄>에 전한다. 한편 <만대엽> 악곡에 얹혀 불린 가사는 시조와 유사하면서도 조금 다른 형태로 되어 있다. "오느리"로 시작되는 이 노랫말은 한 행이 네 마디로 구성된다는 점에서는 시조와 유사한 형태로 되어 있지만 종장 등의 형식에 있어 시조와 차이를 보인다. <만대엽> 악곡에서 <중대엽> 등이 파생되는 과정에

<진작>의 가사인 <정과정>은 연군의 정을 담고 있어서 고려속요 중에서는 유일하게 사대부들에게 적극적으로 수용되었는데, 그러한 노래의 전통을 이은 <만대엽> 악곡과 그것의 파생곡들을 사용하여 조선조의 사대부들은 자연스럽게 자신들의 생각과 감정을 얹을 수 있었던 것이다. 그리하여 15세기 후반에 이별李鼈이 연시조 <장육당육가藏六堂六歌>를 지었고,[89] 16세기에 들어서는 김구, 주세붕, 이현보, 이황 등 유명 작가의 시조가 배출되었다. 초기 시조 작품과 작가를 일람하면 다음과 같다.

초기 시조와 작가					
제목	단가 (不憂軒歌)	어부단가 漁父短歌	장육당육가 藏六堂六歌	나온댜…	도산십이곡 陶山十二曲	이몸이…
출전	불우헌집 不憂軒集	농암집 聾巖集	양서집 瀼西集	자암집 自菴集	목판 木版	양금신보 梁琴新譜
창작연대	1472년	1549년	1500년대 전반	中宗 재위 시 (1506~1544)	1565년	미상
기록연대	1786년	1549년	1600년대 초	1659년	1565년	1610년
작자	정극인 丁克仁 (1401~1481)	이현보 李賢輔 (1467~1555)	이별 李鼈 (15~16세기)	김구 金絿 (1488~1534)	이황 李滉 (1501-1570)	미상[90]

서 그 노랫말의 형식도 정제되는 과정을 거치면서 시조의 형식이 이루어진 것으로 추정된다. 김진희, 「시조 시형의 정립 과정에 대하여―악곡과 관련하여」, 『한국시가연구』 19, 한국시가학회, 2005 참조.

89) 최재남, 「육가의 수용과 전승에 대한 고찰」, 『관악어문연구』 12, 서울대학교 국어국문학과, 1987 참조.

90) 이 작품은 고려조의 鄭夢周(1338~1392)가 지은 것으로 잘 알려져 있는 일명 <丹心

한편 <어부가>는 현재 『악장가사』에 남아 전하는데, 그 작자는 미상이다. 그러나 고려 말의 문신 어촌漁村 공부孔俯(1352~1416)가 지었다는 <어부가>에 대해 권근이 남긴 비평이 있어서, 이 작품이 고려시대부터 유전되던 것임을 알 수 있다. 이 작품은 고려속요나 경기체가와 같은 연장체로 되어 있는데, 한문투로 되어 있다는 점에서 고려속요보다는 경기체가에 가깝다고 할 수 있다. 이는 기존의 유명한 한시 작품의 구절을 취하고 이에 우리말로 현토를 단 형태로 된 집구시集句詩의 형식을 띠고 있다.

<어부가>는 사대부들의 정취를 표현하기에 적합한 시가 장르로 여겨져 조선조에 들어서도 지속적으로 창작되었다. 그런데 그 중 특히 조선 전기의 이현보는 이를 장가長歌 형태뿐 아니라 단가短歌 형태로도 지어, <어부가>의 전통을 시조로 연결시켰다는 점에서 중요한 의미를 지닌다. 이제 이 <어부가>를 비롯하여 경기체가와 시조 장르 등에 대해 조선 전기에 이루어진 시가 비평의 양상을 보기로 하자.

2. 경기체가·〈어부가〉·시조 비평

1) 고려속요 비판과 경기체가의 옹호

고려속요와 달리 경기체가는 사대부의 성정을 표현하기에 알맞은 시가로서 조선 초에 보다 적극적으로 수용될 수 있었다. 여기서는 주세붕

歌>이다. 그러나 『양금신보』에는 이 작품의 작자에 대한 기록이 없다.

이 안축安軸(1287~1348)의 경기체가 <죽계별곡竹溪別曲> 및 자신의 <도동곡道東曲> 등과 관련하여 남긴 기록, 현전하지는 않지만 경기체가였을 것으로 추정되는 반석평潘碩枰(?~1540)의 <관산별곡關山別曲>에 대해 임형수林亨秀(1504~1547)가 남긴 <서관산별곡후書關山別曲後>,91) 그리고 권호문이 자신의 <독락팔곡>에 대해 쓴 <독락팔곡병서獨樂八曲幷序>92) 등을 차례로 살펴보기로 한다. 이들 기록은 악장을 제외한 분야에서 본격적인 유교적 시가관을 보여주기 시작한다는 점에서 주목된다.

주세붕은 경기체가 작품의 간행 여부를 두고 황준량黃俊良(1517~1536)과 논변을 주고받으며 국문시가에 대한 적극적인 옹호의 입장을 보여주었다. 그 논변은 다음과 같다.

황준량, 〈부황학정준량서附黃學正俊良書〉(첨부: 학정 황준량의 편지)

문정공(안축)의 <주리고양곡>93)은 분명 한때의 희학에서 나온 것이라 후세에 읊을 만한 것은 아니니, 선생님(주세붕)께서도 이미 이렇게 평하셨습니다. 또한 [선생님께서는] 성현의 격언을 번안하여 노래를 지어 읊어 바른 곳으로 돌아가길 원하셨으니, 아득히 "욕기영귀浴沂詠歸"(沂水에서 목욕하고 노래를 읊으며 돌아옴)의 뜻이 있었고, 호연히 천리유행의 묘가 있어, 그 지은 바가 심원하다고 할 만합니다.

다만 걱정되는 것은 비록 옛 것을 번안하였다 하더라도 스스로 지은 것도 섞여 있다는 것이니, 역시 『죽계지』에는 넣지 않는 것이 좋겠습니다. 제 망령된 생각으로는 <죽계별곡>을 삭제하여 별록 및 <엄연가> 등과 함께 두었다가 다른 사람이 찾아주기를 기다리는 것이 좋겠습니다. 대저 스스로 작은 어긋남도 없다면 비록 일시적인 험담이 있어도 후세에 반드

---

91) 『錦湖遺稿』, 「雜著」.
92) 『松巖集』권6.
93) 안축이 지은 <죽계별곡>을 말한다.

시 그 시비가 정해질 것이나, 만일 털끝만치라도 미진한 점이 있다면 예리
한 비판을 받기에 족한 것입니다. 그러므로 생각이 깊지 못하면 오래 전해
질 수 없고, 오래 전해질 수 없으면 도를 밝힐 수 없으니, 군자가 가르침
을 행함에 삼가지 않을 수 있겠습니까?94)

주세붕, 〈답황중거서答黃仲擧書〉(황준량95)에게 답함)

저이 노래들은 제가 지은 것이 아니라 모두 성현의 격언을 얻어 번역한
것이며, 문정공(안축)의 소위 〈죽계별곡〉이라 하는 것을 고쳐 바로잡은 것
은 서원의 여러 선비들에게 전하여 바람 쐬고 읊조리는 데 조금이나마 도
움을 주고자 한 것입니다. 만일 한 마디라도 사사로이 끌어들인 것이 있다
면 비난을 받아 마땅하겠으나, 성현의 격언을 번역한 것이라면 또 어떠한
비난이 있을 수 있겠습니까? 과연 비난하는 자가 있다면 이는 성현을 비
난하는 것이니 진실로 저와 관계된 것이 아닙니다.

지금의 노래라 하는 것들은 상간복상桑間濮上(복수 강가의 뽕나무 숲)에서
나온 것들이 대다수라, 〈쌍화점〉 청가와 같은 부류가 사람들을 꾀어 악
하게 만드니 이는 도대체 어떠한 말들입니까? 풍속을 쇠퇴시켜 하루가 다
르게 하류로 떨어뜨리고 그 음란하고 도리에 어긋난 것이 차마 들어줄 수
없는 지경에 이르렀습니다. 공자께서 다시 살아 돌아오신다고 해도 없애
지 말라 하시겠습니까? 저는 모르겠습니다.

주왕조 때에 주남周南·소남召南의 정풍正風과 대아大雅·소아小雅를 나라
에 사용하였고, 주송周頌·노송魯頌·상송商頌을 종묘에 사용하였으며, 비록
변아變雅라도 빈객의 잔치자리에서 일찍이 사용하지 않았습니다. 하물며
정나라·위나라의 음란한 소리를 연주하였겠습니까? 이는 진실로 주자께

---

94) 文貞珠履高陽之曲, 必出於一時善謔之餘, 而非可誦於後世者也, 先生旣爲之評. 又翻出聖
賢格言, 作爲詠歌, 欲歸于正, 悠然有浴沂詠歸之志, 而浩然有天理流行之妙, 亦可謂所造
之深矣. 第恐語雖翻古, 而如未免涉於自爲, 則亦不須並入於此也. 妄意刪去竹溪之曲, 而
並與別錄及儼然等歌, 姑舍之, 以竢人之見取爾. 夫自我而無些兒之差, 則一時疵口, 終必
定於後世, 如有一毫之未盡, 則適足以來吹毛之口. 故慮之不深, 則傳之不遠, 傳之不遠,
則道無以明, 君子之立敎垂訓, 可不謹哉? 〈竹溪志 권1, 行錄後〉

95) 중거는 황준량의 자.

서 힘써 다 밝히신 바이니, 저는 그저 답답하고 황황하여 그른 것을 고쳐
바른 데로 돌아가게 하기를 바랄 뿐입니다.

공자께선 큰 성인이셔서 『춘추』를 지으심에 전하고 짓는 것을 겸하셨으
나, 제 노래들은 성현의 말씀을 전한 것일 뿐 지은 것이 아닙니다. 만일
스스로 지은 바가 있어도 이는 진실로 성현의 지극히 선하고 지극히 간략
한 요지에서 나온 것이니, 자기를 수양하고 풍속을 교화하는 데에 도움이
없지 않을 것입니다. 어찌 미워하여 갑자기 제거해 버리겠습니까?[96]

위에 인용한 두 편의 글은 『죽계지竹溪誌』의 편찬을 두고 황준량과 주
세붕 사이에 오간 편지 중 시가 관련 내용을 발췌한 것이다. 『죽계지』는
주세붕이 고려에 유학을 들여 온 안향安珦(1243~1306)의 사당을 세우며 백
운동서원白雲洞書院을 건립하고 난 이듬해인 1544년(중종 39)에 편찬한 것
으로, 「죽계안씨행록竹溪安氏行錄」과 「존현록尊賢錄」, 「학전록學田錄」, 「장서
록藏書錄」 등으로 구성되어 있다. 위의 인용문들은 이러한 『죽계지』의 편
차에 대해 황준량과 주세붕이 논의한 내용을 담고 있다.

원래 황준량의 질의는 두 가지 내용으로 되어 있는데, 하나는 죽계 안
씨의 사적을 중심으로 한 『죽계지』의 내용에 주자朱子의 글이 섞여 있는
것이 마땅치 않다는 것이고, 다른 하나는 안축의 <죽계별곡>과 주세붕

---

96) 僕之諸歌, 非僕所自作, 皆翻得古聖賢格言, 所以檃括文貞之所謂竹溪別曲者, 而遺之院中
諸彦, 爲萬一風詠之助也. 苟有一言以私意牽合, 則雖被疵論可也, 如其翻聖賢格言, 復有
何等疵耶? 果有疵之者, 乃所以疵聖賢, 固無與於我也. 今之爲歌者, 多出於桑濮, 如雙花
店淸歌之屬, 皆誘人爲惡, 此何等語也? 使風俗靡靡, 日就於下, 其淫褻敗理, 至有不忍聞
者. 設使夫子復生, 其不在所放乎? 吾不可知也. 周之時, 以二南正雅, 用之於邦國, 以三
頌, 用之於宗廟, 雖變雅, 亦未嘗歌於賓筵也, 況奏以鄭衛之淫聲乎? 此固晦翁之所極言竭
論, 而僕之悶悶遑遑, 欲矯邪而歸正也. 夫子大聖也, 故春秋兼述作, 如僕之歌, 皆述而不
作. 雖若涉於自爲, 而實出乎聖賢至善至約之要旨, 則其於修己化俗之方, 未爲無補. 何有
所嫌而遽爲之刪去哉? <위위 책> (이 글은 『武陵雜稿』原集 권5에 <答黃學正仲擧>
라는 제목으로도 실려 있다.)

의 시가 작품들을 싣는 것 또한 적절하지 않다는 점이다. 이 중 위의 인용문들에 나와 있는 것은 후자와 관련된 내용이다.

황준량의 두 가지 질의에 대해 주세붕은 모두 변론을 펴는데, 전자와 관련해서는 일찍이 백록동서원白鹿洞書院에서 학문을 진작시켰던 주자의 일과 주자의 말씀들을 들어 자신의 서원 건립의 정당성을 보일 수 있음을 말하였고, 후자와 관련해서는 앞의 인용문과 같은 주장을 폈다.

주세붕이 『죽계지』에 수록한 시가 작품들에 대해 황준량은 두 가지 문제를 제기하였는데, 하나는 안축의 <죽계별곡>에 관한 것이고 다른 하나는 주세붕의 경기체가 및 시조 작품들에 대한 것이다. 이 중 <죽계별곡>에 대한 비판은 작품의 내용과 관련되어 있다. 황준량은 <죽계별곡>을 "주리·고양곡"이라고 지칭하였는데, 이는 <죽계별곡> 제2연의 후렴부인 다음과 연관된다.

> 高陽酒徒珠履三千 爲携手相從 景幾何如
> (진晉나라 습욱習郁의 고양지에 노는 술꾼들과 초楚나라 춘신군春申君의
> 구슬 신발 신은 삼천 손님들이 손을 잡고 따르는 그 모습 어떠합니까?)

이 부분에 대해서는 이미 주세붕도 문제를 제기하였던 것으로 보이며, 황준량의 편지 내용에 따르면 황준량도 이 사실을 알고 있었던 듯하다.97) 이와 관련한 주세붕의 생각은 다음의 글을 통해 살펴볼 수 있다.

---

97) 위에 인용한 <附黃學正俊良書>의 첫 구절 "문정공(안축)의 <주리고양곡>은 분명 한때의 희학에서 나온 것이라 후세에 읊을 만한 것은 아니니, 선생님께서도 이미 이렇게 평하셨습니다." 참조.

주세붕, 〈소지小識〉

삼가 살펴건대, 문정공의 <죽계별곡> 9장은 시내에서 목욕하고 시를 외우며 돌아가는 즈음에 지어진 것으로서 그 풍류와 도량이 씻어내고 융해하여 사특한 찌꺼기가 거의 없게 되었음을 상상해 볼 수 있다. 이에 「행록」에 아울러 수록하게 된 것이다. 다만 "천자天子"라는 말은 흠이 됨을 면치 못하고, 또 "주도酒徒"·"주리珠履" 등의 호기롭고 질탕한 말에 많이 섞여 있으니, 모두 다 순수하게 바른 데서 나온 것만은 아니다. 그래서 난잡한 데로 흐르게 될까 두렵다.

이에 드디어 <도동곡道東曲> 9장을 노래하여 유학의 유래를 차례로 나열하여 사당에 제사를 올릴 때 쓰는 글로 삼는다. 또 성현의 격언에서 발췌 각색하여 장가長歌와 단가短歌를 만들어 그 뒤에 첨부하니, 서원의 선비들이 산보하며 시를 외우는 데에 보탬이 되어 모두 바른 곳으로 귀결되기를 바라노라.98)

위에서 주세붕은 안축의 <죽계별곡>이 유교적 성정을 표현한 노래라고 보면서도 "주도酒徒"·"주리珠履"의 부분에서는 방탕한 내용을 문제 삼고 있다. 그런데 주세붕이 문제 삼은 것은 이처럼 <죽계별곡> 중 일부분에 불과했다. 그런데 이와 달리 황준량은 이 부분이 마치 <죽계별곡>의 내용을 대표하는 것처럼 <죽계별곡>을 "주리·고양곡"이라 지칭하고, 작품 전체의 내용을 "한때의 희학"으로 폄하하였다.

주세붕의 답서를 보면, <죽계별곡>에 대한 황준량의 이러한 비판에 대해 주세붕은 정면으로 반박하지는 않는다. 다만 그는 "<죽계별곡>의 문제점을 약간 보완"하였다고 하여, 작품의 대의는 여전히 인정하되 일

---

98) 謹按文貞公有竹溪曲九章, 浴溪詠歸之餘, 足以想像其風流雅量, 蕩滌消融, 庶乎無邪滓矣. 於是幷載行錄. 獨以天子之說未免有疵, 而酒徒珠履等語, 多雜於豪俠跌宕之辭, 不得粹然一出於正. 恐其流於荒也, 遂歌道東曲九章, 歷陳斯文之有自來, 用之祠享文. 飜出聖賢格言, 爲短長歌, 附于其後, 以爲書院諸彦風詠之助, 冀復歸之於正也. <위의 책>

부 내용만을 문제 삼는 자신의 기존 견해를 확인시키고 있다.

한편 황준량은 주세붕이 직접 지은 시가 작품들에 대해서는 <죽계별곡>에 대해 했던 비판과는 좀 다른 각도에서 문제를 제기한다. 그는 주세붕의 시가 작품들이 유교적 성정을 표현하는 올바른 내용으로 되어 있다는 점은 인정하면서도 그것이 "자신이 지은 사실을 벗어날 수가 없다"는 점, 다시 말해 "술이부작述而不作(전하기만 하고 짓지는 않는다)의 정신에 어긋난다는 점을 들어 문제를 제기한다.

이에 대한 주세붕의 답변은 두 가지로 정리되는데, 하나는 자신의 시가 작품들은 "전한 것일 뿐 지은 것이 아"니라는 점을 들어 황준량의 견해를 정면으로 반박한 것이고, 다른 하나는 올바른 내용을 지닌 시가 작품의 필요성을 적극적으로 옹호한 것이다. 여러 가지 제사와 의식에는 가악歌樂이 필요한데, "쌍화점 청가"와 같은 당시의 가악들은 모두 음란한 것이기에 이런 것들 대신 바른 내용을 담은 시가를 창작하는 것이야말로 시급한 일이라는 것이 후자의 내용이다.

시가 창작에 대한 주세붕의 위와 같은 견해는 교화를 중시하는 유교적 가악관을 통해 국문시가의 필요성을 옹호한 조선 전기의 중요한 논의라고 할 수 있다. 이러한 견해는 당대에 유행하던 고려속요에 대한 비판에 근거한다는 점에서99) 앞서 본 조선 초기의 악장 논의와 유사한 동시에, 비판에만 그치지 않고 새로운 시가의 필요성을 역설한다는 점에서는 전 시대의 논의에서 한걸음 더 나아간 것이다. 당대 시가의 내용에 대한 비판과 더불어 교화의 내용을 담은 시가 창작의 필요성을 주장하는 이러한 논의는 조선 전기 시가론의 중요한 축을 이룬다.

경기체가의 가치에 대한 이 시기의 또 다른 언급으로는 <관산별곡>

---

99) 주세붕은 <답황중거서>에서 고려속요 <쌍화점>을 비판하였다.

에 대한 임형수의 글과 <독락팔곡>에 대한 권호문의 글을 들 수 있는데, 이들을 보면 다음과 같다.

임형수, 〈서관산별곡후書關山別曲後〉

가슴 속에 쌓였다가 바깥으로 펼쳐져, 말로 나타나 소리로 이루어지니, 사람 마음의 옳고 그름을 덮기 어렵고 세상 다스림의 잘잘못을 볼 수가 있다. 무릇 외물에 접하여 느낌이 일어나고 일에 이르러 감정이 움직이니, 굳이 애를 쓰지 않더라도 군자는 또한 그 스스로 나타내는 바를 삼가지 않을 수 없는 것이다. 그러므로 성인께서 삼백 편의 시를 묶으실 때, 정情이 스스로 발하여 자신도 모르게 표출된 노래들을 아울러 들고 이것들에 대해 삿됨이 없다고 판단하셨으니 그 뜻이 깊도다.

병자년에 중망받는 이들을 선발하여 북방의 장수로 삼았는데, 지금의 원용인 이공 문중(李芑, 1476~1552)이 종성을 다스리고 전 함경남도 절도사 반공 공보(潘碩枰, ?~1540)가 경흥 지방을 다스렸는데, 모두 학덕 높은 선비 집안 출신이다. 비록 이 지방을 맡을 제도가 없고 법도가 소박하나, 법도가 혹 있는 곳에선 부임할 이가 이 지방의 북문에는 왜구가 극성이고 백성이 동요하기 쉽다는 사실을 항상 생각하였으니, 다스림의 수고로움과 장수와 신하들의 노고가 몇 곱절 더하였다. 다행히 오늘날 임금의 은택이 멀리까지 미치어 오랑캐의 봉화가 끊인 지 오래고, 백성은 부지런히 일하고 병사들은 권면하고 휴식하며, 변방에 인가가 늘어져 은택 입고 있는 것도 모른 채 모두 평화로우니, 어찌 승평을 노래하여 장수들을 위안하며 활 쏘고 술 마시며 노는 도구로 삼지 않을 수 있겠는가?

드디어 8장의 노래를 뽑아 <관산별곡>이라 하였으니, 공보(반석평)가 이를 만들었고 원용(이기)이 윤색하여, 위엄을 떨치고 화락함을 펼쳤으며 성현을 본뜨고 공적을 기린 것일 뿐이다. 구역에 나뉨이 있음을 서술하였으니 공을 탐내어 싸우지 말 것이요, 태평성대의 즐거움을 극진히 하였으니 마음을 방만히 하여 준비를 태만히 하지 않을까 두려워 할 일이다. 술잔을 나눔에 조심함이 있고, 사냥하고 마시며 놀 때에도 예의가 행하여지니, 요컨대 이 모두 절제하고 예방하여 태평하고 평안하지만은 않은 것이다. 화락하되 절제하여 음란함에 빠지지 않고, 올바르되 겉만 그럴 듯한 것이 아니니, 진실로 이른바 치세의 음이다. 빈객 및 막료들과 함께 즐겨 반복하여 노래하니, 군자가 이를 들을 땐 감격하여 본받고자 하는 마음이 샘솟고, 소인이 이를 들을 땐 강토를 지키고자 하는 마음이 더하여진다. 읊조리는 가운데 은근히 작용하여 사람의 마음을 변화시킴이 어찌 적겠는가? 또한 훗날 윗사람을 섬기는 병사들이 모두 이 노래로부터 나왔으니, 노래를 지으신 두 분의 식견이 이에 옳도다. 또한 살피건대 북방은 강적을 마주하고 있어 습속이 다른데다가 용감한 무부들이 여기에 와 먼 이역을 떠돌며 임금과 어버이를 그리워하고 근심스러운 회포를 품고 있어서, 만일 거칠고 사나운 노래를 들으면 어지러운 지경에 이르기 쉬우니, 이러한 점을 두 공께서 진실로 잘 파악하셨도다.

옛적에 민요를 채집하던 이는 여항의 비리한 노래라도 모두 기록하였으니, 이것이 『시경』 삼백 편의 시초였다. 지금 이 노래에 있어 어찌 그만둘 수 있겠는가? 수백 대 이후에 금일의 치세를 상상하게 하겠으나 여러 군자가 애써도 이루지 못하더니, 부백 김공은 착한 일을 좋아하는 군자라, 여러 진영의 노래들을 간행하여 회령부의 벽옥이라 일컬으셨다. 갑신년(1524) 동지 다음날에 삼가 쓰다.100)

100) 鬱於中而暢於外, 發於言而成於聲. 人心之邪正難掩, 世治之汚隆可觀. 夫物接而感生, 事至而情動, 雖無待乎督勉, 而君子亦不可不愼其所自發也. 故聖人於三百篇之詩, 俱聽其情之自發而不容己者, 斷之以無邪, 其旨深矣. 歲丙子間, 朝家選重望, 雜之以北邊列帥, 今元戎李公文仲爲鍾城, 前節度使南道潘公公父爲慶興, 俱以宿儒出也. 雖無專一方之制, 無不素度, 度或作處, 而預定之者, 嘗念北門受寇尤劇, 其民易驚, 控理之勤, 將臣之勞, 視他倍蓰. 幸今聖澤遲濡, 狼煙久熄, 民勤而業, 卒勵而休, 人煙鷄犬, 堡塞相錯, 紅婦農夫, 閭落相連, 皆罔知所賜, 可無歌詠昇平, 慰安將士, 爲遊衍之具・飮射之物乎? 遂撰歌八章曰關山別曲, 實公父創之, 元戎潤色之, 不過宣威暢和, 象賢念功. 敍區域之有截, 則毋貪功啓釁也, 極昇平之樂事, 則懼縱心弛備也. 戒存於杯酒之間, 禮行於飮射之際, 要皆節制, 爲防堤, 不泰不康. 和節於淫, 正離於若, 誠所謂治世之音也. 日與賓校僚佐而樂之, 歌且反之, 使君子得聞之, 而感激思效之心, 油然而生, 小人得聞之, 而保守疆土之念, 無容少衰. 諷詠之間, 其潛移默運, 換易人心者豈淺鮮? 而異日親上事長之兵, 俱自歌曲中做出, 二公之見, 於是乎盡矣. 且觀北土任强, 聲習自別, 加之以武夫敢士來萃于此, 羈離異域, 眷戀君親, 感懍愁慘之懷, 忽與粗厲猛奮之音合, 則易至於傷亂,

권호문, 〈독락팔곡병서獨樂八曲幷序〉

송암 주인은 만사를 잘 도모하지 못하고 육예에도 재주가 모자라니, 형체는 세간에 의탁했지만 마음은 물외에 있다. 책 읽고 글 쓰는 여가에 아름다운 때의 흥과 읊을 만한 일을 만나면 드러내어 노래를 지었으니, 악조에 맞추어 곡을 만들고 제목과 차례를 써서 악부를 의작하였다. 비록 흥얼댈 뿐 절주는 없으나 잘 들어보면 말 중에 뜻이 있고 뜻 중에 가리키는 바가 있어 듣는 이로 하여금 감동하여 분발하고 흥에 취해 탄식하게 할 만하다.

소나무에 비치는 달이 뜰에 가득하고 봄꽃이 사람의 마음을 흔들 때 좋은 벗마저 때맞춰 이르면 술잔을 기울여 술동이를 다 비우고 함께 송암의 오두막에 기대어 노래 몇 장을 소리 높여 부르며 손을 흔들고 발을 구르니 은자의 즐거움이 충분하다. 은일지사의 노래와 나무꾼의 민요 중 어느 것이 낫고 어느 것이 못한지 모르겠다. 득실을 잊고 그 뜻을 즐기니, 원사原思의 가난을 달게 여기고 자장子張의 벼슬에 침을 뱉는다. 희황羲皇의 북창에 누워 화서華胥의 꿈을 즐기니 부귀가 어찌 음일하게 하리오? 위세와 무력도 빼앗을 수 없도다.

무릇 매일의 희로애락과 근심하거나 기뻐하는 일들이 다 여기에서 풀어져 마음의 찌꺼기가 씻기고 사악함과 더러움을 쓸어버리니, 이는 기약하지 않아도 저절로 그렇게 되는 것이다. 옛 사람이 이르기를, "노래는 걱정스런 생각에서 많이 나온다."라고 하였으니, 이 또한 내 마음의 불평에서 발한 것이다. 그러나 주문공이 말하기를 "그 뜻한 바를 노래하여 성정을 기른다."라 하였으니, 지극한 말씀이도다! 마음의 불평에서 이 노래가 나왔고, 노래하여 그 뜻을 펼치고 그 본성을 기르니, 아! 소나무 드리워진 창에 부르는 몇 곡 노래가 어찌 바람 부는 아침 달뜨는 저녁에 정신을 깨우는 데 조금의 보탬도 없겠는가? 이러하므로 내가 재미삼아 이런 말을 한다.[101]

二公於是, 抑有所深覬矣. 古之觀風採謠者, 雖閭巷鄙俚之辭, 俱得以錄之, 此三百篇之權輿也. 今於是歌, 烏得已乎? 有能使數百載之下, 想見今日之治象, 而知數君子之用心乎未也, 府伯金公, 好善君子也, 刊諸列鎭之首, 曰會寧府之璧. 閼逢沼灘長至後日, 謹書. <錦湖遺稿, 雜著>

위의 글들에서 주목되는 점은 사림土林의 가론歌論이 시가의 내용·형식에 가한 윤리적 제한이 16세기경부터 이미 변화를 보이게 된다는 것이다. <관산별곡>에 대한 임형수의 글은 "치세治世"의 노래를 강조한다는 점에서 시가의 윤리적 성격을 중시하는 유교적 효용론의 자장 내에 있다. 그러나 한편으로는 "사람 마음의 옳고 그름을 덮기 어렵고, 세상 다스림의 잘잘못을 볼 수가 있다."라고 하여 시가에 내재된 표현론적이고 반영론적인 의의도 언급하고 있다. 그리고 말미에서는 "여항의 비리한 말"이라도 포용할 수 있다는 발언을 통해 시가가 담을 수 있는 내용의 영역을 넓히고 있다.

이러한 내용적 확장은 이황의 제자였던 송암松巖 권호문의 <독락팔곡> 서문에서는 더욱 확연하다. 이 글에서 권호문은 올바른 성정만을 노래의 내용으로 해야 한다고 하지 않고, "마음의 불평에서 발한 것"을 표현하여 그것을 해소하는 노래 또한 옹호하고 있다. 물론 이 역시 궁극적으로는 "본성"의 회복을 추구한다는 점에서는 유교적 효용론 안에 있다. 그러나 윤리적인 내용뿐만 아니라 불평한 마음 또한 노래의 내용으로 삼고 있다는 점에서는 표현의 영역을 넓혀 놓았다고 할 수 있다.

경기체가에 대한 이 시기의 비평은 이처럼 교화의 논리에서 시작하여 정서의 분출과 승화를 지향하는 표현론적 국면에까지 걸쳐 있다. 조선

---

101) 巖主謀拙萬事, 才短六藝, 寓形世間, 宅心物外. 黃墨之暇, 會有嘉辰之興, 可詠之事, 發以爲歌, 調以爲曲, 揮毫題次, 擬爲樂府, 雖鳴鳴無節, 聽以察之, 則詞中有意, 意中有指, 可使聞者感發而興嘆也. 有時松月滿庭, 春花撩人, 佳朋適至, 則酌罷芳樽, 共憑巖軒, 高歌若干章, 手之舞, 足之蹈, 幽人之樂足矣. 考槃之歌, 負薪之謠, 不知孰優孰劣也. 忘懷得失, 以樂其志, 甘原思之貧, 而唾子張之祿. 臥羲皇之北窓, 酣華胥之高枕, 富貴何能淫? 威武不能奪. 凡日用喜怒哀樂之發, 憂憾悲歡之事, 一於此寬焉, 查滓之滌, 邪穢之蕩, 不期而然. 古人云: "歌多出於憂思," 此亦發於余心之不平. 而朱文公曰: "詠歌其所志, 以養性情," 至哉斯言! 心之不平而有是歌, 歌之暢志而養其性, 噫! 松窓數般之曲, 豈無少補於風朝月夕之動蕩精神乎? 余是以戲有是說焉. <松巖集 卷6>

조의 경기체가 수용은 유교적 효용론을 기반으로 시작되어 이후에는 시가의 정서표출적 기능을 강조하는 방향으로 이루어졌고, 이는 다음 시기에 시조와 가사에 대한 표현론적 인식으로 이어지게 된다.[102]

2) 〈어부가〉 전통의 자연미 수용

속요와는 달리 조선조 사대부들에게 적극적으로 수용된 고려시대의 가요로 〈어부가〉가 있다. 〈어부가〉에 대한 논의는 조선 전기에 와서 국문시가 담론의 중요한 일부를 이루는데, 고려시기에도 이미 이와 관련한 논의가 있었다. 고려조 문인 공부孔俯가 지은 〈어부가〉에 대해 권근이 남긴 〈어촌기漁村記〉가 그것이다. 그 전문을 보면 다음과 같다.

> **권근, 〈어촌기漁村記〉**
>
> 어촌漁村은 나의 친구 공백공孔伯共이 스스로 지은 호다. 백공은 나와 같은 해에 태어났으나 생일이 늦기에 내가 동생이라고 한다. 풍채와 기운이 소탈하고 명랑하여 친애할 만하다. 대과大科에 급제하고 높은 벼슬에 올라 붓 꽂고 갓끈 나부끼니 큰일 하리라는 기대 한 몸에 받았지만, 맑은 성품은 오히려 강호의 취미가 있었다. 흥이 무르익을 때면 〈어부사〉를 노래했는데, 그 소리가 맑고 깨끗하여 능히 천지에 가득 차니, 증삼이 상나라 송頌을 노래하는 것 같고, 듣는 이로 하여금 강호에 느긋하게 와 있는 것처럼 느끼게 하였다. 이는 그 마음이 사사로움에 얽매인 바 없어 사물의 껍질을 초월한 것이라, 그 소리에서 나온 것이 이와 같았다.
>
> 하루는 일찍이 나에게 말하였다. "나의 뜻은 어부에 있고, 그대는 어부의 즐거움을 안다. 무릇 강태공은 성인이니 내가 감히 주나라 문왕文王과

---

102) 특히 경기체가의 전통이 가사로 이어진 측면에 대해서는 김진희, 「조선전기 강호 가사의 시학」, 『한국시가연구』 24, 한국시가학회, 2008 참조.

의 만남 같은 것은 기대할 수 없고, 엄자릉嚴子陵은 현인賢人이라 그 같은 고결함을 바랄 수는 없다. 어른, 아이 데리고 갈매기와 해오라기 벗하며 때론 대나무 낚싯대를 쥐고 때론 외로운 배 저어, 물결 따라 오가다 모래 깨끗한 곳에 닻을 내리면, 산 좋고 물 흐르는 곳에 구운 고기 살지고 생선회는 신선한데 술잔 들어 주고받는다.

해 지고 달 떠올 때 바람 잔잔하고 물결 고요하면, 뱃전에 기대어 길게 휘파람불며 노 두드리고 소리 높여 노래 부르니, 흰 물결 떨치며 맑은 달빛까지 닿아 호연히 별뗏목 타고 은하수 위로 나는 듯하다. 또 강에 연기와 안개가 자욱할 때 도롱이에 삿갓 걸치고 그물 들면, 금빛 비늘 옥빛 꼬리의 물고기들이 종횡으로 솟구치니 눈을 즐겁게 하고 마음을 기쁘게 할 만하다.

밤이 깊어 구름은 어둡고 하늘은 캄캄하여 사방이 망망하고 고기잡이 등불만 빛나는데 뱃지붕을 울리는 빗소리는 느려졌다 빨라졌다 하고 우수수 바람소리는 차갑고도 애달프다. 배 가운데 누워 보니 정신은 아득한 하늘에서 노닐며 창오산 소상강에 몸을 던진 순임금의 두 부인을 생각하고, 상수에 빠져 죽은 굴원을 추모하니, 진실로 그 시절을 느끼며 아득한 일을 생각한다.

강둑에 꽃이 피면 몸은 그림 가운데 있고, 장마 끝나 물이 차면 거울 같은 물 위를 배가 떠간다. 뙤약볕에 불볕더위 찾아오면 버들 늘어진 낚시터에서 미풍을 맞고, 겨울 하늘에 눈발 날리면 찬 강가에서 홀로 낚시를 한다.

사계절이 바뀌는 가운데 즐거움이 없지 않도다. 저 영달하여 벼슬하는 자는 구차히 영화를 좇지만, 나는 마주친 바에 편할 뿐이며, 궁하여 고기 잡이하는 자는 구차하게 이익을 추구하지만 나는 유유자적함을 즐긴다. 오르고 내림은 천명에 맡기고 진퇴는 오직 때에 따를 뿐이다. 부귀 보기를 뜬구름같이 하고 공명은 헌신짝처럼 벗어던져, 외물의 밖에서 스스로 떠돌며 논다. 어찌 시세에 영합하여 이름을 건지고 환해(벼슬길)에 빠져 생명을 가볍게 여기며 이익을 취하다가 스스로 심연에 걸려들겠는가. 이 때문에 나는 몸은 비록 벼슬을 하지만 뜻은 강호에 두어 매번 노래에 의탁하는 것이니, 그대는 어떻게 생각하는가?"

내가 이를 듣고 기뻐하며 기록하여 돌아가 스스로 살펴보려 한다.103)

위의 글에서 권근은 그의 벗 공부가 <어부사>를 부르며 즐긴 일을 기술하였다. 공부가 불렀다는 <어부사>가 무엇인지는 확실히 알 수 없다. 그러나 『악장가사』에 작자가 밝혀지지 않은 채 전하는 <어부가>와 유사한 형태였을 것으로 대개 짐작된다. 『악장가사』 소재 <어부가>는 집구集句 형식의 연장체 시가로, 본사가 대부분 한자어구로 되어 있고 후렴이 달려 있는 것이 경기체가와 유사한 형태로 되어 있어서, 고려가요의 전통에서 낯설지 않은 형태이다.

공부의 <어부사>에 대해 권근은 그것이 "강호의 취미"를 잘 표현하였고, 그럴 수 있었던 것은 "사사로움에 얽매인 바 없어 사물의 껍질을 초월한" 작가의 마음 때문이라고 평하였다. 권근은 이러한 정신세계를 작가인 공부의 입을 빌려 더욱 자세히 진술하였다. 그것은 "부귀 보기를 뜬구름같이 하고 공명은 헌신짝처럼 벗어던져, 외물의 밖에서 스스로

---

103) 漁村, 吾友孔伯共自號也. 伯共與余生年同月日後, 故余弟之. 風神踈朗, 可愛而親. 捷大科, 躋膴仕, 飄纓紆組, 珥筆尙璽, 人固以遠大期, 而蕭然有江湖之趣. 往往興酣, 歌漁父詞, 其聲淸亮, 能滿天地, 髣髴聞曾參之歌商頌, 使人胸次, 悠然如在江湖, 是其心無私累, 超出物表, 故其發於聲者如此夫. 嘗一日語余曰: "予之志在於漁, 子知漁之樂也. 夫太公聖也, 吾不敢必其遇. 子陵賢也, 吾不敢冀其潔. 携童冠, 侶鷗鷺, 或持竹竿, 或棹孤舟, 隨潮上下, 任其所之, 沙晴繫纜, 山好中流, 魚肥膾鮮, 擧酒相酬. 至若日落月出, 風微浪恬, 倚船長嘯, 擊楫高謌, 揚素波而凌淸光, 浩浩乎如乘星査, 而上霄漢也. 若夫江煙漠漠, 陰霧霏霏, 揚蓑笠, 擧網罟, 金鱗玉尾, 縱橫跳踢, 足以快目而娛心也. 及夜向深, 雲昏天晦, 四顧茫茫, 漁燈耿耿, 雨鳴編篷, 踈密間作, 颷颷瑟瑟, 聲寒響哀. 息偃舟中, 神遊寥廓, 懷蒼梧而弔湘纍, 固有感時而遐想者矣. 花明兩岸, 身在畫中, 潦盡寒潭, 舟行鏡裏. 畏日流炎, 柳磯風細, 朔天飛雪, 寒江獨釣. 四時代謝而樂無不在焉. 彼達而仕者, 苟冒於榮, 吾則安於所遇, 窮而漁者, 苟營於利, 吾則樂於自適. 升沉信命, 舒卷惟時. 視富貴如浮雲, 棄功名猶脫屣, 以自放浪於形骸之外. 豈若趍時釣名, 乾沒於宦海, 輕生取利, 自蹈於重淵者乎. 此予所以身簪紱而志江湖, 每托之於歌也. 子以爲如何?" 予聞而樂之, 因爲記以歸, 且以自觀焉. <陽村集 권11, 記類>

떠돌며"노는 마음이다. 이러한 강호의 즐거움이 권근에게 큰 공명을 일
으켰던 것은 윗글의 마지막 구절에 나타나 있는 것과 같다.

공부의 <어부사>를 즐겼던 것은 권근뿐만은 아니었다. 당대의 많은
사대부들이 이를 즐겨 불렀기에 몇 백 년 뒤 『악장가사』에 기록될 때까
지 이는 유전될 수 있었을 것이다. 앞에서 본 이제현의 <소악부> 서문
에 드러나 있듯이 고려속요가 세태와 민풍을 보여주는 시가로 고려조의
사대부들에게 의미화되었다면, 공부의 <어부사>는 사대부들 자신의 취
미를 표현하는 시가로 받아들여졌다. 그러다 조선시대에 들어오면서 고
려속요는 고려왕조의 이미지와 연결되며 그 분방한 내용이 유교적 잣대
를 통해 통렬히 비판된 반면, <어부가>는 유학자가 추구할 만한 내용
을 담은 올바른 시가로 여겨져 적극적으로 수용되게 된다.

<어부가>의 전통을 이은 조선조의 여러 작품들 중에서도 농암 이현
보의 <어부가>는 특히 중요한 의미를 지닌다. 이현보는 전해져 오던
<어부가>를 개편하여 연장체로 된 장가長歌 1편과 시조 형식의 단가短歌
5수를 지었는데, 이에 대해 이황과 견해를 주고받으며 그에게 발문跋文
을 부탁하기도 하였다. 이러한 시가 창작과 비평 활동을 통해 이현보와
이황은 고려가요 <어부가>의 전통을 조선조의 시가 장르인 시조·가사
로 이어 주는 데 중요한 역할을 하였다. 다음은 이현보의 장·단 <어부
가>에 대하여 이현보와 이황이 남긴 글이다.

이현보, 〈어부가발漁父歌跋〉

위의 <어부가> 양 편은 누가 지었는지 알지 못한다. 내가 늙어 전원으
로 물러가 마음은 한가롭고 일이 없어, 고인이 읊은 것 중에서 노래할 만
한 시문 약간 수를 모아 비복에게 가르쳐 때때로 들으며 소일하였다. 자손

들이 늦게야 이 노래를 얻어 와 보여주니, 내가 그 가사를 보건대 말이 한
적하고 의미가 심원하였다. 음영하다 보면 사람으로 하여금 공명에서 벗
어나 표표히 세상 밖으로 훌쩍 떠나가게 하는 뜻이 있다. 이를 얻은 후에
는 예전에 즐기던 가사는 모두 버리고 오로지 이에만 뜻을 두었다. 손수
책으로 베껴 꽃피는 아침과 달 뜨는 저녁에 술잔 잡고 벗을 불러 분강에
작은 배 띄워 두고 노래하게 하면 흥미가 더욱 참되어 지칠 줄 모르고 권
태로움을 잊을 수 있었다.

　다만 말이 차례가 맞지 않고 또 중첩되는 부분도 있는데, 이는 반드시
베끼는 과정에서 잘못된 것일 것이다. 이것은 성현의 경전에 의거한 문장
이 아니어서, 망령되이 1편 12장을 개찬하여 3장은 버리고 9장으로 만들
어 장가長歌를 지어 읊조렸다. 그리고 1편 10장은 단가短歌 5수로 줄여 엽葉
으로 만들어 노래하여, 합쳐서 1부의 신곡을 이루었다. 다만 삭제하고 고
쳤을 뿐 아니라 첨가하고 기운 것 또한 많다. 그러나 역시 모두 옛 글의
원뜻에 따라 더하고 던 것이니, 이름 짓기를 『농암야록』이라 하였다. 보시
는 분들은 나를 참람하다 책망하지 마시기를 바란다.104)

이황, 〈서어부가후書漁父歌後〉

　세상에 전하는 〈어부사〉는 옛사람들의 어부 노래를 모아 사이사이 우
리말을 섞어 긴 가사를 만든 것으로 모두 열두 장인데, 작자의 성명은 전
하지 않는다. 예전에 안동부의 늙은 기생이 이 노래를 잘 불러, 숙부 송재
선생(李堣)께서 때때로 그 기생을 불러 이 노래를 부르게 하여, 수연壽宴의
즐거움을 북돋웠다. 나는 이때 아직 어렸지만 마음에 적이 기뻐하여 그 대

---

104) 右漁父歌兩篇, 不知爲何人所作. 余自退老田間, 心閑無事, 裒集古人觸詠間, 可歌詩文
　　若干首, 敎閱婢僕, 時時聽而消遣. 兒孫輩晩得此歌而來示, 余觀其詞, 語閑適, 意味深
　　遠. 吟咏之餘, 使人有脫略功名, 飄飄遐擧塵外之意. 得次之後, 盡棄其前所玩悅歌詞, 而
　　專意于此. 手自騰冊, 花朝月夕, 把酒呼朋, 使詠於汾江小艇之上, 興味尤眞, 亹亹忘捲.
　　第以語多不倫, 或重疊, 必其傳寫之訛. 此非聖賢經據之文, 妄加撰改一篇十二章, 去三
　　爲九, 作長歌而詠焉, 一篇十章, 約作短歌五闋, 爲葉而唱之, 合成一部新曲. 非徒刪改,
　　添補處亦多.　然亦各因舊文本意, 而增損之, 名曰聾巖野錄. 覽者辛勿以僭越咎我也.
　　<聾巖集 권3, 歌詞, 漁父短歌>

략을 얻어 기록하였으나 전편을 이루지 못한 것을 한스럽게 여겼다. 그 후
옛 소리는 간헐적으로 나타났다가는 사라져 결국 묘연해져 버렸다. 그러
나 몸이 홍진에 빠져 강호의 즐거움으로부터 더욱 멀어지고 나니, 다시 그
노래를 들으며 흥을 맡기고 근심을 잊어버리고 싶은 마음이 간절하였다.
서울에 있으면서 연못가 정자에서 노닐 때 항상 이를 두루 묻고 찾아 다
녔으나, 비록 늙은 악공과 음률을 아는 광대라 하더라도 이 노래를 이해하
는 자가 없었으니 이로써 이를 좋아하는 사람이 드물다는 것을 알았다.

　근래에 밀양의 박준이라는 사람이 명성이 있는데, 여러 음률을 알아 동
방의 악을 두루 이었다. 아정한 것과 속된 것을 아울러 수집하여 한 권 책
을 이루어 간행했는데, 이 노래와 <쌍화점> 등의 곡이 그 안에 들어 있
다. 그러나 사람들이 저것(쌍화점)을 들으면 손과 발이 춤을 추고, 이것(어부
사)을 들으면 권태로워하고 졸려하는 것은 왜인가? 그 사람이 아니면 진실
로 그 음을 알 수 없는 것이니, 또한 어찌 그 즐거움을 알겠는가?

　오직 우리 농암 선생께서 연세 일흔이 넘자 벼슬을 버리고 은둔하여 분
강 구비에서 한가롭게 지내시니, 여러 번 불러도 나가지 않고 부귀를 뜬구
름처럼 여기며 아정한 회포를 세상 밖에 붙이신다. 항시 돛단배에 작은 노
로 안개 긴 물결 속에서 초연히 노닐며 낚시터 배회하고, 백구를 벗 삼아
기심機心을 잊고 물고기 바라보며 그 즐거움을 아니, 강호의 참된 즐거움
을 얻으셨다 할 것이다.

　좌랑 황중거(황준량)가 선생님과 친분이 두터워서, 일찍이 박준의 책 속
에서 이 노래를 취하고, 또 어부가 지은 단가 열 편을 얻어, 이를 함께 선
생께 바치니, 선생께서 이를 얻어 완상하며 그 소박하고 예스러움을 기쁘
게 여겼으나, 다만 번다함을 면치 못한 것을 문제로 보았다. 이에 고쳐 다
듬어 장가 열두 장은 아홉 장으로 줄이고, 단가 열 장은 다섯 장으로 만들
어 시종에게 주어 익혀 부르게 하였다.

　아름다운 손님과 좋은 경치를 만날 때마다 물가 난간에 기대며 안개 긴
거룻배에 노닐고, 반드시 몇 명 시종 아이들에게 함께 노래하며 나란히 춤
추게 하니, 곁의 사람들이 이를 보면 아득하니 신선과 같았다. 아! 선생께
서 이에 이미 그 참된 즐거움을 얻어 마땅히 그 참된 소리를 좋아하시니,

어찌 세속 사람들이 정나라와 위나라의 음악을 좋아하여 나날이 음탕해져
가고 <옥수후정화玉樹後庭花>를 들으며 뜻을 방탕히 하는 것에 비하리오?

선생께서 일찍이 이 책을 손수 베끼어 아랫사람에게 보여주기를 부끄럽
게 여기지 않고 또 발문의 책임을 지우시니, 나는 멍에 멘 망아지요 바닷
새와의 약속은 저버린 사람이라 어찌 감히 강호의 즐거움을 말하며 어부
의 생활을 논할 수 있겠는가? 말씀이 다시 이르고 명하신 바를 거두지 않
으시어 부득이 삼가 느낀 바를 말미에 써서 명하신 바의 만분의 일이나마
해내고자 하니, 소동파가 비웃은바, 벼슬과 이익에 집착하는 무리가 산림
의 은자에 대해 말한다는 것이 바로 나 같은 사람을 일컬은 것이리라. 이
해(1549) 12월 16일 풍기군수 이황이 삼가 관아의 서재에서 쓴다.[105]

<어부가발>에서 이현보는 자신이 <어부장가漁父長歌> 12장과 <어부
단가漁父短歌> 10장을 각기 9장과 5장으로 줄여 정리한 내력을 밝혔다.
이 중 <어부장가>는 『악장가사』에 수록되어 있는 연장체 형식의 시가

---

105) 世所傳漁父詞, 集古人漁父之詠, 間綴以俗語而爲之長言者, 凡十二章, 而作者名姓無聞
焉. 往者, 安東府, 有老妓, 能唱此詞, 叔父松齋先生, 時召此妓, 使歌之, 以助壽席之歡.
滉時尙少, 心竊喜之, 錄得其槪而猶恨其未爲全調也. 厥後, 存沒推遷, 舊聲杳, 不可追.
而身墮紅塵, 益遠於江湖之樂, 則思欲更聞此詞, 以寓興而忘憂也. 在京師, 遊蓮亭, 常徧
問而歷訪之, 雖老伶韻倡, 莫有能解此詞者, 以是知其好之者鮮矣. 頃歲有密陽朴浚者名,
知衆音, 凡係東方之樂, 或雅或俗, 靡不裒集, 爲一部書, 刊行于世, 此詞與霜花店諸曲,
混載其中. 然人之聽之於彼則手舞足蹈, 於此則倦而思睡者, 何哉? 非其人, 固不知其音,
又焉知其樂乎? 惟我聾巖李先生, 年踰七十, 卽投紱高躅, 退閒於汾水之曲, 屢召不起,
等富貴於浮雲, 寄雅懷於物外. 常以小舟短棹, 嘯傲於烟波之裏, 徘徊於釣石之上, 狎鷗
而忘機. 觀魚而知樂, 則其於江湖之樂, 可謂得其眞矣. 佐郞黃君仲擧, 於先生親且厚, 嘗
於朴浚書中, 取此詞, 又得短歌之爲漁父作者十関, 并以爲獻. 先生得以玩之, 喜愜其素
尙, 而猶病其未免於冗長也. 於是刪改補撰, 約十二爲九, 約十爲五, 而付之侍兒, 習而歌
之, 每遇佳賓好景, 憑水檻而弄烟艇, 必使數兒幷喉而唱咏, 聯袂而蹁躚, 傍人望之, 縹緲
若神仙人焉. 噫! 先生之於此, 旣得其眞樂, 宜好其眞聲, 豈若世俗之人悅鄭衛而增淫, 聞
玉樹而蕩志者比耶? 先生嘗手寫此本, 不辱下示, 且責以跋語, 滉身效轅駒, 盟寒沙鳥,
何敢語江湖之樂, 而論漁釣之事乎? 辭之至再而命之不置, 不獲已, 謹書所感於其尾, 以
塞勤命之萬一, 東坡所譏以朝市眷戀之徒而出山林獨往之語者, 滉之謂矣. 是歲臘月旣望,
豊基守李滉, 拜手敬書于郡齋. <退溪集 권43, 跋>

이며 <어부단가>는 연시조 형식의 작품인데, 모두 『농암집聾巖集』 권3
에 수록되어 있다. 이러한 두 가지 형식의 시가를 정리하면서 이현보는
그것이 지닌 심원한 내용을 높게 평가하고 있다. 한적하고 심원하며 물
외의 표표함이 있다는 것이 이 작품들에 대한 이현보의 평가다. 이러한
이현보의 생각은 이황의 글에서도 이어진다. 이황은 이현보의 <어부
가>에 대해 "아정한 회포를 세상 밖에 붙이"고 "기심機心을 잊"는 "강호
의 참된 즐거움"을 표현하였다고 평하였는데, 이는 이현보 자신이 평가
했던 내용과 흡사하다.

<어부가>가 표현한 "강호진락江湖眞樂", 즉 강호의 참된 즐거움은 세상
밖, 곧 물외物外를 상정한다는 점에서 앞서 주세붕이 추구했던 현실세계
에서의 윤리적 지향과는 내포하는 바가 다르다. 그러나 향락적 내용을
지양하고 유학자적인 품격을 추구한다는 점에서는 주세붕의 글과 이황
의 글이 상통한다. 또 주세붕이 <쌍화점>을 들어 당대의 시가문학에
대한 비판적 지론을 펼쳤듯이, 이황 또한 똑같이 <쌍화점>을 들어 당
대 시가 작품들의 내용적 저급성을 비판하였다.

주세붕과 이황의 글에서 똑같이 <쌍화점>을 언급한 것은 <쌍화점>
이 주세붕과 이황의 시대까지 유독 인기 있던 고려속요였기 때문에 그
랬던 것일 수도 있지만, 주세붕의 영향을 이황이 직접 받은 것일 수도
있다. 이황이 위의 <서어부가후>를 쓴 것은 그가 풍기 군수로 있던
1549년의 일인데, 이때는 주세붕이 그 역시 풍기 군수로 있으면서 『죽
계지』의 발문을 지은 1548년에서 불과 1년밖에 지나지 않은 때이다. 또
한 이황은 풍기군수로 있으면서 주세붕이 세운 백운동서원에 편액扁額과
전토田土를 하사할 것을 관찰사 심통원沈通源에게 주청하기도 하였으
니,106) 주세붕에게 공감하며 그의 영향을 받았을 것임에 분명하다.

한편 주세붕의 글에서는 새롭게 짓지 않는다는 "술이부작"의 정신을 중시하였음을 앞에서 보았는데, 이와 같은 점이 이현보의 글에서도 비슷하게 드러난다. 이현보의 <어부가>는 그의 창작물이 아니라 전해지던 것을 개찬한 것에 불과하다. 그런데도 이현보는 그러한 개찬 작업조차 "망령"된 것일 수 있다는 조심스러움을 드러낸다. <어부가발>을 끝내면서도 이현보는 분수에 넘치는 일을 했다는 책망을 받을까 두려워하며 시가 창작을 조심스러워한다. 이런 생각은 이현보와 이황이 나누었던 다음과 같은 서신에서도 엿볼 수 있다.

이현보, 〈여퇴계與退溪〉(퇴계 선생께)

어부 노래가 이처럼 많으니 서로 떠들 만한 것은 못 됩니다. 다만 비복들이 이를 잊은 지 오래고 안동 사람(李瀣, 1496~1550)도 또한 찾아 왔다가 가지 못하고 있습니다. 이전의 원고로 추측하고, 위아래로 더하고 덜어 글로 씁니다. 제가 시구에 대한 식견이 넓지 못해, 여러 군데 고쳤으나 완성하지 못했으니, 다행히 이를 살펴 취사선택하고 보완하여 다시 보내주시면 어떻겠습니까? 단가短歌 가운데 "제세현"이란 말은 출처가 없는 듯하여 더욱 온당하지 못하나, 본문을 버리지 않고 두었으니 아울러 살펴 주시기 바랍니다.

보내 주신 글월을 다시 살펴보니 "夜靜水寒"이라는 구절이 중복되었으므로 고쳐 주시기를 바랍니다.[107]

---

106) 『죽계지』, <上監司沈公書>.
107) 漁歌如此多, 故不須相喋. 只以婢僕等, 邯鄲之失已久, 花人亦來, 莫適所從. 因前草臆意書送, 增損上下書送. 老翁, 詩句聞見未博, 所改處多而未果, 幸覽, 取舍抹改, 添補送還如何? 短歌濟世賢之語, 似無出處, 尤未穩, 而未棄本文存文, 幷照銓橐. 所橐之文, 更考之. 夜靜水寒之句重複, 改補企望. <농암집 권1, 書>

이황, 〈답농암이상국答聾巖李相國〉(농암 선생님께 답함)

　　〈어부사〉에 대해 말하자면, 지난 봄(1548)에 예안군수 임내신任鼐臣과 의
논한 것이 진실로 온당하지 못하고, 진실로 외람된 일이었습니다. 그 후
용수사에서 한 본을 보내 주서서 삼가 받아 보았으나, 다만 전에 망령되게
고친 것이 후회되어 감히 곧장 회답하지 못하였습니다. 이번에 정하신 장
章의 차례와 새로 지으신 단가 한 수는 모두 전에 보여주신 것보다 더 좋
으니 부르고 전하기에 충분합니다. 이로 인해 강호의 풍경과 풍월의 맑음,
그리고 고기잡이의 즐거움 등이 모두 고원하게 물러나 계신 선생님의 경
지에 하늘이 내려준 것임을 알겠습니다. 세속의 꽉 막힌 사람들이 본다면
땅벌레가 고니를 보는 것보다 더하니 진실로 그 경지를 넘보기 어렵습니
다. 발문을 어찌 감히 경솔히 짓겠습니까? 생각건대 마땅히 깨끗이 써 올
려야 하겠으나 오히려 가르침 받고자 하는 부분이 있으니 훗날을 기다려
직접 뵙고 깨우침을 얻은 후에 짓는 것이 좋겠습니다.108)

　　이현보가 이황에게 보낸 편지를 보면, 이현보가 〈어부가〉를 개찬하
는 데 심혈을 기울였음을 알 수 있다. 자구 하나도 신경을 쓰며 질정하
는 모습이 인상적이다. 또 〈어부가〉의 개찬에 대한 이러한 노력은 이
현보뿐 아니라 이황도 들이고 있었음을 위의 두 통의 편지를 통해 살펴
보게 된다. 이황 또한 임내신과 이미 〈어부가〉에 대해 논의한 바가 있
으며, 이현보와 이황은 각자 정리한 원고를 서로 주고받으며 더 좋은 방
향을 모색하고 있었던 것이다. 이황이 이현보에게 보낸 답신에서 보듯이,
이황은 이현보의 개편이 우수함을 인정하고 이를 받아들였고, 이로써

---

108) 漁父辭, 去春與任城主所議者, 誠不穩愜, 誠爲叨僭. 其後自龍壽寺, 寄東一本, 謹以承見,
　　但以前日妄改爲悔, 故不敢輒有回稟. 今來所定章次, 及短歌新作一関, 皆勝於前日所示,
　　可歌而可傳者也. 因此又知江湖之景, 風月之淸, 漁釣之樂, 天所以餉高退之境. 自世俗
　　規規者觀之, 不啻黃鵠之與壤蟲, 固不得窺其涯際也. 跋語, 何敢輕易爲之? 惟當楷寫以
　　上, 尙有欲稟之條, 俟後日面承提警而後爲之也. 〈퇴계집 권9, 書〉

<어부가>의 개편자는 지금까지 알려져 있듯이 이현보가 될 수 있었다.

이처럼 이현보의 <어부가> 개편 작업은 당대의 시가 창작과 비평의 영향을 받으며 이루어졌다. 그런데 그것이 지향한 미의식은 주세붕의 경우와는 다른 면모를 지니고 있다. 그것은 도학적 내용과 교훈을 추구한 것이 아니라 세속을 초월한 물외의 자연미를 지향한 것이다. 이러한 <어부가>의 지향점은 조선조 사대부들의 미의식에 부합하는 것이었고 이후 조선조 시가의 중요한 미적 이념이 되었다. 이를 드러내고 있는 것이 위에 제시한 이현보와 이황의 글들이다. 이렇게 이현보의 <어부가> 개편 작업은 내용적 측면에서 고려시대의 시가와 조선시대의 시가를 이어 주면서 조선조 시가의 미의식 중 중요한 일부를 구현하였다.

또한 이현보의 <어부가> 개편은 장르의 측면에서도 고려가요와 조선 시가를 잇고 있다. 앞에서 보았듯이 이현보의 <어부가>는 고려시대부터 전해진 장가의 형태뿐 아니라 단가, 즉 시조의 형태로도 지어졌다. <어부가> 장가는 앞서 언급한 것처럼 『악장가사』에 남아 있는 작자 미상의 작품이 가장 오래된 것이지만, 단가 형태의 <어부가>로 현재 전하는 것 중 가장 오래된 것은 바로 이현보의 작품이다. 이로써 이현보의 <어부단가>는 고려가요의 <어부가> 전통이 새로운 시가 장르인 시조로 어떻게 이어졌는지를 보여 주는 유일한 증거가 되는데, 이러한 점에서 이현보의 <어부가> 창작은 더욱 중요성을 지닌다.

3) 유교적 수양론과 시조 비평

앞 절에서 보았듯이 이황은 <어부가> 개찬 작업을 이현보에게 넘겨 주었다. 하지만 이현보가 <어부가>를 개찬한 16년 뒤인 1565년, 이황

은 이현보의 업적보다 어쩌면 더 중요하다고 할 수 있는 업적을 고전시
가사에 남긴다. 연시조 <도산십이곡陶山十二曲>의 창작이 바로 그것이다.
그 발문에서 이황은 "전술傳述"이 아닌 "창작創作"으로서의 시가를 짓는
일의 의미를 논하였는데, 이는 국문시가 창작에 대한 보다 적극적인 옹
호라는 점에서 의미가 크다. 그 전문을 보면 다음과 같다.

이황, 〈도산십이곡발陶山十二曲跋〉

위의 <도산십이곡>은 도산노인이 지은 것이다. 노인이 이것을 지은 것
은 무엇 때문인가? 우리 동방의 가곡은 대개 음란한 노래가 많아서 말할
만한 것이 되지 못하니, <한림별곡翰林別曲>과 같은 종류는 문인文人의 입
에서 나왔으나 호기롭게 뽐내고, 방탕하고 방자하며 버릇없이 희롱하니,
더욱이 군자가 숭상할 바가 아니다. 다만 근세에 이별李鼈이 지은 <육가六
歌>가 세상에 널리 전하는데, 이것이 <한림별곡>보다는 낫지만, 이 또한
애석하게도 세상을 조롱하며 공손치 못한 뜻이 있고 온유돈후한 내실이
적다.

노인은 평소에 음률을 해득하지는 못하였으나 오히려 세속의 노래는 싫
어할 줄 알았으니, 한적히 요양하며 지낼 때 성정에 느껴지는 바가 있으면
매번 시로 이를 드러내곤 하였다. 그러나 지금의 시는 옛날 시와는 달라,
읊을 수는 있어도 노래할 수는 없다. 만약 노래하고자 하면 우리나라 말로
엮어야 하니, 이는 대개 우리나라의 음절이 그럴 수밖에 없기 때문이다.

그래서 이별이 지은 시가를 일찍이 대략 모방하여, <도산육곡陶山六曲>
두 편을 이루었다. 첫 편에서는 뜻을 말하고, 둘째 편에서는 배움을 말하
였으니, 바라건대 아이들로 하여금 밤낮으로 익혀 부르게 하여 이를 궤석
에 기대어 앉아 듣고자 함이며, 또 아이들로 하여금 스스로 노래하고 춤추
게 하여 비루함과 인색함을 씻어내며 느끼고 환히 깨닫고자 함이니, 노래
하는 이와 듣는 이가 서로 유익함이 없을 수 없는 것이다.

그러나 어쩌다 일이 잘못되어 이 같은 한가로운 일이 사특한 소란의 발

단이 될지는 알 길이 없다. 또한 그것을 악조에 맞추어 음률과 조화를 이
룰 수 있을지도 확신할 수 없다. 한 본을 일단 베껴 상자에 보관해 두고,
때때로 꺼내어 즐기며 스스로 살펴보니, 또 다른 날 이것을 보는 이의 선
택을 기다릴 뿐이다.[109]

　　<도산십이곡>의 창작 취지를 설명한 위의 글은 앞서 본 주세붕의 글
과 유사한 점과 상이한 점을 함께 지니고 있다. 유사점은 시가의 내용에
관한 것으로, 고려속요와 같은 방탕한 내용을 지양하고 도학적 내용을
추구한 점이다. 주세붕이 고려속요 <쌍화점>을 비판하고 이에 대한 대
안으로 자신의 시가 작품들을 제시했듯이, 이황 또한 고려시대의 경기체
가인 <한림별곡>을 비판하며 이에 대한 대안으로 스스로 <도산십이곡>
을 지었음을 밝혔다. 이렇듯 향락적인 내용을 비판하고 도학적 성정을 시
가에 담고자 한 것은 이황의 이 글과 주세붕의 전 글이 유사한 점이다.
　　한편 주세붕이 의례와 관련하여 시가의 필요성을 강조하였다면, 이황
은 성정의 자연스러운 발로로서 시가가 지닌 효용성을 제시하였다. 다
음과 같은 부분이 그러한데, "성정에 느껴지는 바가 있으면 매번 시로
이를 드러내곤 하였다. 그러나 지금의 시는 옛날 시와는 달라, 읊을 수
는 있어도 노래할 수는 없다. 만약 노래하고자 하면 우리나라 말로 엮어

---

109) 右陶山十二曲者, 陶山老人之所作也. 老人之作此, 何爲也哉? 吾東方歌曲, 大抵多淫哇
　　不足言, 如翰林別曲之類, 出於文人之口, 而矜豪放蕩, 兼以褻慢戱狎, 尤非君子所宜尙.
　　惟近世有李鼈六歌者, 世所盛傳, 猶爲彼善於此, 亦惜乎其有玩世不恭之意, 而少溫柔敦
　　厚之實也. 老人素不解音律, 而猶知厭聞世俗之樂, 閑居養疾之餘, 凡有感於性情者, 每
　　發於詩. 然今之詩, 異於古之詩, 可詠而不可歌也. 如欲歌之, 必綴以俚俗之語, 蓋國俗音
　　節所不得不然也. 故嘗略倣李歌而作, 爲陶山六曲者二焉. 其一言志, 其二言學, 欲使兒
　　輩朝夕習而歌之, 憑几而聽之, 亦令兒輩自歌而自舞蹈之, 庶幾可以蕩滌鄙吝, 感發融通,
　　而歌者與聽者, 不能無交有益焉. 顧自以蹤跡頗乖, 若此等閑事, 或因以惹起鬧端, 未可知
　　也. 又未信其可以入腔調諧音節與未也. 姑寫一件, 藏之篋笥, 時取玩以自省, 又以待他
　　日覽者之去取云爾. <退溪集 권43, 跋>

야 하니, 이는 대개 우리나라의 음절이 그럴 수밖에 없기 때문이다."라고 한 것이다. 느낀 바가 있으면 시로도 표현하고 노래로도 불러야 하는데, 한시로는 노래할 수 없으므로 시가가 필요하다는 점을 여기서는 서술하고 있다.

주세붕의 경우에는 시가 창작의 목적이 항상 수용자 입장에서의 효용성으로 설명되었다. 예를 들어 "선비들이 산보하며 시를 외우는 데에 보탬이 되어 모두 바른 곳으로 귀결되기를 바라노라"라고 하였듯이, 시가는 의식과 같은 공적 부문에서든, 자연과 하나 되어 도심道心을 기르는 사적 부문에서든, 타인에게 미치는 긍정적 작용이라는 측면에서 논의되었다. 이에 비해 이황은 성정의 자연스러운 발로인 시詩의 연장선상에서 시가를 바라봄으로써 효용론 일변도의 시가관을 탈피하는 모습을 보여준다.

물론 이황도 도심을 기르는 수양의 도구로서 시가의 효용성을 강조한다. 그러나 이때의 수양은 객체의 수양만을 추구하는 것이 아니라 주체와 객체가 함께 "감발感發 융통融通"하는 주객혼융主客混融의 경지를 지향하는 것이다. 이러한 혼융을 위해서는 "전술"에서 벗어나지 않으려 했던 주세붕의 교술적 말하기로는 부족하고, 서정시의 본질에 보다 다가가야만 했으리라는 점을 짐작할 수 있다.

이렇듯 이황이 사대부의 생활시로서의 시가론을 펼치며 시조 장르를 택하고 있다는 사실은 조선시대 시가사의 획시기적인 사건임에 틀림없다. 이황은 연시조 형식으로 되어 있는 동시대 이별의 "육가"를 비판하면서도 그 형식은 차용하여 그 자신 연시조를 창작하였다. 주객일체의 서정성을 추구하기 위해서는 <한림별곡>과 같은 경기체가 형식보다는 시조 형식이 더 적합했다. 똑같이 유교적 수양론을 중시하되 객체에 대한 효용성의 측면을 강조한 주세붕이 경기체가 형식을 즐겨 사용했던 것에 비해, 시가에서도 서정적 혼융의 경지를 추구한 이황은 사대부의 생활시로서 시조 장르를 선택한다. 시조가 지닌 서정적 가능성은 이처럼 유교의 도학적 자장 내에서 시작하여 다음 시기로 이어지면서 그 표현의 영역이 확장되고 변모한다.

제 5 장

표현론의 발흥과 민족어시가의 재인식기

17세기는 국문시가에 대한 인식이 조선 전기의 유교적·효용론적 관점에서 조선 후기의 민족적·표현론적 관점으로 전환되며 중요한 비평 자료들이 등장하는 시기이다. 특히 이 시기에는 필기류筆記類의 기록에서 보다 본격적인 국문시가 비평을 찾아볼 수 있는데, 그 예로 이수광李睟光 (1563~1628)의 『지봉유설芝峰類說』(1614), 홍만종洪萬宗(1643~1725)의 『순오지旬 五志』, 김만중金萬重(1637~1692)의 『서포만필西浦漫筆』 등에 수록된 기사들을 들 수 있다.

한편 특정 작품 및 작가에 대한 문집 소재 기록도 이 시기에는 더욱 다양하게 나타난다. 이들 중에는 <송강가사발松江歌辭跋>이나 <방옹시여 서放翁詩餘序>처럼 잘 알려진 것도 있지만, 이와 달리 그다지 논의가 이루어지지 않은 것들도 있다. 이 자료들을 살펴보면, 전 시기의 비평 자료가 도학이나 강호 주제 시가에 집중되어 있었던 것에 반해, 이 시기에는 비평의 대상이 연군시가, 우국시가, 전원시가 등으로 넓어짐을 볼 수 있다. 그에 따라 비평의 내용 또한 다채로운 양상을 띠게 되는데, 이 장에서는 17세기 국문시가 비평의 이러한 다양한 면모를 조명하려 한다.

17세기에는 이황의 <도산십이곡>과 이현보의 <어부가>가 여전히 중요한 영향력을 행사하는 가운데 일상의 여러 국면에서 표현의 도구가 되는 시가의 의미가 보다 다양하게 서술되었고, 특히 일상의 시로서 시조 장르가 지니는 의미가 명백히 표명되기에 이른다. 신흠申欽(1566~1628)은 <방옹시여서>에서 느낀 바를 표현하는 도구로서 국문시가가 지닌 가치를 서술하면서 국문시가가 지닌 표현론적 가치를 밝혔다. 이때 이러한 논의는 중국의 악부시樂府詩와의 비교 속에서 개진되면서 민족어시가에 대한 인식으로 이어졌는데, 이러한 표현론적 민족어시가론은 17세기 후반부터 시가론의 중요한 흐름을 이끌게 된다.

16세기에 국문시가의 필요성이 유교적 시가관에 입각하여 시조 장르를 위주로 전개되었다면, 17세기의 평어들에서는 중국 시가와 대비되는 민족어시가에 대한 성찰이 가사 장르를 주로 하여 이루어졌다. 그런데 이렇듯 가사가 민족어시가의 중요한 장르로 부각될 수 있었던 데에는 무엇보다 송강 정철의 시가 작품이 큰 영향을 끼쳤다. 따라서 이 장에서는 17세기 시가 비평의 영역이 다양하고 넓어지며 민족어시가론에 이르는 양상을 살피고 그러한 과정에서 송강 시가의 비평이 지니고 있던 위상도 함께 검토할 것이다.

1. 시조·가사의 전개와 맥락

국문시가는 조선 초기 왕실 악의 테두리를 벗어나 16세기에는 사대부 계층을 중심으로 민간으로 퍼지며, 17세기에는 악곡의 발전과 함께 향유층의 범위와 문학적 주제가 확대된다.

　형성기 시조를 얹어 불렀을 것으로 추정되는 <만대엽> 악곡이 <중대엽>으로 발전한 모습을 『양금신보』 등의 17세기 악보들에서 볼 수 있다. 전란 후 악보의 유실을 우려하면서 편찬한 것이라는 『양금신보』(1610)의 서문을 감안하면 <중대엽> 악곡이 형성된 것은 17세기 이전이었을 수 있다. 한편 안상이 편찬한 『금합자보』(1572)에는 아직 <중대엽> 악보는 실리지 않았고 <만대엽> 악보에만 "오느리" 가사가 실려 있는 것을 고려하면, <중대엽> 악곡이 형성된 것은 16세기 후반 이전으로 올라가지는 않을 것으로 보인다.

　양덕수의 『양금신보』에는 <만대엽>과 <중대엽>이 모두 실려 있는데, <만대엽>에는 가사가 없고 <중대엽>에만 가사가 있다. <중대엽>은 평조平調와 우조羽調로 나뉘어 각기 "오느리"와 "이몸이"로 시작되는 노랫말을 실어 놓았다. 이 노랫말들은 모두 시조의 형태로 되어 있다. 특히 우조에 실린 노랫말은 정몽주가 지은 것으로 잘 알려져 있는 <단심가丹心歌>인데, 『양금신보』에는 작자에 대한 기록은 없다.

　이후 이득윤이 편찬한 『현금동문유기』(1620)에는 가사가 얹히지 않은 <삭대엽> 악곡이 등장하며, <중대엽>과 <삭대엽> 등의 악곡들은 모두 <만대엽>에서 파생한 것이라는 설명이 보인다.[110] 이로 보아 16세기 후반에서 17세기 전반 즈음에 <만대엽>으로부터 <중대엽>과 <삭대엽> 등의 악곡이 파생되었음을 알 수 있다. 그 뒤 『현금신증가령玄琴新證假令』(1680)에서는 중대엽이 1・2・3으로 증가하는데, 이렇게 분화된 중대엽 및 삭대엽 악곡들을 바탕으로 17세기에 시조는 그 세력을 점차 넓혀갈 수 있었다.

---

110) "其平調慢大葉者, 諸曲之祖." (평조 <만대엽>은 모든 악곡의 조종이다.)

한편 가사 장르는 어떠한 음악에 얹혀 불렸는지는 확연하지 않지만, 노래로 불린 연행 상황이나 이른바 "선가자善歌者"의 존재 같은 것이 문헌 기록 속에 나오는 것으로 보아 이 역시 악곡과 함께 발전해 나갔을 것으로 추정된다. 이처럼 시조, 가사 등의 국문시가 장르는 악곡의 발전과 함께 민간으로 퍼져 나가 그 작가와 작품 수가 비약적으로 늘게 된다.

17세기에 활동한 시조의 작가와 작품 수는 약 100여 명, 800수에 달한다고 하며,[111] 가사 또한 작가의 계층이 확대되어, 사士와 대부大夫, 문반文班과 무반武班 등 다양한 계층에 속한 작가들이 경향京鄕 간에 두루 나타나게 된다. 이렇게 분화된 작가들이 보여준 작품세계 또한 다양하여, 윤리·강호와 같은 16세기 사대부시가의 주제가 지속·발전되는 한편, 보다 현실적이고 일상적인 주제들, 즉 전쟁의 현실이라든지 애정, 전원의 일상과 같은 주제가 다양하게 시가 작품에 구현된다.

시가 문학의 발전과 함께 그에 대한 인식 또한 진전을 보였다. 인성의 도야라는 유교적 효용론의 입장에서 벗어나 감성의 표현이라는 표현론적 가치를 적극적으로 옹호하는 발언이 나타났고, 이는 17세기 후반을 거쳐 18세기 민족어시가론의 모태가 되었다. 또, 국문시가의 전개와 그 대표작을 정리한다든지 특정 시가 작품의 문학성을 적극적으로 평가하는 일들이 이루어져 국문시가 장르와 작품에 대한 인식이 성숙해졌다. 특히 17세기 후반에는 가집歌集의 편찬이 시작되는데, 이는 민족어시가론의 전개에서 중요한 의미를 지닌다.

---

111) 이상원, 『17세기 시조사의 구도』, 월인, 2000.

2. 유교적 시가 비평의 지속적 전개와 변화

1) 세교와 윤리

앞 시기에 주세붕이 지은 <오륜가五倫歌>의 전통은 16세기 후반 정철
鄭澈(1536~1593)의 <훈민가訓民歌>로 이어지고, 다시 17세기의 박선장朴善長
(1555~1616), 김상용金尙容(1561~1637), 박인로朴仁老(1561~1642) 등의 <오륜가>
로 연결된다. 이 중 박선장의 <오륜가>112)에 다음과 같은 서문이 남아
전한다.

> **박선장, 〈오륜가소서五倫歌小序〉**
>
> 말세라 인심이 날로 변함을 탄식하며 한밤중에 천장만 쳐다보니, 옛 가
> 르침을 배우는 이는 설령 물욕에 가려 양심을 잃더라도 고인의 책만 펼
> 것 같으면 문득 깨닫는 자가 있었다. 그 글의 뜻을 깨닫지 못하는 자는 사
> 물로 인해 마음이 옮겨져 마침내 하류로 흘러가 멈췄기 때문일 것이니 이
> 것은 매우 슬퍼할 만한 일이 아니겠는가? 이에 어리석은 생각을 표현하여
> <오륜가>를 짓고 또 삼 장의 난亂을 지어서 권면하고 징계하는 뜻을 보
> 인다. 이제 강신(鄕約에서 조직체의 성원들이 한자리에 모여서 술을 마시며 신의
> 를 새롭게 다지던 일) 하는 저녁에 외람되이 좌우에 내놓으니 원컨대 여러
> 군자께서는 일람하시고 채택하심이 어떠하오.113)

위의 서문에서는 <오륜가>를 지은 의도가 "권면하고 징계하는"데

---

112) 국문으로 쓴 8수로 된 연시조이다.

113) 某竊歎叔季人心日渝. 中宵仰屋, 以爲學古訓者, 雖或爲物欲所蔽, 喪其良心, 而開古人
書, 即惕然覺悟者有之. 其不曉文義者, 因物有遷, 終於下流而止耳, 此非可哀之甚者耶.
因述鄙懷, 作五倫歌, 又作三章之亂, 以示勸懲之義. 今玆講信之夕, 猥進于左右, 幸願諸
君子, 垂覽採之如何? <水西集 권4, 歌>

있음을 명확히 하고 있다. 박선장의 연보에는 이 작품을 지은 상황이 기록되어 있어 좀 더 자세한 창작의 맥락을 보여 주는데, 다음과 같다.

> 1613년 팔월에 귀만서당이 완성되어 <오륜가>를 지어 나이 어린 선비들을 경계시켰다. 국문으로 노래를 지어 동네의 학생들이 노래하며 자신을 경계하였다. 또 <십물잠十勿箴>을 지어 인심을 격려하였다.114)

위의 기록에서는 박선장의 <오륜가>가 젊은 선비와 동네의 학생들을 경계시킬 의도로 지어졌음을 보여 준다. 이러한 의도는 주세붕이 앞 시기에 시가 창작의 의도로 설명한 것과 유사하다. 다음의 시가비평들 또한 이처럼 앞 시기의 영향을 보여 준다.

장경세, 〈강호연군가발江湖戀君歌跋〉

내가 젊었을 때 친구인 이평숙에게 퇴계 선생의 <도산육곡가>를 얻어 보게 되었다. 의사가 진실하고 음조가 청절하여, 그것을 듣게 하면 족히 선한 마음을 일으켜 삿되고 더러운 마음을 씻을 수 있으니, 진실로 『시경』 삼백 편이 남긴 뜻을 이루었다. 한 본을 베껴 함에 넣어 두고 때때로 아이들로 하여금 노래 부르고 읊게 하니 크게 유익한 바가 있었다. 불행히도 전쟁 중에 잃어버린 지 벌써 십 년이 되어 겨우 수삼 곡만 기억할 수 있었으니, 고요한 밤 달빛 밝을 때면 나직이 읊조리고 길게 노래하여 앙모하는 뜻을 이에 부쳤다.

지난번 마침 월파헌에 갔다가 우연히 한 판본을 얻게 되었는데 앞서 말한 이른바 <도산육곡>이었다. 한 번 읊을 때마다 그 의미심장함을 더욱 깨닫게 되니 스스로 깨닫지 못하는 사이에 손발이 춤을 추었다. 삼가 그 체를 본떠 족히 전후 육곡을 이루었으니, 그 하나에는 애군우국의 정성을

---

114) 『水西集』, <年譜>, 박승훈 외 역, 대보사, 1996, 80면.

부쳤고 다른 하나에는 성현의 학문이 지닌 올바름을 드러내었다. 말미에
그 뜻을 말하였으니, 참람하여 죄를 피할 길이 없다. 그러나 아이들로 하
여금 때때로 소리 높여 읊게 하여 그 뜻을 펴게 하면, 음풍영월하고 방탕
한 길로 빠지는 것보다는 오히려 나았다. 아아! 모모가 서시를 흉내 낸 것
은 그 아름다움과 추함의 차이가 크지만 그 중심은 애모함에 있었으니 절
대 불가능한 것만은 아니다. 바라건대 여러 군자께 말하노니, 그 참람함을
용서하여 죄로 여기지 않는다면 천만 다행이겠다. 만력 임자년(1612) 봄 이
월 상순에 후학 사촌 장경세 삼가 쓰다.115)

사촌沙村 장경세張經世(1547~1615)가 쓴 위의 글 <강호연군가江湖戀君歌>
발문은 내용상 크게 둘로 나뉘는데, 앞부분은 이황의 <도산십이곡>에
대한 평이고 뒷부분은 자신의 연시조 <강호연군가江湖戀君歌>에 대한 설
명이다. <도산십이곡> 대한 서술은 사실 평어라기보다는 이황이 지은
<도산십이곡발>의 요지를 반복한 정도이다. 이황은 <도산십이곡>을
지은 목적이 노래를 부르고 듣는 이들로 하여금 마음속 더러움을 씻어
내고 감동하여 분발하게 하는 것에 있다고 하였는데, 그러한 내용이 위
의 글에서도 되풀이되고 있다. 장경세는 자신의 <강호연군가> 또한
<도산십이곡>과 같은 취지에서 지은 것이라고 밝히며 <도산십이곡>
을 흠모하는 마음을 표현하였다. 이러한 <강호연군가>의 취지와 내용

115) 余少時, 因友人李平叔, 得見退溪先生陶山六曲歌, 意思眞實, 音調淸絶, 使人聽之, 足以
興起其善端, 蕩滌其邪穢, 眞三百篇之遺旨也. 傳寫一本, 藏諸篋笥, 時使童稚歌而詠之,
大有所益. 不幸見失於兵火之中, 今已十年, 僅能記得數三曲, 每於靜夜月明沈吟之, 永
言之, 以寓景仰之懷. 頃者適到月波軒, 偶得印本, 乃前所謂陶山六曲也. 一番吟諷, 益覺
意味深長, 自不知手舞而足蹈也. 謹效其體, 足成前後六曲, 一以寄愛君憂國之誠, 一以
發聖賢學問之正. 末乃自言其志, 極知僭踰, 無所逃罪. 然使童蒙小子, 時時高詠, 以發其
歸趣, 則猶勝於吟風詠月流蕩忘返者也. 嗚呼! 嫫母之效西施, 姸嗤逈絶, 而其中心愛慕,
則不啻萬萬也. 願言諸君子, 恕其狂僭, 不以爲罪, 則千萬幸甚. 萬曆壬子春二月上澣, 後
學沙村張經世, 謹書. <沙村集 권2, 歌詞>

은 후손에 의해 다음처럼 요약되기도 하였다.

〈**사촌장공묘지**沙村張公墓誌〉

공께선 우리 동방의 여러 현인들 중 퇴계 선생을 가장 흠모하여, 〈도산
육곡시〉에 화답해 〈강호연군가〉를 지어 자제들과 문도들에게 읊조리고
논하게 하였다. 전 육곡에서는 임금을 사랑하고 시대를 걱정하였고, 후 육
곡에서는 주자를 존숭하고 육상산陸象山(陸九淵, 1139~1192)을 배척하였다.116)

〈강호연군가〉의 내용은 그 발문에서 밝혀져 있듯 연군과 학문에 대
한 것으로 나뉘어서, 유학에의 뜻과 의지를 표현한 〈도산십이곡〉과는
사실 내용상 다른 점이 있다. 오히려 제목에서 드러내듯 〈강호연군가〉
는 연군시가의 전통으로부터 많은 영향을 받았을 것으로 짐작되기도 한
다. 특히 장경세의 스승이 우계牛溪 성혼成渾(1535~1598)이라는 점으로 볼
때, 장경세는 성혼의 벗이었던 송강 정철의 시가에서 영향을 받았을 것
으로 추측된다.117) 그러나 위의 〈강호연군가〉 발문에서 밝힌 시가관은
〈도산십이곡〉의 유교적 성정미학性情美學을 거의 그대로 옮겨 놓았는데,
이는 다음에 볼 곽시징郭始徵(1644~1713)의 경우에도 유사하다.

곽시징, 〈**낙촌경한정 감흥영회가시서**樂村景寒亭感興詠懷歌詩序〉

〈낙촌가〉라 하는 것은 한가한 중에 사물에 감동하여 마음속에 품은 바

---

116) 公於我東諸賢中, 最慕退陶先生, 擬和陶山六曲詩, 作江湖戀君歌, 使子弟及門徒, 諷而
論之. 前六曲愛君而憂時也, 後六曲則尊朱而斥陸也. 〈사촌집 권4〉
117) 장경세는 1592년 임진왜란 당시 高敬命(1533~1592)의 막하에서 활약한 바 있으
며, 율곡 이이가 모함을 받았을 때 儒生을 인솔하여 그 부당함을 호소하기도 하였
다. 이이와 성혼, 고경명 등은 정철과 평생의 지우였으므로, 이들을 통해 장경세는
송강을 적어도 간접적으로나마 접할 수 있었을 것이다.

를 노래한 것이다. 율시와 절구를 각각 두 수씩 짓고, 구마다 단가 하나씩을 붙여 그 취지를 풀었으니 총 24장이다. 예전에 퇴계 선생께선 <도산육곡가> 12장을 지으셨고, 율곡 선생께선 <고산구곡가高山九曲歌> 10장을 지으셨는데, 퇴계 선생의 자서自序에서 다음과 같이 말하였다. "아이들로 하여금 밤낮으로 익혀 부르게 하여 이를 궤석에 기대어 앉아 듣고자 함이며, 또 아이들로 하여금 스스로 노래하고 춤추게 하여 비루함과 인색함을 씻어내며 느끼고 환히 깨닫고자 함이니, 노래하는 이와 듣는 이가 서로 유익함이 없을 수 없는 것이다." 내가 감히 두 선생의 작품에 대해 망령되이 헤아릴 수는 없지만, 그 뜻을 말하고 또 배움을 말한 것은 모두 사물을 만나 흥기하고 빗댄 것이며 성정을 말함에도 어긋나지 않는다. 그러므로 스스로 읊조리고 완상하며 혹은 남에게 노래시켜 들으니, 즐거워 근심을 잊어버릴뿐더러 늙어가는 것도 모르고, 노래를 읊고 완미하는 가운데 마음이 맑아지고 욕심이 적어지는 것이다. 이와 같으니 그것이 배움에 뜻을 둔 자에게 약간의 보탬이 되는 것은 그 말의 비루하고 졸렬함에 달려 있는 것이 아니며, 고인이 종신토록 외물을 사모하지 않은 것 또한 이와 같은 것이다. 진실로 퇴계 선생의 말씀처럼 노래하는 이와 듣는 이가 서로 유익함이 없을 수 없는 것이니, 이를 여기에서도 살펴볼 수 있을 것이로다!118)

곽시징, 〈제고산구곡가후題高山九曲歌後〉

<고산구곡가>는 율곡 선생께서 지은 것이다. 내가 태어났을 땐 선생께서 이미 돌아가신 후여서 그 온화한 모습을 뵐 수 없었고, 사는 곳이 멀어 고산의 승경 또한 일찍이 감상할 수 없었다. 다만 선생께서 무이武夷를 사

118) 夫樂村歌者, 乃閑中感物, 而詠所懷者也. 槪作四韻及絶句各二首, 而句各有一短歌, 以釋其趣, 總二十四章也. 昔退溪先生, 作陶山六曲歌十二章, 栗谷先生, 作高山九曲歌十章, 而退翁自序云: "欲使兒輩朝夕習而詠之, 憑几而聽之, 亦令兒輩自歌, 而自舞蹈之, 庶幾可以蕩鄙客, 感發融通, 而歌者與聽者, 不能無或益焉." 愚雖不敢妄擬於兩先生之所作, 然其所以言志言學, 莫非寓物比興, 而亦不悖語情性者, 故或自詠而玩之, 或使歌而聽之, 則不唯樂而忘憂, 不知老之將至, 亦不無淸心寡慾於吟咏玩味之間也. 然則有其少補於志學者, 固不在辭語之陋拙, 而古人之終身, 無慕乎外者, 亦或庶幾也. 信乎退翁所謂歌者聽者之不能無益者, 恐亦可見於此也歟! <景寒亭詩歌>

모하시어 읊으신 노래에 탄식할 뿐이다. 석담어록에서 이 노래를 얻어, 남기신 말씀을 어제 일처럼 되새기며 높으신 자취를 대하니 공경하는 마음이 일었다. 황홀히 고산의 자연에서 함께 노닐며 구곡의 노래를 몸소 들으니, 입으론 읊고 마음으론 기뻐 스스로 깨닫지 못하는 사이에 손과 발이 춤을 추었다. 이에 감히 퇴계 선생께서 손수 쓰신 <도산십이곡> 아래 이 노래를 삼가 써서 간절한 사모의 마음을 부쳤다. 그리고 그것들을 받들어 완상하기를 마치 양 선생을 모시고 강석의 자리에서 서로 화답하며 노래하는 것과 같이 하였다. 진정 다른 세상의 사람들이 함께 있음이요, 천리가 지척이고 성인이 다시 일어났다고 할 만하니, "위연지탄喟然之歎"(안연이 공자의 덕에 탄복한 일)이 어찌 다만 기수에서 노래 부른 일에만 있겠는가? 반드시 노래하고 반복하며 또 화답하는 것을 여기에서 또한 볼 수 있다.

아아, 이 노래는 선생께서 마음과 뜻의 일단을 길게 읊어 성정의 전체에 바탕을 둔 것이다. 만일 이것이 없다면 먼 곳에서 늦게 태어났기 때문이다. 고산에 이 구곡의 승경이 있음을 알겠고 진실로 물외의 진경임을 믿어 알겠는데, 또 어찌 선생의 맑고 호연한 기상까지 깨달을 수 있으리오? 인욕에서 벗어나 깨끗하기 그지없으니 하늘의 이치가 행해지는 오묘함이다. 또한 사람으로 하여금 고산을 우러르고 맑은 자취에 절하게 하며 감발되어 선을 권하고 악을 징계하게 만드는 것이 어찌 선생을 직접 모신 이들에게만 해당하는 것이겠는가? 이 노래가 세교에 관련되어 『시경』 삼백 편 시의 올바른 소리를 계승함을 이에 알겠다. 아아, 공경하는도다! 무인년 (1698) 8월 16일 후학 서원 곽시징이 낙촌 경한정에서 삼가 쓰다.[119]

---

119) 高山九曲歌者, 乃栗谷先生之所作也. 始微生也後, 春風之座, 旣不得侍, 地相遠, 高山之勝, 又未能賞. 徒以先生, 景慕武夷之歎者, 爲歎矣. 脫得此歌於石潭語錄中, 撫遺音而如昨, 相高躅而起敬. 況然從遊於高山之水石, 而親聽九曲之歌曲也, 口咏心悅, 自不覺其手舞足蹈. 玆敢敬書此歌於退溪先生之手寫, 陶山十二曲下, 以寓羹墻之慕焉. 而奉而玩之, 如侍兩先生, 相唱迭和於函丈合席之間也. 眞所謂異世同時, 千里咫尺, 而聖人復起, 則喟然之歎, 豈但發於沂水之詠也? 其必使歌之復之而後和之者, 亦於此可見也. 噫! 此歌, 只是先生永言心志之一端, 而本乎情性之全體也. 倘不有是, 則其生晩地遠者焉. 知高山之有此九曲形勝, 而信物外之眞境也. 又何以識得先生之灑然浩然氣像? 出於人慾, 淨盡, 天理流行之妙也. 又安可使人仰高山, 揖淸芬, 而感發勸懲者, 奚啻其親炙之者乎? 此歌之所以有關於世敎, 而上繼乎三百篇之正風者, 從可知也. 嗚呼敬哉! 時崇禎紀元後

송원석, 〈낙촌경한정 감흥영회가시발樂村景寒亭感興詠懷歌詩跋〉

옛사람의 시는 뜻을 말한 가요였다. 노래와 시는 그 유래가 오래되어, 또한 삿되고 바른 것, 옳고 그른 것으로 나뉘니, 그런 까닭에 성인(공자)이 옛 시를 산삭하여 『시경』을 이루고, 가사에 선악이 잘 드러나 교훈이 될 만한 것들을 남겨 놓았다. 이와 같으니, 노래와 시가 세교世敎에 관여하는 것이 과연 크지 않은가?

나의 벗인 유학자 곽지숙(지숙은 곽시징의 자)은 뜻을 돈독히 하고 배움에 힘써 유가에서 바르다고 인정받은 사람이다. 세상이 무너지는 아픔을 겪고 난 후 더욱이 인간 세상에 뜻이 없어 머리를 떨구고 이름을 피하여 산중에서 고요히 수양하였다. 거처하는 곳에 경관이 빼어난 곳이 있어 그 위에 정자를 짓고 "경한景寒"이라 편액을 붙였으니, 대개 한천寒泉(주자가 近思錄을 편찬한 寒泉精舍)을 사모한다는 뜻을 취한 것이다. 이에 이곳에 살면서 책 읽기에 마음을 쓰며 이를 천고의 벗으로 삼고, 때로 흥이 일면 꽃을 찾고 버들길을 따라 백로를 가까이 하고 물고기를 바라보며, 비파를 가지고 국화 핀 오솔길을 거닐고 눈 내린 밤에 친구를 찾아가니, 산간 사시四時의 즐거움을 누가 그와 다투리오?

또한 즐거움이 지극하여 흥이 일면 문득 시와 노래를 지어 그로써 자기의 뜻을 부치기도 하며 나머지 사람들을 가르쳤다. 그 지극한 효성과 충성이며, 곤궁해도 도를 지키며 선철先哲을 우러르고 죽은 스승을 애통해하는 뜻이 말밖에 넘쳐나 지극한 정성에서 나오지 않은 것이 없었으니, 진실로 이른바 세교에 관여하여, 단지 바람과 꽃과 눈과 달만을 노래한 것과 같은 것이 아니다. 만일 성인께서 다시 나신다면 반드시 되풀이해 보고 이후 화답할 것이요, 아니면 『시경』 정풍正風의 말미에 편입할 것이 바로 이것 아니겠는가? …(중략)… 무인년(1698) 동짓달에 은진후인 송원석이 발을 쓰다.[120]

戊寅仲秋旣望, 後學西原郭始徵, 敬書于樂村之景寒亭. <위의 책>

120) 古人之詩則言志之歌謠也. 歌與詩, 其來遠矣, 而亦不無邪正是非之殊, 故聖人刪古詩, 爲三百篇, 而取其中辭意之善惡尤表, 可勸懲者, 存之. 然則歌詩之有關於世教, 不其大乎矣? 吾友, 郭斯文智淑, 篤志爲學, 爲師門之所許可者雅矣. 自有頹壞之慟, 益無人世之念, 縮首避名, 養靜山中. 所居有泉石之勝, 亭於其上, 扁以景寒, 蓋有景慕寒泉之義

위의 글들은 경한정景寒亭 곽시징이 지은 24수의 연시조 <경한정감흥가>와 관련된 것들이다. 송시열의 제자였던 곽시징은 1689년에 기사환국己巳換局으로 남인南人들이 득세하고 송시열이 사사되자 태안에 두문불출하였다. 그러다가 1694년 갑술환국甲戌換局 이후 스승인 송시열이 신원되자 고향인 목천으로 돌아와 송시열이 쓴 "경한景寒"으로 편액한 정자 경한정을 세우고 후진을 양성하였다. <경한정감흥가>는 이 시기에 쓴 것이다.

위의 <낙촌경한정 감흥영회가사서>에서 곽시징은 퇴계의 <도산십이곡발>을 길게 인용하며 자신의 시가 또한 "마음을 맑게 하고 욕심을 적게 하"여 성정의 순화에 도움이 된다는 점을 강조하고 있다. 한편 그는 이이의 <고산구곡가> 또한 흠모하고 향유하였음을 <제고산구곡가후>에서 보여주는데, 여기에서 밝힌 시가관 또한 올바른 성정을 기른다는 유교적 효용론에 근거한 것이다. 또 마지막의 벗 송석원의 발문에서 또한 세교를 돕는다는 측면에서 곽시징의 시가를 높이 평가하고 있다.

이처럼 장경세와 곽시징의 경우에서 볼 수 있듯이 퇴계의 <도산십이곡발>에서 보여 준 16세기의 유교적 성정미학은 17세기의 시가 비평에서도 중요한 지점을 차지함을 알 수 있다.

也. 於是焉棲息, 玩心書史, 尙友千古, 時或興至, 則傍花隨柳, 狎鷺觀魚, 菊逕携琴, 雪夜訪友, 山間四時之樂, 誰爭子所? 而亦或樂極感發, 則輒賦詩而作歌, 以寓己志, 詔餘人. 其舜慕華祝, 固窮忘榮, 仰先哲, 傷亡師之意, 溢於言外, 而無非自至誠中流出者, 則眞所謂有關於世敎, 而不但爲風花雪月之詠而已者, 較然矣. 若使聖人復起, 則必使反之, 而後和之, 抑或編於三百篇中正風之末者, 非此也耶? … 時崇禎紀元後七十一年戊寅至月日, 恩津後人宋元錫跋. <위의 책>

2) 강호와 전원

강호자연은 이 시기 시가 작품 및 비평의 중요한 주제이다. 앞 시기
이현보의 <어부가>에서 이어지는 이 시기의 강호시가들은 강호진락江湖
眞樂을 계속적으로 추구하는 한편, 보다 세속적이고 일상적인 생활의 단
면을 형상화하기도 하였다.

먼저 볼 한벽당寒碧堂 곽기수郭期壽(1549~1616)는 1583년(선조 16) 문과에
급제하여 관직이 예조좌랑에 이르렀던 인물이다. 그는 부안 현감에 재
직하던 중 관직을 버리고 고향으로 돌아와, 오로지 『주역』 연구에 몰두
하였다고 한다.[121] 이러한 점으로 볼 때 그는 현실 정치를 떠나고자 하
는 은둔의 기질을 지니고 있었던 것으로 보이며 시가 작품에서 역시 "세
사를 모두 잊"고 "우주의 현묘함"을 느끼는 탈속적 경지를 추구하였다.
그가 지은 다음의 글은 이러한 피세避世 의식을 잘 보여 준다.

> **곽기수, 〈북창춘면가병서北窓春眠歌併序〉**
>
> 을사(1605) 계하일(6월)에 내가 한벽당에 있는데 거리에는 발자국 소리가
> 없고 학도 소식이 없어 창 앞에 우두커니 앉아 있으려니 마치 빈 골짜기
> 에 도망쳐 온 것 같고 매미 소리만 맴맴 들리고 대나무만 우수수 소리 나
> 니 긴 해를 이기지 못해 베개를 벗 삼았다. 비스듬히 누워 스르르 잠이 들
> 어, 칠원(莊周가 벼슬한 곳)의 나비는 훨훨 날고 시비도, 걱정도, 즐거움도 없
> 는 지경에 이르렀다. 정신이 혼돈하여 세사를 모두 잊고 우주의 현묘함 속

---

121) 그의 문집인 『寒碧堂文集』은 2권 1책으로 구성되어 있으며, 규장각과 연세대학교
　　도서관에 소장되어 있다. 1918년 후손 宋升・仁爕이 편집하고, 1930년 10대손 洪
　　翊이 간행하였다. 상권 歌詞 편에 <聚遠堂十景短歌>, <北窓春眠歌>, <漫興三関>
　　등 3편의 시가 작품이 수록되어 있는데, <취원당십경단가>와 <북창춘면가>는
　　한역시가이고, <만흥삼결>은 시조이다.

에서 깊은 잠에 빠졌으니, 나의 이 맛을 먼저 알아 "조각할 수 없는 썩은 나무"[122]가 되었는가 보다. 다만 성인의 꾸짖음을 면하기 어려울까 두려워 이에 노래 한 곡을 지어, 한편으론 아무런 일도 하지 않는다는 나무람을 면하고자 하며, 다른 한편으론 지금 세상을 아쉬워하고 옛것을 그리워하는 뜻을 부치고자 하니, 어찌 감히 악부 관현에 올리고자 함이야 있겠는가?[123]

형해 밖의 탈속적 정취를 추구하기는 연시조 <애련곡愛蓮曲> 3수를 지은 만오晩悟 방원진房元震(임진·병자 연간)도 마찬가지다. 방원진은 앞서 본 장경세의 문인이다. 그는 1592년 임진왜란 당시 양대박梁大撲과 함께 의병을 일으켰으며, 1605년에는 사마시司馬試에 합격했으나 곧 과거 보기를 단념하고 귀향하였다. 아래의 글은 만년에 그가 만향재를 짓고 연을 심은 후 지은 것인데, 이에 관련해 그는 연시조 <애련곡> 3수를 남겨 놓았다.

방원진, 〈만향재기晩香齋記〉

나는 어려서부터 수련을 매우 사랑했다. 대개 그 푸른 잎이 꼿꼿하고 꽃봉오리가 아름다우니, 진흙에서 나왔어도 더럽게 물들지 않고 그윽이 홀로 있으면서도 편안히 여기는 것이 도를 지키는 군자와 같고, 기이한 것을

---

122) 『論語』「公冶長」에 다음과 같은 일화가 있다. "宰予晝寢, 子曰, '朽木, 不可雕也, 糞土之牆, 不可杇也, 於予與, 何誅?'"(재여가 낮잠을 자니, 공자가 말하였다. '썩은 나무는 무엇을 조각할 수 없고, 더러운 흙으로 만든 담은 다시 칠할 수 없다. 내가 재여에 대해 어찌 꾸짖겠는가?')

123) 乙巳季夏日, 余在寒碧堂, 巷絶跫音, 鶴無所報, 塊坐牕前, 有如逃虛, 唯聽蟬聲唧唧, 竹韻蕭蕭, 長景難消, 一枕爲友. 頹然而臥, 居然而眠, 漆園之蝶翩翩焉, 黑甛之鄕無是非無憂樂. 精神混沌, 世事都忘則希夷牢睡, 可謂先獲我味而朽木難雕. 只恐難逃聖誅, 玆製永言一闋, 一以免無所用心之譏, 一以寓傷今思古之意矣, 詎敢望登樂府被絃歌爲哉? <寒碧堂文集>

품고 스스로 진중하여 무성한 소나무의 굳은 절개를 지니고 빈천한 데에 떨어지지 않는다. 주렴계周濂溪(周敦頤, 1017~1073)가 연꽃을 사랑한 뜻은 진실로 백세를 두고 같이할 만한 것이다. 내가 일찍이 과거를 포기하고 자연에 지극한 취미를 두어 아름다운 산과 물이라면 먼 곳이라도 이르지 않은 곳이 없었지만, 연못을 파서 연을 심으려 하여도 그 장소를 얻지 못했다. 청계聽溪는 첩첩한 청산이요 푸른 시내는 냉랭하나, 땅속으로 물이 모두 스며들어 물이 고여 있질 못하고, 선진仙津은 너른 호수에 경치가 빼어나나, 지대가 높은 언덕이라 못을 이루기에는 마땅치 않으니, 청년시절에 뜻을 품었지만 머리가 다 희도록 이를 이루지 못하였다.

정축년(1637) 봄에 호남으로 피해 와서 중방에 우거하였다. 하루는 류근을 데리고 뒷산에 올라가니 산허리에 예전의 터가 있는데, 샘은 달고 토지는 기름져 아름다운 기가 울울하니, 가시나무를 헤치고 앉아 눈을 돌려 바라본즉 너른 들판이 내려다보이고 앞에는 방장산이 보이며 사면에는 푸른 봉우리가 병풍처럼 이어지고, 바로 앞 시내와 멀리 있는 강은 서로 만나 띠를 이루었으니, 뜻과 기상이 표표해지고 황홀하여 마치 세상을 버리고 떠난 것도 같고, 냉연히 긴 바람을 타고 세상 밖에서 떠돌며 노니는 것과 같았으니, 아마도 하늘이 여기에 아름다운 것을 숨겨 놓고 비밀로 간직하며 기다리고 있던 것이리라.

이로부터 아침저녁으로 다니며 바람 쏘이고 읊조리며 매양 집 지을 방책이 없음을 한탄하더니 거사 김만상이라는 이가 본시 형해形骸 밖에 연분이 있어서, 내게 집 지을 뜻이 있다는 말을 듣고 미리 재목을 모아 이 해 7월 18일에 비로소 짓기 시작해 내외 7, 8간의 집을 20일 안으로 8월 8일에 다 지었다. 이에 이듬해 봄 노래를 얻고 뜰가에서 거닐다가 낮은 습지를 발견하여 종에게 명령해 연못을 파게 해서 며칠 만에 이루어 냈다. 대나무를 쪼개고 샘물을 끌어오니 푸른 물결이 못에 가득하게 되어 드디어 이른바 전당련 5, 6근을 옮겨 심었다. 몇 달 되지 않아 무수한 푸른 엽전이 못 위에 점점이 나타나고, 조금 뒤에 물 위에 나온 것은 우뚝하게 절로 자라, 이어 얼음 같은 꽃봉오리와 맑은 줄기가 가장 빼어나게 수려하여 자욱한 향기가 뼈와 살에 사무치니, 달이 나옴에 달빛 더욱 희어지고 거문고

> 를 두드림에 소리 더욱 화평해져, 평생소원이 오늘에야 이루어졌으니 이것이 어찌 하느님이 나의 지성에 감동하여 나를 인도하여 이룬 것이 아니겠는가? 옛사람들은 기쁜 일이 있을 때에 물건에 이름을 붙여 잊지 않겠다는 뜻을 보였기에, 마침내 "오재吾齋"라 이름하였다.[124]

위의 서문을 보면 방원진이 추구한 것은 "뜻과 기상이 표표해지고 황홀하여 마치 세상을 버리고 떠난 것도 같고, 냉연히 긴 바람을 타고 세상 밖에서 떠돌며 노니는 것과 같"은 "형해形骸 밖"의 경지임을 알 수 있다. 이러한 탈속적 경지는 이현보가 <어부가>에서 추구한 것과도 유사하다. 방원진은 1623년 인조반정仁祖反正 이후로는 신흠申欽의 천거로 찰방이 되기도 하였으나 곧 사직한 반면 정묘호란과 병자호란 때는 고령의 나이에도 활약을 하였는데,[125] 대쪽 같은 성품 뒤에는 이렇듯 물외物外의 자유로움을 추구하는 정신적 지향이 있었던 것으로 보인다.

---

124) 余自少, 酷愛水蓮. 蓋其翠葉亭亭, 天葩豔豔, 出遊泥而不染, 處幽獨而安貞者, 有類乎守道君子, 懷奇自珍, 操茂松之固節, 不隕穫於貧賤者也. 周子愛蓮之意, 信乎曠百世而同調者也. 余早抛擧子業, 痼疾於烟霞之趣, 佳山美水, 無遠不到, 而鑿塘種蓮, 未得其所. 聽溪則數疊青山, 碧澗冷冷, 而地皆慘漏, 水不停留, 仙津則十里平湖, 景像萬千, 而居處高丘, 不宜所池, 青年有志, 白首莫就. 丁丑春, 避湖南爲來寓中方. 一日携柳生垠登後山, 山腰有舊基, 泉甘土肥, 佳氣鬱鬱, 披荊而坐, 騁目而望, 則俯臨大野, 平挹方丈, 四面翠巘列爲屛風, 前溪遠江, 拱作襟帶, 志氣飄飄, 怳若遺世, 冷然如馭長風而浮遊於六合之外, 蓋天鍾美於是, 慳秘而有待者也. 自是之後, 杖屨朝夕, 風乎詠, 而每以誅茅無策爲歎. 金居士萬上者, 素有分於形骸之外, 聞余有結構之意, 預爲鳩材, 是年秋七月十八日, 始爲赴役, 內外七八間, 房舍窓戶, 繕完於二十日之內, 八月初八日. 乃得歌於越明年春, 消遙於庭際, 得卑湫處, 命蒼頭鑿塘, 數日而成焉. 剖竹引泉, 淸波滿塘, 遂移所謂錢塘蓮者五六根而種焉. 不數月, 青錢無數點列池面, 俄而出水者, 挺峙而羅生, 繼而氷萼淨植, 此第擢秀, 郁郁淸香, 逼人肌骨, 月出而月色益皓, 鼓琴而琴聲益和, 平生志願, 至今一而得遂, 此非天公感余至誠, 而導余以成之者歟? 古人者喜, 卽以名物, 示不忘也, 故遂以名吾齋. <晩悟遺稿>

125) 1627년 정묘호란 때는 金長生의 幕下에 있었으며, 1636년 병자호란 때도 의병을 일으키는 등 활약하였다.

물외의 정취에 대한 추구는 윤선도尹善道(1587~1671)의 〈어부사시사漁父四時詞〉에서 정점에 이른다. 조선시대 어부가 계통의 시가 중 가장 잘 알려진 윤선도의 〈어부사시사〉는 앞 시대 이현보의 〈어부가〉와 달리 연시조聯詩調 장르에 속한다. 17세기에 특히 많이 지어진 연시조들은 연장체로 된 고려속요와 경기체가의 형식이 이 시기에 와서 연시조의 형식으로 완전히 탈바꿈한 면모를 보여 준다. 하지만 형식은 변화해도 〈어부가〉의 정신은 변하지 않았다. 아래의 발문에서 윤선도는 자신의 연시조 〈어부사시사〉가 "사람으로 하여금 표연히 세상을 잊고 홀로 서려는 뜻을 갖게" 하는 〈어부가〉의 내용을 표현한 것임을 밝혀 놓았는데, 이는 이현보의 〈어부가발〉에서 표명한 미의식과 그리 다르지 않다.

윤선도, 〈어부사시사발漁父四時詞跋〉

우리나라에는 예부터 〈어부사〉가 있었는데, 누가 지은 것인지 알 수 없고, 옛 시를 모아서 곡조를 이룬 것이다. 이를 읊으면 강바람과 바다에 내리는 비가 어금니와 뺨 사이에 이는 듯하여, 사람으로 하여금 표연히 세상을 잊고 홀로 서려는 뜻을 갖게 한다. 이러하므로 농암 선생께서 이것을 좋아하기를 그치지 않으셨고, 퇴계 선생께서도 감탄하며 칭찬해 마지않으셨다. 그러나 음향이 서로 맞지 않고 말의 뜻도 제대로 갖추어지지 않았으니, 대개 옛 시를 모으는 데 구속되어 옹색해진 때문일 것이다.

내가 그 뜻을 부연하고 우리말을 사용하여 〈어부사〉를 지으니, 네 계절을 각 1편씩 하되, 1편은 10장으로 이루었다. 나는 곡조와 음률에 대해 감히 망령되이 논할 수 없고, 또 창주滄州(仙境)에 대한 우리 도에 대해서도 감히 덧붙일 수 없지만, 맑은 못, 너른 호수에서 조각배 띄우고 오고갈 적에 사람들로 하여금 함께 부르며 노 젓게 한다면 이 또한 하나의 즐거움이다. 또 후세에 창주에 은둔하여 노니는 선비가 있다면 또한 이 마음과 하나 되어 백세토록 서로 교감하지 않을 수 없을 것이다.

신묘년(1651) 가을 9월 부용동芙蓉洞의 낚시하는 노인이 세연정洗然亭 낙기란樂飢欄 옆 배 위에서 적어 아이들에게 보인다.126)

이처럼 윤선도는 자신의 <어부사시사>가 "은둔하여 노니는 선비"의 물외의 초속적 경지를 추구함을 밝혀 놓았다. 그는 사람들이 뱃놀이를 즐길 때 그의 작품이 "하나의 즐거움"(一快)을 가져다 줄 것이라고만 말하여, 이황의 <도산십이곡>과 같은 도학적 경지를 표방한 것은 아님을 보여 준다. 앞서 본 곽기수, 방원진 등과 유사하게 윤선도 또한 교훈적 주제를 제시하는 것보다는 탈속적 정신세계를 표현하는 데 치중한 것이다.

농암과 퇴계의 영향 속에서 어부가를 지은 수헌壽軒 이중경李重慶(1599~1678) 또한 탈속적인 정취를 그려내는 동시에 자신이 처한 보다 현실적인 삶의 모습을 작품 속에 담아내었다. 그 서문은 다음과 같다.

이중경, 〈오대어부가자서梧臺漁父歌自序〉

내가 오대에 있을 때, 늘 고깃배에 올라 푸른 물결 위를 떠다니고 안개 낀 물가를 들락날락하면서 노를 두드리며 노래를 불렀으니 그 즐거움이 어떠했으랴. 이에 <도산십이곡>과 <어부사>를 취하여 노래하니 족히 선현이 산수에 득의하여 그 진정한 즐거움을 즐긴 것을 볼 수 있었다.

그러나 즐길 만한 사람이 아니면서도 그 가사를 노래한다는 것은 혹여 참람하거나 하늘을 우롱하는 것이 아니겠는가? 또한 산수의 아름다움이

---

126) 東方古有漁父詞, 未知何人所爲, 而集古詩而成腔者也. 諷詠則江風海雨生牙頰間, 令人飄飄然有遺世獨立之意. 是以聾巖先生好之不倦, 退溪夫子歎賞無已. 然音響不相應, 語意不甚備, 蓋拘於集古, 故不免有局促之欠也. 余衍其意, 用俚語, 作漁父詞, 四時各一篇, 篇十章. 余於腔調音律, 固不敢妄議, 余於滄洲吾道, 尤不敢竊附, 而澄潭廣湖片舸容與之時, 使人竝喉而相棹則亦一快也. 且後之滄洲逸士未必不與此心期, 而曠百世而相感也. 秋九月歲辛卯, 芙蓉洞釣叟, 書于洗然亭樂飢欄艤船上, 示兒曹. <孤山遺稿 권6, 別集, 歌辭>

비록 같다 하지만 노래를 하는 뜻에 다름이 있는 것은 어째서인가? 그 시어를 엮는 사이에도 도학이 크게 관계되기 때문이다. 산수에서 느끼는 즐거움에도 곧 미치지 못할 바가 있거늘, 하물며 그 말을 외우고도 그 뜻을 알지 못하는 것은 말해서 무엇하겠는가? 그러니 내가 <도산십이곡>을 부른다는 것은 단지 마음에 스스로 부끄러울 뿐만 아니라 장차 식자들에게 죄를 얻는 일이 될 것이니 진실로 삼가야 할 뿐이다.

이로부터 입을 조심하여 그 노래를 부르지 않았고 노 젓는 저녁에도 침묵하였으며, 흥이 일어날 때도 한결같이 막았는데, 드디어 그만둘 수 없는 지경에 이르러 그 체제를 본받고 악곡을 모방하여 스스로 <오대어부가> 9곡과 <어부사> 5장을 지었다. 그리고 전후 3장씩 6장을 아울러 <어부별곡>을 지으니, <도산육곡>이 전후 합하여 12곡이 되는데 그 반을 각각 취한 것이다. 우리말을 써서 알기 쉽게 하였으며 단가의 음률에도 맞추어, 노래하고 듣는 자가 비록 어부와 초부, 하인과 어린애라 할지라도 모두 훤히 이해할 수 있게 하였다. 귀한 이가 이를 듣고 침 뱉으며 비웃더라도 나는 마땅히 거리끼지 않을 것이다.

아! 내 일찍이 집이 가난하여 노모를 모실 방법이 없어 오곡에 어장을 설치해 몸소 고기를 잡아 돌아와서 맛있는 음식으로 봉양한 지가 거의 5, 6년째다. 그러나 그 중에도 산수의 즐거움이 내게 멀다고 여기지 않아 노닐기를 게을리 하지 않았다. 이른바 고깃배라는 것도 둥그런 나무 구유통 같은 것에 불과하여, 아이 두 명이 깊은 못에서 그물을 드리울 정도일 뿐이다. 그러나 때때로 그것에 몸을 얹으면 문득 넓고 넓어 허공에 기대어 떠도는 것 같은 기상이 있었고, 뱃전 두드리며 노래 불러 일흥을 도왔으니, 이것을 어찌 오히려 부질없는 즐거움이라고만 하겠는가? 신선한 은빛 물고기를 가지고 집에 돌아와 노모의 마음을 즐겁게 하고, 들과 밭의 푸성귀는 진수성찬을 대신할 만하여, 장차 백년의 즐거움을 마음으로 기약하였다.

지금에 이르러 불효자가 모친을 잃는 화를 당하고 나니 그 동안 즐기던 시내 소리와 산색이 문득 모두 눈물겹기만 하다. 내가 어찌 다시 이 즐거움을 즐거워하고 이 노래를 노래할 수 있단 말인가? 그러나 노래하여 그 슬픔을 편다는 것은 고인이 말한 바니, 이 작품 또한 슬픈 마음을 발한 것이라, 이는 바로 곡하는 것과도 같은 것이다. 노래란 불행할 때도 있게 되는 것이니, 어찌 "이 노래를 즐거워하는가?"라고만 말하겠는가? 다만 내 말을 길게 읊어 내 뜻을 말할 뿐이다.

아! 나는 이미 노년이니, 얼마나 나의 즐거움을 즐기고 내 노래를 노래할 수 있겠는가? 오직 홍진을 벗어나 구름 낀 골짜기에 그윽이 깃들어 산나물 캐고 고기 잡으며 여생을 마칠 뿐이로다. 만일 이 노래를 듣고 내 뜻을 아는 자 있다면, 어부의 일만을 운운했다고는 말하지 않으리라. 병신년 (1656) 여름 5월 중순 오대산인이 쓰다.[127]

이중경은 한강寒岡 정구鄭逑(1543~1620)의 문인으로, 기축옥사에 아버지 기옥璣玉이 희생된 사실을 알고 20세에 고향인 청도로 돌아왔다. 고향으로 돌아온 뒤 학문에 전념하며 49세인 1647년에 청도군 하남면 오대에 오대정사梧臺精舍를 지었고, 58세인 1656년에 <오대어부가>를 지었다.

---

127) 余在梧臺, 常登漁艇, 浮遊乎碧波之上, 出沒乎烟霞之渚, 扣枻興歌, 爲樂如何? 於是取陶山漁父詞而歌之, 亦足以見先賢之得意於山水, 而樂其眞樂也. 然而匪其人而歌其詞, 無或僭越乎愚天乎? 又以山水之美雖同, 而詠歌之志有異者, 奚焉? 其措語之間, 有道學之大關, 是也. 直以山水之樂而言之, 有不可企及, 況誦其言, 而不知其意者乎? 然則余之歌陶山曲者, 非特自愧於心, 將以獲罪於有識者, 誠亦可懼也已. 自是戒於口, 而絶其響, 默然乎搖櫓之夕, 壹鬱乎興來之際, 遂不獲已, 則師其體而倣其曲, 乃自製九曲五章. 而其前後三章, 並六曲, 則省其六曲之合, 爲十二者, 而各取其半也. 用以俚語之易知, 諧於短歌之律聲, 使其歌者·聽者, 雖在漁翁樵夫·婢僕童稚, 皆可得而曉解, 而貴者之聞此, 縱有唾笑, 余當不以爲嫌也. 噫! 余嘗家貧, 無以爲養老之計, 遂置漁庄於梧谷之間, 躬於以歸, 爲供滋味者, 殆五六載. 而箇中山水之樂, 不余以遠, 則因爻往來之不惰焉. 其所謂漁艇者, 不過比腹之木槽, 而受兩童之排網於深潭而已. 然有時取而載之, 便有浩浩乎如憑虛之氣像, 扣舷而歌之, 資逸興, 奚尙奚足以爲徒樂哉? 銀鮮玉尺, 歸悅親心, 園蔬野薇, 可代以珍羞. 將期以百年之樂于吾情矣. 乃今不孝降禍風樹, 遽或向來川聲山色, 摠入攷涕之地, 余安更樂此樂而歌是歌乎? 然而歌而舒其哀, 古人所說, 而是亦悲心所發, 則其哭也. 歌者不幸而有之耳, 夫豈曰: "樂此歌者耶?" 只足以長吾言而言吾志也已. 嗟嗟余老年, 其機何樂吾樂而歌吾歌乎? 唯可以擺脫塵累, 冥栖雲壑, 采山釣水, 以終餘年耳. 如有聽是歌而知吾意者, 不徒曰, 漁父事也云爾. 丙申夏五月中旬, 梧臺散人誌. <雜卉園集 권1>

윗글은 이 작품에 대한 자서이다.

이 자서에서 이중경은 자신이 <도산십이곡>과 <어부사> 두 편을 모두 즐겼으며, 이를 본받아 그 자신의 흥취를 표현하기 위하여 <오대어부가>를 지었음을 밝혔다. 여기에서 그가 추구한 시적 경지는 이현보의 <어부가발>에서 보인 것과 크게 다르지 않다. "문득 넓고 넓어 허공에 기대어 떠도는 것 같은 기상"과 "일흥"이 시가를 통하여 그가 추구한 경지이다.

하지만 이현보의 <어부가>가 완전히 탈속적인 경지를 표방한 것과 달리 이중경의 지향점은 세속을 떠나 있지 않다. 그것은 노모를 봉양하고 가난한 삶에도 만족하며 안빈낙도의 삶을 추구하는 현세의 일과 엮여 있는 것이다. 이중경이 <오대어부가>에서 표현하고자 한 어부의 삶 또한 "산나물 캐고 고기 잡"는 다소 소박하고 현실적인 모습으로 그려져 있다.

한편 윗글에서 주목되는 또 다른 점은 슬픔의 표현으로서 시가가 지니는 의미를 드러내고 있다는 것이다. "노래하여 그 슬픔을 편다는 것은 고인이 말한 바니, 이 작품 또한 슬픈 마음을 발한 것이니, 바로 곡하는 것과도 같다. 노래란 불행할 때도 있게 되는 것이니, 어찌 '이 노래를 즐거워하는가?'라고만 말하겠는가? 다만 내 말을 길게 읊어 내 뜻을 말할 뿐이다."라고 한 것이 그러한 부분이다. 시가는 도학적이거나 탈속적인 내용을 표방하는 것뿐 아니라 일상의 희로애락을 모두 표현할 수 있는 도구라는 점을 인정한 것인데, 이는 다음 절에서 볼 표현론적 시가론과 맥이 닿아 있다.

이중경은 그의 또 다른 시조작품인 <어부별곡>에서 모친을 잃은 슬픔을 다음과 같이 사실적으로 형상화하기도 하여, 비평과 창작이 호응하는 면모를 보여 준다. 앞의 자서에서 보듯이 이중경은 손수 고기를 잡아 노모를 봉양하였는데, 노모와의 사별 이후 고기 잡던 "어채魚采"가 슬픔을 배가하는 상황을 다음과 같이 그리고 있다.

이중경, 〈어부별곡〉 후삼장後三章 제1수

아이고 애둘올샤 아이고 셜올셰고
罔極혼 天地예 내 혼자 사라 이셔
녜 잇던 魚采롤 보니 내 안 둘 더 업세라[128)

17세기의 강호시가들이 좀 더 일상적인 삶의 모습을 표현한 양상은 향촌에 거주한 재지사족在地士族의 시가에서 좀 더 찾아볼 수 있다. 전라북도 남원 지방의 선비였던 옥경헌玉鏡軒 장복겸張復謙(1617~1703), 자연을 찾아 저곡樗谷에 은거하였던 이휘일李徽逸(1619~1672), 예산에 낙향하여 시가 창작을 한 선석仙石 신계영辛啓榮(1577~1669)과 같은 이들의 작품이 그러하다. 다음은 이들의 시가에 대한 기록들이다.

장복겸, 〈고산별곡자서孤山別曲自序〉

위로 고산의 승경과 아래로 서호의 아름다움이 있는데 이 고산과 서호의 중간에 정자를 짓고 마음대로 즐기는 이, 주인이 아니런가? 주인의 성정이 시를 사랑하고 술을 즐기므로 서호와 고산이 아니고서는 주인의 즐거움을 받들지 못할 것이며, 주인이 없다면 서호와 고산의 아름다움도 그려낼 수 없을 것이다. 그러므로 이에 가사 10장을 지어서 달 밝고 바람 맑은 밤이나 꽃 피고 술 익는 때에 아이들로 하여금 이 노래를 부르게 하였는데, 이름하여 <고산별곡>이라 하였다.[129)

---

128)『잡훼원집』권1.

장복겸은 소동파蘇東波의 "도산불고道山不孤"라는 고사古事를 인용하여 불고정不孤亭을 지었고, 만년에는 서호西湖에 옥경헌玉鏡軒을 지어 풍류생활을 즐겼다. 그러한 생활 속에서 지은 것이 총 10수로 이루어진 <고산별곡>이다. 그 일부를 보면 다음과 같은데, 취흥의 주제가 큰 정서적 고양 없이 담담하게 그려져 있다.

장복겸, 〈고산별곡孤山別曲〉

青山은 에워들고 綠水는 도라가고
夕陽이 거들 째예 新月이 소사난다
眼前의 一尊酒 가지고 시름 플자 ᄒ노라

山林의 늘근 몸이 詩酒에 病이 되니
안쟈면 盞을 춧고 醉ᄒ면 붓을 잡니
이 밧긔 더 나믄 人事는 全未全未ᄒ노라[130)]

이휘일의 <전가팔곡>에서는 이 <고산별곡>과는 또 다른 방향에서 전원생활의 면모를 표현하였는데, 이에 대한 글을 보면 다음과 같다.

이휘일, 〈서전가팔곡후書田家八曲後〉

위의 <전가팔곡>은 저곡병은(저곡에서 은거하는 이: 이휘일의 自號)이 지은 것이다. 병은은 스스로 농사를 짓지는 않았지만 오래도록 전원에 있다 보니 농가의 일을 잘 알게 되었기에 그 본 바를 노래로 표현하였다. 비록 그 음향과 빠르기가 악조와 절주에 반드시 부합하는 것은 아니지만, 여항의

---

129) 上有孤山之勝, 下有西湖之景, 作亭於湖山之間, 而僞寒自傲者, 非主人乎? 主人性愛詩嗜酒, 非湖山無以供主人之樂, 無主人, 不能寫湖山之景. 於時乃作歌詞十章, 月白風清之夜, 花開酒熟之時, 使童子歌之, 名曰, 孤山別曲. <玉鏡軒遺稿 권3, 歌詞>
130) 앞의 책.

음란하고 태만한 소리에 비한다면 차이가 있다. 이에 시중드는 아이들로 하여금 이것을 배워 노래하게 하여 때때로 듣고 즐기니 드디어 산중의 한 고사를 이루었다. 갑진년(1664) 4월, 저곡병은 쓰다.[131]

이휘일은 현일玄逸의 형으로서, 평생을 학문에 전념하여 성리학의 일 가를 이루었고, 후에는 영해의 인산서원仁山書院에 봉향되었다. 그러나 그 의 <전가팔곡>은 <도산십이곡>처럼 도학적 내용으로 되어 있지 않고, 보다 일상적인 농촌의 서정을 읊었다.[132] 위의 글에 표현되어 있듯이, "오래도록 전원에 있다 보니 농가의 일을 잘 알게 되었기에 그 본 바를 노래로 표현"한 것이 <전가팔곡>이라는 것이다. 작품 중 몇 수를 예로 들어 보면 다음과 같다.

이휘일, 〈전가팔곡田家八曲〉

願豊(제1수)
世上의 ᄇ린 몸이 畎畝의 늘거가니
밧겻 일 내 모르고 ᄒ는 일 무스일고
이 中의 憂國誠心은 年風을 願ᄒ노라

하(제3수)
여름날 더운 적의 단 ᄯ희 부리로다

---

131) 右田家八曲者, 楮谷病隱之所作也. 病隱非力於農者, 久伏田間, 熟知稼穡之事, 因其所
見而發之於歌. 雖其聲響疏數, 未必盡合於節奏調格, 而比之里巷哇淫怠慢之音, 則爲有
間矣. 於是使侍兒輩習而歌之, 時聽而自樂之, 遂以爲山中故事云. 甲辰四月日, 楮谷病
隱書. <存齋集 권4, 雜著>

132) 金思燁, 「存齋集, 閨壺是議方과 田家八曲」, 『瀛西高秉幹博士 頌壽紀念論叢』, 慶北大
學校, 1960 참조. <전가팔곡>은 『존재집』에 수록되지 못하고 필사본으로만 전하
다가, 1960년 김사엽이 처음으로 이를 소개하였다. 1988년 여강출판사에서 영인본
으로 낸 『존재집』에 실려 있다.

밧고랑 미쟈 ᄒ니 씀 흘너 짜희 듯네
어ᄉ와 粒粒辛苦 어늬 분이 알ᄋ실고

추(제4수)
ᄀ을희 곡셕 보니 됴흠도 됴흘셰고
내 힘의 닐운 거시 머거도 마시로다
이 밧긔 千駟萬鍾을 부려 무슴 ᄒ리오

　　<전가팔곡>의 순서는 제1수인 "원풍顧豊"으로부터 시작하여 춘·하·추·동 각 한 수씩 이어지다가 다시 "신晨·오午·석夕"이 각기 한 수씩 제시된다. 그 내용은 앞의 예시에서 보는 것처럼 평범한 농촌의 생활을 제시하는 것으로 되어 있다. 세상 돌아가는 일에는 관계하지 않고 밭에서 풍년을 바랄 뿐이며, 땀 흘려 일해 일군 곡식을 즐거이 먹는 향촌의 일상을 이 작품은 그리고 있다. 이는 향촌의 질서를 유지하고자 하는 유학자의 이념이 개입되어 있다는 점에서는 이상적 성격을 가지지만, 시적 내용과 정서면에 있어 특별한 상황이나 고양된 정서가 아니라 평범한 삶을 보여 준다는 점에서는 일상적 성격을 지닌다. 앞서 든 <서전가팔곡후>는 이러한 작품의 지향을 잘 설명하고 있다.

　　선석仙石 신계영辛啓榮(1577~1669) 또한 소박하고 자족적인 향촌생활을 담아내는 도구로 시가를 인식하였는데, 다음은 그의 가사 및 시조와 관련된 기록이다.

신수화, 〈행장〉

　　공께서는 명리에 욕심이 없고 친구들과 놀며 쫓아다니는 것을 일삼지 않았으며 시속 일에 의론하며 성원하는 것을 부끄러워하였다. 그래서 세

임금을 모신 50여 년에 지위가 정경正卿에 불과하다. 세상에 드문 동량지 재로 하여금 그 재능을 다 펴지 못하게 하였으니 애석한 일이로다! 만년에 예산 고향에 돌아가 술 마시고 읊조리며 거문고 타고 노래를 하며 스스로 즐겁게 지냈다. 인하여 꽃을 키우고 대나무를 심어 산림 경제로 삼고, 머무는 정자에 월선헌月先軒이라 편액을 붙이고 <십육경장가十六景長歌>와 <사시단영四時短詠> 약간 편을 지어 집안에 보관하면서 자연의 맑은 복을 온전히 누리니 마침내 사람들이 비유하기를 지상의 신선이라 하였다.[133]

선석 신계영은 젊은 시절에 부친을 따라 예산 오지리梧池里에서 지내다가 43세(1619, 광해군11)에 문과에 급제한 이후 본격적으로 벼슬길에 올랐다. 만년에는 예산으로 낙향하여 살았는데, 그의 강호가사 <월선헌십육경가>와 시조 <사시단영>은 이 시기에 지어진 것들이다. 소박하고 자족적인 향촌생활을 담아내는 도구로 시가가 인식되었던 정황을 증손 수화受和가 지은 위의 행장은 보여 준다.

한편 행장 중 다음 기록은 일상의 여러 국면과 감정들을 즉흥적으로 담아내는 도구로서 시조가 쓰이기도 하였음을 나타낸다.

인척姻戚 중에 북인北人에게 붙은 자가 있었는데, 승문원承文院 정자正字가 되어 바야흐로 잔치를 베풀어 성대히 모였는데 공을 대하여 교만한 기색이 있었다. 이에 공이 <도리고송가桃李孤松歌>를 지어 말하기를, "무성하게 핀 도리화야, 외로운 소나무를 비웃지 말라. 잠시 동안 봄을 만나 저와 같이 화려할 뿐. 마침내 풍상 섞어 치면 누가 홀로 푸르게 남으리오?"라 하고는 마시기를 거두고 가버리니, 이를 들은 사람들이 두려워서 숨을 죽였다.[134]

---

133) 公恬於名利, 不事朋遊徵逐, 恥俯仰時議爲聲援, 故歷事三朝, 前後凡五十餘年, 位不過正卿. 使毗世幹邦之才, 未克有所展布, 可勝惜哉! 晚境歸臥禮山松楸之鄕, 觴詠琴謌, 以自樂娛. 仍以栽花種竹, 爲山林經濟, 所居亭舍, 扁以月先軒, 十六景長歌, 四時短詠, 若干詩篇, 藏于家, 全享湖海淸福, 人至比之地上仙. <仙石遺稿>

134) 有姻親附北者, 爲承文正字, 方設宴盛集, 接公有驕色, 公作桃李孤松歌曰: "盛開桃李花,

위의 예는 신계영이 어느 날 잔치자리에서 느낀 불쾌한 감정을 시조를 통해 즉석에서 표현하였다는 일화이다. 여기에서 보듯이 국문시가에 대한 담론은 조선 전기의 도학과 강호, 연군이나 오륜과 같은 사대부의 이상적이고 교훈적인 정신세계로부터 벗어나 점차 일상적인 부분으로 확대되었다. 다음에서는 이러한 면모를 좀 더 살펴보기로 한다.

3) 일상성과 현실성의 확장

17세기에 오면 시조와 가사는 시화류詩話類의 소재가 되기도 하였다. 시화류의 서적에 실린 시조는 <단심가>나 <하여가何如歌>처럼 극적인 사실과 관련된 것도 있지만, 더 현실적이고 일상적인 시조 향유의 단면을 보여 주기도 한다.

예를 들어 차천로車天輅(1556~1615)의 『오산설림초고五山說林草藁』에 나오는 성종成宗(재위 1469~1494)의 시조 창작 일화는 시조가 일상 속의 정서를 담아내는 도구로 사용된 면모를 보여 준다. 이 시조는 성종이 아끼던 뇌계㵢溪 유호인俞好仁(1445~1494)이 사직하려 하자 성종이 지었다는 것인데, 총신寵臣을 대하는 군주의 애틋한 마음이 잘 표현되어 있다.135)

『오산설림초고』에는 또 성종조의 이름난 기생인 소춘풍笑春風이 지었다는 시조도 세 수 전한다. 그 상황은 위기와 기지가 혼합된 극적인 내용을 담고 있지만, 궁중이 아닌 사대부들의 연석에서 시조가 즐겨 불리

莫笑孤松. 暫時逢春如彼穰. 終然風霜交, 誰獨也翠容?" 却飮而去, 聞者悚息.. <위의 책>
135) "俞公好仁家在南中, 每乞歸省老母, 成廟不許, 一日好仁辭歸, 成廟親餞, 中酣作歌 이시럼 브디 갈다 아니 가든 못ᄒ냐 / 므더니 솔터랴 남의 권을 드런논다 / 그려도 하 애닯고나 가는 뜻을 일너라" <大東野乘 권5, 오산설림초고> (『국역대동야승』 2, 민족문화추진회, 1971, 57~58; 518면 참조.)

던 양상을 보여 준다.136)

한편 17세기 후반 홍만종이 지은『순오지』에서는 친한 벗들 간에 시
조를 향유하던 양상을 어떤 극적 사건과도 관련짓지 않고 다음과 같이
기술해 놓았다.

홍만종, 〈순오지 하〉

내가 일찍이 무신 연간에 병으로 앓고 누웠을 때의 일이다. 어느 날 동
명 정두경이 문병을 왔는데, 그 자리에 휴와 임유후와 백곡 김득신도 뒤를
이어 왔으니 예고 없던 일이었다. 나는 이에 조촐한 술상을 차리고 기생
몇 명을 불러 놀았다. 술이 반쯤 취하자 동명이 흥이 나서 술잔을 들며 말
하였다. "대장부가 세상에 나서 청춘시절은 번개같이 지나가 버리니, 오늘
날 한번 즐겁게 노는 것이 만종록을 누리는 것에 맞먹는다오." 휴와가 곧
절구 한 수를 읊었다. …(중략)… 시 읊기를 마치자, 이어서 동명이 말하였
다. "난정의 모임에서도 글 짓는 자는 글 짓고, 술 마시는 자는 술 마셨으
니, 오늘의 즐김도 또한 노래하는 자 노래하고 춤추는 자 춤추면 되리니,
나는 노래를 하려 하오." 그리고는 세속의 노래를 한 곡 지어 손을 흔들며
크게 불렀다. 시를 지어 풀이한다.

　금술통에 가득찬 술 / 삼백 배나 마셨도다

---

136) 이 일화에서 소춘풍은 文班과 武班 사이를 오가며 권주가로 시조를 부르는데, 문반
에게 먼저 불러 무반의 성을 돋우지만 재치 있는 시조로 이를 무마한다. 관련 일화
는 다음과 같다. "成廟每置酒宴群臣, 必張女樂, 一日命笑春風行酒. 笑春風者永興名妓
也. 因詣尊所酌金杯, 不敢進至尊前, 乃就領相前, 擧杯歌之, 其意曰: '舜雖在而不敢斥
言, 若堯則正我好逑也云.' 時有武臣爲兵判者, 意謂飮酌之相臣, 當酌之將臣, 次必及我. 有大
宗伯秉文衡者在座, 春風酌以前曰: '通今博古, 明哲君子, 豈可遐棄, 乃就無知武夫也?'
其主兵者方含怒, 春風又酌而進曰: '前言戱之耳, 吾言乃誤也. 赳赳武夫, 那可不從也?'
按三歌皆俗謠, 故以意釋之如此. 於是成廟大悅, 賞賜錦段絹紬及虎豹皮胡椒甚多, 春風
力不能獨運, 將士入侍者, 皆携持而與之. 笑春風由此名傾一國.【酌相之歌曰: '舜도 계
시건마는 외아 내 님인가 흐노라】" (위의 책, 56~57; 517~518면 참조.)

호탕한 긴 노래에 / 의기가 가득하다

석양이 진다고 걱정 마라 / 바람 불자 달 떠오른다

노래를 끝마치고 나서 동명은 남은 흥을 못 이겨 책상을 치면서 다시
노래를 부른다.

군평이 이미 세상을 버렸고 / 세상도 또한 군평을 버렸도다

취광醉狂은 제일 광인이요 / 시사時事는 제일 변덕이라

밝은 달 맑은 바람 / 무정한 듯 도리어 유정하네

인하여 활짝 웃으니, 흰 머리털 붉은 얼굴이 진실로 술 가운데 신선이었
다.137)

이 기록에는 홍만종을 비롯하여 휴와休窩 임유후任有後(1601~1673), 동명
東溟 정두경鄭斗卿(1597~1673), 백곡柏谷 김득신金得臣(1604~1684) 등이 나온다.
이들은 한시를 읊기도 하고 노래를 부르기도 하는데, 한역된 형태로 보
아 이때의 노래는 시조였던 것으로 짐작된다. 당대의 이름난 문인들이
자 친한 벗들이었던 이들이 흉허물 없는 술자리에서 즐기던 노래가 바
로 시조였음을 이 기록을 통해 본다.

지암支菴 윤이후尹爾厚(1636~1699)의 친필일기 『지암일기支庵日記』에도 이
처럼 시가를 서로 화답하며 즐긴 모습이 남아 있다. 윤이후는 윤선도의
손자이자 윤두서尹斗緖(1668~1715)의 부친이기도 한데, 1689년에 급제하여

---

137) 於戊申間, 抱痾杜門. 一日東溟來問, 休窩・栢谷亦繼至, 皆不期也. 余於是設小酌, 致數
三女樂以娛之. 酒半, 溟丈乘興舉酹曰: "丈夫生世, 韶華如電, 今朝一歡, 可敵萬鍾." 休
窩卽吟一絶曰 … 題畢, 屬東溟曰: "蘭亭之會, 賦者賦, 飮者飮, 今日之樂, 亦可以歌者
歌, 舞者舞, 吾請歌之," 仍作俗謳一闋, 揮手大唱. 詩以解之曰: "滿滿酌金樽, 綠酒三百
杯. 浩浩發長歌, 意氣橫八垓. 不愁夕陽盡, 天風吹月來." 餘興未了, 又拍案而唱曰: "君
平旣棄世, 世亦棄君平. 醉狂上之上, 時事更之更. 淸風與明月, 無情還有情." 仍破顏微
笑, 素髮朱顏, 眞酒中仙也. <순오지>

성균관전적, 병조정랑, 선혜청랑, 사간원정언, 사헌부지평 등을 역임하였다. 그는 함평현감을 지내던 중 1692년(숙종 18)에 서인西人과의 대립으로 귀향하는데, 이후 1699년 세상을 떠날 때까지의 일을 일기에 담았다. <일민가>는 그 일기 속에 담겨 있다.[138) 그 서문을 보면 가사를 화답하며 향촌에서의 생활을 보낸 작가의 일상을 아래와 같이 살필 수 있다.

윤이후, 〈일민가소서逸民歌小序〉

예전 어느 봄날에 참군 외숙이 <환산별곡還山別曲>을 지어 내게 보여준 적이 있다. 내가 그걸 보고 기뻐서 <일민가逸民歌>를 지어 화답하였으니, 비록 졸작이라 가소로우나 회포를 풀고 흥을 부쳤으니 스스로 만족한 마음이 없지 않았다. 가을에 꼭 돌아오리라 다짐하며, 설아로 하여금 두 곡을 부르게 하여 두 노인이 소일거리로 삼았다. 외숙이 북쪽으로 돌아가고 얼마 되지 않아 흉음이 날아올 줄 그 어찌 알았겠는가? 처음에 즐거운 마음으로 음을 이루었다가 이제 상심한 곡이 되니 사람의 일 알 수 없음이 이와 같구나! 아! 애통하도다. 무인년(1698) 여름 지암옹 쓰다.[139)

윗글에서 윤이후는 외숙과 가사를 지어 주고받으며 즐긴 일을 말하였다. 여기서 윤이후의 외숙은 이낙李洛이라는 인물로 밝혀진 바 있는데, 그는 1634년에 태어나 윤이후보다 두 살 위였으며, 1698년에 65세 나이로 별세하였고 한성부참군漢城府參軍을 지낸 이다.[140) 여기에서 이낙이 먼

---

138) 『支庵日記』 제3권 무인년(1698, 숙종24) 6월 26일조에 "일민가 62구"라는 제목 아래 가사 한 편이 실려 있고, 그 끝에는 시조 1수도 붙어 있다.

139) 往在春間, 參軍渭陽, 作還山別曲以示之. 余見而喜之, 乃作逸民歌以和之, 雖蕉拙可笑, 而其述懷寓興, 則不無自得者矣. 准擬渭陽之乘秋下來, 使雪兒援踏兩闋, 以爲兩老消日之地矣. 豈料渭陽北歸未幾, 凶音遽至乎? 初爲助歡而成音, 今作傷心之曲, 人事之不可知者, 有如是哉! 嗚呼痛矣! 戊寅夏, 支庵翁書. <支庵一記>

140) 강전섭, 「賞春曲의 作者를 둘러싼 問題−逸民歌와 賞春曲의 和同性」, 『동방학지』 24, 연세대학교 국학연구원, 1980, 234~238면 참조.

저 지은 <환산별곡>과 윤이후가 이에 화답한 <일민가>의 의의에 대해
윤이후는 "회포를 풀고 흥을 부쳤"다는 점 정도를 들고 있다. 거창한 목
적을 찾으려 하기보다는 생각과 정서를 표현한다는 보다 일상적인 수준
에서 시가의 의의를 찾고 있는 것이다.

앞서 본 <어부사시사>의 작가 윤선도 또한 일상의 정서를 담아내는
도구로서 시조가 지닌 가치를 작품을 통해서, 그리고 이와 관련한 글을
통해서 다음과 같이 드러낸 바 있다.

윤선도, 〈증반금贈伴琴〉(반금에게)

소리는 或혹 이신들 ᄆᆞ옴이 이러ᄒᆞ랴
ᄆᆞ옴은 或혹 이신들 소리롤 뉘ᄒᆞᄂᆞ니
ᄆᆞ옴이 소리예 나니 그롤 됴하ᄒᆞ노라

훌륭하도다. 그대의 마음이 천지조화와 은연중에 합치되니, 일곱 개의
현이 온갖 소리를 내는 것이 모두 방촌간의 일이로다. 내가 매번 들음에
맛있는 음식조차 잊는다. 금쇄동에서 병든 몸이.[141]

윤선도, 〈몽천요삼장발夢天謠三章跋〉

『시경』「위풍魏風」의 <원유도園有桃>에서, "동산에 복숭아나무가 있으니,
그 열매를 먹도다. 마음에 근심하는지라 내 노래하고 또 읊조리노라. 나를
모르는 이들은 나보고 교만한 선비라고 하도다. '저들이 옳거늘 그대는 어
찌 그렇게 말하는가?'라고 하니, 근심스러운 마음을 그 누가 알랴? 그 누가
알랴? 대개 또한 생각하지 않음이로다."라고 하였고, 두보의 시에서는, "강
호에 뜻이 없는 것 아니어서, 시원하게 세월을 보내네. 살아서 요순 같은

---

141) 多君心曲, 暗合造化, 七絃百囀, 皆方寸間事. 余每聽之, 忘味. 金鎖洞, 病儂. <孤山遺
稿 권6 하, 別集, 歌辭>

임금을 만났는데 문득 길이 작별함을 견디지 못하겠네. 동학한 늙은이에게 비웃음을 받으니, 호방한 노래가 격렬히 울려 퍼지네."라고 읊었다. 대저 내가 탄식하고 읊조리는 나머지에서 나와 그 소리가 발하여 길게 읊조리는 것을 깨닫지 못하는데, 어찌 동학들이 비웃고 나무라며 "그대는 왜 그렇게 말하는가?"라 하며 꾸짖지 않겠는가? 그러나 스스로 그만둘 수 없으니, 이것이 참으로 이른바 "내가 고인을 생각하니 실로 내 마음을 빼앗은 것이다."라는 것이다. 임진년(1652) 5월 초열흘에 부용동의 낚시하는 늙은이가 병으로 고산에 머무르며 쓰다.[142]

<증반금>에서 "반금伴琴"은 권해權海라는 이를 가리키는데, 거문고를 잘 연주해서 그렇게 불렀다고 한다.[143] 이 시조와 그에 대한 글에서 보면, 윤선도는 반금의 음악이 마음의 흐름을 잘 표현하는 것을 높게 평가하고 있다. 물론 이는 음악에 대한 것이지만, 노래로 불리는 시가에 대해서도 윤선도는 비슷한 생각을 가지고 있었음을 뒤의 <몽천요삼장> 발문에서 볼 수 있다. 이 발문에서 윤선도는 "내가 탄식하고 읊조리는 나머지에서 나와 그 소리가 발하여 길게 읊조리는 것을 깨닫지 못하"여, 동학이 놀리며 꾸짖어도 "스스로 그만둘 수 없"다고 말한다. 윤선도에게 중요한 것은 마음의 표현 그 자체에 있지 마음의 옳고 그름을 나누는 것에 있지 않음을 여기에서 볼 수 있다. 이러한 생각은 뒤에서 볼 시가의 표현론적 가치에 대한 비평과 유사하여 주목되는 바다.

---

142) 魏詩曰: "園有桃, 其實之殽. 心之憂矣, 我歌且謠. 不知我者, 謂我士也驕. 彼人是哉, 子曰何其? 心之憂矣, 其誰知之? 其誰知之? 蓋亦勿思." 杜子美詩曰: "非無江海志, 瀟灑送日月. 生逢堯舜君, 不忍便永訣. 取笑同學翁, 浩歌彌激烈." 夫我咨嗟詠歎之餘, 不覺其發於聲而長言之, 豈無同學咥咥之譏, 子曰何其之誚也? 然而自不能已者, 是誠所謂我思古人, 實獲我心者也. 壬辰五月初十日, 芙蓉釣叟病滯孤山識. <孤山遺稿 권6 하, 別集, 歌辭, 夢天謠三章>

143) 『고산유고』 권1, <贈別權伴琴> 참조.

한편 17세기의 시가는 그 주제의 영역을 전쟁이나 기행, 애정 등으로 넓혀 가는데, 칠실漆室 이덕일李德一(1561~1622)이 지은 가사 <우국가憂國歌>와 관련한 다음의 글들은 이러한 정황을 보여 준다.

임경회, 〈칠실공우국가서漆室公憂國歌序〉

노래란 것은 마음을 기쁘게 하고 근심과 괴로움을 씻어주는 것인데, 공의 노래는 유독 사람으로 하여금 답답하고 분한 마음을 일으켜 그칠 줄 모르게 하는 것은 왜인가? 공의 효성은 하늘이 내린 바요, 지략은 세상에 우뚝하다. 임진년 왜적이 남하할 때, 의로움 떨쳐 붓을 던져 버리고 동막산에서 적에 맞서 싸우니, 이로써 수백 사람을 살려 내었다. 그리고 전란의 막바지엔 통제사 이순신을 도와 명량포구에서 적을 깨뜨렸으니, 명의 사신 웅화선이 말하기를 "동방에 진짜 한 남자가 있다."라고 한 것이 바로 공을 가리킨 것이다.

그 후 광해군 치하에서 정치가 어지러울 때 아첨하는 무리들이 조정에 가득했다. 공은 물러나 외진 고향 땅에서 조용히 지냈는데, 나랏일을 말하기에 미치면 언제나 강개하여 눈물을 흘렸다. 일찍이 <우국가憂國歌> 28장을 지어, 의분으로 격앙될 때마다 이를 읊어 강개한 마음을 부쳤으니, 노래의 구절구절마다 임금께 충성하고 나라를 위하는 정성이 아닌 곳이 없었다. "관산통곡關山慟哭"의 가사와 "상심압수傷心鴨愁"의 절조가 사람들의 입에 오르내렸으니,[144] 과연 주나라의 한이요, 세상을 도울 가르침이라 할 만하였다. 그러나 어떤 이들은 시정에 저촉되는 것으로 여겨 비방받을까 두려워하였다.

아아! 충성스러웠으나 벌을 받는 것은 옛적의 초나라 대부 굴원도 면하지 못했거늘 참소하는 자가 어질고 바른 이를 질투하였다 하여 또 무엇을 더 생각하겠는가? 대비를 폐한 일에 이르러서는 홀로 상소하였으니, 그 곧

---

144) <우국가>는 모두 28수로 이루어진 연시조인데, 그 중 제7수에 관련 구절이 다음과 같이 보인다. "慟哭關山月과 傷心鴨水風을 / 先王이 쓰실 적의 누고 누고 보온게오 / 둘 볼고 바람 불 적이면 눈의 삼삼호여라".

은 뜻은 아첨하는 간신들을 베었고, 정론으로 제일 도리를 삼았다. 지금 그 소를 찬찬히 읽어 보니 나도 모르게 경탄하게 되고 근심스러워진다. 나는 비록 공의 후대에 태어났지만, 일찍이 그의 한평생 충효와 절개를 흠모하였다. 드디어 그 대강을 간략히 적어 <우국가>의 서문으로 삼는다.[145]

이기발, 〈우국가번사서憂國歌翻辭序〉

대개 장가長歌는 통곡보다도 더 슬프다 한다. 노래의 길이가 28수에 이르니, 이는 공의 슬픔이 그만큼 심했던 것이다. 내가 그 노래를 보았더니 울분에 차 강개한 것이 시류에 상심하던 굴원의 절개가 있었고, 그 곡조와 노랫말을 살펴보니 모르는 새 감동하여 탄식함에 이를 뿐이었다. 이에 초사체楚辭體를 본떠 이어 보았다.[146]

앞의 <칠실공우국가서>에 나와 있듯이 <우국가>의 작가 이덕일은 임진왜란 때 큰 공을 세웠으나 이후 광해군 치하에서는 초야에서 시국을 비판하는 처사의 삶을 살다가 생을 마감한 인물이다. 이 서문은 조운趙雲 임경회林慶會가 지은 것인데, 서문의 생성연대나 임경회의 생몰연대는 알려져 있지 않다. 하지만 뒤에 제시한 <우국가번사서>를 쓴 이기

---

145) 歌者, 所以怡悅其心志, 蕩滌其愁苦, 而獨公之歌, 能使人鬱悒憒快, 感慨不已者, 何哉? 蓋公孝愛出天, 智略起世. 當壬辰倭賊之南下, 奮義投筆, 抗賊於東幕山中, 活人不知幾百, 而未境贊統制使李公舜臣, 破賊於鳴梁浦口, 皇明使熊公化宣, 所謂東方眞有一介男兒者, 此也. 其後光海政亂, 讒佞滿朝. 公退伏窮鄕, 每語及國家事, 未嘗不慷慨流涕矣. 嘗作憂國歌二十八章, 每於忠憤激厲之際, 詠以爲慷慨寓懷之資, 章章曲曲, 莫非忠君爲國之忧. 關山慟哭之詞, 傷心鴨水之調. 播傳於人口, 眞可謂宗周之恨, 補世之敎. 而或者以爲觸忤時政, 恐罹誹訕. 噫! 忠而遇罰, 雖古之楚大夫, 猶未免焉, 則讒人之娭賢妬直, 亦何慮哉? 至於廢大妃一事, 獨草一疏, 其志義直, 以斬奸佞, 正論, 常爲第一要領. 今按其疏, 不覺驚歎而於悒也. 余於公年雖後, 而嘗慕悅其平生忠孝氣節矣. 遂略其槩, 以爲憂國之歌序云. <漆室遺稿>

146) 蓋聞長歌之哀甚於慟哭. 歌関之數多, 至二十有八, 則公之哀亦甚矣. 余觀其歌也, 鬱悒慷慨, 有屈大夫傷時, 耿介之忧, 尋其調, 閱其章, 不覺令人感發嗟惜之至耳. 于以效楚辭體, 係之以些. <위의 책>

발李起浡이 17세기 중엽까지 산 인물임을 감안하면 임경회의 서문 또한 17세기경 지어진 것으로 짐작된다.

<우국가>와 관련된 위의 두 편 글은 전란의 소용돌이 속에서 시가의 주제가 현실적이고 비판적인 내용을 담는 쪽으로 변화하고, 시가의 의미 또한 교훈적이거나 도학적인 데서 찾기보다는 강렬한 현실감정을 담는 데서 발견하게 된 과정을 보여 준다. 이제 노래는 올바른 내용만을 담아야 한다는 관념은 더 이상 지속되지 않았고, 오히려 "답답하고 분한 마음"을 일으키고 "통곡보다도 더 슬프"게 만드는 데서 노래가 주는 감동이 찾아졌다.

이처럼 시가의 주제가 현실의 여러 양상을 반영하며 확장되는 가운데 17세기의 시가론은 유교적 효용론의 자장에서 벗어나 정서의 표출과 승화를 지향하는 표현론적 성격을 띠게 된다. 특히 그 가운데 큰 영향을 끼친 것은 무엇보다 송강 정철의 시가 작품이었는데, 뒤에 볼 필기류 비평과 민족어시가론은 송강의 가사 문학과 관련된 경우가 많다. 따라서 이들을 살펴보기에 앞서 다음에서는 송강 시가 비평의 양상을 먼저 검토하기로 한다.

4) 송강 시가 비평의 위상

송강 시가에 대한 조선조의 담론들은 크게 주제적 특질에 대한 것과 미적 특질에 대한 것으로 나누어 볼 수 있다. 송강 정철은 서인西人 당파의 대표적 인물이었던 만큼, 송강 시가의 주제적 측면에 대한 강조는 정치적 상황과 보다 관련되어 있었다. 정철은 사후에 관직을 삭탈당하였고 이후 17세기 전반까지 광해군 치하에서 서인이 정치적 수세에 몰려

있었기 때문에, 정철의 문학 또한 적극적으로 수용되기는 어려웠다. 이
후 1623년 인조의 반정이 성공하면서 정국이 서인들에게로 돌아가고 정
철 또한 복권되자 그의 문학은 비로소 적극적인 칭송의 대상이 되며 문
집으로 간행될 수 있었다. 문집의 서발문에서 송강 문학이 고평된 예를
들어 보면 다음과 같다.

김상헌, 〈송강집발松江集跋〉

옛적에 굴원은 임금에게 충성과 지혜를 다하다가 참소를 만나 쫓겨나
〈이소〉라는 글을 지었는데, 뒷날 사람들이 그 충성을 애처롭게 여기고
그 뜻을 측은해하며 또 그 재주를 아깝게 생각하여, 오늘에 이르기까지 전
하여 천백 년 동안 문단의 우두머리가 되고 있다. 그런데 공(송강)의 충성
과 재주가 옛 사람에 비하여 부끄러울 것이 없고, 또 그 불행을 만남이 애
처롭고 측은한 것도 역시 굴원과 같으니, 그 글 역시 틀림없이 후세에 전
하여서 애석히 여겨질 것이 〈이소〉와 같음은 조금도 의심할 나위가 없다.
어찌 다시 한두 마디 말의 해명을 빌리리오?

상헌은 공의 일에 또 느끼는 바가 있다. 좌도(굴원)도 당시에는 불우하였
으나 후세에 그 마음을 알아준 태사공(사마천) 같은 이가 그를 위해 논찬·
저술을 하여, 해와 달이 서로 빛을 다투는 데에 비하였다. 지금 세상에 다
시 공(송강)의 마음을 아는 이가 있어서 위하여 논찬·저술하여 후세에 전
하기를 태사공같이 할 이가 또 있겠는가? 아! 끝내 그럴 사람이 없을 것인
가? 아니 끝내는 그럴 사람이 없지 않을 것인가? 이는 장차 때를 기다릴
뿐이로다.147)

---

147) 昔屈左徒盡忠竭智, 遭讒放逐, 著離騷之文. 後人哀其忠, 愍其志, 惜其才, 傳至今千百禩,
爲文苑冠首. 今公之忠與才, 比古人無愧, 而所遭之不幸, 可哀可愍又如此, 其文之必傳
後, 愛惜如離騷者, 無疑復. 奚假於一二談乎? 尙憲於公之事, 又有所感焉. 左徒雖不遇於
當時, 而後世知其心如太史公者, 爲之論譔著述, 比之於日月爭光. 不知今世復有知公之
心, 而爲之論譔著述, 以傳於後如太史公者乎. 嗚呼! 終無其人歟? 終不無其人歟? 是將
有待焉. 〈松江原集 권2〉

윗글은 1633년에 편찬된 『송강원집』에 대한 청음淸陰 김상헌金尙憲(1570~1652)
의 발문이다. 여기에서 김상헌은 정철을 굴원에 비기며 그 인품과 문학
을 칭송하였고, 그러한 정철의 문학을 기리는 작업이 사마천이 굴원을
후세에 알린 것과 마찬가지로 중요한 일이라며 사명감을 드러내고 있다.
때를 기다린다는 마지막 구절로 보아 이 글이 지어진 것은 송강이 아직
복권되기 이전이었을 수도 있겠다. 만일 그랬다면, 송강의 문학을 기리
는 것은 서인의 정치적 복권 의지를 드러내는 비장한 일이었으리라 짐
작된다.

이후에도 서인의 정치적 부침에 따라 송강의 문학을 기리는 작업은
진지하고 비장한 일이 되곤 하였음을 17세기 말 지호芝湖 이선李選(1632~
1692)의 다음 글을 통해 보게 된다.

이선, 〈송강가사후발松江歌辭後跋〉

위의 <관동별곡>·<사미인곡>·<속미인곡> 세 편은 송강 정철이 지
었다. 공의 시는 청신하고 기발하여 인구에 회자되었다. 가곡은 더욱 절묘
하여 예나 지금이나 매번 들으매, 목청을 빼어 높게 읊으니 성운聲韻이 청
초하고 뜻이 초연·상쾌하여, 모르는 사이에 표표해져 허공에 기대고 바
람을 타는 것 같다. 그 애군愛君·우국憂國의 정성에 이르러서는 이 또한 시
어에 넘쳐, 사람으로 하여금 느껴 슬퍼하고 흥기하고 탄식하게 한다. 진실
로 공의 빼어난 충의와 풍류가 아니라면, 누가 이와 같을 수 있으리오?

슬프다. 공의 강직한 성품과 정직한 행동 때문에, 마침 크게 일어난 당
쟁과 참소하는 말, 방자한 행동을 만나, 위로는 임금에게 죄를 얻고, 아래
로는 조정에 질시를 받아 떠돌며 귀양 갔도다. 거의 죽음에 이르렀다 다행
히 보전하였으나, 그 꾸짖고 욕함이 죽은 이후 매우 심하였다. 옛날에 소
동파가 화를 입었을 때도 그 화가 극심하였으나, 임금을 사랑한 그의 작품
들은 궁중에서 오히려 상찬을 받을 수 있었다. 공 또한 이와 나란한데도,

마침내 위로 통하지 못하였다. 어찌 그 불행이 이토록 심한가? 청음 김문
정공(김상헌)이 일찍이 공의 시말을 논하면서 굴원의 충성에 비유했으니,
이는 진실로 옳은 말이다.

　북관에서 예전에 공의 가곡을 간행한 일이 있었다고 하지만 다만 연대
가 이미 오랜 데다 전쟁에 불타 없어져서 전승이 끊겨 버렸으니 진실로
안타까워할 만하다. 못난 내가 밝은 때에 죄를 얻어 하늘 끝에 유배되어
임금과 부모로부터 멀리 떨어지니 실로 회포를 부칠 데가 없다. 이에 못가
를 거닐며 읊조리는 여가에 애오라지 이 세 편을 취하여 그릇된 곳을 바
로 잡아 기워 써서 책상머리에 두고 때때로 한 번씩 읊조리면 갇혀 있는
시름을 물리쳐 보내는 데 도움이 없지는 않았으니 대개 또한 주자朱子께서
『초사집주』를 남긴 뜻을 참람하게 본뜬 것이라 할 것이다.148)

　이 송강가사 발문은 1689년 기사환국己巳換局으로 서인이 대거 숙청당
할 때 지호 이선 또한 기장 지방으로 귀양 가 있으면서 쓴 것이다. 이때
는 정철이 죽은 지 거의 100년이나 지난 시점에서 다시 관직을 삭탈당
하는 수모를 겪던 무렵이다. 이 시기에 이선은 <관동별곡>·<사미인
곡>·<속미인곡> 등 정철의 가사 세 편을 묶어 편찬했는데, 이 글은
그 책에 대한 발문이다. 여기서 이선은 김상헌이 그랬듯이 정철을 굴원

---

148) 右關東別曲·思美人曲·續美人曲三篇, 卽松江相國鄭文淸公澈之所著也. 公詩詞淸新
　　警拔, 固膾炙人口, 而歌曲尤妙絶, 今古每聽, 其引喉高咏, 聲韻淸楚, 意旨超忽, 不覺其飄
　　飄乎如憑虛而御風. 至其愛君憂國之誠, 則亦且藹然於辭語之表, 至使人感愴而興嘆焉. 苟
　　非公出天忠義間世風流, 其孰能與於此. 噫! 以公耿介之性, 正直之行, 而適會黨議大興,
　　讒搆肆行, 上而得罪於君父, 下而見嫉於同朝, 流離竄謫. 幾死幸全, 而其所詬罵, 至身後
　　彌甚. 昔子瞻之遭罹世禍, 亦可謂極矣, 然其愛君篇什, 猶能見賞於九重. 而公則並與此,
　　而終不能上徹, 抑何其不幸之甚歟! 淸陰金文正公, 嘗論公始末, 而比之於左徒之忠, 此誠
　　知言哉! 北關舊有公歌曲之刊行者, 而顧年代已久, 且經兵燹, 遂失其傳, 誠可惜也. 余以
　　無狀, 得罪明時, 受玦天涯, 遠隔君親, 實無以寓懷. 乃於澤畔行吟之暇, 聊取此三篇, 正訛
　　繕寫, 置諸案頭, 時一諷誦, 其於排遣牢愁, 不爲無助, 蓋亦僭擬於朱夫子楚辭集註之遺意
　　云. <芝湖集 권6>

에 비기고 있다. 그리고 여기서 한 걸음 더 나아가, 정철의 가사를 베껴 편찬한 자신을 『초사집주』를 지은 주자에 비견하고 있다. 이처럼 정철의 가사문학에 대한 고평은 서인 문인들의 정치적 상황과 밀접한 관련을 맺으며 진지하게 이루어졌다.

하지만 정철의 시가에 대한 칭송은 정치적 목적의식 아래서만 이루어진 것은 아니다. 그러한 칭송은 오로지 송강 시가의 문학적 성취를 바탕으로 해서만 가능했던 것이다. 이선 또한 위의 발문에서 송강시가의 빼어남에 대해 먼저 언급하고 있다. 절묘한 형식, 청초하고 표연한 기상, 애절한 정서 등 송강시가가 일으키는 감동의 요소를 그는 서술하고 있다.

예술적 감동의 요소를 바탕으로 송강시가에 대한 고평이 가능했음은 송강 시가에 대한 허균許筠(1569~1618)의 언급을 통해서도 살필 수 있다. 대북파大北派에 속해 있어 당색이 달랐던 허균조차 "비록 의론을 달리하는 자들은 송강의 시가를 배척하며 삿되다고 하지만 문채와 풍류는 또한 덮을 수 없다."라고 하며, 송강 시가의 예술적 성취를 높게 평가했던 것이다.149)

송강가사에 대한 미적 담론들은 <관동별곡>의 호방하면서도 표일飄逸한 기상과 양 미인곡의 절절하면서도 우아한 정조를 높이 평가했고, 또한 그것들의 기묘하고 공교로운 형상미·조어미에 대해 찬사를 보냈다. 송강가사에 대한 이러한 예술적 수용의 예를 들어 보면 다음과 같다.

조우인,〈속관동별곡서續關東別曲序〉

우연히 정송강의 <관동별곡>을 얻어 보았는데, 다만 가사가 지극히 빼

---

149) "鄭松江善作俗謳, 其思美人曲及勸酒辭, 俱淸壯可聽. 雖異論者斥之爲邪, 而文采風流, 亦不可掩, 比比有惜之者."<惺所覆瓿稿 권25, 惺叟詩話>

어나고 리듬이 자연스러울 뿐만 아니라, 수천 마디를 줄줄 이어, 느끼고 분기하며 격앙된 회포를 다 그려내니, 진실로 걸작이다. 반복하여 음영하면 더욱 사람으로 하여금 그칠 줄 모르고 감탄하게 하고 부러워하게 한다. 오래 내린 비가 갠 어느 날, 초가을도 반이 지난 무렵, 나도 몰래 표연히 세상을 버리고픈 마음이 생겨 드디어 결의하고 관동유람을 떠났다. …(중략)… 가사(속관동별곡)를 이룸에 스스로 한번 돌아보니, 송강가사의 만분의 일에도 못 미친다. 그러나 때때로 한가히 홀로 있을 때, 무릎을 두드리며 높게 읊으면, 울적함을 떠나보내고 고민을 떨칠 수 있으리니, 마음을 펴는 데 일조가 될 것이다.[150]

김득신, 〈관동별곡서關東別曲序〉

〈관동별곡〉은 정송강이 지었다. 우리 집 여종이 능히 별곡을 부를 줄 알아, 내가 어렸을 적 매번 그걸 들었으나, 그것이 기이한 줄은 몰랐다. 상투 틀 때쯤 들으니 조금이나마 그 기이함을 알 수 있었다. 병자호란 이후에 관동의 실직 지방(지금의 삼척)에 유람하였는데, 어린 기생이 능히 〈관동별곡〉을 불러서, 항상 죽서루로 기생을 불러 그것을 들었다. 그러면 청흥이 파도처럼 밀려올 뿐 아니라 호방한 기상이 느껴졌으니, 진실로 기이한 곡이었다. 기봉 백광홍의 〈관서별곡〉과 무인 허전의 〈고공가〉, 현곡 조위한의 〈유민탄가〉 등은 모두 그 아류이다. 예전에 서호의 지장찰에서 독서를 하며 3개월 정도 머문 적이 있다. 그러던 중 나그네의 회포로 몹시 울적해 이를 위로받고자 중들에게 노래를 청했다. 한 중이 말하기를 "저는 〈관동별곡〉을 잘 부릅니다."라고 하였다. 높은 소리로 노래하니, 들으매 구름을 뚫고 오르는 기운이 생기면서 마음속에 품은 일들이 다 해결되는 것만 같았다.[151]

---

150) 偶得鄭松江關東別曲者而觀之, 非但詞致俊逸, 節奏圓亮而已, 縷縷數千百言, 寫盡感憤激昂之懷, 眞傑作也. 反覆吟詠, 益令人歆艶之無已也. 屬積雨始晴, 初秋已半, 不覺有飄然遺世之情, 遂決意作關東之遊. … 詞成, 自看一過, 雖不逮鄭詞之萬一, 有時閑居處獨, 擊節高詠, 則未必不爲遣鬱排悶, 發舒精神之一助也. 〈頤齋詠言〉 (김영만, 「曺友仁의 歌辭集 頤齋詠言」, 『어문학』 10, 한국어문학회, 1963, 96면 참조.)

151) 關東別曲, 鄭松江之所作也. 吾家有女隷能唱別曲, 余兒時每聽之, 不知爲奇. 及束髮聽

앞의 <속관동별곡서>는 이재頤齋 조우인曺友仁(1561~1625)이, 뒤의 <관동별곡서>는 백곡柏谷 김득신(1604~1684)이 지은 것이다. 두 글 모두 <관동별곡>에 대한 평을 담고 있는데, 작품의 형식과 내용, 기상氣象 등의 여러 측면에 대해 고평하고 있다. 특히 표연飄然한 마음과 청흥清興을 일으키고 호방한 기상이 느껴진다는 기상론氣象論에 있어 두 글은 유사한 측면이 있는데, 이러한 기상을 남은 시가를 통해 정서의 표출과 승화를 지향한다는 점에서도 두 글은 비슷하다. 조우인이 "울적함을 떠나보내고 고민을 떨칠 수 있으리니, 마음을 펴는 데 일조가 될 것이다."라고 한 것이나, 김득신이 "나그네의 회포로 몹시 울적해 이를 위로받고자 중들에게 노래를 청했"고 "들으매 구름을 뚫고 오르는 기운이 생기면서 마음속에 품은 일들이 다 해결되는 것만 같았다."라고 한 것은 이들 모두 응축된 감정의 표출과 정서적 해소에서 시가의 의의를 찾았음을 보여 준다.

김득신은 특히 <관서별곡>·<고공가>·<유민탄가> 등 당대의 유명한 몇 편의 가사를 들면서 이러한 작품들은 송강가사의 아류에 불과하다고 하여 송강의 가사 작품을 가장 높게 평가하였다. 아래에 볼 홍만종의 『순오지』에서도 당대의 유명한 가사 작품들을 소개해 놓았는데, 그 중에서도 정철의 시가에 대해 매우 고평하였음을 볼 수 있다. <관동별곡>·<사미인곡>·<속미인곡> 등 세 편 가사 및 <장진주사>에 대한 평어가 그것인데, 이들은 비록 단평이지만 송강 시가의 예술성에 대해 집약적인 평가를 내리고 있어 주목된다.

之, 稍以爲奇之. 丁丑兵後, 客遊關東之悉直, 有少妓能唱關東別曲, 常常招邀竹樓而聽, 不啻淸興如濤, 亦且如有藻思之浩浩, 眞奇曲. 白岐峯關西別曲, 武人許埍雇工歌, 趙玄谷流民嘆歌, 皆亞也. 昔者讀書于西湖之地藏刹, 閱三個月, 旅懷殊不樂, 欲慰溯, 召諸衲子請唱歌, 一衲子應曰: "吾善歌關東別曲." 勵聲而唱, 聽之若有凌雲之氣, 而懷事安帖. <柏谷集 책5>

홍만종, 〈순오지 하下〉

<관동별곡>은 송강 정철이 지은 것이니, 관동 지방 산수의 아름다움을 낱낱이 들어서 그 그윽하고 기괴한 경치를 모두 말하였다. 형상의 오묘함과 조어의 기이함이 실로 악보의 절조이다. <사미인곡>도 역시 송강이 지은 것이다. 이것은 『시경』에 있는 미인이란 두 글자에 바탕하여 세상을 걱정하고 임금을 사모하는 뜻을 부쳤으니, 이 역시 초나라의 <백설곡>이다. <속사미인곡>도 또한 송강이 지은 것인데, <사미인곡>에서 다 말하지 못한 생각을 다시 펴서, 말이 더욱 공교롭고 뜻이 더욱 절실하니, 제갈공명의 <출사표>와 백중세이다. <장진주>도 역시 송강이 지은 것이니, 대개 이백이 장길에게 술 권한 것을 모방하고, 또 두보의 시구인 "緦麻百夫行"(상복 입은 백 명의 사람이 간다), "君看束縛去"(그대는 묶여 가는 것을 보라)를 취한 것이다. 가사의 뜻이 통달하고 글귀가 서글프니, 만일 옛날 맹상군이 이 가곡을 들었다면 옹문금雍門琴이 아니라도 눈물을 흘렸을 것이다.[152]

위의 평어들에서는 형상화의 기이함과 오묘함, 그리고 절실한 정조 등 정철 시가의 형식적 · 내용적 특성을 모두 언급하고 있다. 특히 각각의 작품을 중국의 고전들에 비기며 그 예술성을 드러내었고, "악보의 절조"라고 고평하기도 하였다. 또 <장진주사>에 대해서는 맹상군도 눈물을 흘렸을 것이라며 그 표현력과 정서적 공감력을 높게 평가하였다.

이렇듯 송강 시가의 수용은 정치적이고 예술적인 양 방면에서 진지하게 이루어져, 17세기의 시가비평사에 중대한 영향을 끼쳤다. 송강 시가는 빼어난 예술성을 바탕으로 많은 이에게 감동을 불러일으켰고, 이러

---

152) 關東別曲, 松江鄭澈所製, 歷擧關東山水之美, 說盡幽遐詭怪之觀. 狀物之妙, 造語之奇, 信樂譜之絶調. 思美人曲, 亦松江所製, 祖述詩經美人二字, 以寓憂時戀君之意, 亦郢中之白雪. 續思美人曲, 亦松江所製, 復申前詞未盡之思, 語益工, 意益切, 可與孔明出師表, 伯仲看也. 將進酒亦松江所製, 蓋倣太白長吉勸酒之意, 取杜工部緦麻百夫行, 君看束縛去之語. 詞旨通達, 句語悽惋, 若使孟嘗君聞之, 淚下不但雍門琴也. <순오지>

한 감동은 서인 당파가 처한 정치적 상황 속에서 더욱 강화될 수 있었다. 이러한 과정을 통해 송강 시가에 대한 고평은 민족어시가 일반이 지닌 표현론적 의의에 대한 인식으로 이어졌다.

3. 표현론적 민족어시가론

1) 필기류 비평

17세기의 필기류 저작에서 국문시가가 지닌 가치를 언급한 경우로는 다음과 같은 것들이 있다.

이수광, 『지봉유설』

동방의 가곡에는 <퇴계가>, <남명가>, 송순의 <면앙정가>, 백광홍의 <관서별곡>, 정철의 <관동별곡>·<사미인곡>·<속미인곡>·<장진주사> 등이 세상에 성행하고 있다. 우리나라의 노랫말은 우리말을 섞어 쓰기 때문에 중국의 악부와 같이 비교할 수 없다. 근세의 송순과 정철의 작품이 최고이지만 입으로 전하는 데 그칠 뿐이니 안타깝도다.[153]

홍만종, 『순오지』

우리나라 사람들이 지은 가곡은 오로지 우리말을 써서 간간이 한자를 섞고 한글로 엮어 세간에 전하는데, 우리말을 쓰는 것은 나라의 풍속으로

---

153) 東方歌曲, 退溪歌, 南冥歌, 宋判樞純俛仰亭歌, 白評事光弘關西別曲, 鄭松江某關東別曲, 思美人曲, 續美人曲, 將進酒詞, 盛行於世. 而我國歌詞雜以方言, 故不能與中國樂府比幷, 如近世宋公鄭公所作最善, 而不過膾炙口頭而止, 惜哉!

인해 어쩔 수 없는 것이다. 그 가곡이 비록 중국의 악보와 나란히 비교할
수는 없으나 또한 볼 만한 것과 들을 만한 것이 있다.『상촌집象村集』에 보
면, 지봉芝峰 이수광의 <조천록가사朝天錄歌詞>에 대해서 쓴 것이 있다. 거
기에 말하기를, "중국의 소위 가사歌詞라는 것은 곧 고악부와 신성新聲이니,
악기 연주에 맞춰 부르는 시가들은 모두 이것들이다. 우리나라는 토속 소
리에서 나온 것을 문자와 섞어 어울리게 한 것이니, 이것이 비록 중국의
노래와는 다르지만 그 정서와 경상을 다 싣고 음률이 조화되어 사람으로
하여금 마음껏 노래하게 하고 감정이 흘러넘쳐 손발이 춤추게 하는 것은
모두 한가지다."라고 하였다. 믿음직하도다. 이 말이여!154)

김만중,『서포만필』

송강松江의 <관동별곡>과 전후前後 미인가美人歌는 우리 동방의 <이소離
騷>이지만, 한자漢字로 적을 수가 없었기 때문에 오직 악사들만이 입으로
주고받거나 또는 한글로 전해 왔을 뿐이다. 어떤 이는 칠언시七言詩로 <관
동별곡>을 한역하기도 하였으나 아름답지 못하다. 어떤 이는 이것이 택당
澤堂 이식李植(1584~1647)이 젊었을 때 지은 것이라고 하나, 그렇지 않다.
구마라즙鳩摩羅什이 말하기를 "천축국天竺國의 풍속에는 글을 가장 숭상한
다."라고 하였다. 그 부처를 찬양한 말이 화미함을 다하였는데, 지금은 중
국어로 번역하였기 때문에 그 뜻만을 얻었을 뿐이지 그 말은 얻지 못하였
으니, 이치가 본래 그러한 것이다. 사람의 마음이 입을 통해 나오는 것이
말이 되고, 말 중에 리듬이 있는 것이 노래와 시, 문장과 사부辭賦가 되는
것이다. 사방의 말이 비록 같지 않으나, 각기 그 말에 따라 리듬에 맞추면
모두 천지를 감동시키고, 귀신과 통할 수 있는 것이니, 중국中國만 그러한
것이 아니다.

---

154) 我東所作歌曲, 專用方言, 間雜文字, 率以諺書, 傳于世. 盖方言之用, 在其國俗, 不得不
然也. 其歌曲雖不能與中國樂譜比並, 而亦有可觀而可聽者. 按象村集, 其書芝峰朝天錄
歌詞曰: "中國之所謂歌詞卽古樂府暨新聲, 被之管絃者俱是也. 我國則發之藩音, 恊以文
語, 此雖與中國異, 而若其情境咸載, 宮商諧和, 使人咏嘆洰佚, 手舞足蹈, 則其歸一也"
云, 信哉言乎! (『象村稿』卷36, <書芝峯朝天錄歌詞後>에 관련 내용이 있다.)

지금 우리나라의 시문詩文은 자신의 말을 버리고 다른 나라의 말을 배워 설령 십분 비슷하다 하더라도 이는 단지 앵무새가 사람의 말을 하는 것이다. 반면 여염거리의 나무하는 아이들과 물 긷는 아낙네들이 웅얼웅얼 서로 주고받는 노래가 비록 저속하다고는 하나, 그 진위眞僞를 논한다면 진실로 학사學士·대부大夫들의 이른바 시부詩賦 따위와 함께 논할 수 없는 것이다. 하물며 이 세 별곡別曲은 진실로 천기天機의 자연스런 발로요, 세속의 저속함도 없으니, 자고로 우리나라의 진짜 문장은 다만 이 세 편뿐이다. 그러나 또 그 세 편을 가지고 논한다면, <속미인곡>이 더욱 높고, <관동별곡>과 <사미인곡>은 오히려 한자를 빌려 외양을 꾸몄을 따름이다. 김만중 쓰다.155)

위의 이수광, 홍만종, 김만중의 평설은 모두 민족어시가의 독자적인 가치를 인정하고 있다. 민족어시가는 한문이 아닌 우리말로 이루어져 있으므로 한시와는 성격 자체가 달라 비교하거나 우열을 논할 수 없다는 것이 이 평설들의 공통적인 전제로 보인다. 그 가운데 민족어시가의 가치는 표현론적 관점에서 적극적으로 옹호된다.

홍만종은 신흠의 글을 인용하며 "정서와 경상景狀을 모두 싣고 궁상宮商의 음조와 조화를 이루어 사람으로 하여금 영탄하며 감정이 흘러넘쳐 손발이 춤추게 하는 것은 모두 한가지"라는 점에서 민족어시가의 의의

---

155) 松江先生鄭文淸公, 關東別曲·前後思美人歌, 乃我東之離騷, 而惟其不可以文字寫之, 故惟樂人輩, 口相授受, 或傳以國書而已. 人有以七言詩, 翻關東曲, 而不能佳, 或謂澤堂少時作, 非也. 鳩摩羅什, 有言曰: "天竺俗, 最尙文." 其讚佛之詞, 極其華美, 今以譯秦語, 只得其意, 不得其辭, 理固然矣. 人心之發於口者爲言, 言之有節奏者爲歌詩文賦, 四方之言雖不同, 苟有能言者, 各因其言而節奏之, 則皆足以動天地, 通鬼神, 不獨中華也. 今我國詩文, 舍[捨]其言而學他國之言, 設令十分相似, 只是鸚鵡之人言. 而閭巷間樵童汲婦, 咿啞而相和者, 雖曰鄙俚, 若論眞贗, 則固不可與學士大夫所謂詩賦者, 同曰而論. 況此三別曲, 甚有天機之自發, 而無夷俗之鄙俚, 自古左海眞文章, 只此三篇. 然又就三篇而論之, 則後美人尤高, 關東前美人, 猶借文字語, 以飾其色耳. 金萬重書.

를 인정하고 있다. 여기서 지나친 감정의 유로마저 시가의 의의로 인정
하는 모습이 앞 시대와는 사뭇 거리가 있어 보인다. 이제 시가는 이황이
강조했던 "온유돈후"의 정신이 없어도 그것이 진솔한 감정을 표출하는
데 성공한다면 가치가 있는 것으로 평가된 것이다.

신흠과 홍만종은 민족어시가가 중국의 악부와 본질적으로 다를 것이
없다는 점을 특히 강조한다. 여기서 민족어시가를 굳이 중국의 악부에
비견해야 했던 까닭은 무엇일까? 한문을 숭상했던 당시의 상황에서 민
족어로 된 문화 산물은 폄하될 수밖에 없었다. 이때 민족어시가의 가치
를 드러내기 위해서는 이미 권위를 인정받고 있는 한문학에 그것을 견
주는 것이 손쉬운 방법이었을 것이다. 이러한 이유로 신흠과 홍만종은
민족어시가가 한문학의 악부와 같은 성격을 지닌 것임을 강조한 것이라
고 볼 수 있다.

가歌, 즉 노래를 시詩의 위치로 승격시킴으로써 민족어시가의 위상을
제고하던 17세기의 시가비평들은 이후 18세기로 오면 보다 적극적인 양
상을 띠게 되는데, 그 사이에 놓인 것이 바로 김만중의 논평이다. 이후
민족어시가에 대한 논의는 민족어시가와 한문학을 동등한 위상에 놓는
이른바 시가일도론詩歌—道論에서 한걸음 더 나아가, 민족어시가야말로 진
정한 시임을 주장하는 데 이른다.

시가의 가치를 한시와 비교하여 논의한 점에 있어서 김만중의 평설은
17세기 전반 신흠이나 홍만종 등의 평설과 유사하다. 그러나 이는 "천기
天機"를 내세워 민족어시가의 가치가 한시에 비해 오히려 우위에 있음을
주장하였다는 점에서 앞선 논의들과 다르다. 신흠과 홍만종이 가歌를 시
詩와 동등한 것으로 여기고자 하였다면, 김만중은 "진眞", 곧 참됨의 측면
에서 가歌의 가치가 시詩를 넘어서는 것으로 본 것이다. 이러한 비평은

이후 18세기의 이정섭, 홍대용 등으로 이어지게 된다.

그런데 위에서 본 평어들은 모두 가사 장르를 주된 대상으로 하고 있다는 점이 주목된다. 16세기에 국문시가의 필요성이 유교적 시가관에 입각하여 시조 장르를 위주로 전개되었다면, 위에서 본 17세기의 평어들은 중국시가와 대비되는 민족어시가에 대한 성찰 속에서 가사 장르를 주로 하여 이루어지고 있다. 이렇듯 가사가 민족어시가의 중요한 장르로 부각될 수 있었던 데에는 무엇보다 송강 정철의 가사문학이 큰 영향을 끼쳤다고 할 수 있다. 위의 평어들 중 지봉 이수광의 가사 <조천록>에 대한 신흠의 평설을 제외하면 나머지 예들은 모두 송강의 가사 작품을 거론하고 그것의 가치를 치켜세우고 있는 것이다.

한편 다음 시기로 오면 민족어시가론은 시조에 대한 비평으로도 확장된다. 이에는 가집歌集의 편찬과 이에 대한 비평작업이 큰 역할을 하였는데, 이에 대해서는 다음 장에서 살펴볼 것이다. 그런데 일반적으로 알려져 있는 것과는 달리 가집이 등장한 시기는 18세기가 아니라 17세기임을 증명하는 자료가 근래 발굴되었다. 홍만종이 편찬했다는 『청구영언靑丘永言』 및 『이원신보梨園新譜』에 대한 홍만종의 자서自序가 그것이다. 따라서 다음 절에서는 이 시기에 가집의 서발문에서 시가론이 전개된 양상을 검토하려 한다. 홍만종의 자서와 함께, 송곡松谷이라는 이가 엮었다는 가집에 대한 김득신의 서문과, 상촌象村 신흠이 자작自作 시조를 엮고 이에 대해 남긴 서문 또한 아울러 고찰할 것이다.

2) 가집 비평

상촌 신흠은 그의 자작 시조를 묶어 『방옹시여放翁詩餘』를 펴냈는데,

이는 분량이나 범위로 볼 때 후대적 의미에서의 가집과는 다르지만 편의상 이 자리에서 함께 살펴보기로 한다. 다음에 제시하는 그 서문은 시조 일반이 지닌 표현론적 의미에 대한 최초의 표명이라는 점에서 의의가 크다.

신흠, 〈방옹시여서放翁詩餘序〉

중국의 노래는 풍아風雅를 갖추어 서책에 올려 실었으나, 우리나라에서 노래라 일컫는 것은 단지 손님을 맞는 잔치자리의 즐거움을 위해 쓰일 뿐, 풍아로서 서책에 올려 싣지 않았으니, 대개 말과 소리가 다르기 때문이다. 중국의 소리는 말로써 글을 이루나 우리나라의 소리는 한문으로 번역해야 글이 된다. 그러므로 우리 동방에도 재주 있는 선비가 없는 것은 아니나 악부樂府와 신성新聲 같은 것으로 전하는 것이 없으니, 개탄스럽고 또한 촌스럽다고 이를 만하다.

내가 이미 전원에 돌아오게 된 것은 세상이 나를 버렸고, 나 또한 세상에 싫증이 났기 때문이다. 지난날을 되돌아보면 영화와 현달은 한갓 쭉정이와 두엄풀같이 쓸모없는 것이 되어 버렸다. 오직 사물을 만나면 노래를 읊조리는 오래된 버릇이 있어, 마음에 맞는 것이 있으면 문득 시로 나타내고, 그래도 미진하면 계속해서 우리말로 노래를 지어 언문으로 기록하였다. 이것은 단지 하리·절양과 같은 민간의 노래에 지나지 않아 시단 일반에는 들 수 없으나, 유희에서 나온 것도 혹 볼 만한 것이 없지는 않을 것이다.

만력 계축년(1613) 동지에 방옹이 김포의 농가에서 쓰다.156)

---

156) 中國之歌, 備風雅而登載籍. 我國所謂歌者, 只足以爲賓筵之娛, 用之風雅載籍則否焉, 蓋語音殊也. 中華之音, 以言爲文, 我國之音, 待譯乃文, 故我東非才彦之乏, 而如樂府新聲無傳焉, 可慨而亦可謂野矣. 余旣歸田, 世固棄我, 而我且倦於世故矣. 顧平昔, 榮顯已糠枇土苴. 惟遇物諷詠, 則有馮夫下車之病, 有所會心, 輒形詩章, 而有餘, 繼以方言而腔之, 而記之以諺. 此僅下里折楊, 無得騷壇一斑, 而其出於遊戲, 或不無可觀. 萬曆癸丑長至, 放翁書于黔浦田舍. <靑丘永言 珍本>

「방옹시여放翁詩餘」라는 시조 모음을 남긴 신흠은 그 서문에서 "오직 사물을 만나면 노래를 읊조리는 버릇이 있어, 마음에 맞는 것이 있으면 문득 시로 나타내고, 그래도 미진하면 계속해서 우리말로 노래를 지어 언문으로 기록"한 것이 그의 시조 작품들임을 위와 같이 기록해 놓았다. 신흠의 이러한 진술에서 국문시가에 씌워져 있던 유교적 효용론의 그림자는 별로 찾아볼 수 없다. 거기에는 성정의 옳고 그름을 가르거나 올바른 성정을 수양하고자 하는 의도는 보이지 않는다. 다만 느낀 바를 표현하는 표현의 도구로서 국문시가가 지닌 가치만이 서술되어 있다.

특히 이러한 생각은 중국 악부시와의 비교 속에서 개진되는데, 이미 그 가치가 인정되어 있던 악부시에 국문시가를 비교함으로써 국문시가가 지닌 정서 표출의 기능과 표현론적 가치를 드러내었다. 이와 같은 신흠의 시가관은 17세기 후반, 또 18세기로 이어지면서 민족어시가론의 흐름을 형성한다는 점에서 중요하다.

한편 홍만종의 미간행 친필교정본親筆校訂本으로 추정된 『부부고覆瓿藁』[157) 라는 책에는 홍만종이 지었다는 가집 『청구영언靑丘永言』과 『이원신보梨園新譜』에 대한 자서가 실려 있는데, 그 내용은 다음과 같다.

홍만종, 〈청구영언서靑丘永言序〉

입에서 나온 것이 소리가 되고, 소리를 조절하여 말이 되며, 말을 길게 하여 노래가 된다. 노래라는 것은 가슴 속에 쌓여 있는 것을 표출하고 의취를 형용하는 것이다. 보통사람들은 기쁘고 화나고 슬프고 무료한, 평온하지 못한 생각을 노래에 실어 드러낸다. 뜻과 기운을 선창할 수 있고 정신을 조화롭게 펼 수 있는 것, 이것이 군자가 노래에서 취하는 것이다.

---

157) "覆瓿"는 항아리를 덮는다는 뜻으로, 자신의 책이 별 가치가 없어 항아리 덮개로나 쓰일 정도라는 겸사이다.

내가 한가히 지내면서 요양하던 여가에 뜻을 부칠 데가 없어서 우리나
라의 이름난 학자와 선비, 문인과 시인들이 지은 우리말 노래들을 모아 한
권 책을 이루어『청구영언』이라 이름 붙였다. 모두『시경』의 삼백 편 시
에 의거하여 찬술하였으며 신라와 고려의 가보歌譜에 침잠하였다. 그 생각
은 은근하고 깊으며 그 말은 맑고 아름다워, 한가하고 무료할 때면 계집종
에게 시켜 곡에 얹어 노래하게 하고, 또는 여럿이 같이 읊게 하면 귀에 들
어오고 마음에 마땅하였다. 탁한 세상을 훌쩍 벗어던지는 뜻이 있고 초연
히 홍진을 떠나는 마음이 있으니, 성정을 조화시키는 데 일조함이 어찌 적
겠는가?

인하여 내가 지은 작품을 책 말미에 적이 붙인다. 원래 오지장군이나 알
뿐이요 금석 악기를 갖추지는 못했고, 촌스러운 시골 노래가 <백설곡>과
조화될 수는 없겠으나, 다만 우울함을 없애고 회포를 부치는 데 일조하기
를 바랄 뿐이다. 감히 지금의 악이 고악古樂과 같다고 말하는 것이겠는가?
뒷날 보시는 분들은 그 참람함을 용서하고 그 뜻만 취하시기를.158)

홍만종, 〈이원신보서梨園新譜序〉

내가 젊었을 때 선친을 모시고 호남·영남을 두루 여행하였고 외숙을
좇아서는 서북지방을 두루 보아 여러 기생의 맑은 소리와 묘한 노래를 실
컷 들었는데 들을 때마다 문득 기록하여 이에 책을 이루었다. 내가 이제
한가하게 살며 방랑하여 세상 사람들과 날로 멀어져 해학과 가요의 사이
에 흥을 부치다가, 예전부터 모은 이름난 학자와 선비, 문인과 시객들의
긴 노래와 걸작들을 드디어 펴내니, 혹은 세교에 관여하고 혹은 한가로이

---

158) 出乎口者爲聲, 節其聲者爲言, 永其言者爲歌. 歌者所以瀉出胸臆之壹鬱而形容意趣者也.
凡人喜慍哀傷無聊不平之思, 悉於歌洩之. 有可以宣暢志氣者, 有可以融舒精神者, 此君
子所以有取於歌也. 余於居閑養疾之餘, 無所寓意, 裒萃我朝名儒·碩士·文人·詞客之
所述方言歌曲, 合爲一卷, 名之曰, 靑丘永言. 皆祖述乎三百篇之詠, 浸淫于羅麗氏之譜.
其思婉而深, 其語淸而麗, 暇日無聊, 或令女隸, 倚曲而唱之, 或並喉而誦之, 則入乎耳,
當乎心. 洒然有蟬蛻濁穢之意, 超然有遺世出塵之想, 其有神於調和性情者, 豈淺尠哉?
仍竊附己作, 續貂於篇末, 固知瓦缶), 不可以金石, 下俚不可以和白雪, 而只欲爲消憂
遣懷之一助. 其敢曰今樂猶古樂耶? 後之覽者, 恕其僭而取其意. <覆瓿藁>

유유자적하기에 마땅하여 이미 기록해『청구영언』을 이루었다.

　그 나머지 짧은 노래들은 가사가 완곡하고 뜻이 새로워 따로 한 권을 만들어『이원신보』라 이름 붙였다. 이에 계집아이들에게 주어 익히게 하고, 달 뜨는 저녁과 꽃 피는 아침이면 두건 젖히고 책상에 기대어 박자를 맞추며 들으면 이 또한 한가로운 수심을 씻어낼 만하고 숨은 근심을 털어낼 만하였다. 이 책에는 향수와 분 냄새 어린 여인의 말과 남녀 간의 애틋한 정을 담은 내용이 많은데, 만일 그것이 진짜 여인의 말이 아니라 그 말을 빌려 뜻을 가탁한 것이라면, 남녀의 일이 아니라 이로써 비유하고 흥기한 것이 사람의 마음을 족히 감발시켜 폐지해서는 안 될 것이 있다.

　책을 열어 한번 봄에, 조촐한 목차가 궁중 뜰에 향기로 가득한 붉고 푸른 꽃밭 같고 또 창백하게 찬란한 남전의 옥인 듯도 하다. 비록 개원(당 현종의 연호) 연간의 시가에 섞어 놓아도 크게 뒤지지 않을 것이니 보는 이는 헤아리시기를 바란다.159)

　앞의 <청구영언서>에 따르면 홍만종은 요양하면서 지내던 무렵에 이 가집을 편찬하였다. 여기에서 표현한 노래의 의의는 앞서 본 신흠의 <방옹시여서>에 서술된 것과 유사하다. 노래란 "가슴 속에 쌓여 있는 것을 표출"함으로써 "정신을 조화롭게 펼 수 있는 것"이라는 표현론적 시가관이 이 글에는 드러나 있는 것이다. 또한 "탁한 세상을 훌쩍 벗어던지는 뜻이 있고 초연히 홍진을 떠나는 마음이 있으니"라고 한 데에서 보여주는 것처럼 정서의 고양과 초월성을 지향하는 것은 정철의 <관동

---

159) 余少也, 陪先人遍遊湖嶺, 從內舅歷覽西北, 飫聞諸妓淸歌妙唱, 隨聞輒記, 仍成卷軸. 余今居閑放浪, 與俗子日踈, 而寅興於諧謔歌謠之間, 遂發疇昔所裒取名儒・碩士・文人・詞客長歌傑作, 或關於世敎, 或宜於閑適者, 旣錄爲靑丘永言. 其餘短腔小曲, 詞婉而意新者, 又別成一卷, 目之曰, 梨園新譜. 乃授丫鬟而習之, 每於月夕花朝, 岸巾據梧, 擊節而聽之, 亦可以滌閑愁而攄幽悁矣. 玆編也率多香奩脂粉之辭, 男女嬿婉之情, 而若其非香奩而借以托意, 非男女而設以比興者, 則又有足以感發人心而不可廢者. 開卷一玩, 粲然盈目, 有若上苑花海, 紅碧芬郁, 藍田玉肆, 蒼白璀璨. 雖雜之於開元弟子之譜, 亦未必多讓取名之義, 觀者想之. <위의 책>

별곡>을 비롯한 17세기의 시가 작품들에 대해 행해졌던 낭만적 성향의
비평들과 닮아 있다.

<청구영언서>의 마지막 부분에는 "지금의 악"이 "고악"과 같다고 말
하는 것은 아니라고 하여 당대의 시가가 지닌 가치에 대해 약간 유보적
인 태도를 보이기도 한다. 그러나 이는 이 부분의 서술이 자신이 지은
작품과 관련되어 있었기 때문인 것으로 보인다. 뒤의 <이원신보서>에
서 보면 홍만종은 우리말 시가에 대한 가치평가에 있어 결코 소극적인
태도를 보이지 않는다. 이 글의 말미에서 그는 자신이 모은 시가들이 당
나라 시에 비교해도 크게 뒤지지 않을 것이라고 하면서 우리말 시가 작
품에 대한 자부심을 드러내고 있는 것이다.

한편 『이원신보』는 홍만종이 자신의 방랑 경험을 바탕으로 엮어낸 가
집이라고 하는데, 특히 남녀 간의 정을 다룬 작품이 많다는 주제적 특징
을 지니고 있다고 하여 주목을 끈다. 또한 『청구영언』에서는 장가長歌,
즉 긴 노래를 많이 담았다면, 『이원신보』에서는 짧은 노래를 주로 담았
다고 하여 장르적 구분을 하고 있는 것 또한 눈에 띈다.160)

이처럼 17세기에 이미 장르와 주제에 따른 분류의식을 가지고 시가의
선집選集 작업이 이루어졌다는 것은 시가사에서 새롭게 주목할 만한 매
우 흥미로운 지점이다. 굳이 18세기 김천택金天澤(1687~1758)이나 김수장金
壽長(1690~?) 등 가객歌客의 출현을 기다리지 않고도 이미 17세기의 박학
한 문인들의 손에서 가집의 편찬은 시작되었던 것이다. 그리고 이러한
가집들의 서발문에서 드러내는 시가론은 바로 17세기의 필기류 비평에
서 보았던 표현론적 민족어시가론이다.

17세기의 가집 비평으로 볼 수 있는 또 다른 글은 다음에 볼 김득신

160) 여기서 말하는 '장가'는 가사나 연시조 등이 될 수 있다.

의 글이다. 이 글은 19세기에 편찬된 것으로 추정되는 『해동가요록海東歌謠錄』(일명 『青丘詠言』 가람본)에 실려 있는데, 송곡松谷이라는 이가 엮었다는 가집에 대한 서문이다.

김득신, 송곡가집 서문

옛 시절의 노래는 반드시 시詩를 사용하였으며, 시 중에서 그대로 악기에 맞춰 불러도 되는 것을 노래라고 하니, 노래와 시는 본디 하나다. 한나라와 위나라 이래로 시의 체제가 여러 번 변하여 노래와 시가 분화되어 각기 독립된 이후에 또 진나라와 수나라에서는 새로운 가사체가 있어 세간에 전해졌으나 시가가 융성하지는 못했다. 이 노래라는 것은 문장에 성률이 없으면 정통할 수가 없어서, 시를 잘 짓는다 해서 노래도 짓는 것은 아니며, 노래를 짓는다고 해서 시도 짓는 것은 아니니, 노래란 시의 지극함이로다. 나라에서 오로지 문학만 숭상하고 음악은 업신여겨서, 노래가 오랫동안 전해지지 못하여 거의 없어질 지경에 이르렀다.

다행히 송곡이 이어 나와 노랫말에 심취하여 그 아름다움이 알려졌는데 무릇 긴 노래가 규범에 맞아 널리 전해졌으니 형식이 법도에 맞고 소리가 씩씩했다. 송곡은 그 뜻이 숭상할 만하고 문예에도 뛰어나며 글자와 소리에 정통하여, 자신이 지은 작품을 사람들에게 노래하도록 연습시켰다.

인하여 또 우리나라의 이름난 분들과 큰 선비들이 지은 노래, 그리고 민간의 가요들로 음률에 맞는 것 수백여 수를 수집하여, 잘못된 것은 고쳐 책 한 권을 이루었다. 나에게 글을 구해 서문으로 실어 널리 전하고자 하니 그 뜻이 근실하다. 내가 받아서 읽어 보건대 그 노랫말은 실로 모두 곱고 아름다워 즐길 만하고, 그 맛은 화평하고 즐거운 것도 있고 슬프고 처량한 것도 있다. 은미하고 완곡한즉 깨우침을 담고 있고 격하게 고조된즉 사람의 마음을 움직여, 한 시대의 성쇠와 풍속의 선악을 징험할 만하니, 노래와 표리를 이루어 함께 어울려 서로 없을 수 없는 것이 노랫말이다.

이러하므로 모가 박 공에게 전하고 박 공이 자도에 전하고 자도가 송곡에게 전하여 서로 이어 끊어지지 않았다. 이것이 이른바 시단의 일체이니,

어찌 의롭지 아니한가? 공경하는도다![161]

이 글은 별다른 제목 없이 『해동가요록』의 서문격으로 실려 있다. 여기에 따르면 송곡이란 이가 가도歌道를 이어, 여러 계층이 지은 여러 내용의 시가 작품들을 모아 가집을 편찬하였다고 하는데, 가집의 이름은 나와 있지 않고, 송곡의 정체 또한 아직까지 밝혀지지 못하고 있다.

다만 이 글에서 표현하고 있는 시가론의 내용은 역시 17세기의 표현론적 민족어시가론의 연장선상에 있음을 확인할 수 있다. 전반부의 "노래와 시는 본디 하나다."에 17세기 필기류 비평에서 보았던 이른바 "시가일도론"이 명시되어 있고, 중반부에 "격하게 고조된즉 사람의 마음을 움직여, 한 시대의 성쇠와 풍속의 선악을 징험할 만하여 과연 시와 표리를 이룰 만하"다고 한 부분에는 정서의 고양과 표현을 중시하는 표현론적 관점이 시와 가의 가치를 대등하게 보는 민족어시가론과 함께 제시되어 있다.

그런데 여기에서 본 김득신의 글은 뒤에 볼 정래교鄭來僑(1681~1759)의 <청구영언서>와 거의 같은 내용으로 되어 있어 의문을 자아내고 있다. 정래교의 서문에서는 김득신의 글에서 송곡과 관련하여 서술되어 있는

---

161) 古之歌者必用詩, 而詩之中, 無差於管絃者爲歌, 歌與詩固一道也. 自漢魏以來, 詩體累變, 故歌與詩分爲各立之後, 又有陳隋歌詞別體, 而其於世傳則不若詩歌之盛者. 此歌詞之作, 非有文章之所作聲律則不能精, 故能詩者未必有歌, 爲歌者未必有詩, 歌者詩之致乎. 國家專尙文學 而簡於音律而然也, 是故歌詞之不能久傳, 幾至於泯滅矣. 幸有松谷繼生, 癖於歌詞, 淑而聞焉, 凡長歌知規, 深得其傳, 節有法而聲有健, 其意可尙, 兼攻文藝, 精於字音, 自製篇, 使人唱習. 因又蒐取我東方名公碩士之所作, 及閭井歌謠之自中音律者數百餘闋, 正其訛謬, 搜裒成一卷. 求余文爲序, 思有以廣其傳, 其志勤矣. 余取以覽焉, 其詞固皆艶麗可翫玩, 而其旨有和平懽惟愉者, 有哀怨悽苦者. 微婉則含警, 激仰則動人, 有足以懲一代之衰盛, 驗風俗之美惡, 可與歌表裏, 並行而不相無者, 歌詞也. 是故某傳於朴公, 公傳於自道, 自道傳於松谷, 相承不絶. 此所謂詩家之一體, 豈不義乎? 欽欤! <海東歌謠錄>

부분이 김천택과 관련한 내용으로 바뀌어 있는데, 이 부분을 제외하면 정래교의 글과 김득신의 글은 거의 같은 내용이다. 그렇다면 이 중 누군가의 글은 위작이라고 볼 수 있을 텐데 이에 대해서는 뒤에서 다시 살펴보기로 한다.

다만 김득신이 시가에 조예가 있었고, 이를 바탕으로 17세기에 이루어진 가집편찬의 장에 참여하였을 가능성만큼은 충분히 있다고 보인다. 앞에서 보았듯이 김득신은 정철의 <관동별곡>에 대한 깊이 있는 비평을 남긴 바 있고, 홍만종, 정두경 등과 더불어 시가를 부르며 즐기고 논 일화를 남겨 놓기도 했다.162) 홍만종 또한 역시 앞서 보았듯이 『순오지』에 시가 관련 비평을 여럿 남겨 놓았고, 이러한 비평들은 현전하는 가집 『청구영언』에도 고스란히 수록되어 있음을 확인할 수 있다. 이러한 정황을 감안할 때 홍만종과 김득신 등이 가집을 편찬하고 이에 대한 글을 남겼을 가능성은 충분하다고 하겠다.

홍만종과 김득신의 가집 비평은 17세기에 시작된 표현론적 민족어시가론을 잘 보여 준다. 이후 시기에도 이러한 가집 비평과 앞서 본 필기류 비평은 민족어시가론을 발전시키는 데 중요한 역할을 담당하게 된다.

---

162) 각주 137) 참조.

제 6 장
민족어시가론의 중흥기

사상사적으로는 실학實學의 영향 속에 놓여 있었고 문예사적으로는 천기天機와 핍진함을 중시하는 진시론眞詩論이 풍미하던 18세기에는 시가비평에서 또한 민족어시가의 가치가 보다 적극적으로 인정되며 민족어시가론의 중흥기를 이루었다. 특히 이 시기에는 필기·총서류 및 가집류에서 비평자료가 양산되었는데, 이러한 자료들에서 국문시가의 가치 및 시가사에 대한 인식이 더욱 공고해질 수 있었다. 또한 시조의 한역이 활발해지고 그와 더불어 시조에 대한 비평이 함께 행해졌는데, 그 중에는 비평사적으로 매우 중요한 기록이 보이기도 한다.

한편 이 시기에도 문집 소재 비평은 계속되어, 전반적으로 이 시기의 고전시가 비평 자료는 다양하고 광범위한 양상을 띤다. 따라서 이 장에서는 먼저 문집 소재 자료와 한역시 관련 자료를 검토하고, 이어 필기·총서류 및 가집의 자료를 살펴봄으로써 이 시기 시가 비평의 전반적 양상을 파악하고자 한다. 비교적 앞 시대와 유사한 지향을 보여주리라 예상되는 문집 소재 기록에 대한 검토에서부터 시작하여, 보다 본격적인

민족어시가론을 표현한 필기·총서류 및 가집 소재 기록을 이어 살펴볼
것이다.

1. 시조·가사의 전개와 맥락

17세기 후반에서 18세기에 이르며 중대엽과 삭대엽 악곡은 여러 가
지로 분화하면서 다양해졌고, 18세기에는 전문적인 가객들이 시가 작품
을 정리하고 수집하여 가집歌集으로 집대성함으로써 시가문화가 난만해
졌다. 이익李瀷(1681~1763)은 『성호사설星湖僿說』에서 그의 시대에는 만대엽
은 이미 없어진 지 오래고 중대엽 또한 좋아하는 이가 적으며 사람들이
즐기는 악조는 삭대엽이라고 말하였다.[163] 또한 거문고 악보인 『신작금
보新作琴譜』(1725~1776)에는 삭대엽이 일一·이二·삼三으로 증가되어 있는
모습이 보이고, 『청구영언』 등 가집들에서는 만대엽은 없어지고 중대엽
과 삭대엽 및 삭대엽에서 분화한 농弄·락樂·편編 등의 악곡이 새로 생
겼음이 확인된다.

이 시대 악곡 발전의 중심에는 전문적인 가객歌客들이 있었다. 신분상
중인 계층이었던 것으로 짐작되는 이들 가객은 서울에 거주하는 권세
있는 양반들의 잔치자리에서 시가를 연행하고, 양반들과의 교류 속에서

---

163) 東俗歌詞, 有大葉調, 四方同然, 槪無長短之別. 其中又有慢中數三調, 此本號心方曲. 慢
者極緩, 人厭廢久, 中者差促, 亦鮮好者, 今之所通用卽大葉數調也. (우리나라 풍속에
가사歌詞로 대엽조大葉調라는 것이 있는데 모두 같은 형식으로 되어 있어서 길고
짧은 구별이 없다. 그 중에 또 만慢·중中·삭數 삼 악조가 있는데, 원래는 <심방
곡心方曲>이라 불렸다. 만조는 너무 느려서 사람들이 싫증을 내어 폐지된 지 오래
고, 중조는 조금 빠르나 또한 좋아하는 사람이 적고, 지금에 통용하는 것은 곧 대
엽의 삭조이다.) <星湖僿說 권13, 人事門, 國朝樂章>

그들의 도움을 받으며 시가문화를 꽃피웠다. 이들 가객과 그들의 문화
활동을 지원한 경화사족京華士族들의 시조 창작이 이 시기에 두드러지는
현상 중 하나이다.

예를 들어, 김천택金天澤이 편찬한 것으로 알려진 『청구영언』(珍本)은 당
대 노론 집권세력인 안동 김씨 일문과 직간접적인 연관이 있다. 『청구영
언』에 시조 작가로 나오는 일로당逸老堂, 석교石郊, 석호石湖 등의 인물들
은 김성최金盛最, 김창업金昌業, 신정하申靖夏인데, 이들은 삼연三淵 김창흡金
昌翕과 노가재老稼齋 김창업金昌業을 중심으로 활발하게 교유하였다. 또한
김창업은 <청구영언후발靑丘永言後跋>을 쓴 마악노초磨嶽老樵 이정섭李廷燮
의 고모부이며, <청구영언서靑丘永言序>를 쓴 정래교鄭來僑는 스승인 홍세
태洪世泰를 통하여 김창업 집안의 인물들과 교유하였다.[164]

18세기 중후반에는 김수장金壽長이 편찬한 『해동가요海東歌謠』가 『청구
영언』과 함께 양대 가집으로 자리매김하였다. 이러한 가집들에 등장하
는 18세기의 경화사족 시조 작가는 28명 전후이며 작품수는 240여 수
에 이른다고 한다. 특히 다수의 작품을 남긴 이로 권섭權燮(1671~1759)과
이정보李鼎輔(1693~1766)가 있는데, 각기 75수와 96수의 시조를 지었다.[165]

한편 가사 장르는 18세기 후반에 들어서야 몇몇 작품들이 가집에 편
입된 반면, 대부분의 작품들은 여전히 필사본을 중심으로 전해지고 있
었다. 그런가 하면 몇몇 주요 작품들의 목판본이 간행되기도 했는데, 이
러한 다양한 경로들을 통하여 가사 장르 또한 그 저변이 확대되었다.

18세기의 양반 사대부 가사 작가로는 권섭, 홍계영, 위세직, 김춘택,

---

164) 김용찬, 「청구영언 진본의 성격과 편찬의식」, 『어문논집』 35, 고려대학교 국어국문
학연구회, 1996 참조.
165) 남정희, 「18세기 京華士族의 시조 향유와 창작 양상에 관한 연구」, 이화여자대학교
박사학위논문, 2002, 9~10면 참조.

곽시징, 남도진 등 지명씨가 56인, <백화당가>, <금강별곡>, <마천별
곡> 등을 지은 일명씨가 3인으로 총 59인이 알려져 있고, 그 외 전의
이씨와 연안 이씨 등 부녀 2인, <송여승가>를 지은 남철, <선정가>를
지은 고령진민, <갑산가>를 지은 갑산민 등 평민이 3인, 그리고 승려인
지형 등 다양한 계층의 작가가 있다.[166]

2. 문집 비평의 전개

이 시기에는 앞 시대 작가들의 개인문집이 후손들에 의해 발간되는
일이 잦아져, 앞 시대 시가 작품들에 대한 비평이 다수 이루어졌다. 또
한 한편으로는 이 시기 시가 작가들이 스스로 남긴 자서自序도 존재한다.
여기에서는 이러한 두 경우로 나누어 문집 소재 시가 비평의 모습을 살
펴보기로 한다.

1) 전대 시가에 대한 비평

전 시대의 작품에 대한 비평으로는 강복중姜復中(1563~1639), 정훈鄭勳
(1563~1640), 이신의李愼儀(1551~1627) 등 17세기 문인들에 대한 것이 있다.
이러한 비평들은 작품이 지닌 우국憂國의 주제와 작가의 강직하고 충의
한 성품에 대해 주로 논의하는 특징을 보인다. 이는 앞 시기에 송강가사
에 대해 행해진 비평들과 유사한 형태라고 할 수 있다. 이미 보았듯이

---

166) 윤덕진, 「18세기 가사의 연구 試論」, 『애산학보』 14, 애산학회, 1993, 63면 참조.

17세기의 김상헌, 이선, 김만중 등은 16세기의 송강가사를 연군문학의
정전正典으로서 고평하였는데, 17세기의 강복중, 정훈, 이신의 등 여러
작가의 시가문학에 대한 18세기의 비평 또한 작가의 인품과 작품의 주
제적 측면에 대한 경모 속에서 이루어진다.

먼저 강복중의 작품에 대한 다음의 글들을 본다.

서대선, 〈가사후서歌詞後敍〉

내가 젊었을 때 청계공에 대해 익히 들어 알고 있었는데, 우리 선조 소
호공(徐龍甲)과 뜻이 같고 도가 합하여 정의가 도타우셨다. 그래서 매번 공
의 유사를 열람하고자 하였으나 겨를이 없었다. 다행히 신미년(1691) 겨울
에 공의 유사 일편을 읽으니 공의 충성과 효성, 독실한 행동이 원래 그러
하여 백세의 사표가 됨을 알았으니 그 누가 흠모하지 않으리오? 아아! 공
의 충효로운 자질로도 마침내 성군의 큰 쓰임을 받지 못하여 임천에 자취
를 감추고 허망하게 한탄하며 세상을 마쳤도다. 이는 기자께서 거짓 미친
체한 뜻과 흡사하니, 어찌 공의 진심이었겠는가? 오로지 그 노랫말만은 충
효에서 나오지 않음이 없어서 당시 이름난 여러 인물들이 공경하고 중히
여겼다. 그러나 지금에 이르기까지 판각에 부쳐 오래토록 전하게 하지 못한
것이 또한 크게 부족한 점이다. 다만 원하노니 공의 후손들이 더욱 열심히
노력하여 청계의 맑은 근원이 깊은 대해로 능히 나가 그 덕을 실추시키지
않게 한다면 어찌 아름답지 않으리오? 부여 후인 서대선 삼가 쓰다.[167]

---

167) 余自弱冠, 熟聞淸溪公, 與我先祖蘇湖公, 志同道合, 而有相救之誼也, 故每欲奉閱公之
遺事, 而未暇矣. 幸得歲在辛未之冬, 如讀公遺事一篇, 則可知公之誠孝篤行有自來, 而
爲百世之矜式, 孰不欽慕也? 嗚呼! 以公之忠孝之資, 竟未蒙聖朝之大爲展用, 晦跡於林
泉之間, 以妄自號而終世焉. 斯與箕聖佯狂之意相似, 而豈其公之實情也? 惟其歌詞, 無
非出於忠孝, 而當時各流, 多以敬重焉. 然迄今, 未付於鋟梓而壽其傳者, 亦一大欠事也.
惟願公之雲孫, 倍加勉施, 庶幾有以淸溪淡淡之源, 能就乎大海洋洋之深, 而勿墜厥德,
豈不美哉? 扶餘后人徐大善, 謹敍. 〈淸溪公歌詞〉

강황, 〈가사후歌詞後〉

이상은 청계공이 평소에 영탄하며 부르던 가사이다. 충효의 마음이 가
사의 뜻에 그대로 나타나 있고, 당세의 일을 바르게 의론하지 않은 바 없
으니, 진실로 자손의 보배이나 오직 힘이 모자라 아직 간행하지 못하였다.
다만 이 필사본은 세월이 오래되어 닳아서 행이 끊기고 글자가 틀려 감히
마음대로 해석할 수가 없다. 끝에 붙인 시와 서찰에도 또한 의심나는 뜻이
많으니 통탄할 일이다. 불초후손이 공의 가사가 전하여지지 않을 것을 두
려워하여 이미 있는 본에 바탕해 베껴, 훗날 박식한 이가 가려 주기를 기
다린다. 불초한 현손 황이 삼가 쓰다.168)

강복중은 충청도 은진 태생으로 벼슬은 참봉에 그쳤으며 평생 처사의
삶을 살았다. 그는 이귀, 이정구 등 서인계 인사들과 교류하였으며 인조
반정 때는 <계해반정가癸亥反正歌>를 지었는데, 이로 보아 서인 당파와
정치적 의견을 같이 했음을 알 수 있다. 그의 시가 작품은 『청계공가사
淸溪公歌詞』와 『수월정청흥가첩水月亭淸興歌帖』에 남아 있다. 『청계공가사』에
는 그의 시조 작품 65수와 가사 <위군위친통곡가爲君爲親痛哭歌> 및 <분
산회복사은가墳山恢復謝恩歌> 등이 실려 있으며, 위의 인용문들 또한 이
책에 실려 있다.169)

<가사후서>는 소호공 서용갑徐龍甲의 후손 서대선徐大善이 쓴 것이다.
서용갑은 만죽萬竹 서익徐益(1542~1587)의 장자인데, 강복중과 각별한 사이
였던 것으로 알려져 있다. 한편 <가사후>는 강복중의 현손 강황姜璜이
쓴 것이다. 이 글 말미의 기록으로 보아 『청계공가사』를 편찬한 이는 바

---

168) 右我淸溪公, 平日詠歎之詞也. 其忠孝之心, 發於辭義, 當世之事, 莫不正論, 實子孫之寶
玩, 而惟以力綿, 未克刊行. 只此本謄, 年久頹廢, 行斷字訛, 不敢强解, 至於附末詩若札,
亦多疑義, 是可痛歎. 不佞恐其全然泯沒, 依本繕寫, 以俟後之博識者採摭焉. 不肖玄孫
璜, 謹書. <위의 책>
169) 강전섭,「淸溪歌詞中의 短歌 86首에 對하여」, 『어문학』 19, 1970, 123~126면 참조.

로 이 강황임을 알 수 있다.

<가사후서> 및 <가사후>에서는 모두 강복중 시가에 나타나 충성심과 효성심을 기리고 있다. 『청계공가사』에 실린 그의 가사들, 즉 <위군위친통곡가>와 <분산회복사은가> 등은 병자호란 이후 나라를 걱정하고 가문을 지키려는 생각을 담은 것으로, 국난에 비분강개하는 선비의 마음을 표현한 것이다. 또 61세 때 인조반정이 일어나자 지은 <계해반정가癸亥反正歌> 6수 역시 현실참여적인 내용을 띠고 있다. 이러한 충의의 주제의식에 대한 고평으로 청계가사에 대한 비평은 이루어져 있다.

한편 수남방옹水南放翁 정훈 또한 현실참여적인 시가 작품들을 여럿 지었다. 강복중과 유사하게 향촌에 묻혀 산 선비였던 그는 강직한 성품을 지녀서, 1624년(인조 2) 이괄李适의 난 때에는 61세의 노령에 의병을 모아 출전하였고, 정묘호란과 병자호란 때는 아들을 대신 출정시켰다고 한다. 시국과 세태를 걱정하는 이러한 마음을 담은 것이 <성주중흥가聖主中興歌>와 같은 가사와, <계해반정후계공신가癸亥反正後戒功臣歌>·<탄오성한음완평찬적가歎鰲城漢陰完平竄謫歌>·<탄강도함몰대가출성가歎江都陷沒大駕出城歌>·<탄북인작변가歎北人作變歌>·<민여임청백찬가閔汝任淸白讚歌> 등의 시조작품들이다. 이러한 그의 시가 작품의 경향성을 다음의 글들은 잘 보여 준다.

박필주,〈방옹유고서放翁遺稿序〉

『시경』의 시 삼백 편은 오래되어, 그 가운데 풍風으로 분류되는 것들이 어떻게 형성된 것이지는 따져보기 어렵다. 그 시작은 평범한 남녀들이 각기 그 정을 말한 것을 읊은 것이어서 얕고 속될 뿐이지만, 선생께서 시속에서 좋아하고 미워하는 바를 상고하신 까닭은 나쁜 것은 거르고 좋은 것을 취하기 위해서이다. 공자께서 『시경』을 산술하심에 이르러서는 풍風을 아雅·송頌과 함께 아울러 경전을 이루셨으니, 가르침이 끝이 없어 천지와 같이 무궁하다. 그러니 요즘의 이른바 가요라는 것들도 어찌 얕잡아만 보 겠는가? 다만 취사선택함이 없을까봐 걱정할 뿐이다.

내가 수남방옹 정공께서 지은 가사를 읽음에 무릎을 두드리며 감탄하기 를 금치 못하였다. 대개 공의 천성이 순효하여 서진의 왕상도 오히려 부족 함이 많았다. 그 마음을 옮겨 은혜롭게 하였으며 나라 걱정하기를 집안 걱 정하는 것처럼 하여, 초야의 한미한 선비지만 정성스럽게 언제나 왕실을 걱정하였다. 사물에 접하고 느끼어 기쁘고 놀라운 마음을 오로지 가사로 만들어 긴 노래와 짧은 노래로 불러 각기 그 정취를 다하였다. 광해가 폐 모했을 때와 인조께서 성을 나서실 때 부른 가사는 더욱 무한히 통분하고 강개하니 소위 일 편 중에 세 번 그 뜻을 다한다는 것과 비슷하다. 지금 그것을 들으면 오히려 흐느껴도 다함이 없는 슬픔이 있으니, 그 마음이 천 리와 백성, 모자와 군신, 대륜과 대법이 있는 곳과 합하여서 곡진히 슬퍼 함이 실로 자기를 용납하지 못함을 본다. 그러므로 국가에 변고가 있으면 문득 걱정하고 분노하기를 격렬히 하여 이를 노래로 지어 드러내어 스스 로 그치지 못하였다. 이와 같으니, 만일 성군께서 순행하시는 것을 만났다 면 반드시 그것을 깊이 새기어 지극한 귀감으로 삼아 사람들로 하여금 조 석으로 읊게 하여 그 옆을 떠나지 않았을 것이니, 다만 구경만 하고 말지 는 않았을 것이다.

그러나 지금에 다만 자손이 되어 상자 안에 공의 가사를 사사로이 넣어 놓아 거의 사라지고 잊힐 지경이 되었다. 아아, 선비가 후세에 살아 있음 이 어찌 불행한 일이리오? 공의 저술이 흩어져 다 사라질 지경이 되었고 단지 시가 수십 수 외에 시문 약간 편이 남아 있으니, 그 문장의 높음이 또한 대개 저절로 드러난다. 그러나 그 양이 너무 적어 공께서 쌓으신 바 를 보기엔 부족하기에, 내가 그 이른바 가사에 대해 특히 위와 같이 품평 을 하여 후인들이 공을 알 수 있도록 하였다. 기유년(1729) 4월 반남 박필 주(1665~1748) 쓰다.170)

---

170) 三百篇之詩尙矣, 無可議爲就中風之爲風. 其始不過爲里巷男女, 各言其情之作, 則是直 淺俚耳, 而先生所以考俗尙美惡者, 不於他而必於此焉. 至吾夫子之刪述, 則又與雅頌並 爲一經, 垂敎無極, 與天地相爲終始. 然則今世所謂歌謠之類, 其可以少視之也哉? 特患 其無采擇而去取者耳. 余讀水南放翁鄭公勳所作歌辭, 而不勝其擊節嗟歎焉. 蓋翁天性純

  강복중의 시가가 그랬듯이, 임진왜란과 병자호란이라는 큰 전란과 대비의 폐위라는 17세기의 혼란상을 정훈의 시가 또한 담고 있다. 그렇기에 그 시가 역시 강개하고 통분한 마음을 담아내며 강한 정서적 표출을 지향했다. 윗글을 쓴 박필주 또한 정훈의 효성과 충성심, 그리고 의기에 찬 시가의 내용 및 그 정서적 효과를 서술하였다.

  특히 박필주는 후세 사람들이 정훈의 인물됨과 그의 시가가 지닌 가치를 알 수 있도록 하기 위해 이와 같은 품평을 남긴다고 글의 말미에 밝혀 놓아 눈길을 끈다. 작가와 작품의 가치를 드러내고 알리고자 하는 이러한 비평의식은 앞 시기에 송강가사에 대한 비평에서부터 보인 것인데, 이러한 작업이 18세기에는 다른 작가와 작품들로 확대된 양상을 이에 보게 된다. 작가의 충효의식, 작품에 표현된 의기, 그리고 그것이 자아내는 격한 감동 등 강복중과 정훈 시가에 대한 비평은 앞 시기의 송강가사 비평과 유사하게 이어지고 있다.

  이러한 경향을 보여주는 또 다른 예로 석탄石灘 이신의의 시가에 대한 비평이 있다. 이신의는 민순閔純(1519~1591)의 문인으로, 광주목사·남원부사·홍주목사·해주목사 등을 역임하였다. 광해군의 폭정에 항소하다가 1618년에 회령으로 유배되어 위리안치되었지만, 1623년 인조반정으로

  孝, 西晉王祥有不足多者. 移之爲惠, 憂國如家, 以草野茸布之士, 而惓惓然, 無一念不在王室. 感事觸物, 凡其可喜可愕, 一於歌辭乎發之長唱短謠, 各極其趣. 至於光海廢母, 與仁廟出城時所歌之辭, 尤無限痛慨, 庶幾哉所謂一篇之中, 三致志焉者. 而至今聽之, 猶余猶有不盡之悲, 由其心晻然於天理民彝, 母子君臣, 大倫大法之所在, 繾綣惻怛, 實有以見其不容己者. 故於國家變故之際, 輒患憤激烈, 造次見於詠歌, 而不能自止也. 如此, 使遇聖王之巡狩, 則其必深取之, 以爲至鑑, 使人朝夕諷誦, 不離其側, 蓋不特陳和觀之而已也. 而今直爲子孫, 篋笥中私藏, 幾於煙沒而無聞. 嗚呼! 士之生於後世者, 一何其不幸也? 翁之所著述, 散逸殆盡, 只歌詞數十首外, 又有律絶若干篇, 其文章之高, 亦自槩見, 而以其至尠, 不足以苟翁所蘊, 故余特就其所謂歌辭者, 而評品之如右, 以竢後之知翁者云. 歲舍己酉陽月之下沉, 潘南朴弼周序. <水南放翁遺稿>

복권하여 형조참의·광주목사·형조참판을 지냈다. 사후 이조판서에 추증되었고, 고양의 문봉서원文峰書院, 괴산의 화암서원花巖書院에 제향되었으며, 시호는 문정文貞이다. 그의 문집『석탄집』에는 연시조인 <사우가四友歌>와 관련된 서발문이 수록되어 있는데, 이 서발문들은 이신의의 작품이 그의 유배시절에 지어진 것으로, 작가의 강직한 충정과 어지러운 세상에 대한 우의의 뜻을 지니고 있음을 강조하였다. 다음에 이를 살펴본다.

이의철, 〈석탄이선생사우가후石灘李先生四友歌後〉

석탄 이문정공의 이른바 <사우가>란 것이 남아 있는데, 그것을 내가 얻어서 읽어 보고 탄식하기를, "군자의 뜻을 사물에 부쳐 시가에 드러내니, 이로써 성정의 바름을 가히 알겠도다."라 하였다. 때는 세상의 정치가 어지럽고 이치가 쇠미하였다. 문정공께서 영표로 귀양 가 송松·죽竹·매梅·국菊의 네 가지를 취해 "사우四友"라 이름하고 노래를 지어 뜻을 부치셨다. 이때는 공이 충의대절로 혼탁한 조정에서 죄를 얻어 적소로 유배되어 북에서 남으로 수천 리를 다니던 때이나, 공의 뜻과 기상은 의연하여 조금도 굽힘이 없었다. 어찌 소위 송백의 곧음이 추운 겨울이 닥친 이후 늦게야 시듦이 아니겠는가? 기운와 정기를 받은 물상도 바람과 서리, 벼락으로부터 자신을 보전할 줄 알거든, 하물며 군자의 학문이 강건 정직하여 의리에 편안하고 곤궁함에도 형통한 것이야 더 말할 것이 있겠는가? 공이 사우에서 그 뜻을 취한 것은 진실로 연원이 있는 것이요, 공께서 불행한 세상을 만났음을 또한 가히 볼 수 있다.

내가 듣기로는 나라의 옛 제도에 각도의 관찰사가 현을 순행할 때마다 민요를 채집하여 조정에 바쳤다고 한다. 그러나 임진란 이후로는 폐지되어, 이 노래(사우가) 또한 악관에 들지도 못하였고, 하물며 초야의 사이에 묻혀 학사 대부가 능히 아는 자가 드무니 애석한 일이로다. 이제 공의 후손 상규가 이름난 화가를 구하여 도본을 그리고 노래를 아래에 적어 나에게 서문을 청하였다. 내가 이미 선현의 업적을 중하게 여기고 그때의 세상

을 슬퍼하여 드디어 그 후서를 이와 같이 쓰노라. 기사년(1749) 팔월 후학
한주 이의철 삼가 쓰다.[171]

김시찬, 〈석탄이선생사우가후〉

내가 석탄 이 선생이 적소에서 지은 〈사우가〉를 보니 모두 나무들의
꿋꿋한 절개와 맑은 [지조]를 취하여 장을 이루어 뜻을 부쳤으니 그 뜻이
심원하고 음조 또한 맑고 빼어나니, 이 어찌 굴원이 말한바 "뜻이 맞아 향
기로운 사물을 칭한다."라고 한 것이 아니겠는가? 비록 그러하나, 공이 어
지러운 조정에서 절개를 지켜 진실로 사람들이 주목한 바였고, 계해년에
이르러서는 곧은 기개를 펴고 더욱 늠름히 변고를 피하였으며, 바른 길을
조금이나마 돕기를 늙은 잣나무가 불에 타 곧 죽을 것 같으면서도 우뚝하게
서 있는 것처럼 하였으니, 사우의 도움에서 얻은 것이 이에 이르러 더욱 징
험이 있다 하겠다. 이 더욱 은근히 드러나지 않을 수 없으며 지란의 징험이
없을 수 없는 것이다. 경진년(1760) 한식에 후학 안동 김시찬 쓰다.[172]

---

171) 有以石灘李文貞公, 所爲四友歌遺余者, 余受而讀之, 歎曰: "君子之志寓於物而發之歌詩,
可以見性情之正." 時世治亂之形, 其理亦微矣. 文貞公之遷於嶺表也, 取於松竹梅菊, 目
之爲四友, 作歌以寄意焉. 當是時, 公以忠義大節, 得罪於昏朝, 放謫流離, 自北而南逾數
千里, 而公之志氣, 毅然不少挫焉. 豈非所謂松栢之貞, 歲寒而後凋者歟? 夫物之受氣精
者, 猶能自保於風霜震伐之餘, 況於君子之學, 剛健正直, 安於義命, 處困而亨者哉? 公之
有取於四友, 其意固有自, 而其所遇時世之不幸, 又可見也. 余聞國家舊制, 諸道觀察使,
每出行縣, 采民謠而獻于朝. 自壬辰之難而始廢, 故是歌也不列於樂官, 而況泯於草野之
間, 學士大夫, 鮮有能道之者, 亦可惜也. 今其後孫相奎者, 乃求名畫, 寫以爲圖, 編其歌
於下, 請余爲序. 余旣重先賢之蹟而悲其世, 遂書其後如此. 己巳八月日, 後學漢州李宜
哲, 謹書. 〈石灘先生文集追附〉

172) 余觀石灘李先生, 謫中所作四友歌, 皆取奔木之有苦節淸○者, 而成章寄意, 深而遠, 音
調淸而逸. 豈非屈左徒所謂其志契, 故其稱物芳者歟? 雖然, 公之守節昏朝, 固是塗人耳
目者, 而至於癸亥, 一疏直爽, 尤凜凜不以更歷變故, 而少違正如老栢, 焚○之餘, 生意殆
盡, 而屹然不僵, 其有得於四友之助者, 於是乎益驗. 此尤不可不幽顯而蘭徵者也. 庚辰
之寒食, 後學安東金時粲書. 〈위의 책〉

이익, 〈사우첩발四友帖跋〉

굴원이 쫓겨나고 나서 〈이소〉를 지었는데, 향기로운 것들을 가져다 표현하여 난초, 전초荃草(창포의 일종), 균계菌桂(계수나무의 일종)와 같은 것들이 열거되지 않은 것이 없지만, 혹자는 그래도 부족하다고 여겼다. 내가 "찬영餐英"과 "관예貫薫"의 구절173)을 읽고 나서, 그 향초들의 화려한 때를 버리고 유독 떨어지고 초췌해진 다음의 상태를 취한 것은 무엇 때문인지 의문을 가졌다. 만약 버림받는 상황을 당한다면 원망하고 비방하는 마음을 숨기기 어려웠을 것이다. 이를 통해 미루어 본다면, 그의 마음이 일찍이 당대를 걱정하지 않은 적이 없어 혹 곧은 도로 나아가기를 바란 것일 것이다. 그렇기에 꽃이 화사하면 세상에 아첨한다는 혐의를 받을 것이요, 기운이 위로 오르지 않는다면 향기는 멀리 가지 못할 것이라. 싣지 않았다고 해서 이 밖에 다른 것이 없는 것은 아니다.

들으니 석탄 이공은 처음에 육행六行(孝·友·睦·婣·任·恤)으로 벼슬에 천거되었고 조정에서 세 번이나 부른 뒤에야 마지못해 나아갔으며, 그 후 일곱 차례 지방관에 제수되었으나 그 역시 대부분 부임하지 않았다. 임진왜란이 일어나자 의병을 모아 달려갔으며, 조정의 논의가 어그러지자 상소를 올려 과감히 진언하여, 남북으로 유배 다니며 6년간을 위리안치되었지만 자신의 행동을 후회하지 않았다. 그 후 성세盛世를 만나 높은 관직에 올랐으나 이는 평소의 뜻이 아니었다. 비록 난리를 만나 용맹을 떨쳤지만 일이 끝나고 나서는 곧바로 물러났으니, 마치 활을 강하게 당겼다가도 화살을 쏘고 나면 다시 풀어지듯 하였고, 산 위의 물을 억지로 끌어올리지 않으면 아래로 내려가는 것과도 같았다.

곤경에 처했을 때나 형통할 때나 평생 꽃과 나무에 정을 붙여 사우四友의 모임을 결성하였다. 국화와 매화는 날씨가 추워져도 굴하지 않는 꿋꿋함을 취한 것이요, 소나무와 대나무는 그 시들지 않음을 취한 것이니, 실로 〈이소〉의 뒤에 나와 거기서 빠진 것들을 다룬 것이다. 이것은 마치 상반된 것처럼 보이지만 그 뜻만은 시대를 넘어 공감한 것이니 선학에게 누

---

173) 굴원이 지은 〈離騷〉의 다음 두 구절을 말한다. "貫薜荔之落蕊"(당귀의 떨어지는 꽃술을 꿴다.); "夕餐秋菊之落英"(저녁에는 가을 국화의 떨어지는 꽃잎 먹는다.)

를 끼친 것은 아니다. 이미 또 우리말 노래도 지었는데 시운詩韻이 마음과
잘 맞는 율조였다. 거문고 매만지며 곡조를 타니 즐거워서 근심을 잊었는
데, 이는 시의 체제로 본다면 흥興이면서 부賦이다.

　내가 지난번에 송악松岳 아래를 지나다가 화담사花潭祠를 배알하였는데,
행촌杏村 민순閔純(1519~1591)을 제향하고 있었다. 공은 행촌의 고제자라,
행촌이 별도로 서원에 제향됨에 이르러 공도 추가로 배향되었으니, 그 학
맥의 연원이 같은바, 절개를 지키며 스스로 만족하며 사는 것을 진정 전수
하였음은 속일 수가 없는 것이다. 지금 오세손 상규 씨가 그 노래를 기록
하여 가첩을 만들어 솜씨 있는 화가에게 각 사물을 그리도록 부탁하여 천
리 길을 싸들고 와서 나에게 한 마디 해 줄 것을 청했다. 의리상 감히 사
양할 수가 없어서 드디어 이 글을 써서 돌려보내드린다.174)

　앞의 두 글은 『석탄집』에 수록된 글들이고, 마지막 글은 성호 이익의
문집에 실려 있는 것이다. 특히 이의철과 이익이 쓴 처음과 마지막 글은
<사우가>를 지은 이신의의 5세손 상규가 "사우四友", 즉 송松·죽竹·매
梅·국菊의 네 가지 사물을 화가에게 그리게 하여 『사우첩』을 만들고,
이에 대한 글을 지어주기를 당대의 문사들에게 부탁하여 이루어진 것으
로 보인다.

---

174) 屈子放逐離騷作. 其用物芳馨, 蘭荃菌桂之屬, 無不搜羅, 說者猶有遺憾在. 余讀餐英貫
　　蘂之句, 舍其華盛, 獨有取於摧落憔瘁之餘何哉? 抑遭罹廢棄, 怨誹難拚也. 因是推之,
　　其心未嘗不在當世, 或庶幾以直道進. 故花有明黷則嫌於媚世, 氣無昇霏則香不遠聞. 皆
　　所不載, 非外此無物也. 吾聞石灘李公, 始以六行薦達, 三徵然後勉就, 後七拜郡邑, 亦多
　　不起. 國有寇亂, 集義旅赴之, 廷論稅喪, 抗章敢言, 南北遷謫, 六年圍籬而不悔. 後値昌
　　辰, 位至卿月, 非素志也. 雖遇難奮勇, 事已則退, 如弓之挽强, 矢發便休, 水之在山, 不
　　引則下. 其平生困亨坎通, 必寅懷花木, 結四友之社. 菊梅取其傲寒, 松竹取其不凋, 實後
　　離騷而拾其遺. 事若相反, 意在曠感, 不害爲善學也. 旣又作爲諺歌, 韻叶心方之調. 撫琴
　　動操, 樂焉而忘憂, 興而賦也. 余昔過松岳之下, 謁花潭祠, 閔杏村實餟食. 公杏村之高等
　　弟子也, 及杏村別有礬宗之享, 公又追配. 其一脈淵源, 以守貞自得爲眞傳, 不可誣也. 今
　　其五世孫相奎氏錄其歌爲帖, 倩畫廚高手各繪其物, 千里封緘, 求一語爲識. 義有不敢辭,
　　遂書此而還之. <성호전집 권56, 題跋>

첫 번째 글을 쓴 이의철李宜哲(1703~1778)은 좌랑佐郎을 지낸 세운世運의 아들로, 영조英祖 때 대제학大提學을 지낸 인물이다. 두 번째 글을 쓴 김시찬金時粲(1700~1766)은 김상용의 현손으로 벼슬은 대사간大司諫에 이르렀다. 마지막으로 세 번째 글을 쓴 사람은 성호 이익인데, 이 글을 쓴 때는 그의 나이 75세의 고령이던 때다.175)

이상규는 선조의 시가를 거두어 가첩으로 만들면서 계파와 관계없이 당대의 유명한 문사들에게 글을 부탁했던 것으로 보인다. 이신의 자신은 남인계였으나 당파를 가르는 행태에 대해서는 비판적 시각을 지니고 있었다고 한다. 이러한 이신의의 인물됨과 작품에 대한 평가에 있어 위의 세 글은 공통적으로 그의 강건한 기개와 초연한 생활태도를 높게 평가하고 있다. 나라에 변고가 있을 때는 용감하게 나아가 싸우다가도 평시에는 관직에 연연하기보다는 안빈낙도하며 고결히 살았던 작가의 삶의 모습을 예찬하고 있는 것이다.

또 뒤의 두 편의 글들은 모두 굴원의 <이소>와 작품을 비교하고 있는 것이 눈에 띈다. 특히 지조와 절개라는 작가의 인물됨뿐 아니라 식물에 자신의 뜻을 우의하는 작품의 표현기법과 관련해서도 이 글들은 주목하고 있다. 김시찬은 두 작품 다 향기로운 식물로 주제를 우의했다는 점에서 두 작품 간 공통점을 들었다면, 이익은 작품에서 표현한 식물의 종류와 상태는 달라도 지조의 주제의식만은 상통하는 것이라며 더 자세한 비교를 하여 눈길을 끈다.

지금까지 17세기 전반의 문인들인 강복중과 정훈, 이신의 등의 시가

---

175) 『성호전집』 권30에 <答李斯文相奎○乙亥>(이 사문 상규에게 답함)가 있는데, 이 글에서 이익은 <사우첩발>을 쓰게 된 상황을 설명하고 있다. 이에 따르면 이 편지와 <사우첩발>을 함께 이상규에게 보낸 것으로 보이는데, 이 편지가 작성된 때가 을해년(1755)이다.

에 대해 18세기에 이루어진 비평들을 살펴보았다. 대체로 16세기 중반에서 17세기 중반까지 생몰연대가 걸쳐 있는 이 작가들의 시가 문학은 공통적으로 임진왜란과 병자호란, 또 인목대비 폐위 사건 등의 내우외환을 배경으로 하여 충의와 지조의 주제를 표현하였다. 이 중에도 병자호란을 겪은 강복중과 정훈의 작품에는 강개한 의분이 더 잘 드러나 있고, 이러한 작품세계가 일으키는 강렬한 감정의 표현과 승화에 이 작품들에 대한 비평의 초점이 맞추어져 있음을 보았다. 한편 이신의의 경우에는 굴원의 <이소>에 작품의 주제의식과 표현기법이 비견되기도 하였다.

이처럼 충의의 주제의식과 강렬한 정서적 표현에 대한 고평, 그리고 굴원 문학과의 비교 등은 앞 시대에 송강가사에 대해 행해진 비평과 유사한 모습을 보인다. 그런 면에서 17세기의 송강가사 비평은 현실참여적이고 표현론적인 측면을 중시하는 17~18세기의 비평사적 흐름에서 그 선두에 놓인다고 할 수 있다.

2) 당대 시가에 대한 자서

전대 시가에 대한 비평이 정철 시가와 그 비평의 영향을 보인다면, 당대 시가에 대한 자서에서는 이현보의 <어부가>와 이황의 <도산십이곡>, 그리고 이이의 <고산구곡가> 등의 영향을 보여 준다. 이 절에서는 옥소玉所 권섭權燮(1671~1759)의 <황강구곡가黃江九曲歌> 관련 글과 병와瓶窩 이형상李衡祥(1653~1733)의 <성고구곡城皐九曲>(일명 傖父詞) 서문을 살펴볼 것인데, 이 글들에서는 이현보와 이황, 이이의 시가 작품이 지닌 우수성을 전제로 하여 자신들의 시가에 대해서도 자긍심을 표현함을 볼 수 있다. 특히 이형상의 경우 이러한 자긍심은 국문시가 일반에 대한 긍정과도 연결되어 주목된다. 다음에서 권섭과 이형상의 경우를 차례로 살펴보기로 한다.

권섭은 일찍 아버지를 여의고 큰아버지 권상하權尙夏(1641~1721) 슬하에서 수학했으며, 영의정을 지낸 이의현李宜顯(1669~1745)이 그의 외숙이다. 숙종조 기사환국己巳換局(1689) 당시 송시열宋時烈과 서인의 주요 인물들이 사사賜死당하고 유배되는 일을 겪은 후 관직의 뜻을 접고 평생 명승지를 찾아 유람하며 문필 활동을 하였다. 국문시가로 시조 75수와 <영삼별곡寧三別曲>(1704) 및 <도통가道統歌> 등 가사 2편을 남겼다. 시조에서는 특히 연시조 <황강구곡가>가 이이의 <고산구곡가>를 계승하는 작품으로 평가되는데, 그에 대해 권섭은 다음과 같은 글을 남겼다.

권섭, 〈서황강구곡도후書黃江九曲圖後〉

수는 1에서 시작하여 9에서 끝난다. 9는 뛰어난 덕을 나타내는 수이다. 예로부터 성현의 거처는 반드시 구곡九曲으로써 이름을 지었으니, 율곡의 고산구곡, 우암 송시열의 화양구곡, 곡운 김수증(1624~1701)의 곡운구곡과 같은 경우는 근원에까지 가서 그쳤고, 주자의 무이구곡 같은 경우는 경치가 가장 뛰어난 곳에서 그쳤으며, 퇴계의 <도산십이곡>은 다하지 않을 수 없는 데서 그쳤으니, 그래서 9라는 숫자에 구애받지 않았던 것이다.

우리 백부 한수재寒水齋 선생(권상하)의 황강 주변 거처는 한 줄기 긴 강이 먼 곳에서 발원하고, 물이 넘실넘실 흘러 그 구비를 이루 다 셀 수가 없다. 그래서 대암에서 구담에 이르기까지 다른 데서 승경을 빌리지 않고 아홉 구비가 된 것을 기뻐할 뿐이다. …(중략)…

슬프다. 선생께서 살아 계실 때는 거문고 타고 글 읽는 소리가 넘치더니, 선생이 돌아가신 후에는 바람과 연기만 적막하여, 고개를 젖혔다 떨궜다 눈물만 흐르나니 소자의 마음이 어떻겠는가? 이에 어린 손자 신응을 직접 데리고 와 <황강구곡도>를 그리게 하였으니, 겸재 정선의 이름난 화풍을 빌려 베끼게 하고, 그 아래와 위에 이 글을 쓰고 위에는 또 스스로 가시歌詩(시조 황강구곡가)를 지어 베꼈으니, 무이武夷와 고산高山의 족자와 나란히 쌍벽에 걸고, 날마다 "추월조한수秋月照寒水"[176]의 구절을 읊조린다.[177]

윗글에서 보이듯 <황강구곡가>는 권섭이 백부이자 스승인 권상하를 추모하는 정에서 지은 것이다. 여기서 권섭은 스승의 인품과 그 거처의 훌륭함을 율곡으로부터 주자에 이르기까지 거론하며 피력하고, 말미에서는 율곡의 고산구곡과 주자의 무이구곡을 스승의 황강구곡과 나란히 놓으며 자부심을 느낀다. 이때 황강구곡을 그린 족자에는 자신이 지은 시조 <황강구곡가>도 베껴 써 놓은 것인데, 결과적으로 <황강구곡가>의 의미 또한 율곡의 <고산구곡가>나 주자의 <무이구곡시>와 같은 반열에 놓이게 된다.

이처럼 윗글은 권섭이 스승인 권상하에 대해, 그의 거처였던 황강구곡에 대해, 또 이를 형상화한 그림과 시가에 대해 가지고 있었던 자긍심을 드러내고 있다. 작가에 대한 존경이 작품에 대한 존경과 국문시가 일반에 대한 인정으로 이어지는 것은 17세기의 송강가사 비평에서부터 형성되었음을 앞에서 보았는데, 이러한 흐름이 18세기에 들어와서는 더 확장되고 본격화된다. 다음에서 이를 <어부사> 형식의 연장체 시가

---

176) 주자의 <齋居感興二十首> 중 제10수에 "恭惟千載心, 秋月照寒水."(천 년의 마음을 공손히 생각하니, 가을 달이 찬 물에 비치도다.)라는 구절이 있다. <朱子大全 卷4>

177) 數始於一而窮於九, 九者龍德之數也. 從古聖賢之居, 必皆以九曲名, 如栗翁之高山九曲. 尤翁之華陽九曲, 雲翁之谷雲九曲, 窮其源而止, 如朱子之武夷九曲, 窮盡勝處而止, 退翁之陶山十二曲, 不可勝未盡而止, 故亦不拘於九數矣. 卽我伯父寒水先生, 黃江之居, 則一道長江, 發源遙遙, 流神混混, 其曲不可一勝數, 故始於對巖, 而止於龜潭, 不假勝於他境, 而喜其曲之爲九耳. … 嗚呼! 先生之存, 絃誦洋洋, 先生之沒, 風烟廖廖, 涕淚俯仰, 小子爲何心? 乃手携面命於稚孫, 信應寫出黃江九曲圖, 借謙齋鄭敾名手筆而傳摹之, 書此文於下方而上頭又自作歌詩而寫之. 與武夷高山之簇, 對掛之於雙壁, 日詠秋月照寒水之句. <玉所稿, 玉所藏岙>

<성고구곡>에 대한 병와 이형상의 자서를 통해 살펴본다.

이형상, 〈성고구곡병서城皋九曲並序〉

상론하는 이들은 모두 다음과 같이 말한다. "동방에는 아악이 없고 육현금(거문고)은 예스럽지 못하다. 그 평조·우조·계면조 등의 악조와 <심방곡>·<북전>·<감군은>·<여민락>·<보허자> 등의 곡들은 소리가 잡스럽고 곱기만 하여 본디 신명과 통하지 못한다. 또, <한림별곡>·<쌍화점>·<정과정>과 같은 것은 문인들에게서 나온 것인데 방자하니 어찌 금琴에 맞춰 부를 수 있겠는가?" 생각해 보건대, 우리나라는 중원의 밖이라 풍토와 기질이 달라서, 좁고 치우친 땅에 말소리가 이미 다양하지 못하다. 그래서 이규보(1168~1241)나 최립(1539~1612) 같은 이들의 박학함으로도 악부를 조화롭게 하지 못했으니, 하물며 그들보다 못한 이들에게 있어서랴?

내가 평소에 음률을 해득하지 못하더니, 이때에 시속의 음란한 노래들은 실로 뜻이 악하여 팔다리가 나태해졌다. 혹 관청에서 기악妓樂을 연주할 때면 더욱 귀를 닫고 듣지 않았다. 이럴 때면 서리배들을 불러 <관저>·<갈담>·<권이>·<작소>·<채번>·<채빈>·<녹명>·<사모>·<어려>·<남유가어>·<남산유대>·<황황자화> 등 『시경』의 시들을 부르게 하여 이를 들었다.

이제 책들 중에 <어부사>와 <도산육곡>을 얻어 합하여 하나의 책으로 만드니, 이는 대개 어렸을 때 외었으나 지금은 잊어버린 것인데, 예스런 뜻과 여운이 다만 훌륭하고 아름다워, 피로를 잊고 참으로 즐길 만하였다.

다만 지역이 다르고 사람이 다르며 시대가 멀면 소리 또한 변하는 것은 당연하다. 그래서 영탄하는 여가에 그 시형식을 모방하고 당시唐詩를 집구하여 <성고구곡>을 지었다. 달 뜬 저녁과 바람 부는 새벽마다 아이들로 하여금 길게 부르고 느리게 읊조리게 하며, 또한 피리 부는 종으로 하여금 노래 사이에 연주하게 하여 악樂으로 만들었다. 이로써 백사장의 갈매기와 언덕 위의 송아지 사이에서 자적하니, 진실로 이른바 가을날 매미와 여름

날 꾀꼬리가 스스로 울며 스스로 즐기는 것일 뿐이다. 궁상宮商의 악조에
맞추는 것이야 또한 어찌 바랄 수 있으리오?178)

　이 서문은 위에서 단락을 나눈 것처럼 내용상 네 부분으로 구분된다.
첫 번째 단락에서는 동방의 악樂에 대한 세인들의 비판을 소개하고, 이
에 대한 이형상 자신의 생각을 밝혔다. 두 번째 단락은 시속 노래에 대
한 비판을 주된 내용으로 하고 있다. 세 번째 단락에서는 <어부가>와
<도산십이곡>을 합책하고 즐긴 사실을 기록하였다. 마지막 단락에서는
이 곡들을 모방하여 <창부사>를 지은 경위를 설명하였다.
　첫 번째 단락은 동방의 가악에 대한 세인들의 비판을 소개하는 것으
로 시작된다. 이어 이에 대한 자신의 의견을 서술하는데, 이는 언뜻 보
기에 동방의 가악이 중국의 그것과 일치하지 못하는 것에 대한 안타까
움을 표현한 것으로 읽히기 쉽다. 그러나 이는 실은 우리나라의 악과 중
국의 악은 다르므로 우리나라의 문사들은 중국의 악을 무조건 모방하려
해서는 안 됨을 표명한 것으로 보아야 한다. 우리나라의 악에 대한 세상
사람들의 비판을 소개하고 이를 반박한다거나, 우리나라의 악이 중국의
악과 다른 이유 및 양상을 설명하여 우리나라 악의 독자성을 주장하는

---

178) 尚論者皆云: "東方無雅樂, 六絃非古也. 其平羽界面調·心方·北殿·感君恩·與民
樂·靖東方·步虛子等曲, 喞啾艶麗, 本不足以通神, 如翰林別曲·霜花店·鄭瓜亭之
屬, 各出於文人自放, 何足以琴?"盖想, 赤縣之外, 風氣自別, 偏狹之地, 方音已薄, 雖
以李相國, 崔簡易之博洽, 猶不諧樂府, 況其下者乎? 余素不解音律, 於時俗淫哇之唱,
實意惡而肢懈, 或値公府妓樂, 尤欲掩耳不聞. 時招吏輩, 諷關雎·葛覃·卷耳·鵲
巢·采蘩·采蘋·鹿鳴·四牡·魚麗·南有嘉魚·南山有臺·皇皇者華等十二詩, 而
聽之. 今於卷帙中, 得漁父詞·陶山六曲, 合錄爲一冊, 是盖兒時所嘗誦, 而今忘者, 古
意餘韻, 直亹亹, 忘倦甚可樂也. 但地異, 而人殊世遷, 則聲變, 亦其理勢然也. 詠歎之
餘, 依倣其調, 集唐詩, 爲城皇九曲. 每月夕風辰, 使兒輩長唱緩詠, 又令笛奴, 間歌合
樂, 以自適於沙鷗坡犢之間, 眞所謂秋蟬春鶯, 自鳴自樂而已, 宮商, 又何可望也? <永
陽錄 권1>

것은 이형상의 다른 기록들에서 흔히 발견되는 방식이기 때문이다.[179)

하지만 두 번째 단락에서는 이형상 또한 시속의 악에 대한 비판적 인식을 지니고 있음을 보여주는데, 이는 세 번째 단락에서 이러한 시속의 음란한 노래들과 달리 "예스런 뜻"이 담겨 있는 <어부가>와 <도산십이곡>을 높게 평가한 것과 대조를 이룬다. 이처럼 이형상은 우리나라의 악 전반에 대한 사람들의 비판은 부정하면서도, 우리나라의 악 중에서도 내용이 전아한 것과 그렇지 못한 것을 나누어 전자는 긍정하고 후자는 배척하는 태도를 지녔다.

마지막 단락에서는 <어부가>와 <도산십이곡>을 애호하면서도 이에만 그치지 않고 이형상 자신 <성고구곡>, 곧 <창부사>라는 새로운 가악을 지은 정황을 서술하였다. "지역이 다르고 사람이 다르며 시대가 멀면 소리 또한 변하는 것은 당연하다"는 것이 그 이유다. 이러한 서술을 통해 이형상은 당대를 반영하면서도 전대의 전아한 시가를 본받은 자신의 창작시가 <성고구곡>[180)에 대한 자부를 드러내고 있다.

---

179) 동방악에 대한 세인의 비판을 소개하고 이를 반박한다거나, 동방악이 중원악과 다른 이유와 그 다른 양상을 설명하여 동방악의 독자성을 주장하는 방식은 병와의 여타 기록들에서 흔히 발견된다. 예를 들면 다음과 같다. "客曰: '樂府非人人可能, 況東方自古無雅樂, 子之爲樂府, 不亦濫乎?' 余曰: '凡所謂樂府, 必得中氣然後可也. 東坡生長於蜀, 所偏只齶, 音欲諧而未諧者, 氣類然也. 吾東聲音已偏於齒, 何能普也? 只依方音之平調·羽調·界面調, 要不失五音, 則何不可之有?' 客曰: '諾.'" (손이 물었다. '악부는 사람마다 할 수 있는 것이 아니거니와, 하물며 동방엔 예전부터 아악이 없는지라, 선생님이 악부를 하신다 함은 참람된 것이 아닙니까?' 내가 말하였다. '무릇 악부라 함은 중원의 기를 얻은 연후라야 가합니다. 소동파는 촉에서 나고 자란지라 다만 잇몸에 치우친 바가 있었으니, 음을 조화롭게 하고자 하였으나 그러하지 못한 것은 기의 종류가 그러하기 때문입니다. 우리 동방의 성음은 이빨에 치우쳤으니 어찌 두루 미치겠습니까? 다만 방음의 평조, 우조, 계면조에 의지하여 오음을 잃지 않으면 어찌 불가하다 하겠습니까?' 손이 그렇다고 말하였다.) <瓶窩集 권3, 樂府, 次益齋雜詠…>

180) <성고구곡>의 내용적 흐름은 장마다 붙어 있는 제명을 통해 알 수 있는데, 이를

이상에서 본 것처럼 권섭과 이형상 등 18세기 시가 작가들의 글에는 전대의 시가 작품에 대한 선별적 인정과 자신들의 작품에 대한 자긍심, 그리고 우리나라 악의 독자성에 대한 인식이 표현되어 있다. 민족어시가에 대한 이러한 주체적인 선별의식과 가치평가는 시가 작품을 선별하여 이를 한역하는 과정에서 더욱 진전하는 양상을 보여 주는데, 다음에서 이를 보기로 한다.

3. 한역 악부시의 활성화와 국문시가의 위상 정립

국문시가를 한역하여 이른바 악부시를 창작한 것은 일찍이 고려의 이제현이 지은 <소악부>에서부터 볼 수 있다. 이러한 한역 악부시의 창작은 17세기에도 간혹 있었는데, 이민성李民宬(1570~1629)이나 남구만南九萬(1629~1711) 등의 시가 한역이 그 예이다.[181] 그런데 앞 시대의 한역 악부시에서는 자서를 찾아볼 수 없는 것에 비해 이 시기에는 국문시가를 한역하고 이에 대한 자서를 쓴 경우가 나타난다. 이러한 자서들에서는 국문시가에 대한 비판적 선별의식과 가치평가를 표현하여 주목되는데,

보면 다음과 같다. "一章 言掛冠; 二章 言定居; 三章 言講讀; 四章 言採藥; 五章 言彈琴; 六章 言月竹; 七章 言釣船; 八章 言歡娛; 九章 言感祝" 이와 같은 장 제목들을 통해 볼 때, <성고구곡>의 내용은 관직에서 물러나오는 것에서부터 시작하여, 처사의 삶에 정착하고 그 삶을 누리는 것을 서술한 후, 이러한 삶에 대해 임금님께 감사하는 것으로 마무리됨을 알 수 있다. 구체적으로는 독서와 약 캐기, 거문고 타기와 자연 완상하기, 낚시하기 등이 즐거움의 내용으로 제시되는데, 이러한 것들은 모두 선비의 고상한 즐거움을 표현한 것으로, 병와가 비판한 "時俗淫哇之唱"과는 거리가 먼 것이라 하겠다. 이로써 서문에서 밝힌바 아정한 가악에 대한 지향이 <성고구곡>에서 실현되었음을 볼 수 있다.

181) 『敬亭集』 권4, <聞人唱俚歌韻而詩之>; 『藥泉集』 제1, <翻方曲> 참조.

이 장에서는 남하정南夏正(1678~1751)과 마성린馬聖麟(1727~ 1798), 이형상과 김양근金良根(1734~1799), 그리고 유득공柳得恭(1749~1807) 등의 경우를 살펴볼 것이다. 이들의 한역시가 창작과 비평을 통해, 한문시가에 대응하는 민족어시가에 대한 인식이 첨예해져 가는 양상을 볼 수 있을 것이다.

비교적 짧은 서문을 남긴 남하정과 마성린의 경우를 먼저 보면 다음과 같다.

남하정, 〈동소악부서桐巢樂府序〉

젊은 아이들이 길거리의 잡스러운 노래들을 엮은 것이 쌓여 수십 장에 이른다. 내가 병들어 요양하며 문득 그것들을 열람해 보니 거의 남녀가 서로 좋아하는 내용이고 음란하고 비루한 것들이어서 멀리할 것이었다. 그 중 비유하고 흥기한 것이 아정한 것을 약간 고르니 시인의 뜻을 거스르지 않은 것이 모두 9장이었다. 이어 운자를 붙여 고악부에 붙이니 남긴 뜻이 9수이다.[182]

마성린, 〈단가해서短歌解序〉

임인년(1782) 겨울에 종양 때문에 오십여 일 동안 침석에 누워 있으려니 긴 밤에 잠을 이루지 못했다. 등잔 밑에서 때때로 운을 달아 재미삼아 잡시를 지은 것이 89수가 되었는데, 병 때문에 생긴 우울함을 이로 달랜 것뿐이고 다른 사람들에게 보여줄 만한 것은 못 된다. 그러나 버리자니 또 아쉽다. 우선 권말에 적어두고 한가할 때 재밋거리로 삼고자 한다.[183]

---

182) 小郞輩編里巷雜曲, 累數十章. 余理病愁寂, 輒取而閱之, 太半是男女相悅之辭, 率淫哇鄙媒, 宜在見放. 其中稍采得比興雅正, 有不背詩人之旨者凡九章. 演成韻語, 竊附於古樂府, 遺意九首. 〈桐巢遺稿〉

183) 壬寅冬, 余以濕瘴, 首尾五旬, 委身枕席, 長夜亦不能寐. 燈下間間招韻, 戲題雜詩, 弄作八九十首, 以消病憂, 此皆無足觀人. 雖然, 棄之則惜矣. 姑書于卷末, 以爲閑中一笑之資焉. 〈安和堂私集, 雜詩〉

이 서문들에서는 시가 한역의 의의에 대해 비교적 소극적 견해를 보인다. 이들이 시조를 한역하게 된 맥락부터가 적극적인 동기에 의한 것이 아니다. 이들은 자신들의 시조 한역이 요양할 때의 무료함을 달래기 위한 것이었을 뿐이라고 밝히며 그것에 대해 큰 가치를 두지 않고 있다. 물론 이것은 사소한 것에 힘을 쏟는다는 비판을 면하기 위한 겸양의 표현일 수 있겠으나, 어쨌든 적극성을 띠지 못하고 있는 것만큼은 사실이다. 그러나 이런 가운데도 남하정은 "그 중 비유하고 흥기한 것이 아정한 것"을 고른다고 하여 시가 작품들에 대한 선별 의식을 보여 주는데, 이러한 선별의식은 이형상의 경우에도 다음과 같이 찾아볼 수 있다.

이형상, 〈금속행용가곡서今俗行用歌曲序**〉**

다만 속악 중 풀이할 만한 것을 취하여 평·우·계면의 삼조에 나누어
놓아 이로써 후인에게 취사선택할 바가 있음을 알게 하고자 한다.[184]

위에서 보는 것처럼 이형상은 "풀이할 만한 것만을 풀이한다"고 하여 자신의 한역 작업이 특정한 의도를 지니고 선택적으로 이루어진 것임을 보여 준다. 실제 이형상이 〈금속행용가곡〉에 한역해 놓은 시조 작품들의 내용을 보면 교훈적인 것이 많아서, 그가 시조 작품을 풀이할 만하다고 여긴 기준은 그것의 교훈성에 있음을 알 수 있다. 이는 남하정이 "아정한 것"을 지향한 것과 유사한 면이 있다.

〈금속행용가곡〉에는 총 55편의 한역시조가 수록되어 있는데, 이 중 교훈적인 내용을 담은 작품은 19수로서 전체의 30%에 육박한다. 이는

---

184) 只取俗樂之可解者, 以分於三調之中, 使後人知有所取舍焉. <芝嶺錄 제6책, 今俗行用歌曲>

18세기의 다른 한역시조들에서 교훈적 작품이 차지하는 비중이 10%에도 못 미치는 것에 비해 특이한 점이다. 또한 애정 주제가 전혀 없는 것도 특기할 만한데, 18세기의 여타 한역시조들에는 애정 주제의 작품이 많지는 않아도 몇 수 존재하여 차이를 보인다. 이러한 현상의 원인은 다음의 기록들에서 확인되는 이형상의 가악관과 관련하여 짐작해 볼 수 있다.

이형상, 〈예악원위禮樂源委〉(예악의 본말)

악樂은 기운을 펼치어 즐기는 데에 주로하기 때문에 그 잘못이 중화中和를 교란하여 반드시 탕지蕩志에로 들어가 몸을 상하게 된다. 이러한 병폐를 고치려 한다면 먼저 예로써 윤서倫序를 정하고 악으로써 중화中和를 이루되 인仁으로써 사랑하고 정情에 부합되면서 서恕를 행하는 것이 마음의 떠남을 구함이며, 의義로써 바로잡아 덕을 행하고 몸소 힘쓰는 것이 그 뜻의 방류를 구하는 것이다. 때문에 "예의 용用은 화和가 귀중하다" 할 것이며, 또 말하기를 "대례大禮는 천지와 더불어 그 서序를 같이하고 대악大樂은 만물과 더불어 그 화和를 같이한다" 하였으니 어찌 참말이 아니겠는가.[185]

위의 기록과 또 앞서 본 〈성고구곡병서〉의 내용을 감안해 보면, 이형상은 성정의 순화를 가악의 목적으로 보는 유교적 가악관을 지니고 있었음을 알 수 있다. 위의 인용문에 따르면 악樂은 "중화中和"를 이루어야 하며 예禮와 함께 인격을 완성시키는 방편이다.[186] 그러하기에 앞서

---

185) 樂主於舒氣而歡悰, 故其失也, 攪中罕和, 必入於蕩志而喪身. 欲矯此患, 則先以禮序倫, 又以樂和中, 仁以愛之, 合情而行恕者, 救其心之離也, 義以正之, 執德而飭躬者, 救其志之流也. 故曰: "禮之用, 和爲貴," 又曰: "大禮與天地同序, 大樂與萬物同和, 寧不信矣乎?"〈병와집 권13, 雜著〉

186) 이러한 병와의 가악관은 "樂教 우선론"이라고 표현된 바 있다. 이에 대해서는 려기현, 「병와 이형상의 樂論 연구(2)」, 『반교어문연구』 12집, 반교어문학회, 2000, 89

<성고구곡병서>에서 본 것처럼[187] 이형상은 중화를 이루지 못하는 "음란한 노래들"을 멀리하였다. 이러한 가악관을 가지고 이형상은 다수의 교훈 시조를 한역하고, 그러한 선택 기준의 존재를 그 서문에 언급해 놓은 것이다.

한편 이형상과 달리 김양근은 한역시가의 주제를 교훈적인 것에 한정하지 않고, 보다 세속적인 작품까지 포용했음을 한역시가의 서문에서 서술하였다. 서문은 다음과 같다.

김양근, 〈동조서문東調序文〉

한가한 날에 우리나라 사람들의 여러 악조들을 열람하여, 잠을 막고 뜻을 끼치는 방편으로 삼았다. 비록 그 지은이와 남긴 뜻에 각기 아정함과 저속함의 다름이 있으나, 전하는 노래를 관현에 입히는 것 또한 착한 것을 권하고 악한 것을 멀리하는 데 도움이 될 것이다. 내가 악부에 소질이 없어서 다만 곽경언이 낙양에서 노래 듣던 것을 본받았을 뿐이다. 비록 곡을 해득하지는 못하나 그 말은 아름다우니 목을 뽑아 한번 부르면 세 번 감탄하고도 부족한지라 또 문득 이를 한시로 번역하니 백팔십 수를 이루었다. 여러 가지 어법들에 정확히 부합하는지는 피차간에 의론이 없을 수 없다. 그러나 구방고가 말을 알아보는 것처럼 할 줄 안다면 이는 오히려 만분의 일에 가까울 것이니, 진실로 소위 말하는 격외의 일이라 할 것이다.[188]

김양근은 이 시기에 가장 많은 수의 시조를 한역한 작가이다. 윗글에

_____

~99면 참조.
187) 각주 178) 참조.
188) 閒中日閱東人雜調, 以爲禦眠遺懷之資. 雖其作者命意, 各有雅俗之不同, 而風謠被絃, 亦不害爲勸懲之一助矣. 余於樂府, 素蔑裂, 而只効郭敬言之入洛聽歌. 雖不解曲, 亦能言佳, 引喉一唱, 三歎不足, 又輒逐一飜, 成凡詩百八十首. 口義之端承接語法之委曲周旋, 固不無彼此之可議. 而如以九方歆相馬之術, 則猶可以彷想其萬一, 眞所謂格外步也. <東埜集>

서 그는 비록 아정함과 저속함의 다름이 있을지라도 착한 것을 권하고 악한 것을 멀리하는 데 도움이 될 만함을 들어 자신의 한역 작업에 대한 자부심을 드러내고 있다. 그러면서 그러한 내용적 다양성을 모두 포용하여 한역 시가를 짓고 국문시가의 아름다움에 대해 적극적으로 인정하는 면모를 보인다.

한역시가의 주제에 있어 김양근이 보여 준 포용력은 그의 시가관이 성정순화를 목적으로 하는 유교적 효용론보다는 17세기 이후의 표현론적 관점에 더 가깝기에 가능했던 것으로 보인다. 이는 이섭李涉(1661~1738)의 가사 <마천별곡瑪川別曲>에 대해 김양근이 지은 다음의 글을 통해 살펴볼 수 있다.

김양근, 〈서이처사섭마천별곡후書李處士涉瑪川別曲後〉

우리 동방의 가곡은 단지 변방의 음과 방언만을 사용할 뿐이고, 문자가 섞여 있기는 하지만 언문으로 번역되어 전할 따름이다. 비록 중국의 고악부가 관현악기에 맞춰 불리는 것과 비교할 수는 없지만, 정서와 경상을 싣고 음률이 조화로워 사람들로 하여금 영탄하고 빠져들게 하여 모르는 새 손발이 춤추게 한다. 남명 조식의 <권선가>와 퇴계 이황의 <낙빈가>가 뛰어남은 말할 것도 없고, 또 인재 홍섬의 <원분가>, 현곡 조위한의 <유민탄>, 소암 임숙영任叔英의 <목동가>, 기봉 백광홍의 <관서별곡>, 오산 차천로의 <강촌별곡>, 정승 송순의 <면앙정가> 등등, 이 어찌 시국을 아파하며 시속에 분개하고, 적막한 가운데 마음을 부치며, 한가히 즐기고 질탕하게 정을 쏟아 내는 것이 아니겠는가? 그 중 최고를 들자면, 뜻을 우국憂國과 연군에 두고 여러 곳을 다니며 산수의 기이한 장관을 다 보이고, 음률과도 잘 어울리는 것은 곧 송강 정철의 <관동별곡>·<장진주사>, 그리고 전후 <미인곡>일 뿐이다. 이 몇 곡은 진실로 초나라의 <백설곡白雪曲>이요 <출사표出師表>와 백중세이며, <귀래歸來>·<대교大嶠>와 견줄 만하다.

또 이처사의 <마천곡>을 얻어 보니 마디마디 격렬하고 구절구절 강개하여 『시경』의 <비풍匪風>·<하천下泉>의 뜻이 은근히 있으며, 단지 성정을 풀어냈을 뿐 아니라 산수를 음미하여 신선의 맑은 복을 홀로 보전하였으니, 악보의 절조를 멀리 이었을 뿐이다. 초나라 소리와 상성商聲이 천고에 슬프고 애처로우며, 유유자적한 가운데 우울한 불평지기를 띠는 건 왜인가? 대개 공은 석병 이회보李回寶(1594~1669)의 후손이라 가학에 근원이 있으니, 평생 천자국을 존숭하는 존주지의尊周之義를 선조의 만언소萬言疏에서 얻었기 때문이다.

창전에 찬비 내리다 날 개어 책상머리에 달이 떠오르면 아이들에게 한 번 노래하게 하였으니, 그러면 문득 뼈와 살이 날아오르는 듯하고 눈물이 솟구쳐 통곡하게 되었다. 아아! 이 어찌 변방의 음과 방언을 사용하였다고 하여 비루하다고 할 것이며, 소박한 시골노래라 하여 궁중의 대악이 되기 부족하다고 할 수 있겠는가? 청파에서 밭 갈던 농부의 노래도 오히려 이치에 맞아 상줄 만하여 한 필 베도 아끼지 않았거늘,[189] 애석하도다! 어찌 명나라 장수 양경리 같은 이를 만나 이 노래를 채록하여 중국의 악보에 올려 뜻을 숭상하는 천하의 사람들로 하여금 우리 동방의 춘추대의가 초야의 선비들에게도 살아 있음을 알게 할 것인가? 이런즉 송강의 <사미인곡>만이 그 불평지심을 표현한 것이 아니니, 아아, 안타깝도다![190]

---

189) 유몽인의 『어우야담』에 명나라 장수 經理 楊鎬가 왜적을 막기 위해 王京에 머무를 때 청파 교외를 지나는데 밭 가운데 남녀가 김을 매며 부르는 노래를 듣고 接伴使 이덕형으로 하여금 번역하여 올리도록 하여 듣고는 농부들을 칭찬하며 그들에게 靑布 한 필씩을 상으로 주었다는 일화가 전한다.

190) 歌曲之在我東, 祗是蕃音耳, 方言耳, 文字之雜而諺譯之傳耳, 雖不能與中華古樂府被之管絃者比, 而往往情境俱載, 宮商互宣, 令人詠歎淫泆, 不自覺其手足舞蹈者. 如曺南冥勸善歌, 退溪先生樂貧歌, 尙矣不論, 又如洪忍齋寃憤歌, 趙玄谷流民歎, 任疎庵牧童歌, 白歧峰關西別曲, 車五山江邨別曲, 宋二相俛仰亭歌, 何莫非傷時憤俗, 寄心於寂寞, 乘間取適, 恣情於跌宕者乎? 最其中, 意在憂戀, 跡托遊歷, 極山水詭瓖之觀, 兼樂府徵羽之響者, 卽鄭松江所爲關東別曲·將進酒及前後思美人曲是已. 之數曲者, 眞可謂郢中白雪, 伯仲出師之表, 而歸來大嶠之外. 又得李處士瑪川曲, 言言激烈, 句句慷慨, 隱然有匪風下泉之思, 不但其陶寫情性, 咀嚼煙霞, 獨保上傃淸福, 遠紹樂譜絶調而已. 楚聲商音, 千古悽惋, 優游自適之中, 帶得那牢騷不平之氣? 盖公以石屛後孫, 家學有源, 平生尊周之義, 得於萬言疏者然也. 每紙牎寒雨, 柰几晴月, 命兒曹唱過一飜, 則忽若肉骨俱騰, 聲

<마천별곡>의 작가 이섭은 이회보의 손자로, 이회보는 효종 당시 주전론자로서 효종의 북벌론을 도왔고, 김자점金自點(1588~1651)의 처벌을 주장하는 만언소를 올린 바 있다.[191] 이섭 또한 그러한 가풍의 영향을 받아 "존주지의"를 지니고 있었음을 위의 글에서는 말하고 있다.

윗글은 내용상 세 부분으로 나누어 볼 수 있는데, 첫 번째 부분에서는 우리나라의 시가 중 훌륭한 것들을 뽑고 우리나라 시가의 독자성을 서술한 것이 앞 시대의 이수광, 신흠, 홍만종 등의 평설에서 본 것과 유사하다. 또 그 중 정철의 가사를 최고로 여기는 것은 17세기 말 김만중의 평가와도 비슷하다.

이어 둘째 단락에서는 <마천별곡>의 격렬하고 강개한 정서와 그러한 정서의 맥락을 언급하였다. 그리고 마지막 셋째 단락에서는 이 작품이 수용자에게 가져다주는 강렬한 정서적 효과와 예술적 가치를 강조하였다. 이처럼 볼 때 김양근의 시가 수용은 송강가사 비평으로부터 이어지는 17세기의 표현론적 민족어시가론의 관점을 잇고 있는 것으로 볼 수 있다.

이상에서 본 것처럼 18세기의 시가 한역 작가들은 성정의 도야 혹은 의분의 표현이라는 서로 다른 목적의식 속에서 각기 민족어시가론을 이

淚交迸者. 於戲! 玆豈可以蕃音方言鄙夷之, 而瓦缶俚響, 果不足以興衛大樂乎? 靑坡鉏耘之唱, 尙以其有理可賞, 而不慳一段靑布, 則惜乎安得如楊經理者采而列之中華雅譜, 使天下有志尙者, 知我東春秋之義, 亦不泯於草野韋布之流也. 卽松江子思美人, 不獨鳴其不平, 於戲唏矣! <東皐集 권8, 題跋>

191) 『효종실록』 1년 경인(1650) 10월 26일: "공조 좌랑 李回寶가 수만 자나 되는 상소문을 올려 金自點의 임금을 무시하는 不道한 죄를 극진히 진달하고, 또 대각에서 역적을 토벌하는 것이 엄하지 못함을 말하고, 이어 오랑캐와 내통한 역관을 엄하게 국문하여 기필코 죄인을 잡아서 신과 사람들의 울분을 통쾌하게 풀어달라고 청하였는데, 답하지 않았다." <마천별곡>의 작자에 대해서는 김현식, 「마천별곡 연구」, 『한국문화』 38(서울대학교 규장각 한국학연구원, 2006)에서 자세한 고증이 이루어졌다.

어 나가는 측면을 보여 준다. 한편 18세기 후반의 영재冷齋 유득공은 진정眞情의 표현이라는 진시론眞詩論의 관점에서 보다 적극적으로 민족어시가론을 발전시켰다. 유득공은 평시조 및 사설시조 총 15수를 한역하고 이에 대한 서문을 달아 놓았는데, 이를 보면 다음과 같다.

유득공, 〈동인지가서東人之歌序〉

굴원은 초나라 사람이라 풍風이나 아雅를 짓지 않고 <구가九歌>를 지었다. 우리나라 사람이 사詞를 짓는 것은 심히 가소로우니, 그 자구에 의지하고 그 평측을 흉내내며 말하기를 이것은 <여몽령如夢令>이라, 이것은 <만정방滿庭芳>이라 하니,192) 비루한 일일 뿐이다. 우리나라 사람의 노래가 바로 우리나라 사람의 사詞이다. 그 중 혹 사대부들이 지은 것은 지난 일을 인용하고 옛 시를 표절하기도 하나, 오히려 순수한 여항의 아이들과 아낙네들이 우리말로 그 성정을 말하여 기뻐할 만한 것과 같지 못하다. 내가 많이 기록하지는 못하고 그 중 십여 수 정도를 번역하되, 대략 그 뜻을 취하여 자구를 잇고 운을 맞추었으니, 우리나라 사람으로 하여금 이를 보고 이것이 우리나라 사람의 사詞임을 알게 하여 다시는 <여몽령>·<만정방> 따위를 짓지 않게 하고자 함이다.193)

유득공의 『고운당필기古芸堂筆記』의 <동인지가> 조목에는 한역시가 15수가 실려 있다. 국내에 소장되어 있는 『고운당필기』는 낙질落帙이어서194) <동인지가> 조목의 존재는 오랫동안 알려지지 못했다. 그러다가

---

192) <如夢令>, <滿庭芳> 등은 모두 詞牌名이다.

193) 屈平楚人, 不作風雅, 作九歌. 東人塡詞者, 甚可笑, 依其字句, 效其平仄曰, 此如夢令也, 此滿庭芳也, 適足見其陋而已. 東人之歌卽東人之詞也. 其或出於士大夫之口者, 援引前事, 剽襲古詩, 反不如街童巷婦之純, 以俚語道其性情之爲可喜. 余不能多記, 翻其十餘首, 略以意點綴而韻之, 使東人見之, 知此爲東人之詞, 而不復作如夢令·滿庭芳也. <冷齋書種>

194) 『고운당필기』는 총 6권 3책의 저작인데, 이 중 국내에 소장되어 있는 것은 제3~6

일본 천리대天理大에 소장된『영재서종泠齋書種』에 그간 발굴되지 않은『고운당필기』제1·2권의 일부 조목들이 실려 있음이 밝혀졌는데, <동인지가> 조목은 바로 이 이본에 실려 있다.195)

위의 서문에서는 시가 한역의 목적을 분명히 설명하고 있는데, 그 목적은 조선의 문인들이 중국의 사詞를 모방한 작품들을 다시는 짓지 않도록 하게 하기 위함이다. 이러한 내용은 17세기 이후 민족어시가의 가치를 역설해 온 선례들과 관련성을 지닌다. 그러나 선례들이 민족어시가의 가치를 드러내는 데 중점을 둔 반면, <동인지가> 서문은 조선인이 중국식 사詞를 모방하여 지은 한문 작품들을 강하게 비판하며 좀 더 과격한 논조를 띤다.

17세기에서 18세기로 넘어오면서 시가론이 보다 적극적인 양상을 띨 수 있었던 것은 문학에서 진眞의 가치를 중시한 조선후기 문단의 전반적인 특성과 밀접히 관련된 것으로 보인다. 유득공의 <동인지가> 서문 또한 이러한 천기론天機論의 맥락 속에 놓여 있는데, 글 중의 "순수한 여항의 아이들과 아낙네들이 우리말로 그 성정을 말하여 기뻐할 만한 것"을 높이 산 부분을 통해 이를 확인할 수 있다.

이러한 유득공의 시가관은 뒤에서 볼 담헌湛軒 홍대용洪大容(1731~1783), 저촌樗村 이정섭李廷燮(1688~1744) 등의 시가관에서 영향을 받은 것으로 보인다. 홍대용과 이정섭은 유득공 자신 혹은 그의 선조들과 직접적인 영향관계에 놓여 있던 인물들이다.196) 그러니 유득공의 시가론이 이들의

권 2책이다.

195) 김윤조, 「고운당필기 연구-諸 異本에 대한 검토-」, 『대동한문학』 제26집, 대동한문학회, 2007 참조.

196) 이정섭은 유득공의 증조부와 조부 양인을 모두 후원하였으며, 홍대용은 유득공 자신에게 큰 영향을 끼쳤다. 김영진, 「유득공의 생애와 교유, 年譜」, 『대동한문학』

시가론과 밀접한 관계에 있는 것은 당연한 일이다.

그러나 천기론에 바탕한 이전의 시가론들은 시가의 가치를 적극적으로 평가하는 데 중점을 두었을 뿐, 한문학에 대한 비판은 직접적으로 하지 않았던 것에 비해 <동인지가> 서문에서는 앞서 살펴보았듯이 사詞 장르에 대해 신랄한 비판을 가하고 있다. 참된 내용은 없이 형식의 모방에 급급해하며 조선의 문인들이 사詞를 짓는 것은 "가소롭고" "비루한" 일이며 발본색원해야 한다고 주장하고 있는 것이다.

유득공의 신랄한 비판은 급진적으로까지 보인다. 다음 절에서 살펴보겠지만, 그에게 많은 영향을 주었을 것으로 추정되는 홍대용 또한 당대의 사詞 문학이 보잘것없음을 언급한 적은 있어도 그것들이 모두 사라져야 한다고까지 단언하지는 않았다. 이에 비해 <동인지가> 서문에서는 진정을 담지 못한 일부 한시에 대한 비판의식이 절정에 달해 있다. 모방에 그칠 뿐인 일부 한시에 대한 유득공의 비판은 아래의 글에도 드러나 있다.

유득공, 〈시이육경삼사위근본詩以六經三史爲根本〉

우리나라의 노래를 가지고 말을 해 보더라도, 모두 사부思婦·탕자蕩子가 지은 여항의 비리한 노래지만 듣는 사람으로 하여금 감발하게 하여 판본은 없어도 지금까지 많이 전하니, 아침에 판각되었다가 저녁에 썩어 없어지는 시집들과는 거리가 멀다. 그대가 후세에 전할 만한 방법을 삼고자 한다면 시를 짓지 말고 노래를 짓는 것이 좋다.197)

제27집, 대동한문학회, 2007, 9~10면; 송준호, 『柳得恭의 詩文學 硏究』, 태학사, 1984, 17~30면 참조.

197) 雖以我東之歌言之, 皆思婦蕩子閭巷鄙俚之詞, 而聽之令人感發, 無板本而至今傳勝, 於朝刻暮朽之詩集遠矣. 君欲爲可傳之道, 勿作詩而作歌可也. <영재서종> (이 조목은 <동인지가> 바로 앞에 실려 있다.)

이처럼 유득공은 사람을 감동시키는 것은 한시보다 시가라는 점을 이 글에서도 밝히고 있다. 또한 이 글에서나 <동인지가> 서문에서나 모두 여항의 시가들이 지닌 세속성에 대해 더욱 적극적으로 가치를 평가하고 있다는 점도 진보적이라 할 만하다. 앞 시대에 신흠과 김만중 등이 저명한 사대부의 시가를 위주로 논의한 것과 다르게,[198] 또한 뒤에서 볼 홍대용이 시가가 지닌 세속성의 측면을 조심스럽게 인정한 것과 다르게,[199] 유득공은 시가 중에서도 사대부들이 지은 것보다 여항의 민중들이 지은 것이 더 가치 있음을 단언하고 있는 것이다.

실제로 유득공이 한역의 대상으로 취사선택한 시조들은 애정시조의 진면모를 잘 보여주는 작품들이다. 이들은 대개가 『병와가곡집』과 『청구영언』(진본) 이래 20여 종 남짓의 가집들에 수록된 작품들로서 그 연원이 깊은 것으로 보이는데, 18세기 후반 이후로는 모두 여창가곡女唱歌曲으로 불린 작품들이다. 특히 <동인지가> 제6, 7, 10, 13, 14수 등은 사랑의 환희와 의지를 노골적이리만치 솔직히 드러낸 작품들로서, 여창가곡의 내용적 특징을 잘 보여주는 경우들이다.[200]

가歌의 위치를 시詩로 격상시키고자 했던 17세기의 논의를 "가시일도론歌詩一道論"으로, 형식에 치우친 한시보다 민족어시가를 오히려 높게 평가한 18세기의 논의를 "가즉진시론歌卽眞詩論"으로 표현해 본다면, 유득공의 <동인지가> 서문은 가歌만이 의미가 있고 형식에 함몰된 한시는 아예 의미가 없다는 "가시무용론假詩無用論"으로 명명해 볼 수 있겠다. 이러

---

198) 신흠은 지봉 이광수의 <조천록>에 대해, 김만중은 송강 정철의 <관동별곡>·<사미인곡>·<속미인곡>에 대하여 평하였다.

199) 각주 221) 참조.

200) 김진희, 「冷齋 柳得恭의 한역시가 東人之歌 연구」, 『동방학지』 159, 연세대학교 국학연구원, 2012 참조.

한 시가 비평의 변화는 시대의 흐름에 따라 민족어시가에 대한 평가는 보다 적극성을 띠고, 역으로 모화적慕華的인 일부 한시에 대한 비판은 더욱 거세졌음을 보여 준다.

국문시가를 한역하고 그 서문을 함께 짓는 관습은 이후 19세기의 신위申緯(1769~1847) 등의 작업으로 이어진다. 이러한 국문시가의 한역 및 서문의 창작은 민족어시가론을 발전시키는 데 중요한 역할을 하였다. 시가의 한역 작업을 통하여서는 한역 대상을 취사선택하는 과정을 통해 일종의 선집화選集化 작업을 행할 수 있었고, 서문의 창작을 통해서는 민족어시가의 가치를 직접 논의할 수 있었다. 이러한 작업은 가집의 편찬과 필기류의 저작을 통해서도 유사하게 전개되었는데, 다음에서는 이를 살펴보기로 한다.

4. 필기·총서류의 비평 양상

이수광의 『지봉유설』과 홍만종의 『순오지』 등 필기류에서 시가비평이 이루어진 양상을 앞 시대의 논의에서 보았다. 18, 9세기에 들어오면 총서적 성격을 지닌 방대한 필기류 저작들이 나오는데, 이러한 저작들에서 또한 의미 있는 시가 비평이 이루어졌다. 먼저, 성호 이익의 『성호사설』 중 한 부분을 보면 다음과 같다.

이익, 〈국조악장國朝樂章〉

우리나라 풍속에 가사歌詞로 대엽조大葉調라는 것이 있는데 모두 같은 형식으로 되어 있어서 길고 짧은 구별이 없다. 그 중에 또 만慢·중中·삭數

삼 악조가 있는데, 원래는 <심방곡心方曲>이라 불렸다. 만조는 너무 느려서 사람들이 싫증을 내어 폐지된 지 오래고, 중조는 조금 빠르나 또한 좋아하는 사람이 적고, 지금에 통용하는 것은 곧 대엽의 삭조이다. 우리말로 된 가사 한 편을 세 가지 악조에 모두 얹어 부를 수 있으나 그 말이 비루하고 속되어 말한 만하지 않다. …(중략)… 대개 우리나라에는 가악이 신라 때부터 있었는데, 조정朝廷과 향당鄕黨의 악이 모두 우리말을 따르고, 한 사람도 운어韻語를 지어 현가絃歌에 올린 것이 없었으니, 습속이 비루하였다. 내가 만든 사詞는 비록 취할 것이 없으나, 호사자가 이를 이어 간다면 또한 어찌 성대聖代의 문물에 일조하는 것이 아니겠는가?

생각해 보면, 『시경』의 시 3백 편은 모두 가악歌樂이 아닌 것이 없다. 고가古歌에는 사언四言이 많았는데, 뒤로 내려오면서 사곡詞曲이 들쭉날쭉하니, 모두 흡족하지는 못할 것이다. 전조前朝 고려의 황풍악皇風樂이란 것은 당나라 때 정악正樂의 소리를 모방한 것인데, 악장의 내용은 왕씨가 처음 일어난 공을 찬송한 것이다. 국초에 정인지 등에게 명하여 <용비어천가>를 짓고, 그 가운데 위 7장과 아래 3장을 가져다가 <여민락>을 이루었으니, 이는 황풍악 곡조의 강절腔節에 따라 가사를 맞춘 것이며, 가사는 사언시四言詩로 고의古意에 부합한다.

임금께서 매양 서교西郊에서 조서를 맞을 때에는 대궐 뜰로부터 풍악을 연주하여 숭례문에 이르러 바야흐로 마치고, 다시 연주하여 모화관에 이르러서야 비로소 끝났는데, 선조 초년에 악이 점점 빨라져서, 대궐 뜰로부터 광통교에 이르면 끝났다. 아는 사람들은 그 음악이 너무 빠른 것을 매우 걱정했는데, 얼마 안 되어 임진왜란이 일어났다. 이 말은 허균의 기록에 있는데,[201] 지금은 과연 어떠한지 또한 알 수 없다. 대개 지금의 대엽조 또한 느린 것을 폐지하고 빠른 것을 좇고 있으니, 아악이 점점 빨라진 것도 그 형세가 마땅히 그러했을 것이다.

또 지금 사람들이 계면조를 매우 좋아한다. 이것은 고려 때 정서鄭敍가 지은 것으로서 일명 <과정곡>이라고도 하는데, 듣는 자가 눈물이 흘러 얼굴(面)에 경계(界)를 이루기에 그렇게 말하는 것이다. 그 소리가 슬프고

---

201) 허균, 『惺所覆瓿藁』 권24, 說部 3, 惺翁識小錄下.

원망스러우니 곧 상간복상桑間濮上(복수 강가의 뽕나무 숲)의 음란한 음악과
같은 종류이다. 만일 진晉 나라의 악사 사광으로 하여금 듣게 했다면 반드
시 귀를 가리고 듣지 않았을 것이다. 성세가 융성하게 일어나는데, 도리어
사연(은나라의 악사)의 미미지음濔濔之音(유약하고 퇴폐적인 음악)을 어찌 쓴단
말인가?202)

이 글에서 이익은 당대의 악조와 그 전개과정에 대해 설명하여, 18세
기의 음악적 상황을 이해하는 데 도움을 준다. 그런데 그는 국문시가의
가치에 대해서는 별로 적극적인 입장을 가지고 있지 않았던 듯하다.
<심방곡>의 가사에 대해서는 비루하다고 평가하는가 하면, 계면조에
대해서도 퇴폐적인 악조라는 부정적인 인식을 보여 준다. 이익이 이 글
에서 보여준 시가관은 감정의 도가 지나치지 않고 절제되어 성정의 순
화에 도움을 주는 시가만을 인정하는 유교적 교화론에 입각해 있다. 그
렇지 않고 빠르거나 유약한 당대의 시가에 대해 그는 부정적인 시각을
가지고 있다.

한편 이 글에서는 당대의 악인 대엽조와 만·중·삭대엽조에 대해 설

---

202) 東俗歌詞, 有大葉調, 四方同然, 絜無長短之別. 其中又有慢中數三調, 此本號心方曲. 慢
者極緩, 人厭廢久, 中者差促, 亦鮮好者, 今之所通用卽大葉數調也. 其俚詞一篇可以通
於三調, 然其語鄙俗不足道. … 盖我邦有樂歌自新羅世, 而朝廷鄕黨之樂都循俚諺, 未有
一人作韻語被諸絃歌, 則習俗之陋也. 余所爲詞雖若無取, 而好事者嗣以爲之, 亦豈非聖
代典章之一助耶? 因思, 詩三百莫非歌樂也. 古歌多是四言, 後來詞曲參差, 未必皆爲允
愜之歸. 前朝皇風樂者, 倣唐時正樂之音, 而樂章頌王氏始興之功. 國初, 命鄭獜趾等, 撰
龍飛御天歌, 就其中取上七章下三章, 爲與民樂, 此因皇風樂腔節叶歌, 歌卽四言詩也,
却與古意合也. 上每迎詔于西郊, 樂自殿陛奏之, 至崇禮門方閟, 更奏, 至慕華舘方訖, 宣
祖初年, 樂漸促數, 自殿陛至廣通橋已閟. 知者深憂其噍殺, 未幾有壬辰之變. 此說在許
筠所錄, 又未知在今果何如也. 盖今之大葉調, 亦廢慢而趨數, 雅樂之漸促, 其勢宜然. 且
今人甚悅界面調. 此麗時鄭叙所造, 一名瓜亭曲, 以其聞者, 淚下成界扵面, 故云爾. 其聲
哀怨卽桑間濮上之餘流也. 如使師曠聽之, 必將掩而不逯耳. 聖世隆興, 而顧安用師涓濔
濔之音哉? <星湖僿說 권13, 人事門>

명할 뿐 아니라 우리나라 악의 연원을 신라시대까지 소급하였고, 이후 고려의 악과 조선 초의 악에 이르기까지 짧으나마 그 맥락을 밝히고 있다. 이렇듯 민족시가와 가악의 맥락을 살피고 유교적 효용론에 입각하여 시가의 가치를 파악하는 것은 한 세대 위의 병와 이형상에게서 이미 찾아볼 수 있다. 이형상의 가론은 앞서 한역시가인 <금속행용가곡>의 서문과 자신의 시가에 대한 자서인 <성고구곡병서>를 보며 언급하였는데, 이 외에도 이형상은 국문시가에 대한 방대한 비평작업을 행한 바 있다. 이러한 작업들에서 이형상은 성호 이익과 유사하게 유교적 효용론에 입각한 시가관을 견지하였다. 그러나 그는 민족어시가의 수집과 가치 부여에 있어서는 한층 더 적극적인 모습을 보여 주었다.

이형상은 악에 대한 조예가 깊어 이에 관련한 여러 저술들을 남겨 놓았는데, 그 중『지령록芝嶺錄』203) 제6책에서는 특히 시종일관 악과 관련한 내용을 수록하고 있다. 그 전반부에서는 중국의 악에 대해, 후반부에서는 자국의 악에 대해 일관되게 서술한 것이다.204) 여기에서 이형상은

---

203) 1706년에 편찬된 저작으로 총 7책으로 이루어져 있다.『지령록』은 현재 총 10권으로 영인된『병와전서』제8권에 들어 있다. 병와의 저술은 방대한데, 문집으로 전해지는『병와집』은 그 중 일부에 지나지 않는다.『병와집』은『병와전서』제1권에 수록되어 있으며, 국역된 바도 있다.『지령록』은『병와집』에는 들어 있지 않고, 다만 몇몇 작품들만이『지령록』과『병와집』에 중복 수록되어 있다. 권영철,「瓶窩全書解題」,『瓶窩全書』제10권, 한국정신문화연구원, 1982, 665면 참조.

204) 지지령록 제 6책은 다음과 같은 순서로 구성되어 있다. "1. 古樂府 / 2. 歷代歌謠 / 3. 魏晉樂府 / 4. 唐靑蓮樂府 / 5. 歷代歌行 / 6. 東方雅俗樂 / 7. 新羅樂章 / 8. 高麗歌行 / 9. 聖代風樂" 대항목 중 첫 번째 조목인 <고악부>조가『지령록』제6책 전체의 서설격이라면, <동방아속악>조는『지령록』제6책의 후반부가 시작되는 후반부의 서설로서 기능하는 것으로 보인다.『지령록』제6책은 내용상 크게 두 부분으로 나뉘는데, 전반부에서는 중국의 가악문화를, 후반부에서는 자국의 가악문화를 서술하였다. 이를 가르는 분수령이 바로 <동방아속악>조이다. 이러한 대항목들을 통해 보았을 때『지령록』제6책의 전반적인 내용은 중국과 자국의 歌樂文化史임을 알 수 있다.

상대적이고 자주적인 시가관을 피력하였는데, 다음과 같은 예들을 들 수 있다.

이형상, 〈고악부古樂府〉

덕성이 나타나는 것은 억지로 공부하여 되는 것이 아니니, 학의 울음소리와 기러기의 울음소리를 통해 미루어 알 수 있다. 하물며 이빨에 치우친 우리말로써 중원의 조화로운 운에 미치고자 하는 것은 비유컨대 초나라의 종들이 제나라 말을 배우고자 하나, 비록 매일 매질하여 제나라 말을 습득하게 하고자 하여도 끝내 할 수 없음과 같다. 이치가 이러하나, 가을 매미와 봄 꾀꼬리는 스스로 울며 스스로 즐길 뿐이니, 이들 또한 어찌 똑같을 수 있겠는가? 그런즉 즐기는 바는 어디에 있는가? 평조에 있으며, 우조에 있으며, 계면조에 있다.[205]

이형상, 〈동방아속악東方雅俗樂〉

아아! 복희와 신농의 지극한 순수함과 요임금과 순임금의 지극한 순정함과 우임금의 공과 탕임금의 권도여. 〈서리黍離〉가 풍風으로 떨어지고 시는 망하였다. 시가 망하고 악부가 생겼으나, 어찌 일찍이 하나의 율에 구속되었으리오? 한나라는 속악으로 아악을 정하고, 수나라는 오랑캐의 음으로 정음을 어지럽혔다. 이를 말하자면, 두기와 순욱, 완함과 장문수 등의 깨달음으로도 오히려 옛 아악과 조화롭지 못했다. 하물며 기장을 채워 가량嘉量을 정하고 대나무를 잘라 율도律度를 정함에 주나라 제도에만 얽매이니, 한나라의 곡斛과 위나라의 척尺 사이에서 이는 각주구검하는 것과 같다. 하늘의 때가 땅의 기를 살피지 않고, 사람의 소리가 악기와 조화롭지 못하면, 손으로 연주해도 마음에 얻지 못하고, 입으로 노래해도 성정

---

205) 德性之發非所强工, 鶴唳鴻嘹可推也. 況以偏齒之方音, 欲次中氣之諧韻, 譬猶楚奚之學語, 雖日撻而求其齊, 不可得也. 理雖使然, 然秋蟬春鶯自鳴自樂而已, 亦何常之有? 然則所樂何居? 在平調, 在羽調, 在界面調. 〈芝嶺錄 책6〉

에서 나오지 않는다. 주렴계가 예를 회복하는 것을 우선시하고, 정이천이 소리를 다스리는 것으로 바름을 삼고, 장횡거가 덕성으로 근본을 삼는 것은 은미한 뜻이 있다. 아아, 내가 이 세 가지 설을 신명처럼 여기도다![206]

이형상, 〈차익재잡영서次益齋雜詠序〉

손이 물었다. "악부는 사람마다 할 수 있는 것이 아니거니와, 하물며 동방엔 예전부터 아악이 없는지라, 선생님이 악부를 하신다 함은 참람한 것이 아닙니까?" 내가 말하였다. "무릇 악부라 함은 중원의 기를 얻은 연후라야 가합니다. 소동파는 촉에서 나고 자란지라 다만 잇몸에 치우친 바가 있었으니, 음을 조화롭게 하고자 하였으나 그러하지 못한 것은 기의 종류가 그러하기 때문입니다. 우리 동방의 성음은 이빨에 치우쳤으니 어찌 두루 미치겠습니까? 다만 우리나라 음악의 평조, 우조, 계면조에 의지하여 오음을 잃지 않으면 어찌 불가하다 하겠습니까?" 손이 맞다고 하였다.[207]

처음 두 예문인 <고악부>와 <동방아속악>은 『지령록』 제6책에, 마지막의 예문은 『병와집』 제3권에 실려 있다. <고악부>에서 이형상은 우리말로 된 노래가 중원의 노래와 같을 수 없음을 설명하였다. "학의 울음소리"와 "기러기의 울음소리"가 다르듯, "초나라의 종들"이 "제나라 말"을 습득할 수 없듯, "덕성이 나타나" "즐기는" 악樂은 같을 수가 없다

---

206) 嗟! 夫羲農至純, 堯舜至粹, 禹功湯權. 黍離降而詩亡, 詩亡而樂府作, 然曷嘗拘于一律哉? 漢以俗樂定雅樂, 隋以胡音亂正音, 如杜夔・荀勗・阮咸・張文收之屬, 宿悟神解, 猶不諧古雅. 況以累黍, 定其嘉量, 斷竹取其律度, 區區於周鬴, 漢斛魏尺之間, 則是刻舟而求劍也. 天時不審於地氣, 人聲不和於樂器, 手擊之而不得於心, 口歌之而非出於性. 濂溪以復禮爲先, 伊川以致聲爲正, 橫渠以德性爲本者, 厥有微旨. 吾於三說, 信之若神明, 噫! <芝嶺錄 책6>

207) 客曰: "樂府非人人可能, 況東方自古無雅樂, 子之爲樂府, 不亦濫乎?" 余曰: "凡所謂樂府, 必得中氣然後可也. 東坡生長於蜀, 所偏只齶, 音欲諧而未諧者, 氣類然也. 吾東聲音已偏於齒, 何能普也? 只依方音之平調・羽調・界面調, 要不失五音, 則何不可之有?" 客曰: "諾." <瓶窩集 권3, 樂府>

는 것이 위 기록의 내용이다. 이는 서로 다른 나라의 노래는 각기 그 가치를 지니고 있다고 보는 상대적 악부관인데, 이에 대한 본격적 논의는 <동방아속악>에 와서 이루어진다.

<동방아속악>에서 이형상은 상대성을 악부의 태생적 속성이라고 말하며 그러한 상대성을 인정해야만 함을 역설한다. 이는 악부의 시초에 대한 서술로부터 시작되는데, 악부 자체가 이미 순정한 악에서 한 단계 타락한 것으로 제시된다. 지극히 순수하고 지극히 순정한 고악古樂이 이미 망하고 나서 이루어진 것이 악부라는 것이다. 이어 악부의 다양성이 제시된다. 하나의 율로 정해지지 못하고, 때론 속악으로, 때론 호악胡樂으로 실현된 것이 악부라고 서술된다. 이렇게 볼 때 악부는 애초부터 불순함과 다양성의 속성을 가진 채 태어난 것이라 볼 수 있다. 불순함과 다양성이 악부의 숙명적인 조건이라면, 악부는 그것들을 껴안을 수밖에 없다. 이를 무시하고 잃어버린 고악의 이상으로 돌아가고자 애써 봤자 헛일이기 때문이다.

『지령록』 제6책에서는 <동방아속악>에 이어 우리민족의 시가사를 서술하였다. 신라로부터 조선에 이르기까지의 한문시가와 민족어시가 모두를 포함한 역대의 주요 작품들을 정리해 놓은 것이다. 이렇게 볼 때, <동방아속악>에서 악부, 즉 시가의 상대성을 강하게 피력해 놓은 까닭은 민족의 가악 문화사를 체계적으로 정리하기에 앞서 그러한 서술의 근거를 확보하기 위한 것이었던 것으로 보인다. 악부는 "하나의 율에 구속"되지 않으며 "한나라는 속악으로 아악을 정하고, 수나라는 오랑캐의 음"을 썼듯이 동방엔 동방의 특수한 악부가 있음을 그는 역설해야 했던 것이다.

이형상의 악부 혹은 시가관은 마지막에 제시한 <차익재잡영…>의 서문에서도 유사하게 나타난다. 이 기록에서 이형상은 "동방"에서 악부를 지을 수 있느냐는 손의 질문에 대해, "동방"은 "기氣"와 "음音"이 "중원"과 다르므로, 그 악도 다를 수밖에 없음을 설명하고 있다. 그 다름이 정당한 것임을 주장하기 위해, 한문학의 고전으로 인정받은 소동파의 시조차 악의 전범과 같을 수는 없었음을 제시하였다. 이 기록은 앞서 본 <고악부>의 내용과 흡사하여, 이러한 상대적 시가관이 병와 시가론의 중요한 내용임을 알 수 있다.

이처럼 이형상은 이익보다 한 세대 위의 인물이지만 민족어시가의 가치에 대한 인식에 있어서는 이익보다 오히려 더 진전된 양상을 보여 준다. 이익이 당대의 시가에 대한 비판적 인식을 드러내고 또 한문으로 가사를 짓지 않는 당대의 상황에 대해서도 비판했던 것에 비해, 이형상은 각 나라의 시가는 그 나라의 풍토에 맞게 고유한 것일 수밖에 없다는 상대적 시가관을 지니고 민족어시가의 가치에 대해 보다 적극적으로 사고하였던 것이다. 이러한 이형상의 시가론은 조선후기 민족어시가론의 전개 과정에서 17세기의 이수광, 신흠, 홍만종, 김만중 등과 18세기의 홍대용, 유득공 등을 잇는 중간 지점에 위치하고 있다.

시가의 한역 및 선집 작업과 필기류의 집필 등을 통해 민족어시가론은 발전되어 갔다. 17세기 후반에서 18세기 전반을 살았던 이형상은 시가의 창작과 한역, 또 방대한 시가사의 정리를 통해 상대적이고 자주적인 민족어시가론을 발전시키면서도 유교적인 교화론적 관점을 중시했다면, 이후 김양근, 유득공 등은 국문시가의 한역과 선집화 작업을 통해 표현론적이고 천기론적인 관점을 발전시켜 나갔다. 이러한 흐름은 뒤에 볼 가집 소재 비평에서도 계속된다.

5. 가집 비평의 전개

18세기는 『청구영언靑丘永言』과 『해동가요海東歌謠』 등 주요 가집歌集이 편찬된 시기로 알려져 있다. 이러한 가집의 서발문序跋文에는 시가 일반의 가치를 옹호하는 내용이 나오기 마련이다. 이를 통해 가집 편찬의 정당성을 확보할 수 있기 때문인데, 그 내용은 앞에서 살펴본 17세기와 18세기 민족어시가론의 연장선상에 있다. 이 절에서는 진본珍本 『청구영언』과 박씨본 『해동가요』에 수록된 서발문들을 살펴볼 것이다. 그리고 현전하지는 않지만 담헌 홍대용이 편찬한 가집 『대동풍요大東風謠』의 서문을 함께 검토하려 한다.

진본 『청구영언』은 원래 오장환이 소장하던 가집을 조선진서간행회에서 활자본으로 간행(1948)한 이후 '진본'으로 불리는 이본이다. 이 가집은 그 서문에 따르면 1728년에 편찬된 것으로, 현전하는 『청구영언』 이본들 중 가장 오래된 것으로 알려져 있다. 한편 18세기에 편찬된 것으로 보이는 다른 이본들인 홍씨본이나 장서각본 등에는 서발문이 실려 있지 않고, 19세기에 편찬된 중요한 가집인 육당본 『청구영언』에 수록된 서발문의 종류는 진본의 경우와 일치한다. 한편 『해동가요』에는 일석본, 주씨본, 박씨본, U.C.본 등의 이본이 존재하는데, 이 중 박씨본은 가장 많은 서발문을 싣고 있는 이본이다. 발문에 따르면 『해동가요』 박씨본의 편찬연대는 1755년이다.

『청구영언』 진본에는 정래교의 <청구영언서>와 이정섭의 <청구영언후발>, 그리고 김천택의 발문 및 「만횡청류蔓橫淸流」 서문이 수록되어 있다. 합하면 총 4종의 글인데, 이 중 작가가 분명한 글은 이정섭의 글뿐이고, 나머지 세 편의 글은 모두 작가를 믿기 어렵다. 정래교의 서문은 앞 장에서 이미 언급한 바와 같이 김득신의 글과 흡사하여 작가 비정에 의문점이 있다.[208] 그리고 김천택의 글로 알려진 가집 발문 및 「만횡청류」 서문은 각각 김수장의 『해동가요』 서문 및 『순오지』에 수록된 홍만종의 글과 유사하여, 이들 역시 김천택이 지은 글이라 보기 어렵다.

　한편 『해동가요』의 여러 이본들 중 가장 많은 서발문을 싣고 있는 박씨본에는 김수장, 홍만종, 그리고 화사자의 서문이 실려 있고, 장복소와 김수장의 발문이 수록되어 있다. 서문 중 김수장의 서문은 위에서 말했듯이 『청구영언』의 김천택 발문과 흡사하고, 홍만종의 서문은 앞 장에서 본 『순오지』의 기록과 같은 것이다. 그 외 화사자의 서문과 장복소 및 김수장 발문의 경우에는 작가 비정에 이견이 없다.

　이상과 같이 보았을 때, 『청구영언』(진본)과 『해동가요』(박씨본)의 서발문들 중 작가 비정에 문제가 없는 글은 이정섭의 『청구영언』 발문과 화사자의 『해동가요』 서문, 그리고 장복소와 김수장의 『해동가요』 발문 등으로 추려진다. 따라서 이들을 먼저 살펴보고, 이어 『청구영언』의 김천택 발문과 『해동가요』의 김수장 서문, 그리고 정래교의 <청구영언서> 등을 검토한 후, 마지막으로 홍대용의 <대동풍요서>를 살펴보기로 한다. 아래는 이정섭의 발문과 화사자의 서문이다.

이정섭, 〈청구영언후발青丘永言後跋〉

　김천택이 어느 날 『청구영언』 한 편을 가져와 내게 보여주며 말하였다. "이 책에는 우리나라의 이름나고 높으신 분들께서 지은 것이 많습니다. 하지만 널리 수집하다 보니 거리와 시정의 음란하고 저속한 가사도 또한 간혹 있습니다. 노래가 비록 작은 기예이나 또한 엮어 놓고 군자들이 본다면

---

208) 각주 161) 참조.

부족함이 없을 터인데 선생님께서는 어떻게 생각하십니까?"내가 말하였다. "염려하지 말라. 공자께서 시를 정리하면서 정풍·위풍을 버리지 않았으니, 이로써 선과 악을 갖추어 권계하고자 한 것이다. 시가 어찌 반드시 주남의 <관저>라야 하며, 노래가 어찌 반드시 순임금 때의 <갱재가賡載歌>라야 하겠는가? 다만 성정을 떠나지 않으면 되는 것이다.

시는 『시경』의 풍아風雅 이래로 나날이 옛것과 멀어졌고, 한나라와 위나라 이후로는 시를 배우는 자들이 다만 말을 꾸미는 데만 몰두하는 것을 해박하다고 여기고 경물을 아름다이 수놓는 것을 솜씨 있다고 여겨서, 심하게는 성률을 까다로이 따지고 자구나 연마하는 법이 나오기에 이르렀으니, 이에 따라 성정은 숨어버렸다. 이러한 폐단은 우리나라에 와서 더욱 심했다.

오직 가요 한 길만이 국풍을 지은 이의 남긴 뜻에 거의 가까워서, 정情에서 나와 우리말로 읊조리는 사이에 저절로 사람을 감동시킨다. 길거리의 노래에 이르러서는 악조가 비록 전아하고 순정하지는 않지만 무릇 그 기뻐하고 원망·한탄하며 거칠게 날뛰는 모습은 각기 자연의 진기眞機(참된 이치)로부터 나온 것이다. 가령 옛적의 민풍民風을 살피던 자로 하여금 채시采詩하게 한다면, 나는 그가 시에서 채집하지 않고 노래에서 채집할 것임을 아노니, 노래를 어찌 소홀히 여길 수 있겠는가?209)

화사자, 해동가요 서문

나는 전에 병을 앓아서 집 안에만 있으면서 아무것도 하지 못했고 찾아

---

209) 金天澤一日持靑丘永言一編, 以來視余曰:"是編也, 固多國朝先輩名公鉅人之作, 而以其廣收也, 委巷市井淫哇之談, 俚藝之設詞, 亦往往而在. 歌固小藝也, 而又以累之, 君子覽之, 得無病諸, 夫子以爲奚如?"余曰:"無傷也. 孔子刪詩, 不遺鄭衛, 所以備善惡而存勸戒也. 詩何必周南關雎, 歌何必虞廷載? 惟不離乎性情則幾矣. 詩自風雅以降, 日與古背馳, 而魏晉已後學詩者, 徒馳騁事辭以爲博, 藻繢景物以爲工, 甚至於較聲病, 鍊字句之法出, 而情性隱矣. 下逮吾東, 其弊滋甚. 獨有歌謠一路, 差近風人之遺旨, 率情而發, 緣以俚語吟諷之間, 油然感人. 至如里巷謳歈之音, 腔調雖不雅馴, 凡其愉佚怨歎, 猖狂粗莽之情狀態色, 各出於自然之眞機. 使古觀民風者采之, 吾知不于詩而于歌, 歌其可少乎哉?"<청구영언(진본)>

오는 사람도 없었다. 산인散人 김천택이 『해동가요록』 한 편을 가지고 와서 보여주었는데 그가 젊었을 때 직접 수집한 것이다. 작품이 모두 수백 편으로 차례가 아주 상세한데, 슬퍼하며 울분에 찬 말과 비루하고 속된 말이 있고, 산천 풍토며 길거리 남녀노소의 이야기가 섞여 있어 기이하고 묘하며, 성음은 같아도 곡은 다른데, 주나라 시 국풍과 크게 다르지 않다. 정률正律에 비추어 보아서는 비록 조금 떨어지더라도, 아주 오랜 뒤에 과연 호사자가 다시 나와서 우리나라의 노래를 추려 뽑아 우리나라의 국풍을 잇는다면 이 책이 있고 없음과 무관할지 어찌 알겠는가?

『시경』의 풍風이란 주나라의 가요이다. 주나라가 쇠망한 후에 정나라·위나라의 소리가 일어나면서 시도詩道가 이로 말미암아 폐하여졌다. 진나라에 이르러, 성정에서 우러나와 성률이 아름다운 것을 고악부라 하였는데, 오늘날 말하는 이른바 가요이다. 악곡이 있는 것을 가歌라 하고 악곡이 없는 것을 요謠라 한다. 소리의 높낮이며 박자는 음양에서 뜻을 취하여 음양의 증감으로 상생한다. 세상에 가요를 한다는 자들이 혹 소리는 아주 잘해도 그 본지를 알지 못하는 것이 언제나 걱정이라, 내가 시를 함께 말할 수 없는 사람과는 노래도 더불어 말하기 어렵다고 말하였다. 김천택 또한 깨달아 탄식하기를 마지않았다.

김천택은 노래로써 당세에 유명한데, 속된 것과는 거리가 멀고, 용모가 희고 말쑥하며, 구레나룻은 창처럼 꼿꼿하다. 어려서부터 시 삼백 편을 능히 외웠고 나이 육십에도 조금도 잊지 않았으니, 총명함이 남보다 뛰어나지 않다면 어찌 이와 같겠는가? 그의 노래는 빠르면 구슬프고 느리면 한가로워 마치 짐승이나 새, 머무는 구름 같기도 하고 회오리바람과 소나기 같기도 하다. 원통한 지아비와 홀로된 지어미는 흐느끼며 그 우수를 쏟아내고, 공자와 왕손은 즐기고 기뻐하며 그 화목함을 취하며, 시인과 호걸들은 강개하여 그 울적한 마음을 이끌어 낸다.

노래는 기예라 본디 미치기 어려운 것이 아니나, 그 지극한 수준이 이와 같으니 어찌 노래에 통달한 사람이 아니겠는가? 이미 노래에 통달하였으므로 가요록으로 나에게 그 끝에 넣을 발문을 청탁하는데 내 어찌 한 마디 말이 없겠는가? 지금 김천택은 이미 능히 시를 외우기는 하지만 시를

짓지는 못하고, 시를 짓지는 못해도 노래는 통달하였다. 동시대 사람들이
그 이름을 듣고 그 면모를 알아도 그 진면목은 잘 알지 못하고서 다만 노
래 잘하는 것으로만 칭송하니 김천택을 위하여 매우 애석한 일이 아닌가?
을축년(1745) 중춘(2월)에 욕음재에서 화사자 쓰다.210)

먼저 본 이정섭의 글에서는 다양한 시가의 주제영역을 적극적으로 인
정하며 동시에 기교에 빠진 시단을 비판한다. 그러면서 시가는 비록 거
칠더라도 진기眞機를 담고 있으므로 시보다 어떤 면에서는 오히려 더 가
치가 있다고 말한다. 이는 시와 노래가 하나라는 "시가일도론"에서 더
나아가 노래야말로 진정한 시라는 이른바 "가즉진시론歌卽眞詩論"에 해당
한다고 하겠다. 이는 김만중이 『서포만필』에서 우리나라의 진정한 문장
은 송강가사밖에 없다고 한 것이나, 유득공이 <동인지가>에서 문인들
이 지은 사詞가 항간의 노래보다 못하다고 말한 것과 유사하게 적극적
인 민족어시가론을 보여 준다.
이에 비해 『해동가요』의 화사자 서문은 이정섭의 글만큼 적극성을 띠

210) 余嘗有疾, 杜門坐, 散人金天澤, 以[五字缺]海東歌謠錄一編, 乃其年少時, 所自裒集者
也. 歌凡數百闋, 以叙次之甚詳, 有悲愁感憤之辭, 鄙俚俗下之語, 雜以山川風土, 及夫閭
巷老少之談, 而怪奇幻妙, 同音而異曲, 與周詩之國風不相遠. 然以正律觀之, 雖若少損,
千百載果有好事者復出, 刪取海東之歌謠, 而係之海東之國風, 則庸詎知不賴此編之存否
耶? 夫詩之風者, 周之歌謠也. 周衰然後鄭衛之聲作, 而詩道由是廢矣. 至于秦時, 人之
感發於性情, 鏗鏘於聲律者, 爲古樂府. 而今之所謂歌謠也, 有章曲曰歌, 無章曲曰謠. 淸
濁高下, 音響節奏, 取義於陰陽, 相生於損益. 世之爲之歌謠者, 或能善其聲, 每患於不識
其趣, 故余謂不可與言詩者, 難可與言歌者矣. 天澤亦醒然, 歎息不已. 天澤以歌有名當
世, 爲甚不俗, 其貌白晢, 其髯若戟, 自幼能誦詩三百, 年六十無少忘, 非有聰明絶人, 安
能若是哉? 其歌也, 促者悽然, 緩者舒然, 如獸鳥停雲, 飄風驟雨. 怨夫寡婦之涕泣, 爲能
激其憂愁也, 公子王孫之娛樂, 爲能取其和雍也, 騷人豪士之懰慨, 爲能導其煙鬱也. 歌
之爲技, 固少無及, 其至也如此, 豈非歌之聖者乎? 旣聖於歌, 故以歌謠錄, 請余以跋其
尾, 余豈無一言? 今天澤旣能誦詩而不能詩, 不能爲詩而能聖於歌. 一世之聞其名而識其
面目, 皆不能深知而徒以善歌稱之, 爲天澤可不深惜乎? 乙丑仲春, 花史子書于欲吟齋.
<해동가요(박씨본)>

지는 않는다. 이 또한 가집에 수록된 시가들의 다양한 내용들을 언급하였지만, 그러한 내용의 의의를 직접적으로 서술한 부분은 없다. 오히려 이 글 후반부의 내용은 김천택과 그의 노래에 대한 칭찬으로 이루어져 있다. 칭찬의 내용은 김천택의 노래가 표현하는 정서적 폭이 넓고 그 깊이가 깊다는 것으로, 시가의 표현론적 측면에 대한 인정을 전제하는 평가라고 할 수 있겠다.

한편 역시 작가에 대한 이견이 없는 장복소와 김수장의 『해동가요』 발문들을 아래에 본다. 이 글들은 윗글들에 비해 소략한 편이고, 시가의 의의에 대해 서술했다기보다는 가집의 편찬과정에 대해 짤막하게 기록한 정도이다.

장복소, 해동가요 발문

우리나라의 가보歌譜는 옛 주나라의 풍아風雅나 한나라의 악부와 같은 종류이다. 이름난 대신과 학자, 시인과 문장가들이 이를 읊고는 했다. 삼백여 편을 실은 중에 거기에는 평온하고 완만한 것도 있고 맑고 슬픈 것도 있으며, 폭풍이 몰아치고 천지가 진동하는 것 같은 것이 있는가 하면 풀잎과 칡덩굴이 수풀에 뻗어 있는 것 같은 것도 있어서, 귀를 즐겁게 하고 마음을 조화롭게 하여 그 또한 풍교에 크게 관계되는 것이다.

호사자가 이를 모은 것이 적지 않지마는 전한 지 오래라 음률 고저에 맞지 않는 것이 그 중 많이 있다. 김수장 군과 남파 김천택이 서로 경정산을 대하는 듯하여,[211] 양 옹이 당대에 노래에 통달하였다. 미묘하고 호탕·상쾌한 절도와 이리저리 부침하는 이치가 이 양 문도에서 나왔으니, 떨치고 일어나 틀린 곳을 바로잡고, 군자들이 지었거나 항간에서 전송되던 노래들을 널리 모아 다시 틀린 부분을 비교하고 청탁淸濁의 구분에 침

---

211) 李白의 <獨坐敬亭山>의 구절인 "相看兩不厭 / 只有敬亭山"(서로가 바라봐도 싫지 않은 건 오로지 경정산뿐이로다)에서 유래한 표현이다.

잠하였으며, 자신들이 지은 길고 짧은 노래 백여 수를 말미에 붙여 한 부를 이루었다.

그 본의를 말하건대 별다른 뜻은 없고 다만 부모님께 효도하고 임금께 충성하며, 분수를 지키고 가난해도 편안히 지낼 줄 아는 것이다. 맑고 깨끗하게 국화를 사랑하고, 노래를 즐기며 또 희롱하니, 진실로 소위 티끌세상의 호걸군자로다. 김 군 또한 대개 가인歌人의 계통으로, 지기志氣가 매우 탈속적이다. 훗날의 군자들은 장차 그것을 관현에 입혀 주나라의 풍아와 한나라의 악부와 같게 할 것인가, 그렇지 않을 것인가? 나는 알지 못한다. 을해년(1755) 4월 방초芳草 계절에 두곡거사 장복소가 화곡 노가재에서 쓰다.212)

김수장, 해동가요 발문

옛사람의 풍모를 애석해하며 지금 제군들의 호탕한 교유를 보니 넓디넓은 바다가 잔잔한 냇물 줄기와 더불어 가는 것 같아 참으로 한심한 일이다. 삼십 년 전에 수풀 속 깊게 외진 곳과 폭포 옆 키 큰 소나무 아래에서 셋씩 다섯씩 함께 종일토록 노래 연습을 하여 마침내 일가를 이룬 이가 많았으나, 이 세상이 어떠한지 이 부류들 영영 끊어졌으니 어찌 한탄하지 않으리오? 호사자도 없고 즐길 이도 없어 영영 없어져 버릴까봐 두려워 부득이 스스로 단가 이십여 수를 지어 제공들의 노래 밑에 붙이니, 눈살 찌푸리지 마시고 그 자취 이음을 용서하시길 비노라. 을해년(1755) 4월초 십주 김수장 쓰다.213)

---

212) 我國歌譜, 昔周之風雅, 漢樂府流也. 名臣巨儒騷人墨客, 往往吟咏焉. 歷三百餘載, 其譜有平而緩者, 淸而哀者, 如暴風驟雨震蕩天地者, 如綿草葛藟蔓延林者, 悅人耳, 和人心, 其亦風敎之一大關也. 好事者裒集, 非不夥然, 傳之旣久, 背音律違高低者, 間多有之. 金君壽長與南坡金天澤, 相對敬亭山, 兩翁卽當世洞歌者也. 微妙豪爽之節, 浮沈汩汩之理, 出於兩門, 慨然有矯失正訛之志, 廣取諸君子所作及里巷傳誦者, 反覆乎較語之誤, 沈潛乎其淸濁之分, 尾附自家之所製長短歌百餘章, 合爲一部. 述之本志, 別無他意, 而但孝親忠君, 守分安拙. 淸靜愛菊, 樂歌戲歌, 眞所謂塵世間豪傑君子也. 金君蓋亦得歌謠之統, 而志氣甚不俗也, 後之君子, 其將被之管絃, 如周風雅漢樂府耶否耶? 余未可知也. 歲乙亥孟夏芳草之節, 杜谷居士張福紹書于花谷老歌齋. <위의 책>

213) 憶昔古人之風儀, 觀今諸君之豪遊, 浩浩大海之與潺湲細流川者也, 良可寒心. 至於三十年前, 出林幽僻之處, 瀑布長松之下, 或三或五, 盡日唱習, 終爲成家者多矣, 未知斯世如

위의 두 발문은 같은 때에 이루어진 것인데, 화사자의 발문이 완성된 1745년에서 10년이 지난 1755년이다. 장복소의 발문에서도 역시 시가의 다양한 내용을 말하며 시가의 표현론적 의의를 잘 드러내었는데, 그 표현방식이 뒤에 볼 풍도형용風度形容의 방식과 유사하다는 점이 눈에 띈다. 그런데 이러한 시가의 다양한 내용이 지닌 가치에 대해서는 천기론적 관점 등을 들어 적극적으로 서술하지는 않았고, 그저 듣는 이를 즐겁게 하여 결과적으로 풍속을 교화할 수 있다는 정도로 언급하였다. 이어 김천택과 김수장이 함께『해동가요』를 편찬한 과정을 서술하고 풍류를 즐기는 그들의 삶의 모습을 별다른 과장 없이 긍정하고 있다.

김수장의 발문은 더 짧은데, 가집 전체에 대한 발문이라기보다는 자신의 작품을 붙이는 데 대한 서술로 보아야 할 듯하다. 앞의 장복소 발문에서 또한『해동가요』에 김천택과 김수장 등의 작품이 말미에 붙어 있음을 언급하였는데, 김수장과 장복소가 지은 이 두 편의 발문은 기존의『해동가요』에 김수장이 자신들의 작품을 추가하면서 새롭게 추가된 것으로 보인다.

장복소의 발문에서와 같이 김수장의 발문에서도 시가가 지닌 이념적 가치 등에 대해서는 별다른 서술이 없다. 그저 자신들의 "호탕한 교유"에 대한 자긍심 정도가 비쳐 있을 뿐이다. 노래문화를 본격적이고 전문적으로 향유하던 김수장과 같은 18세기 가객의 입장에서 시가에 어떠한 이념적 가치를 부여하는 일은 더 이상 그리 긴요한 일이 아니었을 수도 있다. 이미 시가를 즐기고 기록하는 일이 그때쯤이면 보편화되어 있었

何, 而此類永絶, 豈不嗟乎? 好事者無, 樂此者無, 故恐其永滅沈晦之地, 不得已自製短歌卄餘章, 附尾於諸公之下, 幸勿嗤蔑, 恕其繼跡焉. 乙亥孟夏之初, 十州金壽長書. <위의 책>

기 때문일 것이다. 혹은 그런 이념적 가치 부여는 자신들에게는 어울리지 않거나 어려운 일이었을 수도 있다. 그러한 일은 이정섭과 같은 사대부들에게 맡겨 두는 것이 보다 적당했을 것이다.

이제 작자 비정에 논란이 있는 경우들을 살펴보기로 한다. 먼저 『청구영언』의 김천택 발문과 『해동가요』의 김수장 서문을 비교해 본다. 이 글들은 거의 같은 내용으로 되어 있는데, 이 또한 이념적 설명보다는 가집의 간행 동기에 대한 간략한 서술로 이루어져 있다.

김천택, 〈청구영언발靑丘永言跋〉

무릇 문장과 시율詩律은 세상에 간행되어서 오래도록 전하나니, 천 년이 지나도 오히려 사라지지 않음이 있다. "영언永言"(노래)의 경우에는 한 시대에 입으로 불리다가 자연히 점차 사라져 후세엔 완전히 없어져 버리니 어찌 안타까운 일이 아니겠는가? 고려 말로부터 조선조에 이르기까지 이름난 큰 선비들이며 여항인과 규수가 지은 작품들을 하나하나 수집하여 틀린 곳을 바로잡고 기워 써서 한 권 책을 이루어 『청구영언』이라 이름하니, 당대의 호사자들이 입으로 외우고 마음으로 생각하며 펴 보고 열람하여 널리 전하도록 하고자 한다. 갑신년(1728) 5월 16일 남파노포 쓰다.[214]

김수장, 해동가요 서문

무릇 문장과 시율은 세상에 간행되어서 오래도록 전하나니, 천 년이 지나도 오히려 사라지지 않음이 있다. "가요"의 경우에는 활짝 핀 화초가 바람을 맞아 떨어지고 조수의 아름다운 소리가 귓가를 스쳐 지나가 버리는 것처럼 한 시대에 입으로 불리다가 자연히 점차 사라져 후세엔 완전히 없

---

214) 夫文章詩律, 刊行于世, 傳之永久, 歷千載而猶有所未泯者. 至若永言, 則一時諷詠於口頭, 自然沈晦, 未免湮沒於後, 豈不慨惜哉? 自麗季至國朝以來, 名公碩士, 及閭井閨秀之作, 一一蒐輯, 正訛繕寫, 釐爲一卷, 名之曰靑丘永言, 使凡當世之好事者, 口誦心惟, 手披目覽, 以圖廣傳焉. 歲戊申五月旣望, 南坡老圃識. <청구영언(진본)>

어져 버리니 어찌 안타까운 일이 아니겠는가? 고려 말로부터 조선조에 이르기까지 군왕들의 작품을 비롯하여 <u>이름난 큰 선비들이며 가객과 어부와 서리들, 그리고 호탕한 여항인들과 명기들 및 무명씨들이 지은 작품들과 스스로 지은 길고 짧은 노래 149수를 하나하나 수집하여 틀린 곳을 바로 잡고 기워 써서 한 권 책을 이루어</u> 『해동가요』라 이름하니, 당대의 호사자들이 입으로 외우고 마음으로 생각하며 펴 보고 열람하여 널리 전하도록 하고자 한다. 계미년(1763) 춘정월 상순 완산후인 74세 늙은이 노가재 김수장 쓰다.215)

　위에서 김수장의 『해동가요』 서문이 김천택의 『청구영언』 발문과 겹치는 부분은 밑줄로 표시해 놓았다. 여기에서 보면 일부 수식어구를 제외하고는 김천택의 발문과 김수장의 서문이 동일한 글임을 알 수 있다. 이 글들은 편찬자의 가집 편찬 동기와 수록 시가의 시간적·주제적 범위를 간단히 제시하는 것으로 구성되어 있다. 그 편찬 동기와 관련해서는 국문시가의 의의를 상세히 논하는 것과 같은 일은 하지 않았고, 단지 편자가 시가 작품들의 소멸을 걱정하여 가집을 엮게 되었다는 것만 언급해 놓았을 뿐이다.

　한편 앞 시대 작가의 글과 유사한 두 편의 서발문이 남아 있는데, 하나는 정래교의 <청구영언서>이고, 다른 하나는 김천택의 「만횡청류」 서문이다. 전자는 김득신의 글과, 후자는 홍만종의 글과 흡사하다. 특히 김

---

215) **夫文章詩律, 刊行于世, 傳之永久, 歷千載而猶有所未泯者. 至若**歌謠則如花草榮華之飄風, 鳥獸好音之過耳也. **一時諷詠於口頭,** 而**自然沈晦, 未免湮沒于後, 豈不慨惜哉? 自麗季至國朝以來,** 列聖御製 及**名公碩士,** 歌者漁者吏胥, 及閭巷豪遊名妓與無名氏幷閨秀之作及自製長短歌一百四十九章, **――蒐輯, 正訛繕寫,** 厘釐爲一卷, **名之曰**靑丘永言海東歌謠, **使凡當世之好事者, 口誦心惟, 手披目覽, 以圖廣傳焉.** 歲癸未春正月上澣, 完山後人七四老歌齋金壽長書. <해동가요(박씨본)> (위에서 김천택의 <청구영언발>과 일치하는 부분은 밑줄과 진한 글씨체로 표시하고, <청구영언발>에는 있으나 여기에는 빠진 구절 또한 가운데 줄을 그어 표시하였다.)

천택의 「만횡청류」 서문은 홍만종의 글을 거의 그대로 가져다 쓴 것인데, 이를 보면 아래와 같다.

김천택, 만횡청류 서문

우리나라 사람들이 지은 가곡은 오로지 우리말을 써서 간간이 한자를 섞고 한글로 엮어 세간에 전하는데, 우리말을 쓰는 것은 나라의 풍속으로 인해 어쩔 수 없는 것이다. 그 가곡이 비록 중국의 악보와 나란히 비교할 수는 없으나 또한 볼 만한 것과 들을 만한 것이 있다.
중국의 소위 가사歌詞라는 것은 곧 고악부와 신성新聲이니, 악기 연주에 맞춰 부르는 시가들은 모두 이것들이다. 우리나라는 토속 소리에서 나온 것을 문자와 섞어 어울리게 한 것이니, 이것이 비록 중국의 노래와는 다르지만 그 정서와 경상을 다 싣고 음률이 조화되어 사람으로 하여금 마음껏 노래하게 하고 감정이 흘러넘쳐 손발이 춤추게 하는 것은 모두 한가지다. 이에 세간에서 두드러지게 성행하는 것들을 뽑아 따로 다음과 같이 기록한다.[216)

위의 인용문에서 밑줄 친 부분은 홍만종의 『순오지』와 일치하는 구절이다. 미소한 자구 변화가 있고 신흠의 말을 인용하는 것이라는 내용이 빠져 있을 뿐 『순오지』의 구절과 완전히 일치함을 볼 수 있다. 한편 아래에 볼 정래교의 글은 중반부까지는 김득신의 글과 거의 일치하지만

---

216) **我東人所作歌曲, 專用方言, 間雜文字, 率以諺書, 傳**于行**於世, 盖方言之用, 在其國俗不得不然也. 其歌曲, 雖不能與中國樂譜比並,** 而**亦有可觀而可聽者.** 按象村集, 其書芝峰朝天錄歌詞曰**中國之所謂歌卽古樂府曁新聲, 被之管絃者俱是也. 我國則發之藩音, 協以文語, 此雖與中國異, 而若其情境咸載, 宮商諧和, 使人詠歎淫佚, 手舞足蹈, 則其歸一也.** 遂取其表表盛行於世者, 別爲記之如左. <해동가요(박씨본)> (『순오지』의 기록은 154번 각주 참조. 위에서 『순오지』의 기록과 일치하는 부분은 밑줄과 진한 글씨체로 표시하고, 『순오지』에는 있으나 여기에는 빠진 구절 또한 가운데 줄을 그어 표시하였다.)

후반부는 독자적인 내용으로 쓰여 있다.

정래교, 〈청구영언서靑丘永言序〉

옛 시절의 노래는 반드시 시詩를 사용하였으니, 노래를 글로 적은 것이 곧 시요 시를 악기에 맞춰 부르면 노래라, 노래와 시는 본디 하나다. 『시경』에 실린 삼백 편의 노래가 변하여 고시古詩가 되었고, 고시古詩가 변하여 근체시近體詩가 되자 노래와 시는 나뉘어 둘이 되었다. 한나라와 위나라 이래 음률에 맞춘 시를 악부라 불렀으나 변방의 나라에까지 꼭 쓰인 것은 아니다. 진나라와 수나라 이후에는 새로운 가사체가 있어 세간에 전해졌으나 시가가 융성하지는 못했다. 대개 가사는 글 짓는 재주와 성률에 정통함이 없으면 지을 수 없는 것이라, 시를 잘 짓는다 해서 노래도 짓는 것은 아니며, 노래를 짓는다고 해서 시도 짓는 것은 아니다. 우리나라로 본다면 대대로 인물이 부족하지는 않았지만 가사歌詞를 지었던 경우는 전혀 없거나 근근이만 있었는데, 있었던 것 또한 오래도록은 전해지지는 않으니, 이것이 어찌 오로지 문학만 숭상하고 음악은 업신여겼기 때문이 아니겠는가?

남파 김 군 백함(김천택)은 노래를 잘해 온 나라에 이름이 났으니, 성률에 정통하고 또한 문예에도 뛰어나 이미 손수 새 노래를 지어 여항인들에게 주어 익히게 하였다. 인하여 또 우리나라의 이름난 분들과 큰 선비들이 지은 노래, 그리고 민간의 가요들로 음률에 맞는 것 수백여 수를 수집하여, 잘못된 것은 고쳐 책 한 권을 이루었다. 나에게 글을 구해 서문으로 실어 널리 전하고자 하니 그 뜻이 근실하다. 내가 받아서 읽어 보건대 그 노랫말은 실로 모두 곱고 아름다워 즐길 만하고, 그 맛은 화평하고 즐거운 것도 있고 애원하고 처량한 것도 있어, 은미하고 완곡한즉 깨우침을 담고 있고 격하게 고조된즉 사람의 마음을 움직여, 한 시대의 성쇠와 풍속의 선악을 징험할 만하여 과연 시와 표리를 이룰 만하니, 함께 이루어져 서로 없을 수 없는 것이다.

아아! 무릇 이 노랫말이라는 것은 오직 생각만 푸는 것이 아니라 답답함을 풀어 없애기까지 한다. 사람들이 보아 느낌이 나고 흥이 이는 까닭 역

시 그 안에 있는 것이니, 악부에 올려 나라사람들에게 쓴다면 또한 풍속을
교화하는 데 일조할 수 있을 것이다. 이러한 노랫말은 비록 시의 공교로움
에는 필적할 수 없을지라도 세도엔 오히려 더 유익하니, 세상의 군자들이
이를 버려두고 채록하지 않음은 어째서인가? 어찌 이 또한 음악을 감상할
줄 아는 자가 적고 성찰할 줄 모르는 것이 아니겠는가? 백함이 이를 알고
수백 년 동안 잊히지 않고 남은 것들을 모아 기리고 전하려 한다. 노래를
지은 이들이 저승에서 이를 안다면 반드시 백함을 변함없이 자신의 뜻을
알아주는 양자운揚子雲217)으로 알 것이다.

　백함은 이미 노래에도 뛰어나 스스로 새로운 노래들도 지었고, 거문고
를 잘 타던 전악사全樂士와 함께 아양지계峨洋之契(伯牙와 鐘子期의 사귐)를 맺
었다. 전악사가 거문고를 타고 백함이 맞추어 노래를 부르면 그 소리가 맑
아 귀신을 감동시키며 밝고 온화한 기운을 불러일으키니 두 사람의 재주
는 일세에 절묘했다 할 만하다. 내가 한때 울적한 마음이 병이 되어 마음
이 즐겁지 못했는데 백함이 전악사와 함께 와 이 노래들을 불러 주니 한
번 듣고서 그 답답함과 울적함을 씻을 수 있었다. 무신년(1728) 3월 상순에
흑와黑窩가 서문을 쓰다.218)

---

217) "朝暮之子雲": 아침저녁으로 늘 알아주는 知己. 子雲은 漢나라 揚雄(BC.53~BC.18)
　　 의 字.

218) 歌而文之者爲詩, 詩而被之管絃者爲歌, **歌與詩固一道也**. 自三百篇變而爲古詩, 古詩變
　　 而爲近體, 歌與詩分而爲二. 漢魏以下, 詩之中律者, 號爲樂府, 未然必用之於鄕人邦國.
　　 陳隋以後, 又有**歌詞別體, 而其傳於世, 不若詩歌之盛**. 盖歌詞之作, 非有文章而精聲
　　 律則不能, **故能詩者未必有歌, 爲歌者未必有詩**. 至若國朝, 代不乏人, 而歌詞之作, 絶
　　 無而僅有, 有亦不能久傳, 豈以**國家專尙文學 而簡於晉**樂故然耶? 南坡金君伯涵以善歌
　　 鳴一國, 精於聲律而**兼攻文藝**, 旣自製新飜, 罙里巷人習之. **因又蒐取我東方名公碩士
　　 之所作, 及閭井歌謠之自中晉律者數百餘闋, 正其訛謬, 裒成一卷. 求余文爲序, 思有
　　 以廣其傳, 其志勤矣. 余取以覽焉, 其詞固皆艶麗可玩, 而其旨有和平惟愉者, 有哀怨
　　 悽苦者, 微婉則含警, 激昻則動人, 有足以戀一代之衰盛, 驗風俗之美惡, 可與詩家表
　　 裏, 並行而不相無**矣. 嗚呼! 凡爲是詞者, 非惟述其思, 宣其鬱而止爾. 所以使人觀, 感而
　　 興起者, 亦寓於其中, 則登諸樂府, 用之鄕人, 亦足爲風化之一助矣. 其詞雖未必盡如詩
　　 家之巧, 其有益世道, 反有多焉, 則世之君子置而不採, 何哉? 豈亦賞音者寡, 而莫之省
　　 歟? 伯涵乃能識此, 於數百載之下, 得之於凱昧湮沒之餘, 欲而表章而傳之. 使作者有知
　　 於泉壤, 其必以伯涵, 爲朝暮之子雲矣. 伯涵旣能善歌, 能自爲新聲, 又與善琴者全樂師, 托

위에서 밑줄 친 부분은 송곡松谷이라는 이가 지었다는 가집에 대한 김 득신의 서문과 일치하는 부분이다.[219] 전반부에서는 구절에 조금씩 변 화가 있긴 하나, 많은 구절들과 글의 흐름이 동일하고, 특히 중반부의 내용은 두 글이 완전히 동일하다. 반면 후반부의 내용은 전혀 같지 않은 데, 정래교의 <청구영언서>에서는 시가의 의의와 김천택과의 일화를 서술해 놓았다.

여기서 시가의 의의로 서술된 것은 답답함을 풀어 풍속을 교화할 수 있다는 점이다. 이는 시가의 표현론적 의의를 바탕으로 한 민족어시가 론의 양상을 띤다. 그런데 한편으로는 노래가 시에 필적할 수는 없다고 하여 노래의 가치에 대해 조금은 유보적인 태도를 보이기도 한다. 이는 전반부의 노래와 시는 본디 하나라고 명시한 시가일도론의 입장에서 조 금 더 보수적으로 역행한 듯한 느낌을 준다. 이렇게 보면 이 글의 전반 부와 후반부에 미묘한 태도 차이가 보인다고도 할 수 있다. 물론 이 정 도 의구심만으로 이 글이 정래교가 쓴 것이라는 『청구영언』의 기록을 부정할 수는 없을 것이다. 오히려 후반부의 내용은 꽤 자세하고, 또 정 래교는 그의 문집 『완암집』에 김천택의 시가 작품들에 대한 발문을 따 로 남겨 놓고 있어서 주목되기도 한다. 이를 보면 다음과 같다.

정래교, 〈김생천택가보서金生天澤歌譜序〉

김군 백함은 노래를 잘하여 나라에 이름이 났는데 능히 스스로 새로운 소리를 만들어 맑은 소리가 들을 만하였고 신곡 수십 곡을 만들어 세상에

爲峨洋之契. 全師操琴, 伯涵和而歌, 其聲瀏瀏然, 有可以動鬼神而發陽和, 二君之技, 可 謂妙絶一世矣. 嘗幽憂有疾, 無可娛懷者, 伯涵其必與全樂師, 來取此詞歌之, 使我一聽 而得洩其湮鬱也. 歲戊申暮春上浣, 黑窩序. <청구영언(진본)>

219) 각주 161) 참조.

전하였다. 내가 그 가사를 보니 맑고 고우며 이치가 있고, 음조와 박자, 체제가 법도에 맞아 가히 송강의 시가와 나란히 할 만하였다. 백함은 단지 노래만 잘할 뿐 아니라 문장 또한 잘함을 보였도다. 아아! 지금 세상에서 시가를 잘 알아보는 자로 하여금 이 가사를 채록하여 악관에 올리어 거리의 가요에만 그치지 않게 하라. 어찌 백함으로 하여금 연나라와 조나라의 비분강개한 소리만 하여 불평지심만 노래하게 할 것인가? 이 노래들은 또한 강호산림에서 방랑 은둔하는 말을 끌어다 반복 영탄하며 그치지 않았으니 이 또한 말세의 뜻일진저![220]

위에서 보듯이 정래교는 김천택이 노래를 잘 부르기만 할 뿐 아니라 창작에도 뛰어나다는 점을 강조하며 송강의 시가와 나란히 할 만하다고 김천택의 시가 작품을 극찬하고 있다. 이를 보면 정래교와 김천택 사이에 교분이 있었다는 것은 분명하고, 정래교가 실제로 <청구영언서>를 썼을 가능성 또한 높아진다. 하지만 『완암집』에는 <청구영언서> 자체는 존재하지 않고 또 이 <청구영언서>가 김득신의 송곡 가집 서문과 중반부까지의 내용이 거의 같다는 사실도 그대로여서 작가의 신빙성 문제는 여전히 남는다.

한편 마지막으로 볼 홍대용의 <대동풍요서>는 시가의 진정성과 정서 표출 기능을 강조한다는 점에서 정래교의 <청구영언서>와 유사하며, 천기론天機論과 관련한 조선후기 민족어시가론의 양상을 잘 보여 준다. 아래와 같다.

---

220) 金君伯涵以善唱名國中, 能自爲新聲, 瀏亮可聽, 又製新曲數十闋以傳於世. 余觀其詞, 皆淸麗有理致, 音調節腔皆中律, 可與松江新飜後先方駕矣. 伯涵非特能於歌, 亦見其能於文也. 嗚呼! 使今之世有善觀風者, 必采是詞而列於樂官, 不但爲里巷歌謠而止爾. 奈何徒使伯涵爲燕趙悲慨之音, 以鳴其不平也? 且是歌也, 多引江湖山林放浪隱遯之語, 反覆嗟歎而不已, 其亦衰世之意歟! <浣巖集 권4, 序>

홍대용, 〈대동풍요서大東風謠序〉

노래란 그 정情을 말하는 것이다. 정이 움직여 말이 되고 말이 글로 이루어지니, 이것을 노래라 한다. 기교도 선악도 잊고 자연스럽게 천기天機에 따라 나타내는 것이 좋은 노래이다. 그래서 『시경』의 국풍國風에는 민간의 가요를 따른 것이 많으니 때론 교화의 은택이 드러나고 또한 풍자의 뜻이 있기도 하다. 비록 지극히 선하고 아름다운 요임금 때의 〈강구요康衢謠〉에 비해서는 손색이 있지만, 진실로 모두가 당대의 바른 성정에서 나온 것이다. 그러므로 여러 나라의 가요들을 태사太師가 채집하여 관현管絃에 올려 잔치자리에 사용하고, 글방에서 거문고 타고 글 외우는 선비나 들과 밭에서 패랭이 쓰고 농사짓는 백성들이나 모두 기뻐하고 감동하여 알지 못하는 새 날로 착해지도록 하게 한 것이다. 이는 시의 교화가 아래로부터 위에까지 통달한 것이다.

주나라 이후로 중화와 오랑캐가 뒤섞여 방언이 날로 더욱 변하고 풍속이 경박해져 인위적인 것이 날로 늘어 갔다. 언어가 변하여 시와 노래가 형식을 달리하게 되었고, 인위적인 것이 늘어나므로 정과 글이 서로 응하지 않게 되었다. 이런 때문에 성률만 교묘하고 시격과 압운만 까다로워졌으니, 생각은 비록 세밀하나 오히려 그 자연스러움을 잃었으며, 이치는 비록 바르지만 천기天機는 오히려 사라졌다. 이로써 풍아風雅를 잇고 나라를 교화시키고자 한다면 또한 너무 요원한 일이 아니겠는가?

돌이켜 보건대 민간에서 지어진 가요는 자연의 소리와 리듬에서 나온 것이니, 곡조와 박자는 비록 중화와 오랑캐가 다를지라도, 간사하고 정직함은 대체로 그 풍속을 따르며, 장으로 나뉘어 운율을 맞고 사물에 감동하여 말로 형용하는 것은 진실로 곡조는 다르더라도 솜씨는 같으니, 이른바 "오늘날의 음악이 옛 음악과 같다"는 것이 이것이다. 이에 그 글이 옛것을 본받지 않고 말의 이치가 비루하고 속되다 하여 나라에서 바치지 않고 태사도 채집하지 못해, 당시엔 음률에 맞추어 천자에게 드리지 못하고, 후세엔 치란治亂의 득실得失을 상고할 수 없게 한다면, 대개 시교詩教는 완전히 망하는 것이다.

조선은 본디 동방의 오랑캐라, 기풍이 좁고 얕으며 방음도 이상하여 시율의 공교함이 진실로 중화에 한참 미치지 못하고 사詞 형식으로 된 것은 더욱 알려진 것이 없다. 그 소위 노래란 것은 모두 항간에 퍼져 있는 이속의 말로 엮었는데 간혹 문자가 섞여 있으니, 옛것을 좋아하는 사대부로서는 이를 짓기 좋아하지 않는 경우가 이따금 있고 대개는 어리석은 사람의 손에서 많이 이루어졌으므로, 그 말이 얕고 속되어 그런 것들은 군자는 취하지 않았다.

그러나 『시경』의 이른바 풍風이란 것도 본디 풍속을 노래한 보통 말이었으니, 그렇다면 그 당시에 듣던 자도 지금 사람이 지금 사람의 노래를 듣는 것과 같지 않았다는 것을 어찌 알겠는가? 오직 입에서 나오는 대로 노래한다 하더라도 말이 마음에서 우러나오고, 잘 다듬지 못했다 하더라도 천진天眞이 드러나면, 나무하는 아이들과 농부의 노래라 할지라도 또한 자연에서 나온 것이 사대부들이 고치고 또 고쳐 말은 비록 옛것이나 천기天機를 깎아 없앤 것보다 오히려 나을 것이다. 진실로 잘 관찰하는 자가 자취에 구애되지 않고 뜻으로써 미루어 본다면, 사람들을 기쁘게 하고 감발시키어 백성을 백성답게 만들고 풍속을 이루는 데 귀결되는 의의는 애당초 고금이 다르지 않은 것이다. 또 그 비유하고 흥을 일으키는 뜻과 시대를 슬퍼하고 옛것을 생각하는 말이 혹 현인·군자의 입에서 나올 경우에는 임금에게 충성하고 어른을 사랑하는 뜻이 또한 법도에 맞게 되어 말은 다해도 뜻은 남음이 있다. 이것은 대개 풍아風雅의 남은 뜻을 깊이 얻는 것이니, 그 말이 얕으면서도 밝고 그 뜻이 순하면서도 드러나서 부인과 어린애가 들어도 모두 알 수 있게 하니, 이는 곧 이른바 시교詩敎가 위아래에 통한다는 것이니, 이것을 버리고 무엇으로써 한단 말인가?

고금에 전하는 것을 삼가 뽑아 두 책을 만들고 『대동풍요』라 이름하니, 모두 천여 편이 된다. 또 별곡別曲 수십 수를 그 끝에 붙여서 태사가 채택할 것에 대비하니, 성조聖朝에서 풍속을 살피는 정사에 그래도 도움이 될 것이다. 그 희롱하는 말과 음탕한 말 같은 것은 또한 공자께서 정나라와 위나라의 시를 버리지 않았던 뜻이니, 주자께서 말한바 "스스로 돌이켜 반성하여 권면하고 징치함이 있어야 한다"는 것은 윗사람으로서는 더욱이 몰라서는 안 될 따름이다.221)

윗글은 노래의 가치를 천기天機의 표현에서 찾는 것으로 시작한다. "천
진天眞"을 드러내는 민간의 가요야말로 가치 있는 것이고 그렇기에 『시
경』의 시들은 민간의 가요에서 온 것이라고 설명하였다.

이어 시대가 변하여 시와 노래의 형식이 서로 달라지게 되었고, 시의
기교는 발전하였지만 진정성의 측면에서는 오히려 퇴보한 상황에 대해
비판한다. 그리고는 진정을 담은 시가가 민간의 노래에 있다는 사실을
다시 확인하고, 이를 저속하다고 무시하는 태도에 대해 그러한 태도는
시의 교화적 효용성을 완전히 망쳐버리는 것이라며 강하게 문제 삼는다.

글의 중반부 이후로는 조선의 상황에 대해 직접적으로 언급하는데,

---

221) 歌者言其情也. 情動於言, 言成於文, 謂之歌. 舍巧拙忘善惡, 依乎自然, 發乎天機, 歌之
善也. 故詩之國風, 多從里歌巷謠, 或囿涵泳之化, 亦有諷刺之意. 雖有遜於康衢謠之盡
善盡美, 固皆出於當世性情之正也. 是以邦國陳之, 太師採之, 被之管絃而用之宴樂, 使
庠塾絃誦之士, 田野襁褓之氓, 俱得以歡欣感發而日遷善而不自知. 此詩教之所以自下達
上也. 自周以後, 華夷雜糅, 方言日以益變, 風俗澆薄, 人僞日以益滋. 言變而詩與歌異其
體, 人僞滋而情與文不相應, 是以其聲律之巧, 格韻之高, 用意雖密而愈失其自然, 理致
雖正而愈喪其天機. 欲以此而紹風雅而化邦國, 則不亦遠乎? 顧里巷歌謠之作, 出於自然
之音響節族者, 腔拍雖間於華夷, 邪正多從其風俗, 分章叶韻而感物形言者, 固異曲同工
而所謂今之樂猶古之樂也. 乃以其文不師古, 詞理鄙俗也, 邦國不陳, 太師不採, 使當時
無有比音律獻天子, 則後世無以考治亂得失之迹, 蓋詩教之亡, 於是乎極矣. 朝鮮固東方
之夷也, 風氣褊淺, 方音侏僸, 詩律之工, 固已遠不及中華, 而詞操之體, 益無聞焉. 其所
謂歌者, 皆綴以俚諺而間雜文字, 士大夫好古者, 往往不屑爲之, 而多成於愚夫愚婦之手,
則乃以其言之淺俗而君子皆無取焉. 雖然, 詩之所謂風者, 固是謠俗之恒談, 則當時之聽
之者, 安知不如今人而聽今人之歌耶? 惟其信口成腔而言出衷曲, 不容安排而天眞呈露,
則樵歌農謳, 亦出於自然者, 反復勝於士大夫之點竄敲推言則古昔而適足以斲喪其天機
也. 苟善觀者不泥於迹而以意逆志, 則其使人歡欣感發而要歸於作民成俗之義者, 初無古
今之殊焉. 且其取比起興之意, 傷時懷古之辭, 或出於賢人君子之口, 則其忠君愛上之意,
又灑灑乎言有盡而意有餘. 蓋已深得乎風雅遺意, 而其辭淺而明, 其意順而著, 使婦人孺
子皆足以聞而知之, 則所謂詩教之達于上下者, 舍此奚以哉? 謹採古今所傳, 集成二冊,
名以大東風謠, 凡千有餘篇. 又得別曲數十首以附其後, 以備太師之採, 庶有補於聖朝觀
風之政. 若其調戲淫藝之辭, 亦夫子不去鄭衛詩之意, 晦翁所謂思所以自反而有以勸懲之
者, 尤在上者之所不可不知也云爾. <湛軒書, 內集 권3>

한문학은 수준이 중국에 못 미치고 국문시가는 폄하되는 상황을 보여준다. 그러나 이어 전반부에서 보여준 것과 유사하게, 진정을 드러내는 시가의 가치를 역설하고, 마지막에서는 저속한 가사마저도 버리기보다는 포용해야 함을 주장한다.

마지막에서 이른바 "희롱하는 말"과 "음탕한 말"조차 포용하는 이유로 든 것은 지금 보기에는 다소 궁색해 보이기도 하는 주자의 말이다. 윤리적으로 문제가 있는 내용도 반면교사로 삼을 수 있다는 것이 그것인데, 이는 분방한 내용을 담고 있는 정나라와 위나라의 시가를 공자가 『시경』에 포함한 이유로 유학자들이 통상 내 놓던 설명이다. 홍대용 또한 이러한 통상적인 유학적 이해에 기대어, 자신이 수집한 시가의 내용적 분방함에 대해 변명 비슷한 설명을 하고 있다.

이후 홍대용보다 반 세대 남짓 뒤에 태어난 유득공은 더 이상 유교적 교화론에 기대지 않고 오로지 천진과 천기의 표현만을 강조하며 세속적 시가들의 가치를 인정하게 되는데, 이는 앞에서 유득공의 한역시가 <동인지가>의 서문을 통해 살편 바 있다. 거기서 보았듯이 유득공은 천기 혹은 "진기眞機"를 내세워 민족어시가의 가치가 한시에 비해 오히려 우위에 있음을 주장하였으며, "진眞"의 측면에서 가歌의 가치가 시詩를 넘어서는 것으로 여겼다. 이러한 생각은 홍대용의 윗글에도 표현된 것이며 더 멀리는 김만중의 평설에 맥이 닿는데, 홍대용이 그래도 주자의 말을 인용하며 세속적 내용의 시가를 소극적으로 변호한 반면 유득공은 그러한 변명조차 하지 않고 단도직입적이라는 차이를 보인다.

이상에서 『청구영언』과 『해동가요』의 서발문 및 홍대용의 <대동풍요서> 등을 대상으로, 민족어시가론과 관련된 가집 비평의 양상을 살펴보았다. 그런데 이 글들 중에는 작가 비정에 논란의 여지가 많은 것들도 있어서 주의가 필요함을 보았다. 대체로 『청구영언』의 서발문들에 이러한 문제가 많은데, 이정섭의 발문을 제외하면 다른 글들은 모두 『청구영언』의 기록을 액면 그대로 받아들이기 어려움을 보았다. 게다가 이정섭의 발문 또한 그의 문집인 『저촌집樗村集』에는 <청구영언후발>이 아니라 <해동가요후발>로 되어 있어서, 비록 이 글의 작자 비정에는 문제가 없을지라도 『청구영언』의 기록 자체에는 역시 의심스러운 측면이 있다.

『저촌집』에는 김천택이 이정섭에게 보여준 가집의 제목이 『청구영언』이 아니라 『해동가요』인 것으로 되어 있다. 그런가 하면 『해동가요』의 화사자 서문이나 장복소 발문에서 또한 김천택이 김수장과 함께 『해동가요』를 편찬한 것으로 되어 있다. 이러한 정황들을 보면 김천택이 편찬한 가집은 『청구영언』이 아니라 『해동가요』이고 『청구영언』에 수록된 서발문들의 기록은 조작된 것일 가능성이 있어 보인다.

게다가 앞 장에서 보았듯이 홍만종의 『청구영언』 자서가 남아 있어서, 애초에 "청구영언"이라는 이름의 가집을 편찬한 것은 홍만종이라고 볼 수 있다. 그렇다면 현전하는 『청구영언』은 그 뿌리가 멀리 홍만종의 고본에 닿아 있지만 이미 수많은 변개가 이루어진 가집인데 그 편찬자로서 김천택이 부회된 가집이 아닌가 하는 추정을 해 보게 된다.

이처럼 가집의 편찬 정황과 가집 비평의 작자 비정에는 의문이 존재한다. 하지만 여하간 가집의 편찬과 그 서발문의 창작을 통해 민족어시가론의 줄기가 넓고 깊어진 것은 사실이다. 여기에 기여를 한 것은 김천택이나 김수장 같은 가객들보다는 이정섭, 정래교, 그리고 홍대용과 같은 문인들이었던 것으로 보인다. 가객들의 기록은 가집 편찬의 동기 정도를 밝히는 데 그친 반면 이정섭이나 홍대용과 같은 이들은 천기론과 진시론에 바탕을 두고 노래야말로 진정한 시라는 적극적인 민족어시가론을 발전시켰던 것이다. 한편 가객들의 경우에는 구체적인 곡목들과 관련하여 인상비평을 발전시킨 것으로 보이는데, 이에 대해서는 다음 장에서 살펴보기로 한다.

제 7 장

민족어시가론의 지속과 변이기

이 장에서는 전 시기에서 이어지는 시가 한역과 그 비평작업, 그리고 가집 비평의 양상이 어떻게 이어지고 변모하는지 살펴볼 것이다. 시가의 한역작업은 시조를 중심으로 더욱 세련되어졌고, 비평을 동반하는 경향도 계속되었다. 작품을 취사선택하는 선집화 과정을 거치고 국문시가와 한역의 의미에 대해 논평하는 일 또한 지속되었다. 가집 비평 또한 앞 시대와 유사하게 이루어져서, 가집의 서발문을 통해 국문시가의 의의가 서술되었다.

또한 악조와 곡조의 특성에 대한 비평이 활발히 진행되었다. 이러한 비평은 앞 시대에서부터 시작된 것이지만 이 시기에 들어서는 그것이 축적되고 변형되며 또 새롭게 생성되면서 발전하는 모습을 보인다. 이는 주로 비유적이고 인상적인 방법을 통해 이루어지는데, 가사와 곡의 결합체인 시조 작품들이 주는 예술적 특징을 당대에 인식할 수 있는 한 방편이 되었다.

본격적인 논의에 앞서 이 시대 시가의 흐름을 시조를 중심으로 간략

히 살펴보기로 한다. 이 시기는 "창곡왕성시대唱曲旺盛時代"222)라 불릴 만
큼 다양한 곡조의 분화·발전이 이루어진 때이다. 그 중에서도 특히 시
조 장르는 다양한 악곡에 얹혀 불렸는데,223) 크게는 시조창과 가곡창으
로 나뉘어 연행되었고, 그 각각은 또 여러 가지 형태로 분화하였다. 두
종류의 연행 형태를 반영한 대표적인 가집으로 『남훈태평가南薰太平歌』와
『가곡원류歌曲源流』가 남아 있어서 이 시기 시가 연행의 면모를 구체적으
로 보여 준다. 이 중 『남훈태평가』는 1863년에 방각본坊刻本으로 출간된
가집으로 대중성을 띠고 있다. 그리고 『가곡원류』는 1872년에 편찬된
것으로 현재 가장 많은 이본이 남아 있는 가집이다.

　이렇듯 19세기에 시조가 꽃피울 수 있었던 것은 특히 왕실의 진찬연進
饌宴에 가곡창이 쓰인 것과 관련이 있는 것으로 보인다. 순조 연간인
1827~1829, 3년에 걸쳐 효명세자孝明世子(1809~1830)가 대리청정을 하면
서 주동한 진연에서부터 가곡창을 부르는 민간의 가자歌者, 즉 가객들이
왕실의 진연에 참여하였다는 기록이 나오는데, 이는 당대 진연에 가곡
창이 여러 가지로 쓰이던 상황과 관련이 있다. 세자 자신 진연과 관련된
9수의 시조를 창작하기도 하였다.

　원래 <만대엽>이라는 궁중의 악에서 출발한 가곡창이 17세기 무렵
부터 왕실을 떠나 민간에서 발전하다가, 이렇게 19세기가 되어서는 다
시 왕실과의 연관 속에서 전기를 맞이하게 된다. 이러한 상황과 관련된
것이 바로 『가곡원류』이며, 『청구영언』 육당본 또한 그러한 것으로 추
정되고 있다.224)

---

222) 조윤제, 앞의 책 참조.
223) 『가곡원류』에는 이삭대엽에서 파생된 中擧, 平擧, 頭擧 등이, 그리고 言弄에서 파
　　생된 言編 등이 나와 있다.
224) 19세기의 왕실과 시조 연행의 관계에 대해서는 신경숙, 『조선후기 시가사와 가곡

이제 이렇듯 왕실과의 관련 속에서 고급예술로서의 아취를 더하게 된 시조 장르에 대한 인식이 어떻게 전개되어 갔는지 시조의 한역 작업을 통해, 그리고 가집의 비평 작업을 통해 살펴보기로 한다.

1. 한역 악부시의 지속과 변이

18세기에 활발히 이루어진 국문시가의 한역은 19세기의 신위申緯(1769~1847), 이유원李裕元(1814~1888) 등의 작업으로 이어진다. 중국 악부시와의 비교를 통해 그 독자성을 강조하며 이루어져 온 국문시가의 한역과 악부시화는 19세기에도 계속된다. 앞 장에서 본 유득공은 <동인지가>에서 민족어 시가의 가치와 시가한역의 목적을 서술한 서문을 싣고 이어 한역시가 작품들을 수록하는 방식을 취했는데, 이러한 방식은 19세기의 신위, 이유원, 이유승李裕承(1835~1906), 원세순元世洵(1832~?) 등에게도 계승된다.

이 중 신위의 시조 한역은 그 이후의 작가들인 이유원, 이유승, 원세순 등의 시조한역에 큰 영향을 끼친 것으로 보이는데, 신위 자신은 유득공으로부터 영향을 받았을 개연성이 크다. 이 둘은 서로 교유한 바가 확인되고, 학맥상으로도 연결되어 있다.225) 무엇보다 당대의 걸출한 시인이었던 유득공의 저작들에 그 바로 후대의 뛰어난 시인이었던 신위가

연행』, 고려대학교 민족문화연구원, 2011, 89~120면 참조.

225) 연보에 따르면 유득공과 신위는 1790년대 후반에 교유한 바가 확인된다. 송준호, 『柳得恭의 詩文學 硏究』, 태학사, 1984, 22면; 김영진, 「유득공의 생애와 교유, 年譜」, 『대동한문학』 27, 2007, 참조. 이 둘은 모두 少論系 江華學派와 밀접한 관련을 지니고 있다. 유득공의 조부와 부친은 강화학파의 주요인물인 李匡師와 종유하였으며, 신위 역시 강화학파의 또 다른 주요 인물인 李匡呂에게 시를 배웠다.

관심을 가지지 않았을 리 없다. 이 둘은 문학과 역사, 음악에 대해 논의하였을 것이고, 그런 과정에서 민족어시가의 가치라든가 그 한역과 관련하여 일정한 영향을 주고받았을 것으로 짐작된다.

　한편 신위와 이유승, 원세순 등의 경우에는 한역시가 작품들이 필기나 문집 등에 수록되어 있는 것이 아니라 따로 구성된 한역가집에 실려 있다는 것이 특이하다. 이는 한역을 통한 시조의 선집화 작업이 보다 본격적으로 이루어진 양상을 보여 준다. 특히 신위의 <소악부>는 여러 이본이 남아 있을 만큼 당대에 영향력을 지니고 있었다. 그리고 신위와 이유승, 원세순 등의 한역시가를 한 데 모은 『삼가악부三家樂府』가 편찬되기도 하였다.226)

　『삼가악부』의 저자들인 자하紫霞 신위, 동오東梧 이유승, 춘정春汀 원세순 등은 직간접적으로 서로 영향을 주고받은 관계였다. 이는 그들이 쓴 서문을 통해 드러난다. 이들의 서문의 뒤에서 살펴볼 것인데, 이유승은 신위의 소악부를 매우 사모하여 그것을 본뜬다고 하였고, 원세순 또한 신위와 이유승의 업적을 따라 소악부를 지었다고 하였다.

　생몰연대로 보아 이유승이 신위를 직접 만나본 일은 없을 듯하다. 이유승은 다만 젊었을 때 신위의 시집에 감명을 받았는데, 이후 노성하여 우연히 그것을 다시 보고 나서 그 진가를 새삼 깨닫게 되었음을 <속소악부병서續小樂府并序>에서 말하였다. 이와는 달리 원세순과 이유승은 직접적인 교류가 있었던 것으로 보인다. <속악부인續樂府引>에서 밝히듯

---

226) 신위의 『소악부』 이본은 20여 종이 남아 있다. 『삼가악부』는 일본 교토대학 도서관에 소장되어 있는 것이 유일본이며, 마이크로필름 형태로 국립중앙도서관에서 열람할 수 있다. 김명순, 『조선후기 한시의 민풍 수용 연구』, 보고사, 2005, 253면 ; 김진희, 「원세순 편 『三家樂府』의 특성과 의미」, 『고전문학연구』 41, 고전문학연구회, 2012 참조.

원세순은『삼가악부』를 편찬하기 전에 책의 내용을 이유승에게 직접 보이고 바로잡았기 때문이다.

한편 신위와 이유승은 이유원이라는 또 다른 중요한 소악부 작가를 매개로 서로 연관된다.『가오고략嘉梧藁略』에 소악부 45수를 남긴 가오嘉梧 이유원은 신위와 친분이 꽤 깊었던 듯한데, 당대에 유행하던 신위의 소악부를 자신의『임하필기林下筆記』에 소개해 놓은 바도 있다.227) 또한 이유원은 자신의 소악부 끝에 자신이 자하 신위 소악부의 영향을 받았음을 기록하고 자하 소악부 서문의 일부 내용을 실어 놓기도 하였다.228) 이러한 점들로 보아 이유원은 신위의 소악부 전통을 직접 이어 자신의 소악부를 창작하였다고 볼 수 있다. 그런데 이유원의 족제族弟가 바로 이유승이다. 이유원과 이유승은 문文과 예禮에 대해 여러 차례 서신을 주고받을 만큼 가까운 사이였다.229) 이로 보아 이유승이 일찍이 신위의 소악부를 보았던 것도 이유원을 매개로 하였을 가능성이 크다.

이제 신위와 이유원, 이유승과 원세순 등이 지은 한역시가의 서발문을 차례로 들어 보면 다음과 같다.

---

227) 이유원은 신위와 詩文에 대해 논의하기도 하고, 신위에게 가서 도자기나 서화 등을 감상하기도 하며, 신위의 養研山房에 현판을 써 주기도 하고, 이후 신위의 시집에 서문을 쓰기도 하였다. 이유원의『林下筆記』와『嘉梧藁略』에서 여러 관련기록을 찾을 수 있다. 특히『임하필기』권28,「春明逸史」,「樂府」에서 이유원은 신위의 소악부가 40수에 달한다는 점을 말하고, 그 중 <竹謎曲>, <蝴蝶靑山曲>, <碧溪水曲>, <綠草淸江馬曲>, <冶春曲>, <落花流水曲>, <金爐香曲> 등 7편을 소개하였다.

228) 이유원의 관련 글은 뒤에서 살펴볼 것인데, 이 글 중 "皆東國忠臣志士哲輔鴻匠, 高明幽逸才子佳人, 詠嘆嚬呻之餘也."부분이 신위의 <小樂府四十首幷序> 중 일부와 거의 일치한다.

229)『嘉梧藁略』책11,「書」에 <與景先書> 등 이유승에게 보낸 여러 통의 편지들이 수록되어 있다. 景先은 이유승의 字이다.

신위, 〈소악부사십수병서小樂府四十首幷序〉

우리나라의 언어와 문자는 번잡함과 간결함이 크게 달라서 옛부터 사곡
詞曲은 모두 언어와 문자를 섞어서 지었다. 그러므로 애초에 평측과 구두
의 운을 정연히 맞춤이 없었다. 다만 목구멍에서 소리를 길고 짧게 하고
입술과 이에서 가볍고 무겁게 하며, 혹은 촉급하게 거두고 혹은 끌어 펴
내어 노랫말의 각수刻數를 맞춘다. 그런 다음 소리를 떨어뜨려 우성羽聲을
삼고 높이 들어 올려 상음商音을 이루는 것이니, 『화간집花間集』과 『준전집
尊前集』 같은 사詞 선집에서 가사를 만들어 곡에 맞추는 법에 비춰 보면 지
극히 속되고 거칠다고 할 만하다. 그렇더라도 관현에 입히면 저절로 율려
를 이루어, 슬픔과 즐거움의 변화상이 사람의 마음을 감동시키니, 이로써
천지간에 원래 자연의 음악이 있어, 땅을 나누고 경계를 갈라 논할 수 없
다는 것을 알겠다.

이제 그 노랫말을 모아 시를 이루고자 하니 더러는 글귀를 길고 짧게
하기도 하고 운을 산압하여 고체古體라 억지로 이름한다. 그러나 읊조려
음미하는 사이에 소리의 어울림이 깨지고 어긋나 다시 사곡의 본색이 아
니니, 참으로 껄끄러워 손을 대기 어렵다고 할 만하다. 이 때문에 문단의
제공이 듣지 못한 척 방치하여, 장차 성대의 가요가 흩어지고 없어져 전하
지 않게 하니 어찌 안타깝지 않겠는가?

고려 익재 선생이 곡을 수집하여 7언 절구를 이루고 소악부라고 이름
붙여 지금도 선생의 문집에 남아 있는데, 대부분 오늘날 그 곡은 전하지
않아도 그 가사는 남아 있는 것이 이 시들에 힘입은 것이니, 문인이 붓을
드는 것이 어찌 중요하지 않겠는가? 내가 이를 적이 기뻐하여 우리나라의
짧은 노래 가운데 기억나는 것들을 취하여 또한 7언 절구로 만들었다. 문
채야 선생께 조금도 미치지 못하나 다른 시대에 같은 형식으로 각기 제
나라의 노래를 채집한 것은 한가지이다.

내가 강화 유수로 있을 때 비로소 이러한 뜻이 생겼으나, 지은 것이 불
과 절구 여섯 수뿐이었고, 그도 또한 초본을 잃어버려서 몹시 안타까워했
다. 그런데 근래 당시 막부에 있던 이가 상자에 부본을 보관하고 있어서
다시 기록하여 잃지 않게 되었으니 또한 다행한 일이다. 내가 산과 호숫가

를 오가면서 몇 편 지은 것까지 함께 기록하여 역시 소악부로 제목을 붙
였다. 그러나 매 장마다 詞의 곡자명曲子名을 붙인 것은 내가 처음 창안
한 것이고 익재 선생이 한 것은 아니다.

무릇 우리나라의 충신과 지사, 뛰어난 현신과 고명한 일사, 재자와 가인
이 영탄하고 고뇌한 나머지를 대략 여기에 갖추었으니, 비록 감히 당나라
왕지환王之渙의 <양주사凉州詞>230) 같은 작품과 저잣거리의 높은 누각에서
갑을 다툴 수는 없겠지만, 또한 일대의 풍아를 보존하고 시가의 궐문을
기울 수는 있을 것이다. 뒷날에 보는 이가 바람 불고 달 뜰 때 향기로운
등잔불을 피우고 한 번 읊는다면 피리 불고 거문고 타는 것만 못하다고는
할 수 없으리니, 또한 반드시 그 음을 감상할 줄 아는 이가 있을 것이다.
시대의 선후와 같은 것으로 말하자면, 기억나는 대로 하였을 뿐이고 일시
에 지은 것이 아니라서 다시 차례를 갖추지는 않았다.231)

---

230) 원문의 "黃河遠上之詞"는 <凉州詞> 중 한 구절인 "黃河遠上白雲間"(황하는 멀리 백
운 사이로 오르고)과 관련된다.

231) 東國言語文字, 繁簡懸殊, 古來詞曲, 皆參合言語文字而成也. 故初無秩然之平仄句讀之
叶韻. 但以喉嚨間長短唇齒上輕重, 或促而斂之, 或引而申之, 以準其歌詞之刻數, 然後
墜之爲羽聲, 抗之爲商聲, 其視花間罇前塡詞度曲之法, 亦可謂鄙野之極矣. 雖然, 被之
管弦, 自成律呂, 哀樂變態, 感動心志, 是知天地間原有自然之樂, 有不可以限地分疆而
論也. 今欲採其辭入詩, 則或可以長短其句, 散拼其韻, 强名之曰古體. 然吟咏咀嚼之間,
頓乖聲響, 非復詞曲之本色, 儘可謂戞戞乎, 其難於措手矣. 是以文苑諸公, 置若罔聞, 將
使昭代歌謠, 聽其散亡而不傳, 可勝哉? 高麗李益齋先生, 採曲爲七絶, 命之曰小樂府,
今在先生集中, 擧皆今日管弦家不傳之曲, 而其辭之不亡, 賴有此詩, 文人命筆, 顧不重
歟? 余窃喜之, 就我朝小曲中余所記憶者, 亦以爲七言絶句. 藻棌雖萬萬不逮先生, 而異
代同調, 各採其國之風則一也. 余在江都留臺時, 始有此意, 所作不過六絶句而止, 旋失
草本, 甚恨之. 近因當時居幕府者儻有副本, 重錄而不至逸, 其亦幸矣. 通錄余山中湖上
往來所得者若干首, 亦以小樂府爲題. 然每章各系以曲子名則余所創例, 又非益齋先生之
舊也. 凡我朝忠臣志士, 哲輔鴻匠, 高明幽逸, 才子佳人, 得志不遇, 出於咏歎噸呻之餘
者, 略備於此, 縱不堪與黃河遠上之詞, 甲乙於旗亭, 亦庶幾存一代之風雅, 補詩家之闕
文. 後之覽者, 於風前月下, 香爐燈光, 試一吟諷, 未必不如品竹彈絲, 而亦必有賞音者矣.
若其時代先後則隨記隨作, 非出於一時者, 故不復詮次云爾. <警修堂全藁 책7, 北禪院續
藁 三>

이유원, 〈소악부사십오수小樂府四十五首〉

내가 지난 여름에 해동악부 백 수를 지었는데, 익재 선생의 소악부 제작법에 근거한 것이었다. 지금 가을비 내리는데 양연산방養研山房 신위의 소악부를 보고 모방하여 이를 지으니 모두 우리나라의 충신과 지사, 뛰어난 현신과 고명한 일사, 재자와 가인이 영탄하고 고뇌한 나머지이다.

대개 소대昭代의 가요들은 지금 전하는 것이 없다. 오직 익재 이제현 이후에 상촌 신흠, 동명 정두경 제공이 입술과 이빨로 가볍고 무겁게 하는 법을 익혀, 떨어뜨려 우성羽聲을 삼고 들어올려 상음商音을 삼았다. 그러나 당시에 불리던 노래들이 지금엔 모두 고조古調가 되어 사람들이 알지 못한다. 양연 신위가 읊은 소악부가 하나도 고체古體가 아니나 그 역시 맞지 않고 어긋나는 부분이 있어 풀이하기에 어렵다. 민풍이 날마다 다르고 변하는 것을 이에서 볼 수 있다. 내가 엮은 것이 지금은 사람들이 외지 않는 것이 없으나 몇 년 지나면 옛 악조처럼 달라질 것이니 이는 지금의 악조라도 다르지 않다. 이것이 옛 풍아의 변풍變風과 정풍正風이 만들어진 까닭이다.232)

이유승, 〈속소악부병서續小樂府并書〉

내가 젊었을 적에 자하 신위 공의 시집을 보았는데 <해동소악부> 사십 수가 있었다. 그것을 마음에 참으로 아꼈는데, 이후 사십여 년 동안 관심을 두지 못했다. 근일에 우연히 기원綺園 박 시랑이 간직해 둔 것을 다시 보게 되었는데, 과연 절대 가작이었고, 자하 옹의 뜻이 공연한 것이 아님을 알게 되었다.

대개 우리나라의 가요는 고려 이래로 명신과 석학, 문인과 일사, 정녀와

---

232) 余昨夏, 作海東樂府百首, 原於益齋先生小樂府法. 今秋雨裏, 見養研山房俗樂府, 倣以製之, 皆東國忠臣志士, 哲輔鴻匠, 高明幽逸, 才子佳人, 詠嘆嘲呻之餘也. 盖昭代歌謠無傳. 惟益齋後, 申象村・鄭東溟諸公, 得唇齒輕重之法, 墜之爲羽聲, 抗之爲商音. 然當時咀嚼者, 今擧爲古調, 人無知之. 養研所詠, 全非古體, 而亦不免戾戛乎, 難於繹解. 民風之日異時變, 於斯可見矣. 余之所編, 今則無人不誦, 而如過幾年, 與古調縱然有間, 比時調亦不無差等之殊. 是古風雅變正之所由作也. <嘉梧藁略 책1, 樂府>

재자들이 흥을 부치고 정을 베껴, 뜻을 얻고 잃음에 심중의 감회를 영탄으로 드러내어 느낀 바를 따른 것이니, 『시경』의 시에 정풍과 변풍이 있어 진나라의 태사가 일대의 풍화를 이을 수 있었던 것과 같다. 그러나 문단의 제가가 이를 보니 우리나라의 말로 되어 있어 옛적의 시와 사詞에 맞지 않아 방치해 두었다. 익재 선생이 짧은 노래들을 채집하기 시작하여 칠언절구를 이루고 "소악小樂"이라 이름하였다. 그 후 오륙백 년 동안 적막하여 소식이 없어, 뜻 있는 사람들이 안타까워하는 바였다. 그런데 자하 공의 작품은 진실로 선생의 뜻을 서술하여, 단지 꾸미기만 현란하게 한 것이 아니라 과연 문단에 깃발을 꽂았으니, 성대盛代의 풍아風雅에 보탬이 됨이 어찌 적다 하겠는가?

내가 이에 마음에 적이 사모하여 망령되이 모작하였으니, 평일에 기억하는 여항의 짧은 노래들로 열 편의 절구를 얽어 이름하기를 〈속소악부〉라 하였다. 이는 수릉壽陵 사람이 한단邯鄲의 걸음을 배우려는 것과 같겠으나, 만일 그 이른 곳에 혹 근사하게 모방한 것이 있어 자하 공이 살아온 듯하다면 인정할 것인가?[233]

원세순, 〈속악부인續樂府引〉

시는 주남과 소남의 풍風이 시초다. 그리고 정풍이 변한 음은 당시의 흥함과 쇠함을 보여주므로, 주남과 소남 이하는 변풍이라고 말한다. 그러하나 대개 여항의 가요라는 것은 남녀가 서로에게 주는 것으로, 바람이 움직이듯이 그 성정이 자연스럽게 나타나므로 채집할 만하지 않은 것이 없으

---

233) 余少時見紫霞申公詩集, 有海東小樂府四十首, 心乎愛之, 後四十餘年, 更未掛眼. 近日偶得綺園朴侍郎所庋, 復見之, 果絶代佳作, 又知霞翁之意非徒爾也. 盖東國歌謠, 自勝朝以來, 名臣碩輔, 騷人逸士, 靜女才子之所寓興寫情, 得志失志, 感於中而發於咨嗟詠歎, 隨其所感, 又如葩詩之有正變, 陳之太師可以稽一代之風化. 而文苑諸家視之, 以邦音俚語, 不合於古之詩詞, 置而不理. 益齋先生始採小曲, 爲七絶, 謂以小樂. 厥後五六百載, 寥寥無聞, 此有志之所慨惜. 而霞公之作, 寔述先生之志也, 非直藻彩絢爛, 可爲騷壇旗鼓, 其有補於昭代風雅, 豈少也哉? 余於是心竊慕之, 妄擬摹作, 以平日所記閭巷小曲, 搆爲十絶, 題之曰續小樂府. 是無異壽陵學步, 而若其所到處, 亦或有倣樣近似者, 使霞公而可作, 其曰印可乎否? 〈三家樂府〉

니, 변풍이란 정풍의 말단을 이은 것이기 때문이다.

　시는 본래 4언으로 되어 있었다. 4언이 버려지고 5언이 일어났으며, 5언
이 버려지고 7언이 성했다. 당나라의 시인 두심언杜審言과 심전기沈佺期로부
터 율시律詩가 높게 여겨졌고 중당中唐 이후 그 반을 잘라 7언 절구를 만들
었다. 상부가 아니라 하부에 대한 것은 상반을 자른 것이라 하고, 하부가
아니라 상부에 대한 것은 하반을 자른 것이라 하며, 상하 모두에 대한 것
은 중반을 자른 것이라고 말한다. 대개 7언 율시의 구조는 기승전결과 선
경후정으로 되어 있으며, 성률의 장단과 청탁淸濁에 맞추어 신기神氣가 세
번 찾아오고 터럭을 가르듯 세밀히 분석하는 데 이른다. 7언 절구는 4구로
되어 율시의 전체를 이어서, 작은 규모로 큰 말을 상대하니, 중고中古에 이
르러 간결한 뜻이 극에 달하였다. 문인과 재자들이 정을 담아 회포를 부친
작품이 7언 절구로 되어 있는 것이 많은데, 이것을 가곡의 각수刻數에 얹
은 것을 이른바 악부라고 한다. 그 음이 바른 것을 관협에 입혀 조정과 향
당에서 사용한다. 그러나 우리나라에선 근래 박자를 맞추고 율조를 고른
것이 전혀 없어서, 7언 절구는 7언 절구일 뿐이다. 그러나 그 성정의 순연
함은 바른 데서 나왔으니 과연 치세의 음이라 하겠다.

　동오 이공이 가요 10수를 거두어 절구로 만들어 소악부를 짓고 스스로
서문을 썼는데, 그 서문에 말하기를, "자하 신공이 이미 40편의 절구가 있
어 소악부라 서문을 썼다. 신공의 작품은 대개 익재의 악부에 말미암은 것
이라 옛것을 따라 이름 붙였다."라고 하였다. 동오공이 신공을 이은 것은
송옥과 경차가 <이소>를 이은 것과 같다. 나 또한 모방하여 10여 편의 절
구를 지어 "소인小引"이라 하고 동오공에게 가르침을 취하여 합하여 한 편
을 만들고 이름하기를 "삼가악三家樂"이라 하였다. 그러하나 회풍檜風과 조
풍曹風(시경 변풍의 끝 부분) 이외에 어찌 시가 있으리오? 변풍으로 정풍을
이을 것인가?234)

<hr>

234) 詩之二南風之權輿, 而正變之音可觀當時之汚隆, 故二南以下, 謂之變風. 然大率閭巷歌
　　謠, 男女相贈之間, 其性情之發, 自然如風之動者, 則不無可采, 所以變風, 亦係於正風之
　　末. 詩本四言. 四言廢而五言興, 五言廢而七言作, 七言之盛. 始於杜審言沈佺期, 以律體
　　爲高, 中唐以下絶其半, 爲七絶. 上不對而下對者曰上半絶, 下不對而上對者曰下半絶,
　　上下具對者曰中半絶, 盖七律之爲體, 起承轉結, 境景情事, 叶於聲律之長短淸濁, 至於

이유승과 원세순이 전범으로 삼은 자하 소악부는 시조의 보전보다는 한시의 창작에 더 주의를 기울인 산물로 이해되기도 한다. 까닭은 신위가 <소악부서>에서 한역시의 성률미聲律美를 강조하고, 시조한역시의 형식을 7언 절구라는 엄격한 근체시 형식으로 고정해 놓았기 때문이다. 그러나 한역시의 형식미를 추구하는 것은 자하 소악부의 방법이지 목적은 아니다. 신위는 민족어시가가 본연의 가치를 지니고 있으며 이를 전승하기 위해 소악부가 필요함을 그의 서문에서 명백히 하고 있다.

신위는 비록 국문시가가 "극히 속되고 거칠다고" 할지라도 "저절로 율려를 이루어, 슬픔과 즐거움이 변화하는 모습이 사람의 마음을 감동시키"는 것을 강조하였다. 이는 앞 시대에서 이어온 천기론에 바탕을 둔 민족어시가론과 다르지 않다. 그런데 그는 이 같은 가치를 지닌 국문시가를 보전하기 위해서는 그 한역시 또한 율문다움을 지녀야 한다고 역설하였다. 국문시가를 번역한 시들이 형식을 자유롭게 하며 이른바 "고체古體"라고 스스로 말하지만 "읊조려 음미하는 사이에 소리의 어울림이 깨지고 어긋나 다시 사곡의 본색이 아니"어서 결국 문단으로부터 외면받는다고 그는 비판한 것이다. 이러한 문제를 피하고 한역시가 율문으로서 형식미를 지닐 수 있도록 그는 7언 절구의 형식을 선택하였다.

이유승과 원세순 또한 자하 소악부의 목적과 방법을 계승하여 자신들의 소악부를 지었다. 훌륭한 가치를 지닌 시조를 전승한다는 자하 소악

三來神氣毫分銖析. 七絶四句, 襲律之全體, 以小敵大言, 簡意盡肆於中古. 文人才子, 遣情寓懷之作, 多在七絶, 入於歌曲刻數, 是所謂樂府也. 其音之正者, 被之管絃, 合用於邦國鄕黨, 而海東近日絶無叶韵調律, 七言自七言而已. 然其性情之粹然出於正者, 則果治世之音也. 東梧李公掇收歌謠十絶, 以續小樂府, 自序之, 其序曰: "紫霞申公已有四十絶以小樂府序之. 申公之作盖由李盆齋樂府, 故因其舊而名之." 梧公之續如宋玉景差之續離騷矣. 余亦效嚬以十餘絶爲小引, 就正於梧公, 合爲一編, 名曰, 三家樂. 然檜曹以外, 焉有詩乎? 以變風而係于正風者歟? <위의 책>

부의 목적을 계승하고, 그러한 목적을 이루기 위해 7언 절구로 한역시의 형식미를 갖추는 자하 소악부의 방법 또한 계승한 것이다. 이유승은 신위의 소악부가 "문채가 아름다워 문단의 으뜸이 될 뿐더러 소대풍아를 보충할 수 있"다고 말하며 그 문학적 성취와 국문시가 보전의 의의를 높게 평가하였다. 원세순 또한 7언 절구라는 형식이 악부시로서 지닌 의의에 대해 자세히 설명하고, 이유승의 소악부 창작에 대해서는 "송옥과 경차가 <이소>를 이은 것과 같다"고 말하며 자신 또한 이유승과 신위의 작업을 계승하였다.

한편 이유승이나 원세순과는 좀 달리 이유원은 신위의 소악부 또한 자신의 시대에는 성률미를 충분히 구현하지 못한다고 보며 그렇기에 자신이 또 다른 소악부를 짓는다고 말하였다. "민풍이 날마다 다르고 변하는 것"이기에 신위가 지은 소악부조차 자신의 시대에 와선 고조古調에 가까워졌다는 것이다. 때문에 이유원은 신위가 이미 한역한 시조들에 대해서도 소악부 짓기를 꺼리지 않았다. 그리고 신위의 소악부 창작 방식을 따르기는 하되 그것을 나름대로 변용하였다.235)

그러나 이들은 모두 성정의 자연스러운 발로로서 국문시가가 가치를 지니며, 그러한 국문시가를 보전하기 위해 한역시의 형식미를 추구해야 한다고 보는 점에서는 시각을 공유하고 있다. 전자는 앞 시대의 민족어 시가론에서 이어지는 측면이고 후자는 그것이 변화한 양상을 보여 준다

---

235) 신위의 소악부와 이유원의 소악부 중 같은 시조를 원시조로 하는 작품들의 쌍은 다음과 같은 일곱 개이다. 「金爐香」·「更漏子」;「蝴蝶青山曲」·「蝶戀花」;「竹謎」·「竹枝」;「碧溪水」·「鬻山溪」;「人月圓」·「滴滴金」;「綠草靑江馬」·「醜奴兒」;「冶春」·「憶秦娥」. 이에 비해 이유승과 원세순은 자하 소악부를 전범화하고자 하였기에, 신위가 이미 한역한 시조들에 대해서는 단 한 편도 소악부를 짓지 않았다. 이는 이들이 이유원이나 권용정 등이 한역한 시조들에 대해서는 중복하여 소악부를 짓기도 한 것과 다르다.

고 할 수 있다.

번역시의 형식미를 추구한다는 것이 이들에게는 어떤 의미였을까? 이유승과 원세순이 고수하고자 했던 자하 소악부의 창작 방식은 어떤 것일까? 자하 소악부의 특성으로는 회화미繪畫美·성률미聲律美의 중시 등 한시로서의 형식미 추구가 그 동안 주로 논의되어 왔다.[236] 그러나 자하 소악부의 특성은 원시조가 지닌 내용과 형식의 충실한 재현에도 있다. <소악부서>에서 언급한 성률미의 추구는 원시조에 대한 소홀함과 관련되는 것으로 그간 판단되기도 하였다. 그러나 번역시의 형식미를 추구하는 것이 의역에 대한 관대한 허용과 반드시 연결되는 것은 아니다. 자하 소악부는 뒤이어 지어진 이유원이나 권용정權用正(1801~?) 등의 소악부에 비해 원시조의 재현에 오히려 보다 충실한 편이다.[237] 이는 시조의 전승이라는 자하 소악부의 창작 목적에 비추어 볼 때 중요한 방법적 특징이라고 할 수 있다. 의역을 통해 원시조를 변형시켜서는 시조의 전승이라는 목적을 이루기가 쉽지 않은 것이다. 바로 이러한 자하 소악부의 특징을 이유승과 원세순은 계승하고자 했던 것으로 보인다.

한역시의 형식미를 추구하는 과정에서 원시인 국문시가의 형식적 특성에 대한 인식 또한 심화되었을 것이리라 추측할 수 있다. 위의 서문들에서도 국문시가에서 리듬을 만들어내는 방식을 언급하는 모습이 보인다. 목구멍으로 장단을 조절한다든지 입술과 이의 움직임으로 소리의

---

236) 신은경, 「申緯 小樂府에 대한 문체론적 연구」, 『한국시가연구』 4, 한국시가학회, 1998, 311~342면 참조.

237) 권용정은 7언절구로 된 한역시가인 「東謳」 30수를 남겼으며, 이유원은 『가오고략』에 「소악부」 45수를 남겼다. 「동구」는 김형수의 『農家月俗詩』에 수록되어 있다. 원시조의 내용과 형식을 충실히 반영하는 문체적 특성이 자하 소악부에 있음은 황위주, 「朝鮮 後記 小樂府 硏究」(정신문화연구원 부속대학원 석사학위논문, 1983)와 신은경, 앞의 글, 334면 등에서 지적된 바 있다.

경중을 조절한다는 것과 같은 서술이 그러하다. 물론 이러한 논의는 매우 단편적인 것에 그칠 뿐이어서 아쉬움을 준다. 하지만 이 시기의 가집이나 총서 등 다른 저술들에서는 우리말의 음운에 대한 설명들이 이루어진 경우가 종종 보이는데, 이러한 작업과 함께 국문시가의 형식 및 그 재료인 우리말의 특성에 대한 인식을 심화시켜 나갔으리라 추정된다.

　이렇듯 19세기의 문인들은 국문시가와 한시의 언어적 차이에 대한 인식을 심화시킨 양상을 보인다. 이는 국문시가의 한역작업 자체에 의미를 부여하고자 했던 앞 시대의 경향에 비해 한 걸음 나아간 모습이라고 할 수 있다. 이제 국문시가 한역의 의미는 거의 명백한 것이었으며, 문제는 한역을 할 것인가 말 것인가의 문제라기보다 어떻게 잘 효과적인 한역을 할 수 있을까 하는 점이었다. 원시조의 영속적 전승이라는 목적에 기반한 신위의 한역방식에 대해 후대의 이유승과 원세순은 적극적으로 공감하였다. 그 방식은 바로 원시조에 충실하면서도 번역시의 아름다움을 추구하는 것이었다. 이러한 점들을 모색하고 실천했다는 점에서 19세기 시가 한역과 그에 딸린 비평의 의미를 새길 수 있다.

2. 가집 비평의 지속과 변이

18세기와 19세기를 거치면서 시조의 악곡이 분화 발전하고 왕실의 진찬연에서 쓰이기에 이르렀음은 앞에서 서술한 바와 같다. 이러한 상황에서 시조를 얹어 부르는 악조 및 악곡의 풍도風度에 대한 비평이 이루어지게 되었다. 이러한 비평은 평조·우조·계면조의 삼 악조와, 중대엽 및 삭대엽 계열의 여러 악곡들이 일으키는 느낌을 형용한 것으로 일종의 인상비평이라고 할 수 있다. 악조와 악곡에 대한 비평은 일차적으로는 음악에 대한 것이지만, 음악과 가사는 조화를 이룰 것으로 기대되었으므로 음악이 주는 인상은 가사의 내용이나 정조와도 연관된 것이라고 할 수 있다.

여기에서는 18세기 가집으로 추정되는 『청구영언』 홍씨본(18세기 후반)과 『해동가요』 박씨본(1760년대 이후) 및 주씨본(1767년 이후), 그리고 19세기 가집으로 추정되는 『청구영언』 육당본(1852년경)과 『해동가요록』(1852 / 1881), 『가곡원류』 국악원본(1872) 및 『금옥총부金玉叢部』(1885) 등을 대상으로 18~19세기 가집들에 나타난 음악적 비평을 악조와 악곡에 대한 것으로 나누어 살펴보기로 한다.238) 18세기 가집에 수록된 비평에 대해서는 앞의 장에서 다루는 것이 맞겠으나, 비교의 편의를 위해, 그리고 가집의 편찬 시기를 확실히 고정하기는 어렵다는 점을 감안하여 여기에서 함께 검토하도록 한다. 이어 『가곡원류』 및 『금옥총부』에 수록된 서발문을 고찰하여 민족어시가론의 추이를 살펴볼 것이다.

1) 악조의 특성에 대한 비평

악조에 대한 평어는 가집에 따라 짧게도 길게도 나타난다. 그런데 긴 평어는 짧은 평어들이 결합된 것이라서, 여러 가집의 평어들 사이에는 서로 겹치는 부분이 많이 존재한다. 이러한 양상을 비교하기 위하여 평어들을 내용에 따라 나누어 번호를 매겨 제시하면 아래와 같다.

---

238) 가집들의 편찬연대에 대해서는 신경숙 외, 『고시조 문헌 해제』, 고려대학교 민족문화연구원, 2012 참조.

조격	가집명	평어	해석
평조	청구영언 홍씨본	① 雄深和平.	① 웅심하고 화평하다.
	해동가요 박씨본	① 雄深和平. ② 黃鍾一動, 萬物皆春.	① 웅심하고 화평하다. ② 황종이 한 번 움직임에 만물이 봄을 맞는다.
		①-1 和平. ③ 洛陽三月, 邵子乘車, 百花叢裡, 按轡徐徐.	①-1 화평하다. ③ 낙양 삼월에 소옹이 수레 타고 온갖 꽃 만발한 곳으로 고삐 당기며 서서히 들어간다.
		①-1 和平. ④ "月到天心處, 風來水面時. 一般淸意味, 料得少人知."	①-1 화평하다. ④ "달은 하늘 가운데 이르고, 바람은 물 위로 불어오도다. 이러한 맑고 상쾌한 맛을 세상에 아는 사람 많지 않도다."239)
	해동가요 주씨본	⑤ 舜御南薰殿, 彈五絃琴, 解民慍曲. ①-2 聲律正大和平. ⑥ 哀而安. ① 雄深和平. ② 黃鍾一動, 萬物皆春.	⑤ 순임금이 남훈전에 오르셔서 오현금을 타시어 백성들의 원망을 풀어주는 곡이다. ①-2 성률이 정대하고 화평하다. ⑥ 애처롭고 맑으며 편안하다. ① 웅심하고 화평하다. ② 황종이 한 번 움직임에 만물이 봄을 맞는다.
	청구영언 육당본	① 雄深和平. ② 黃鍾一動, 萬物皆春. ③ 洛陽三月, 邵子乘車, 百花叢裡, 按轡徐行. ④ 詩曰: "月到天心處, 風來水面時. 一般淸意味, 料得少人知.	① 웅심하고 화평하다. ② 황종이 한 번 움직임에 만물이 봄을 맞는다. ③ 낙양 삼월에 소옹이 수레 타고 온갖 꽃 만발한 곳으로 고삐 당기며 서서히 들어간다. ④ 시에 이른다. "달은 하늘 가운데 이르고, 바람은 물 위로 불어오도다. 이러한 맑고 상쾌한 맛을 세상에 아는 사람 많지 않도다."
	해동 가요록	① 雄深和平. ② 黃鍾一動, 萬物皆春. ①-3 平調和. ③ 洛陽三月, 邵子乘車, 百花叢裡, 按轡徐徐.	① 웅심하고 화평하다. ② 황종이 한 번 움직임에 만물이 봄을 맞는다. ①-3 평조는 화평하다. ③ 낙양 삼월에 소옹이 수레 타고 온갖 꽃 만발한 곳으로 고삐 당기며 서서히 들어간다.

		① 雄深和平. ①-4 聲律正大. ② 黃鍾一動, 萬物皆春. ③ 洛陽三月, 邵子乘車, 百花叢裡, 按轡徐徐. ⑤-1 舜御南薰殿上, 彈五絃之琴, 歌南風之詩, 以和天下. ④ 月到天心處, 風來水面時. 一般淸意味, 料得少人知.	① 웅심하고 화평하다. ①-4 성률이 정대하다. ② 황종이 한 번 움직임에 만물이 봄을 맞는다. ③ 낙양 삼월에 소옹이 수레 타고 온갖 꽃 만발한 곳으로 고삐 당기며 서서히 들어간다. ⑤-1 순임금이 남훈전에 오르셔서 오현금을 타며 남풍시를 불러 천하를 화평하게 하신다. ④ "달은 하늘 가운데 이르고, 바람은 물 위로 불어오도다. 이러한 맑고 상쾌한 맛을 세상에 아는 사람 많지 않도다."
	가곡원류	① 雄深和平. ② 黃鍾一動, 萬物皆春. ③ 洛陽三月, 邵子乘車, 百花叢裡, 按轡徐徐. ⑤ 舜御南薰殿上, 以五絃之琴, 彈解民慍之曲. ①-2 聲律正大和平	① 웅심하고 화평하다. ② 황종이 한 번 움직임에 만물이 봄을 맞는다. ③ 낙양 삼월에 소옹이 수레 타고 온갖 꽃 만발한 곳으로 고삐 당기며 서서히 들어간다. ⑤ 순임금이 남훈전에 오르셔서 오현금을 타시어 백성들의 원망을 풀어주는 곡이다. ①-2 성률이 정대하고 화평하다.
우조	청구영언 홍씨본	① 淸壯疎暢.	① 맑고 씩씩하며 탁 트였다.
	해동가요 박씨본	①-1 淸壯激勵. ② 玉斗撞破, 碎屑鏘鳴.	①-1 맑고 씩씩하며 분기시킨다. ② 한 말이나 되는 옥이 부딪혀 깨지며 울린다.
		①-2 淸壯. ③ 項王躍馬, 雄劍腰鳴, 大江以西, 攻無堅城.	①-2 맑고 씩씩하다. ③ 항우가 오추마를 달려 긴 칼은 허리 아래에서 울고, 황하의 서쪽에서 공격하니 함락되지 않는 성이 없다.
		①-2 淸壯. ④ 雪淨胡天牧馬還, 月明羌笛戍樓間. 借問梅花何處落, 風吹一夜滿關山.	①-2 맑고 씩씩하다. ④ "눈 그친 오랑캐 땅 말들도 돌아가고, 달 밝은 수루에서 피리소리 들려온다. 매화는 어디에서 떨어지고 있는가. 밤 사이 바람 불어 관산에 가득하네."[240]

해동가요 주씨본	③-1 項羽躍馬, 喑啞叱 咤, 萬夫魂飛. ①-3 聲律淸澈壯勵.	③-1 항우가 오추마를 달려 큰 소리로 꾸 짖으니 일만 병사의 혼이 달아난다. ①-3 성률이 맑고 씩씩하며 분기시킨다.	
	⑤ 厲而擧. ①-1 淸壯激勵. ② 玉斗撞破, 碎屑鏘 鳴.	⑤ 높게 들어올린다. ①-1 맑고 씩씩하며 분기시킨다. ② 한 말이나 되는 옥이 부딪혀 깨지며 울린다.	
청구영언 육당본	舜御南薰殿上, 以五絃 琴, 彈解民慍之曲. 聲 律正大和平. (평조에 대한 ⑤, ①-2 평어의 와전.) ① 淸壯疎暢. ② 玉斗揀破, 碎屑鏘 鳴.	(순임금이 남훈전에 어거하실 때 오현금 을 타시어 백성의 원망을 푸시는 곡이 다. 그 성률은 정대하고 화평하다.) ① 맑고 씩씩하며 탁 트였다. ② 한 말이나 되는 옥이 부딪혀 깨지며 울린다.	
	③ 項羽躍馬, 雄劍腰 鳴, 大江以西, 攻無 堅城. ④ 詩曰: "雪淨胡天牧 馬還, 月明羌笛戍 樓間. 借問梅花何 處落, 風吹一夜滿 關山."	③ 항우가 오추마를 달려 긴 칼은 허리 아래에서 울고, 황하의 서쪽에서 공 격하니 함락되지 않는 성이 없다. ④ 시에 이른다. "눈 그친 오랑캐 땅 말들 도 돌아가고, 달 밝은 수루에서 피리 소리 들려온다. 매화는 어디에서 떨 어지고 있는가. 밤사이 바람 불어 관 산에 가득하네."	
해동 가요록	① 淸壯疎暢. ② 玉斗揀破, 碎屑鏘 鳴.	① 맑고 씩씩하며 탁 트였다. ② 한 말이나 되는 옥이 부딪혀 깨지며 울린다.	
	①-4 羽調壯. ③ 項羽躍馬, 雄釖腰 鳴, 大江以西, 攻無 堅城.	①-4 우조는 씩씩하다. ③ 항우가 오추마를 달려 긴 칼은 허리 아래에서 울고, 황하의 서쪽에서 공 격하니 함락되지 않는 성이 없다.	
	①-1 淸壯激勵. ①-5 聲律疎暢. ② 玉斗撞破, 碎屑鏘 鳴. ③ 項羽躍馬, 雄釖腰 鳴, 大江以西, 攻無 堅城. ⑥ 秦皇呑二周, 席捲 天下, 御阿房宮, 朝 六國諸侯.	①-1 맑고 씩씩하며 분기시킨다. ①-5 성률이 탁 트였다. ② 한 말이나 되는 옥이 부딪혀 깨지며 울린다. ③ 항우가 오추마를 달려 긴 칼은 허리 아래에서 울고, 황하의 서쪽에서 공 격하니 함락되지 않는 성이 없다. ⑥ 진시황이 서주와 동주를 삼키고 천하 를 석권하니 아방궁에 어거하여 여섯 나라의 제후들을 조회한다.	

		④ 雪淨胡天牧馬還, 月明羌笛戍樓間. 借問梅花何處落, 風吹一夜滿關山.	④ "눈 그친 오랑캐 땅 말들도 돌아가고, 달 밝은 수루에서 피리소리 들려온다. 매화는 어디에서 떨어지고 있는가. 밤 사이 바람 불어 관산에 가득하네."
	가곡원류	①-1 淸壯激勵. ② 玉斗撞破, 碎屑鏘 鳴. ③ [項羽躍馬], 雄釖腰 鳴, 大江以西, 攻無 堅城. ③-1 項羽躍馬, 鐵鞭橫 光, 暗啞叱咤, 萬夫 魂飛. ①-6 而聲律壯勵.	①-1 맑고 씩씩하며 분기시킨다. ② 한 말이나 되는 옥이 부딪혀 깨지며 울린다. ③ [항우가 오추마를 달려] 긴 칼은 허리 아래에서 울고, 황하의 서쪽에서 공 격하니 함락되지 않는 성이 없다. ③-1 항우가 오추마를 달려 쇠채찍을 휘 두르며 큰 소리로 꾸짖으니 일만 병 사의 혼이 달아난다. ①-6 성률이 씩씩하고 분기시키다.
계 면 조	청구영언 홍씨본	① 哀怨激烈	① 애처롭게 원망하고 격렬하다.
	해동가요 박씨본	①-1 哀冤悽愴. ② 忠魂沈江, 餘恨滿 楚.	①-1 슬프고 원통하며 처창하다. ② 굴원의 충혼이 강에 빠짐에 남은 한 이 초나라를 뒤덮는다.
		①-2 哀冤. ③ 令威去國千載.	①-2 슬프고 원통하다. ③ 정령위가 나라를 떠난 지 천 년이다.
		④ 洞庭西望楚江分, 水盡南天不見雲. 日落長沙秋色遠, 不知何處弔湘君.	④ "동정호 서쪽 바라보니 초강楚江이 나 뉘어 흐르고, 수평선 너머 남쪽 하늘 엔 구름 한 점 보이지 않네. 해 지는 장사長沙에는 가을빛이 아득한데, 어 디에서 상군湘君(娥皇과 女英)을 애도할 지 모르겠네."241)
	해동가요 주씨본	⑤ 王昭君辭漢入胡時, 雪飛風寒. ①-3 聲律鳴咽悽愴.	⑤ 왕소군이 한나라를 떠나 오랑캐 땅으 로 들어갈 때 눈보라 날리고 바람이 차다. ①-3 성률이 목메어 우는 듯 처창하다.
		⑥ 淸而遠. ①-1 哀冤悽愴. ② 忠魂沈江, 餘恨滿 楚.	⑥ 맑고 아득하다. ①-1 슬프고 원통하며 처창하다. ② 굴원의 충혼이 강에 빠짐에 남은 한 이 초나라를 뒤덮는다.
		⑤-1 王昭君辭漢入胡	⑤-1 왕소군이 한나라를 떠나 오랑캐 땅

청구영언 육당본	⑤-1 昭君辭漢往胡時, 白雪紛紛, 馬上彈琵琶. ①-3 聲律嗚咽悽愴. ① 哀怨激烈. ② 忠魂沈江, 餘恨滿楚.	으로 들어갈 때 눈보라 날리는데 말 위에서 비파를 탄다. ①-3 성률이 목메어 우는 듯 처창하다. ① 애처롭게 원망하고 격렬하다. ② 굴원의 충혼이 강에 빠짐에 남은 한이 초나라를 뒤덮는다.
	③-1 令威去國, 千載始歸, 纍纍塚前, 物是人非. ④ 詩曰: "洞庭西望楚江分, 水盡南天不見雲. 日落長沙秋色遠, 不知何處弔湘君."	③-1 정령위가 나라를 떠났다가 천 년 만에 돌아오니, 즐비한 무덤 앞에 산천은 예와 같되 인사는 그렇지 않다. ④ 시에 이른다. "동정호 서쪽 바라보니 초강楚江이 나뉘어 흐르고, 수평선 너머 남쪽 하늘엔 구름 한 점 보이지 않네. 해 지는 장사長沙에는 가을빛이 아득한데, 어디에서 상군湘君을 애도할지 모르겠네."
해동 가요록	① 哀怨激烈. ② 忠魂沈江, 餘恨滿楚.	① 애처롭게 원망하고 격렬하다. ② 굴원의 충혼이 강에 빠짐에 남은 한이 초나라를 뒤덮는다.
	①-4 烈. ③-1 令威去國, 千載始歸, 疊疊塚前, 物是人非.	①-4 격렬하다. ③-1 정령위가 나라를 떠났다가 천 년 만에 돌아오니, 즐비한 무덤 앞에 산천은 예와 같되 인사는 그렇지 않다.
	① 哀怨激烈. ①-5 聲律悽愴. ② 忠魂沈江, 餘恨滿楚. ③-1 令威去國, 千載始歸, 疊疊衆塚, 物是人非. ⑤-2 王昭君辭漢赴胡, 白雪紛紛, 手弄琵琶. ①-6 聲甚嗚咽. ⑦ 倢伃長信宮, 空階苔生, 玉輦不到, 黃昏花落, 拱頤脉脉. ④ 洞庭西望楚江分, 水盡南天不見雲.	① 애처롭게 원망하고 격렬하다. ①-5 성률이 처창하다. ② 굴원의 충혼이 강에 빠짐에 남은 한이 초나라를 뒤덮는다. ③-1 정령위가 나라를 떠났다가 천 년 만에 돌아오니, 즐비한 무덤 앞에 산천은 예와 같되 인사는 그렇지 않다. ⑤-2 왕소군이 한나라를 떠나 오랑캐 땅으로 들어갈 때 눈보라 날리는데 손으로 비파를 탄다. ①-6 소리가 매우 목메어 우는 듯하다. ⑦ 반첩여가 장신궁으로 물러나오니, 빈 섬돌엔 이끼만 끼고 임금의 수레는 이르지 않아, 꽃 지는 황혼에 말없이 턱을 괸다. ④ "동정호 서쪽 바라보니 초강楚江이 나

		日落長沙秋色遠, 不知何處弔湘君.	뉘어 흐르고, 수평선 너머 남쪽 하늘엔 구름 한 점 보이지 않네. 해 지는 장사長沙에는 가을빛이 아득한데, 어디에서 상군湘君을 애도할지 모르겠네."
	가곡원류	①-7 哀怨悽悵. ② 忠魂沉江, 餘恨滿楚. ③-1 令威去國, 千載始歸, 壘壘塚前, 物是人非. ⑤-1 王昭君辭漢往胡時, 白雪紛紛, 馬上彈琵琶. ①-3 聲律嗚咽悽悵.	①-7 애처롭게 원망하며 처창하다. ② 굴원의 충혼이 강에 빠짐에 남은 한이 초나라를 뒤덮는다. ③-1 정령위가 나라를 떠났다가 천 년 만에 돌아오니, 즐비한 무덤 앞에 산천은 예와 같되 인사는 그렇지 않다. ⑤-1 왕소군이 한나라를 떠나 오랑캐 땅으로 들어갈 때 눈보라 날리는데 말 위에서 비파를 탄다. ①-3 성률이 목메어 우는 듯 처창하다.

평조·우조·계면조 등 삼 악조의 특성에 대한 평어로 가장 간단한 것은 『청구영언』 홍씨본의 다음과 같은 것이다.

> 平調 雄深和平 (평조: 웅심하고 화평하다.)
> 羽調 淸壯疎暢 (우조: 맑고 씩씩하며 탁 트였다.)
> 界面調 哀怨激烈 (계면조: 애처롭게 원망하고 격렬하다.)

이러한 『청구영언』 홍씨본의 평어에 비해 『해동가요』 박씨본과 주씨본은 좀 더 자세한 평을 담고 있고, 또 이보다 더 많은 평어를 『청구영언』 육당본과 『해동가요록』, 그리고 『가곡원류』 등은 담고 있다.

『해동가요』 박씨본의 경우 세 종류의 평어가, 주씨본의 경우 두 종류의 평어가 실려 있는데, 평어의 수록 형태를 주씨본의 예로 살펴보면 다

---

239) 邵雍, <淸夜吟>.

240) 高適, <塞上聞笛>.

241) 李白, <遊洞庭>.

음과 같다.

各調體格

平調 舜御南薰殿上彈五絃琴 解民慍曲 聲律正大和平 (평조: 순임금이 남훈전에 오르셔서 오현금을 타시어 백성들의 원망을 풀어주는 곡이다. 성률이 정대하고 화평하다.)

羽調 項羽躍馬嗜啞叱咤萬夫魂飛 聲律淸壯激勵 (우조: 항우가 오추마를 달려 큰 소리로 꾸짖으니 일만 병사의 혼이 달아난다. 성률이 맑고 씩씩하며 분기시킨다.)

界面調 王昭君辭漢入胡時雪飛風寒 聲律嗚咽悽愴 (계면조: 왕소군이 한나라를 떠나 오랑캐 땅으로 들어갈 때 눈보라 날리고 바람이 차다. 성률이 목메어 우는 듯 처창하다.)

五音 宮商角徵羽 (오음: 궁상각치우)

八音 金石絲竹匏土草木 (팔음: 금석사죽포토초목)

依其言咏以歌歌卽永言語短聲暹 (그 말에 의지하여 노래로 읊는다. 노래는 곧 말을 길게 함이니, 말은 짧고 소리는 긴 것이다.)

平調 哀而安 雄深和平 黃鍾一動 萬物皆春 (평조: 애처롭고 맑으며 편안하다. 웅심하고 화평하다. 황종이 한 번 움직임에 만물이 봄을 맞는다.)

羽調 厲而擧 淸壯激勵 玉斗撞破 碎屑鏘鳴 (우조: 높게 들어올린다. 맑고 씩씩하며 분기시킨다. 한 말이나 되는 옥이 부딪혀 깨지며 울린다.)

界面調 淸而遠 哀冤悽愴 忠魂沈江 餘恨滿楚 (계면조: 맑고 아득하다. 슬프고 원통하며 처창하다. 굴원의 충혼이 강에 빠짐에 남은 한이 초나라를 뒤덮는다.)

위에서 보는 것처럼 『해동가요』 주씨본에는 "각조체격各調體格"이라는 제목 아래 평·우·계면조의 설명이 한 차례 나온 후 오음五音과 노래에 대한 설명 등이 간략히 나오고, 이후 다시 평·우·계면조에 대한 또 다른 설명이 한 차례 나온다. 이러한 형식으로 삼 악조에 대한 설명이 두 차례 제시되어 있다. 이와 유사한 형태로 박씨본의 평어도 기록되어 있는데, 평·우·계면조에 대한 설명이 세 차례 이어진다.

『해동가요』 박씨본과 주씨본에 나와 있는 평어들을 비교해 보면, 비교적 짧은 평어들은 유사한 형태로 공통적으로 나오는 데 반해, 조금 긴 형태의 평어는 서로 다르게 나오는 경우가 존재한다. 예를 들어 평조의 경우 ①의 "雄深和平"242)은 박씨본과 주씨본에 공통적으로 나온다. 그러나 ③ "洛陽三月, 邵子乘車, 百花叢裡, 按轡徐徐."243)와 ④ "月到天心處, 風來水面時. 一般淸意味, 料得少人知."244)는 박씨본에만 나오는 데 반해, ⑤ "舜御南薰殿, 彈五絃琴, 解民慍曲."245)은 주씨본에만 있다.

한편 평어의 길이가 길게 이어지는 편인 『청구영언』 육당본과 『해동가요록』, 그리고 『가곡원류』 등에 등장하는 평어들은 『해동가요』 박씨본과 주씨본에 나와 있는 평어들의 범위를 거의 벗어나지 않는다.246) 이를 비교해 보면 다음과 같다.

조격	가집명	평어	해동가요 비교
평조	청구영언 홍씨본	①	
	해동가요 박씨본	① ② / ①-1 ③ / ①-1 ④	
	해동가요 주씨본	⑤ ①-2 / ⑥ ① ②	
	청구영언 육당본	① ② ③ ④ / ⑤ ①-2 (우조로 잘못 기록됨)	박 주247)

---

242) 웅심하고 화평하다.
243) 낙양 삼월에 소옹이 수레 타고 온갖 꽃 만발한 곳으로 고삐 당기며 서서히 들어간다.
244) 달은 하늘 가운데 이르고, 바람은 물 위로 불어오도다. 이러한 맑고 상쾌한 맛을 세상에 아는 사람 많지 않도다.
245) 순임금이 남훈전에 오르셔서 오현금을 타시어 백성들의 원망을 풀어주는 곡이다.
246) 단, 『해동가요록』의 평어 중 우조에 대한 ⑥번 평어와 계면조에 대한 ⑦번 평어는 『해동가요』 박씨본이나 주씨본 어디에도 보이지 않는다.

	해동가요록	① ② / ①-3 ③ / ① ①-4 ② ③ ⑤-1 ④	박 주
	가곡원류	① ② ③ ⑤ ①-2	박 주
우조	청구영언 홍씨본	①	
	해동가요 박씨본	①-1 ② / ①-2 ③ / ①-2 ④	
	해동가요 주씨본	③-1 ①-3 / ⑤ ①-1 ②	
	청구영언 육당본	① ② / ③ ④	박
	해동가요록	① ② / ① ③ / ①-1 ①-4 ② ③ ⑥ ④	박
	가곡원류	①-1 ② ③ ③-1 ①-5	박
계면조	청구영언 홍씨본	①	
	해동가요 박씨본	①-1 ② / ①-2 ③ / ④	
	해동가요 주씨본	⑤ ①-3 / ⑥ ①-1 ②	
	청구영언 육당본	⑤-1 ①-3 ① ② / ③-1 ④	박 주
	해동가요록	① ② / ①-4 ③-1 / ① ①-5 ② ③-1 ⑤-2 ①-6 ⑦ ④	박 주
	가곡원류	①-7 ② ③-1 ⑤-1 ①-3	박 주

위의 표에서 보면, 『청구영언』육당본과 『해동가요록』, 그리고 『가곡원류』 등의 가집에는 『해동가요』박씨본과 주씨본의 영향이 대체로 골고루 확인된다. 이로 보아 삼 악조에 대한 비평은 원래는 여러 가집들에 짧게 존재하던 평어들을 누적하여 기록하는 방식으로 18세기와 19세기에 걸쳐 전개되었음을 알 수 있다.

『청구영언』육당본의 기록 중 평조에 대한 ⑤번 평어와 ①-2번 평어가 우조에 잘못 기록되어 있다는 점을 제외하면, 앞에서 살펴본 여러 가집들에서 삼 악조에 대해 설명하는 내용에는 큰 차이가 없다. 사실 삼

---

247) "박"은 박씨본, "주"는 주씨본.

악조에 대한 이러한 설명은 가집이 편찬되기 이전인 조선 전기부터 존재하던 것이었는데, 다음과 같은 예에서 이를 볼 수 있다.

남효온, 〈현금부玄琴賦〉

우조는 장대한 가락이라 / 항왕이 힘차게 말 몰아 / 명검을 허리에 울리며 / 큰 강 서쪽을 공격하여 / 견고한 성이 없는 듯하네 / 만조는 한가한 가락이라 / 금리 선생 / 초당에는 해가 긴데 / 아내가 잿불을 헤칠 때 / 토란과 밤 향기로운 듯하네 / 평조는 조화로운 가락이라 / 낙양 땅 삼월에 / 소자가 수레를 타고 / 온갖 꽃 우거진 속으로 / 고삐 풀고 천천히 가는 듯하네 / 계면조는 원통한 가락이라 / 정령위가 고향을 떠났다가 / 천년 뒤 비로소 돌아오니 / 즐비한 무덤 앞에 / 성곽만 의구하고 옛사람 사라진 듯하네248)

위의 예는 추강秋江 남효온南孝溫(1454~1492)의 부賦이다. 앞서 본 가집의 평어들과 이 글의 내용이 많은 부분 겹치는 것을 확인할 수 있는데, 아마도 남효온의 이 부를 따라 후대 가집의 평어들 중 일부는 이루어진 것인 듯하다. 이처럼 속악 삼 조에 대한 평어는 조선 전기로부터 후기에 이르기까지 크게 변화하지 않았다고 볼 수 있다. 다만 가집 편찬이 활성화되면서 기존에 존재하던 여러 평어들이 누적되고 여기에 새로운 평어가 덧붙여지면서 더 다채로운 양상을 띠게 되었다고 하겠다.

악조에 대한 평어가 이처럼 누적적으로 유사하게 전개된 데 비추어 볼 때, 병와 이형상의 견해는 독특한 점이 있어서 주목된다. 이를 보면 다음과 같다.

---

248) 羽調壯, 項王躍馬, 雄腰鳴, 大江以西, 攻無堅城. 慢調閒, 錦里先生, 艸堂日長, 山妻撥灰, 芋栗馨香. 平調和, 洛陽三月, 邵子乘車, 百花叢裏, 信轡徐徐. 界面調怨, 令威去國, 千載始歸, 纍纍塚前, 物是人非. <秋江集 권1, 玄琴賦>

이형상, 〈동방아속악〉

속악은 어떠한 것인가? 평조, 우조, 계면조이다. 무엇을 평조라 하는가?
온후하고, 화평하며, 웅장하고, 법 삼을 만하며, 질박하고, 돈독하며, 아정
하고, 순박한 것이다. 무엇을 우조라 하는가? 광달하고, 상쾌하며, 빼어나
고, 우뚝하며, 정돈되고, 재기 넘치며, 비통하고, 갈고닦는 것이다. 무엇을
계면조라 하는가? 기이하며 씩씩하고, 크고 특출하며, 초탈하고 거리낌 없이
넓으며, 얽히고설켜 빼어나며, 억누르다가는 부추기고, 호탕한 것이다.[249]

앞서 논의한 바 있는 『지령록』의 〈동방아속악〉의 한 부분이다. 평
조·우조·계면조라는 세 가지 악조는 이형상에게 독자적인 민족 악부
의 존립기반으로서 의미를 지니고 있었다.[250] 다시 말해, 평·우·계면
이라는 속악俗樂의 삼 악조는 이형상의 민족악부관을 수립하는 데 중요
한 근거가 된 존재인 것이다. 그런데 이에 대한 그의 인식은 여타 가집
에 드러나 있는 것과는 사뭇 다른 양상을 보인다.

위에서 평조에 대한 평어는 앞서 본 가집들의 평어와 별 차이를 보이
지 않는데, 평조는 대체로 화평하고 순정한 악조로 여겨진다. 우조에 대
한 평어 또한 가집의 평어와 대체로 유사한 편이나, 이 경우에는 차이가
나는 부분도 있다. 맑고 상쾌하다고 보는 것은 비슷한 면이나, 가집의
설명에서는 우조가 "항우의 고함소리"와 같은 씩씩한 소리로 형용되는
데 비해, 이형상의 평어에서는 이 같은 "장壯"의 평어는 없고 오히려 비
통한 느낌을 준다고 서술해 놓았다. 한편 이형상의 평어에서 다른 가집

---

249) 何俗樂也? 平調, 羽調, 界面調也. 何謂平也? 溫厚, 和緩, 雄縟, 典則, 樸實, 敦遠, 雅馴,
渾噩也. 何謂羽也? 曠逸, 清爽, 秀聳, 高俊, 整頓, 英發, 惻愴, 淬厲也. 何謂界面也? 奇
健, 拒特, 標拔, 放博, 縈紆, 警絶, 抑揚, 豪宕也. <지령록 책6>

250) 이러한 인식을 보여주는 기록은 다수인데, 앞에서 본 <古樂府>도 그 중 하나다. 각
주 205) 참조

들의 평어와 가장 이질적인 내용을 담고 있는 부분은 계면조에 대한 것이다. 계면조는 흔히 지극히 슬픈 소리로 인식되는 데 비해, 병와의 평어에서는 오히려 그것을 거리낌 없고 활달한 소리로 묘사한 것이다.[251]

삼 조의 성격에 대한 평어가 <동방아속악>조와 조선후기의 가집에서 이렇듯 이질적인 까닭은 무엇일까? 혹 이 삼 악조에 대한 이해는 시대에 따라 달랐던 것이 아닐까? 그러나 그렇지는 않은 것 같다. 평조와 우조, 계면조에 대한 설명이 <동방아속악>조의 기록과 이질적이기는 병와와 절친했던 동시대 이만부李萬敷(1664～1732)의 기록에서도 마찬가지이기 때문이다. 이를 보면 다음과 같다.

> 평조는 한가한 곡조니, 금리선생이 초당에서 긴 날을 보내는데 산골 아내는 재를 뒤적이고 토란과 밤은 향기 그윽한 것과 같다. 계면조는 원망하는 곡조니, 정령위가 학이 되어 천 년 후에 돌아왔는데 무덤들만 즐비하고 자연은 예와 같으나 인사는 변해 버린 것과 같다. 우조는 씩씩한 곡조이니, 항우가 오추마를 뛰게 하고 칼은 허리에서 우는데 큰 강 서쪽을 공격하니 온전한 성이 없는 것과 같다.[252]

위의 기록은 남효온의 <현금부>나 가집 소재 기록들과 그리 다르지 않다. 그런데 이만부는 이러한 평어가 지은이 미상의 금보琴譜에 기록되어 있던 것이라고 밝혀 놓았다.[253] 이로 보아 속악의 삼 조에 대한 설명

---

251) 삼 조의 특성에 대해 이형상은 단적으로 다음과 같이 언급하기도 한다. "行用歌曲, 竊以爲大綱如此而已. 緩則平, 楚則羽, 太豪則爲界面, 此與五音之羽, 亦異矣."(행용하는 가곡은 가만히 생각컨대 대강이 이와 같을 따름입니다. 느리면 평조, 청초하면 우조, 너무 호방하면 계면조가 되니, 이것은 오음 중의 羽音과 더불어 또한 다릅니다.) <瓶窩集 권7, 答李仲舒>

252) 平調閑, 錦里先生, 草堂日長, 山妻撥灰, 芋栗馨香. 界面調怨, 令威化鶴, 千年歸來, 累累塚前, 物是人非. 羽調壯, 項王躍馬, 雄劍腰鳴, 大江以西, 攻無全城. <息山集 권18, 書世傳琴譜詩後>

은 이형상의 당대나 전대에도 크게 다르지 않았던 것으로 짐작된다. 전대의 기록 중에는 이를 보여주는 예로 다음과 같은 것들도 있다.

> 일찍이 달밤에 세조가 영인伶人 허오許吾에게 지시하여 피리로 계면조【羽調를 세속에서는 계면조라 이른다.】를 불게 하였더니, 이를 듣고 슬퍼하지 않는 자가 없었다. 용瑢이 세조에게 이르기를, "대개 악樂이란 애련하면서도 마음을 상하게 하지 않는 것을 귀히 여기는데, 형은 어찌 계면조를 씁니까?"254)

> 또 계면조啓眠調가 있는데 그 소리가 슬프며 가련하고 서글펐다255)

이 기록들은 각기 세조대의 기록과 이순신의 기록이다. 둘 다 계면조에 대해 언급하였는데, 계면조를 슬픈 곡조로 본 것이 동일하다. 이러한 예를 통해 볼 때, 속악 삼 조에 대한 평어는 조선 전기로부터 후기에 이르기까지 크게 변화하지 않았다고 볼 수 있고, 그런 가운데 병와의 기록만 유독 이질적이라고 하겠다.

<동방아속악>조에는 각 조에 해당하는 선법旋法이 나와 있는데, 이를 통해 보면 이형상이 이해한 평조·우조·계면조의 선법이 일반적으로 이해되던 것과 달랐던 것으로 보인다. 그가 <동방아속악>에서 제시한 계면조는 일반적인 계면조의 선법과는 관계없이, 궁조宮調로 이루어진 평조에서 그 기준음만을 높게 잡은 일종의 우조였기에, 일반적인 계면조의 느낌과는 다를 수밖에 없었던 것이다.256)

---

253) "得俗傳琴譜, 有詩凡四関, 不知誰人所作也."(시속에 전하는 금보 한 권을 얻어 보니, 네 편의 시가 있는데 누가 지었는지는 모른다.) <윗글>

254) 嘗於月夜, 世祖教伶人許吾笛界面調【羽調俗謂之界面調】, 聞者莫不哀傷. 瑢謂世祖曰: "夫樂者, 貴哀而不傷, 兄何用界面調也? <世祖實錄 권1, 總序>

255) 又有啓眠調, 其聲悲憐哀慘. <亂中雜錄 권1, 戊子 萬曆十六年 宣祖二十一年>

조선 전기부터 존재한 평조·우조·계면조의 삼 악조에 대한 비평은 이처럼 대체로 유사하지만 서로 다른 양상을 보이기도 하면서 이어져 왔다. 『청구영언』과 『해동가요』 등 가집에서 이루어진 악조 비평 또한 평조와 우조가 혼동되는 등 부분적으로 상이한 부분이 있기는 했으나, 대개는 전부터 내려오던 비평의 내용과 일치하는 방향으로 전개되어 왔음을 확인하였다. 이러한 악조에 대한 이해는 뒤에 볼 곡조에 대한 이해와 함께 민족어시가론의 음악적 전제로 기능하면서, 국문시가의 미학적 특성에 대한 이해를 증진시킬 수 있었다.

2) 곡조의 특성에 대한 비평

중대엽 이하 삭대엽의 여러 파생곡들의 특징에 대한 설명은 앞에서 살펴본 가집들 중 『해동가요』 박씨본을 제외한 다른 모든 가집들에서 찾아볼 수 있다. 이러한 곡조의 특성에 대한 비평은 중대엽, 삭대엽, 후정화後庭花 등 세 항목에 대한 간략한 기록과, 중대엽 이하 농弄·락樂·편編에 이르기까지 여러 곡목에 대한 보다 세밀한 기록의 두 가지로 나누어 볼 수 있다. 이 중 간략한 기록은 『청구영언』 홍씨본과 육당본, 그리고 『해동가요록』에서 다음과 같이 똑같이 나타난다.

中大葉 徘徊 有一唱三歎之味
(중대엽: 배회하니, 한 번 부름에 세 번 감탄하는 맛이 있다.)
後庭花 低仰回互 有變風之態
(후정화: 오르고 내리기를 번갈아하니, 변풍의 모양이 있다.)

---

256) 이에 대해서는 김진희, 「이형상의 지령록 제6책에 쓰인 '평조·우조·계면조'의 의미」, 『동방학지』 163, 연세대학교 국학연구원, 2013 참조.

數大葉 宛轉流鶯 有軒擧之意
(삭대엽: 이리저리 나는 꾀꼬리니, 솟아오르는 뜻이 있다.)

그런데 이 내용은 『해동가요』 주씨본과 『가곡원류』 등에는 보이지 않
는다. 이에 비해 다음의 보다 복잡한 곡목 설명은 『청구영언』 홍씨본을
제외한 모든 가집에 공통적으로 나타난다. 이를 비교해 보면 작게는 자
구의 변동이 있고, 크게는 곡목의 종류와 순서가 바뀌거나 곡목에 대한
설명이 바뀌는 등의 차이가 있다. 이를 보면 다음과 같다.257)

가집	순서	곡조의 풍도형용
해주	1	初中大葉 風度 南薰五絃 形容 行雲流水 초중대엽: (풍도) 남훈전에서 순임금이 오현금을 탄다. (형용) 구름이 떠가고 물이 흐른다.
청육	1	初中大葉 南薰五絃 行雲流水
해요	1	初中大葉 南薰五絃 行雲流水
원류	1	初中大葉 南薰五絃 行雲流水
해주	2	二中大葉 風度 海闊孤帆 形容 平川挾灘 이중대엽: (풍도) 넓은 바다에 홀로 가는 배. (형용) 평평한 시내를 끼고 돌아가는 여울목.
청육	2	二中大葉 海闊孤帆 平川挾灘
해요	2	二中大葉 海闊孤帆 平川挾灘
원류	2	二中大葉 海闊孤帆 平川挾灘
해주	3	三中大葉 風度 項羽躍馬 形容 高山放石 삼중대엽: (풍도) 항왕의 말이 뛴다. (형용) 높은 산에서 돌을 떨어뜨린다.
청육	3	三中大葉 項羽躍馬 高山放石
해요	3	三中大葉 項羽躍馬 高山放石
원류	3	三中大葉 項羽躍馬 高山放石

257) 아래 표에서 "해주"는 『해동가요』 주씨본, "청육"은 『청구영언』 육당본, "해요"는 『해
동가요록』, "원류"는 『가곡원류』 국악원본을 가리킨다. 곡목의 설명에서 『해동가요』
주씨본과 차이가 나는 부분은 진한 글씨체로 표시하였다.

해주	4	初後庭花 風度 雁叫霜天 形容 草裡驚蛇 초후정화: (풍도) 서리 내리는 하늘가에 기러기 울고 간다. (형용) 풀 속에 있는 뱀이 놀라 달아난다.
청육	4	初後庭花 雁叫霜天 草裡驚蛇
해요	4	初後庭花 雁叫霜天 草裡驚蛇
원류	4	**後庭花** 雁叫霜天 草裡驚蛇
해주	5	二後庭花 風度 空閨少婦 形容 哀怨悽愴 이후정화: (풍도) 빈 규방에 홀로 있는 어린 각시. (형용) 애처롭게 원망하며 처창하다.
청육	5	二後庭花 空閨少婦 哀怨悽愴
해요	5	二後庭花 空閨少婦 哀怨悽愴
원류	5	二後庭花 空閨**怨婦 寂寞**悽愴
해주	6	初數大葉 風度 長袖善舞 形容 細柳春風 초삭대엽: (풍도) 긴 소맷자락으로 너울너울 춤춘다. (형용) 실버들이 봄바람에 나부낀다.
청육	6	初數大葉 長袖善舞 細柳春風
해요	6	初數大葉 長袖善舞 細柳春風
원류	6	初數大葉 長袖善舞 **綠**柳春風
해주	7	二數大葉 風度 杏壇說法 形容 雨順風調 이삭대엽: (풍도) 공자가 행단에서 설법한다. (형용) 비는 순조롭게 오며 바람은 알맞게 분다.
청육	7	二數大葉 杏壇說法 雨順風調
해요	7	二數大葉 杏壇**講禮** 雨順風調
원류	7	二數大葉 杏壇說法 雨順風調
해주	8	三數大葉 風度 轅門出將 形容 舞刀提賊 삼삭대엽: (풍도) 군영에서 출전하는 장수. (형용) 칼을 휘두르며 적을 들어올린다.
청육	8	三數大葉 轅門出將 舞刀提**戟**
해요	8	三數大葉 轅門出將 舞刀提**戟**
원류	8	三數大葉 軒門出將 舞刀提賊
해주	9	樂時調 風度 堯風湯日 形容 花爛春城 낙시조: (풍도) 요임금 시절의 기풍과 탕임금 시절의 모습. (형용) 꽃이 흐드러진 봄날의 성.
청육	13	**界羽樂時調** 堯風湯日 花爛春城

해요	9	樂時調 堯風湯日 花爛春城
원류	13	樂時調 堯風湯日 花爛春城
해주	10	編樂時調 風度 春秋風雨 形容 楚漢乾坤 편락시조: (풍도) 봄과 가을에 바람 불고 비 내린다. (형용) 초나라와 한나라가 천하를 다스린다.
청육	15	編樂時調 春秋風雨 楚漢乾坤
해요	10	編樂時調 春秋風雨 楚漢乾坤
원류	14	編樂時調 春秋風雨 楚漢乾坤
해주	11	搔聳 風度 暴風驟雨 形容 燕子橫飛 소용: (풍도) 폭풍우 몰아치고 비가 쏟아진다. (형용) 제비가 비껴 날아간다.
청육	11	栗糖數葉 暴風驟雨 燕子橫飛
해요	11	騷聳　　暴風驟雨 燕子橫飛
원류		X
해주	12	編搔聳 風度 猛將交戰 形容 用戟如神 편소용: (풍도) 사나운 장수들이 맞붙어 싸운다. (형용) 창을 귀신처럼 잘 쓴다.
청육	10	編騷聳耳 猛將交戰 用戟如神
해요	12	編騷聳　猛將交戰 用戟如神
원류	10	編騷聳耳 兩將交戰 用戟如神
해주	13	蔓橫 風度 舌戰群儒 形容 變態風雲 만횡: (풍도) 설전을 벌이는 유생들. (형용) 변화무쌍한 비바람과 구름.
청육	12	蔓橫　　舌戰群儒 變態風雲
해요	13	蔓數大葉 舌戰群儒 變態風雲
원류	11	蔓橫　　舌戰群儒 變態風雲
해주	14	編數大葉 風度 大軍驅來 形容 鼓角齊鳴 편삭대엽: (풍도) 대군이 몰려온다. (형용) 북과 나팔이 일제히 울린다.
청육	16	編數大葉 大軍驅來 鼓角齊鳴
해요	14	編數大葉 大軍驅來 鼓角齊鳴

원류	15	編數大葉 大軍驅來 鼓角齊鳴
해주		X
청육	9	騷聳 波濤漓涌 舟楫出沒 소용: 큰 파도가 용솟음친다. 뱃전의 노가 출몰한다.
해요		X
원류	9	騷聳耳 波濤漓涌 舟楫出沒
해주		X
청육	14	言樂時調 花含朝露 變態無窮 언락시조: 꽃이 아침 이슬을 머금는다. 변하는 모양이 무궁하다.
해요		X
원류		X
해주		X
청육		X
해요		X
원류	12	弄歌 浣紗淸川 逐浪鱗覆 농가: 맑은 내에 깁을 빤다. 물결 따라 출렁인다.

위의 표를 통해 보면, 자구의 변화와 같은 작은 변화는『청육』에 1회,『해요』에 2회,『원류』에 4회 등으로 나타나서,『원류』,『해요』,『청육』순으로『해주』와 차이를 보인다고 할 수 있다. 그러나 이보다 더 큰 차이인 곡목의 변화나 곡목에 대한 설명의 변화를 보면,『청육』이『해요』보다『해주』와 더 큰 차이를 보인다.

위 표의 하단에 음영으로 표시한 총 세 가지 경우는『해주』나『해요』에는 없고『청육』이나『원류』에만 있는 부분이다. 이 중 "소용" 악곡에 대한 설명은『청육』과『원류』가 서로 일치하고, 나머지 "언락시조" 및 "농가"에 대한 설명은 두 가집이 서로 다르다.

곡목의 순서와 종류에 있어서도 각 가집은 서로 상이한 양상을 보이는데, 이를 살펴보면 다음과 같다.

순서	해주	해요	청육	원류
1	初中大葉	初中大葉	初中大葉	初中大葉
2	二中大葉	二中大葉	二中大葉	二中大葉
3	三中大葉	三中大葉	三中大葉	三中大葉
4	初後庭花	初後庭花	初後庭花	後庭花
5	二後庭花	二後庭花	二後庭花	二後庭花
6	初數大葉	初數大葉	初數大葉	初數大葉
7	二數大葉	二數大葉	二數大葉	二數大葉
8	三數大葉	三數大葉	三數大葉	三數大葉
9	樂時調	樂時調	騷聳	騷聳耳
10	編樂時調	編樂時調	編騷聳耳	編騷聳耳
11	搔聳	騷聳	栗糖數葉	蔓橫
12	編搔聳	編騷聳	蔓橫	弄歌
13	蔓橫	蔓數大葉	界羽樂時調	樂時調
14	編數大葉	編數大葉	言樂時調	編樂時調
15	編樂時調		編樂時調	編數大葉
16			編數大葉	

위의 표에서 보면 『해주』와 『해요』의 곡목편차가 거의 일치하고, 『청육』과 『원류』도 서로 유사한 진행 양상을 보인다. 『해주』와 『해요』의 경우, 13번 "만횡"이 "만삭대엽"으로 바뀌고, 『해주』 15번 "편락시조"가 『해요』에는 없다는 것을 제외하면, 『해요』의 편차는 『해주』와 같다. 『청육』과 『원류』의 경우, 『청육』 11번 "율당삭엽"과 14번 "언락시조"가 『원류』에는 없어지고 『원류』 12번 "농가"가 생겼으며, 13번은 『청육』의 "계우락시조"가 『원류』의 "낙시조"로 이름이 달라진 것을 제외하면 『원류』의 편차는 『청육』과 같다.

위와 같은 사실로 보아 『해주』와 『해요』, 『청육』과 『원류』는 각기 서로 관련성이 큰 가집이라고 할 수 있다. 또한 『해주』, 『해요』와 같은 곡목편차가 『청육』, 『원류』와 같은 형태로 변화하면서 새로 악곡이 형성되고 편차가 달라지는 과정에서, 곡목에 대한 설명이 일부 바뀌거나 새로 생성되었음을 알 수 있다.

이러한 곡조에 대한 설명을 소개하면서 『해주』와 『청육』, 『원류』 등에서는 "가지풍도형용歌之風度形容"이라는 제목을 달아 놓았다. "노래의 풍도와 형용"이라는 뜻인데, 『해주』에서 보면 총 여덟 글자로 된, 곡조에 대한 소개글 중 전 4자를 "풍도"로, 후 4자를 "형용"으로 표시해 놓았음을 볼 수 있다. "풍도"란 예술적 특색이나 고상한 운치를 의미하는 풍격風格과 유사한 말이고, "형용"은 말 그대로 모습을 형상화하는 것이다.

그런데 "풍도"와 "형용"의 서술 방식에서 실질적인 차이를 찾기는 어렵다. 둘 다 비유적인 표현을 통해 곡조의 느낌을 표현한 것으로 비슷한 속성을 지니고 있는 것이다. 굳이 구분하자면 "형용"은 "풍도"에 대한 부연 정도로 이해해 볼 수 있을 듯하다. 한시의 풍격비평이 추상적 용어들을 통해 이루어지는 것에 비해 가지풍도형용은 이처럼 비유적으로 곡조의 인상적인 느낌을 드러낸다는 특색을 지니고 있다.

악조에 대한 비평이 조선 전기부터 나타나는 것과 달리 곡조에 대한 비평은 가집 편찬의 시대에 와서야 시작된 것으로 추정된다. 『해동가요록』에는 <가지풍도형용 14조목>을 서술하기에 앞서 다음과 같은 글이 실려 있는데, 풍도형용이 형성된 배경이 나와 있어 주목된다.

가지풍도형용 서문

무릇 노래를 부르는 법은 성음이 첫째요, 유식함이 둘째요, 장단은 그 말단이다. 그러므로 소리를 보면 그 사람의 기상을 볼 수 있으니, 소리가 온화하면 기상도 온화하고, 기상이 온화하면 마음도 온화하며, 마음이 온화하면 만사가 조화롭다. 만약 소리가 화평하지 않으면 몸과 명예에 해가 되니, 삼가지 않을 수 있겠는가? 노래라는 것은 먼저 성음의 청탁을 생각하고 다음으로 자운字韻의 고저를 분별하여 조격을 잃지 않고 악기반주에 맞춘 이후에 비로소 노래라 할 수 있는 것이다. 이러한 법은 전혀 모르고 다만 장단만 맞추고 있는 것을 어찌 노래라고 할 수 있겠는가? 자도自道 김노께서 가도歌道가 점차 사라짐을 크게 한탄하고 나 또한 이를 안타까이 여겨 어리석은 견해이나마 뒤에 조목조목 밝히었으니, 후인들로 하여금 알기 쉽게 하고자 함이다.258)

윗글에서는 노래를 함에 있어 소리의 특색과 그것이 표현하는 기상을 잘 표현할 수 있어야 한다는 점을 강조하고, 이와 관련하여 뒤에 조목조목 설명해 놓았다고 했다. 이때 설명한 내용이 바로 가지풍도형용인 것으로 이해된다. 한편 노래의 풍도에 대해 밝지 못한 당시의 상황을 개탄한 이로 "자도自道 김노"를 들었는데, "김노"는 "김 노가재", 즉 김수장일 수도 있겠으나 확실히는 알 수 없다. 어쨌거나 시가를 전문적으로 향유하던 가객들의 모임에서 가지풍도형용이 형성되었고, 이렇게 만들어진 가지풍도형용은 이후 가집들로 전승·변화·확장되었음을 알 수 있다.

한편 『해동가요록』에는 다른 가집들에서는 보이지 않는 가지풍도형용으로 다음과 같은 것이 또 있다.

初中大葉 行雲流水格 白雲行遏 流水洋洋
(초중대엽: 구름 가고 물 흐르는 격. 백운은 가다 멈추고 유수는 넓고 넓다.)

---

258) 夫唱歌之法, 聲音居其首, 有識居其次, 長短居其末矣. 故聲者足觀人之氣像也, 聲和則氣和, 氣和則心和, 心和則萬事和矣. 若夫聲不和平, 則必有害於身名, 可不慎乎? 咸爲歌者, 先念聲音之淸濁, 次分字韻之高低, 不失調格, 精於管絃, 然後始可謂歌也. 全昧如許之法, 只泊長短之類者, 豈可謂之歌乎? 自道金老, 深歎歌道之漸泯, 余亦慨然, 自忘愚見, 字字表之, 條陳于後, 以爲後之人易知焉. <해동가요록>

二中大葉 水流高低格 王孫臺卽 舞洛陽市

(이중대엽: 물이 높은 데서 낮은 데로 흐르는 격. 왕손의 누대에 올라 낙양에서 춤을 춘다.)

三中大葉 高山放石格 銀甁撞破 鐵騎突山

(삼중대엽: 높은 산에서 돌을 굴리는 격. 은병을 쳐서 깨트리고 철갑 기병들이 산으로 돌격한다.)

初後庭花 灘流滔滔格 睡罷紗窓 打起鶯兒

(초후정화: 여울물이 도도하게 흐르는 격. 비단창가에 잠이 깨어 꾀꼬리 소리에 일어난다.)

二後庭花 鴈叫霜天格 空閨少婦 對花怊悵

(이후정화: 서리하늘 아래 기러기 울고 가는 격. 빈 방에 젊은 여인이 꽃을 보고 슬퍼한다.)

右低仰回互 有變風之態

(위는 이리저리 돌고 돌며 변풍의 양태가 있다.)

初數大葉 皇風樂格 宛轉流鶯 軒仰風度

(초삭대엽: 황풍악격. 이리저리 나는 꾀꼬리가 솟구쳐 오르는 풍도.)

二數大葉 杏柵說法 變態浮雲259)

(이삭대엽: 공자님의 행단 설법, 변화무쌍한 구름.)

三數大葉 轅門楚將 舞刀提賊260)

(삼삭대엽: 군영에서 출전하는 초나라 장수, 칼을 휘두르며 적을 들어올린다.)

以上格上同

(이상은 위와 격이 같다.)

蔓橫 舌戰群儒 飛燕橫行

(만횡: 설전을 벌이는 뭇 선비들, 제비가 가로질러 난다.)

---

259) 『청구영언』 육당본과 『해동가요』에는 "杏壇說法 雨順風調"로, 『해동가요록』의 다른 부분에는 "杏壇講禮 雨順風調"로 되어 있다.

260) 『청구영언』 육당본과 『해동가요록』의 다른 부분에는 "轅門出將 舞刀提戟"으로, 『해동가요』에는 "轅門出將 舞刀提賊"으로 되어 있다.

右有自得圓雅之意

(위는 만족스러워하고 원만한 뜻이 있다.)

蔓數大葉 柳帶長風格 烟鎖艷枝 時拂苔磯

(만삭대엽: 버들에 센 바람 부는 격. 안개가 고운 가지 감싸고 때에 낚시
터를 털어 낸다.)

右有老龍爭珠之象

(위는 노룡이 여의주를 다투는 모양이 있다.)

樂時調 天下太平格 蕩子乘春 醉興無涯

(낙시조: 천하태평격. 탕자가 봄을 타고 취흥이 끝이 없다.)

編樂時調 格上同 花爛春城 萬和方暢

(편락시조: 격은 위와 같다. 꽃이 난만한 봄의 성터, 오만 화기 한창이다.)

右有浩浩蕩蕩之儀

(위는 호탕한 풍모가 있다.)

騷聳 疾風暴雨 用戰如神[261]

(소용: 질풍과 폭우, 귀신처럼 싸운다.)

編數大葉 大軍驅來, 金鼓齊鳴.[262]

(편삭대엽: 대군이 말을 몰고 오니 금북이 일제히 울린다.)

위의 풍도형용에는 앞에서 이미 본 다른 가집들의 풍도형용과 부분적
으로 유사한 부분도 있지만 새로운 내용을 담은 곳 또한 많다. 이러한
예를 통해 볼 때 곡조의 풍도형용에 대한 비평은 다층적으로 전개되었
던 것으로 추정된다. 한편으로는 이미 형성된 풍도형용이 전승되고 누
적·변형되는 양상을 보이면서 다른 한편으로는 새로운 형태의 풍도형
용이 형성되었던 것이다. 이러한 가지풍도형용 비평의 전개는 음악—문

---

261) 『해동가요록』의 다른 부분에는 "暴風驟雨 燕子橫飛"로, 『해동가요』에는 "暴風驟雨
飛燕橫行"으로, 『청구영언』 육당본에는 "波濤漪涌 舟楫出沒"로 되어 있다. 한편 이
세 가집 모두 編騷聳(耳)에 대해서는 "猛將交戰 用戟如神"으로 되어 있다.
262) 『해동가요』와 『해동가요록』의 다른 부분에는 "大軍驅來 鼓角齊鳴"으로 되어 있다.

학의 복합체로서의 시조 장르가 지닌 미학적 특징들을 인식하는 데 당
대에 일조할 수 있었다.

3) 서발문 비평

앞 시대의 가집에 수록된 서발문들은 민족어시가론의 전개에서 중요
한 역할을 담당하였다. 이 절에서는 19세기의 대표적 가집인 박효관·안
민영의 『가곡원류』와 안민영의 개인가집인 『금옥총부』에 수록된 서발문
들을 통해 가집 비평의 변화 양상을 살펴보고자 한다. 『가곡원류』 국악
원본에는 서문격으로 『능개재만록能改齋謾錄』[263])의 일부가 실려 있고, 박
효관의 발문이 달려 있다. 『금옥총부』에도 서문격으로 『능개재만록』의
일부가 실려 있기는 마찬가지인데, 박효관과 안민영의 서문이 또한 여
기에는 수록되어 있다. 이러한 기록들 중 먼저 『가곡원류』의 발문을 보
면 다음과 같다.

> **박효관, 〈가곡원류발〉**
>
> 내가 매양 가보歌譜를 보니 시속時俗의 노래가 순서와 명목이 없어서 보
> 는 이로 하여금 상세히 알 수 없게 한다. 그러므로 문하생 안민영과 서로
> 상의하여 악보를 간략히 취하여 우조와 계면조 등 명목과 순서를 나누어
> 베껴 새로 가보歌譜를 만들어 후인들로 하여금 쉽고 명료하게 고찰하게 하
> 고자 한다.
> 그러나 우조와 계면조는 본디 고착된 것이 아니고 또한 서로 옮아가는

---

263) 『능개재만록』은 중국 南宋의 문인 吳曾이 남긴 저술이다. 『가곡원류』 및 『금옥총
부』와 관련된 부분은 이 책의 「악부」 권16과 17에 들어 있던 것인데, 이것이 1246
년 송나라 祝穆이 편찬한 『事文類聚』를 통하여 전승되었다. 문주석, 『歌曲源流 新
考』, 지성인, 2011, 51~59면 참조.

권변지도權變之度가 있으니 노래하는 자의 변통에 달려 있다. 혹 우조로 계
면조를 삼고 계면조로 우조를 삼으며, 삭대엽과 농·락·편이 서로 옮겨
가면서 불리기도 하니, 오로지 악보상의 명목에 집착하는 것은 옳지 않다.
『운휘』의 평상거입, 고저청탁도 때에 따라 변하고 합하는 이치가 있다. 또
한 소위 여창사설女唱辭說이란 것도 여창에만 고정되지 않고 남창사설男唱辭
說 중에서 옮겨온 것이 있으니, 또한 그 이치를 잘 아는 이가 아니면 이해
하기 어려울 따름이다.

노래는 비록 하나의 기예이나 태평성대 기상氣像의 원류源流이다. 옛날에
는 위로 재상으로부터 아래로 백성에 이르기까지 뜻이 높고 속되지 않은
사람이 노래를 짓고 불러서 그 뜻을 나타내고 마음을 펴곤 하였으니, 흥
興·비比·부賦를 읊은 그 풍치는 『시경』의 아雅·송頌·국풍國風과 서로
표리를 이룬다. 율려律呂와 음양陰陽이 상생하는 이치, 그리고 자음字音의
청탁淸濁과 고저高低의 운韻이 법도에 맞으면 사람의 뜻을 감발시키고 즐거
워도 음란하지 않게 된다. 무릇 읊고 노래하는 법도란 마음이 바르지 않으
면 그 소리 또한 바르지 않게 되는 것이니, 이 어찌 군자의 정음正音이 아
니겠는가?

최근 경박하고 변변찮은 모리꾼들이 서로 몰려다니며 비루한 풍속을 은
근히 펴뜨리고, 혹은 한가로움을 틈타 희롱하는 자들이 뿌리 없는 잡요雜
謠와 우스꽝스러운 짓거리를 가지고 귀한 자 천한 자 할 것 없이 전두纏頭
를 주며 이러한 습속을 북돋운다. 이것이 어찌 옛날의 현인과 군자가 즐기
던 정음正音의 여파라고 하겠는가? 나는 정음이 끊어짐을 개탄해 마지않아
가곡 작품들을 간략히 가려 뽑아 한 권의 악보로 만들어 구절마다 고저高
低와 장단長短의 점수點數를 표시하여 후일 여기에 뜻이 있는 자에게 귀감
과 표준이 되게 하고자 한다.264)

---

264) 余每見歌譜, 則無時俗詠歌之第次名目, 使覽者未能詳知, 故與門生安玟英相議, 略聚各
　　譜, 分其羽界名目第次, 抄爲新譜, 欲使后人, 昭然易考. 而羽界非本係着者, 亦推移有權
　　變之度, 唯在歌者之變通, 而或以羽爲界, 以界爲羽, 數大葉弄樂編, 互相推移歌之, 非徒
　　以譜上名目偏執可也. 韻彙之平上去入, 高低淸濁, 亦有權變合勢之理也. 且所謂女唱辭
　　說, 亦非女唱坪係着者也, 男唱辭說中移以爲之者也, 亦非會理通神者, 則不可解得者也
　　爾. 歌雖一藝, 乃聖世太平氣像之源流也. 古者上自卿宰, 下至黎庶, 志高不俗之人, 有製

박효관의 이 발문은 앞 시대의 『청구영언』 서발문에 비해 보수적인 색채를 띠고 있는 것이 사실이다. 『청구영언』의 서발문이 여항의 노래들에 대해 적극적으로 긍정하는 데 반해 윗글에서는 여항의 '잡요'에 대해 비판적인 시각을 보이고 있다. 그러나 달리 보면 이는 앞 시대의 시각에 비해 국문시가에 대해 더한층 긍정적인 시각을 표현하고 있다고 할 수도 있다. 앞 시기 『청구영언』과 『해동가요』의 편찬자들이 시조를 모아 가집을 만드는 자신들의 행위를 변호하려는 입장에 서 있었다면, 윗글에서 박효관은 더 이상 변호의 입장이 아니라 자부하는 태도를 보인다. 그는 자신과 안민영이 추구하는 시조 예술을 "군자의 정음"이라고 표현하기를 서슴지 않으며, 반면 자신들의 감식안을 따라오지 못하는 보다 대중적인 시가들에 대해 비판하고 있는 것이다. 시가에 대한 인식이 이렇게 바뀔 수 있었던 데에는 앞 시대 시가 문화의 비약적 발전과, 이에 기인한 왕실의 가곡 사용, 그리고 여타 여항 예술의 외연 확대 등이 그 배경이 놓여 있다.

한편 윗글에서 박효관은 가곡을 부르는 방법의 미묘함에 대해서도 길게 서술하였는데, 가곡의 높은 예술성을 드러내는 데 서술의 초점이 놓여 있다. 『가곡원류』의 서두에 『능개재만록』의 <논곡지음論曲之音>을 인용한 것도 이러한 측면과 관련이 있는 것으로 보인다. 그런데 중국의 전적을 인용하는 데 주로 기대고 가곡의 예술성에 대한 나름의 이론을 더

有唱, 述其志, 敍其懷, 而興賦比諷詠之趣, 與詩三白雅頌國風, 相爲表裏. 律呂陰陽相生之理, 字音清濁高低之韻, 不踰其矩, 可以感發人之志而樂而不淫者. 凡詠歌之度, 心不正則聲不正, 是豈非君子之正音乎? 挽近俗末碌碌謀利之輩孜孜相趨, 薰然共化於鄙吝之習, 或倘閑爲戲者, 以無根之雜謠, 謔浪之駭擧, 貴賤爭與纏頭習尙, 奚有古賢人君子爲正音之餘派者? 余不勝慨歎其正音之泯絶, 略抄歌闋爲一譜, 標其句節高低長短點數, 俟後人有志於斯者, 爲鑑準焉. <歌曲源流(國樂院本)>

발전시키지 못한 것은 아쉬운 점이다.

또한 『가곡원류』의 서두에는 <논곡지음>에 앞서 "가곡원류"라는 말
로 시작하는 『능개재만록』의 또 다른 부분도 인용하여 놓았는데, 이를
인용함으로써 가곡의 정도正道에 대한 생각을 대신 표현하고자 했던 것
으로 보인다. 이는 앞서 언급하였듯이 당대의 여항 가요들에 대한 비판
과 맥이 닿아 있는 것으로 자신들의 시가문화에 대한 자부심이 반영되
어 있다. 그러나 이것이 앞 시대의 민족어시가론을 이어 조선 가곡에 대
한 특수성의 논의로 나아가지 못한 점은 역시 안타까운 일이다. 『능개재
만록』을 인용한 『가곡원류』의 서두 부분은 다음과 같다.

가곡원류 서문(능개재만록)

『시경』의 삼백 편 시는 상나라와 주나라의 노랫말이다. 그 말이 예의를
지키니, 성인聖人께서 필요 없는 것은 줄이고 취하여 경전으로 삼으셨다.
주나라가 쇠퇴하고, 정나라와 위나라의 음악이 만들어지자 시의 성률聲律
은 폐지되었다. 한나라가 일어나자 악관인 제씨制氏가 오히려 그 성률을
전하더니, 원제元帝와 성제成帝의 시대에 이르러 창악倡樂이 크게 성하여 인
척과 제후, 정릉定陵 부평富平의 외척들이 음탕하고 사치함이 도가 지나쳐,
군왕과 여악女樂을 다투어 즐기기에 이르렀으니, 제씨가 전한 바도 마침내
절멸하여 들을 수 없다. 『문선文選』에 실린 악부시樂府詩와 『진지晉志』에 전
하는 <갈석碣石>[265] 등 고악부古樂府에 실린 것은 그 이름이 삼백 개나 되
는데, 진나라와 한나라 때부터의 노랫말이다. 그 근원은 정나라와 위나라
에서 나온 것으로, 대개 한때의 문인文人들이 느낀 바가 있어 세태에 따라
지은 것이다. 다시 오호五胡의 난에 북방이 분열하여 북위와 북제, 우문씨
의 북주, 모두가 강성한 오랑캐 종족들로 중원에 웅거했기에, 그 노래들은

---

265) 『가곡원류』 '碣石'은 '碣石'의 와전인 듯하다. 『樂府詩集』 권53 「舞曲歌辭三」, 「晉拂
舞歌」 중에 <碣石篇>이 있다. 이 작품의 가사는 魏의 武帝가 지었고, 악곡은 晉의
악을 썼다고 한다.

중화中華와 오랑캐가 뒤섞여 빠르고 급하며 비루하고 속되어 다시는 절주
節奏가 없게 되고 고악부의 성률은 전하지 못하게 되었다.

주나라 무제武帝 때 구자국龜玆國의 비파 연주공 소지파蘇祇婆가 처음으로
"칠균七均"(宮·商·角·徵·羽·變宮·變徵)을 말하고, 우홍牛洪과 정역鄭譯이
그것을 늘려 84악조가 비로소 그 싹을 보였다. 당나라의 장문숙張文叔과 조
효손祖孝孫이 교묘郊廟의 악樂을 토론하여 이에 그 수가 크게 갖추어졌다.
개원開元(당현종 전기의 연호, 713~741)과 천보天寶(당현종 후기의 연호, 742~756)
연간 사이에 이르러 군신君臣이 더불어 음란한 음악을 하였고, 현종 황제
는 더욱 오랑캐의 음악에 빠져 천하가 온통 이러한 풍속을 이루었다. 재주
있는 선비들이 처음으로 악공의 박단拍袒 소리에 의거하여 가사 구절의
장단長短을 맞추어 각기 그 곡의 형식에 따르게 되었으니, 『서경書經』에 이
른바 소리는 길게 읊음에 의지한다는 옛 이치를 더욱 잃게 되었다. 온정균
溫庭筠과 이상은李商隱의 무리들이 홀연히 한때의 정취를 펴자 이것이 유전
하였는데, 음란하고 외설적이어서 들을 수 없었다. 송나라가 일어났지만, 큰
학자로서 문필력이 천하에 묘한 자도 오히려 그 유풍을 따라 방탕해 마지않
아 사방에서 전하여 부르니 빠르기가 마치 비바람 같았다. <능개재만록>266)

남송南宋(1127~1279)의 문인 오증吳曾이 저술하였다는 『능개재만록』에 수
록된 윗글은 중국 시가의 변천 과정을 서술하고 있다. 그런데 그 서술의

---

266) 詩三百篇, 商周之歌詞也. 其言止乎禮儀, 聖人刪取以爲經. 周衰, 鄭衛之音作, 詩之聲律
廢矣. 漢興, 制氏猶傳其鏗鏘, 至元成間, 倡樂大盛, 貴戚王侯, 定陵富平, 外戚之家, 淫
侈過度, 至與人主爭女樂, 而制氏所傳, 遂泯絶無聞焉. 文選所載樂府詩, 晋志所載碣[碣]
石等篇, 古樂府所載其名三百, 秦漢以下之歌辭也. 其源出於鄭衛, 蓋一時文人有所感發,
隨世俗容態而有作也. 更五胡之亂, 北方分裂, 元魏·高齊·宇文氏之周, 咸以戎狄强種,
雄據中夏, 故其謳謠, 雜揉華夷, 焦殺急促, 鄙俚俗下, 無復節奏, 而古樂府之聲律不傳.
周武帝時, 龜玆琵琶工蘇婆者, 始言七均, 牛洪·鄭譯, 因而演之, 八十四調, 始見萌
芽. 唐張文叔·祖孝孫, 討論郊廟之樂, 其數於是乎大備. 迄于開元天寶間, 君臣相與爲
淫樂, 而明皇尤溺於夷音, 天下薰然成俗. 於是乎才士始依樂工拍袒之聲, 被之辭句之長
短, 各隨曲度, 而愈失古之聲依永之理也. 溫李之徒率然抒一時情致, 流爲淫艶猥藝, 不
可聞之語. 我宋之興, 宗工鉅儒文力妙天下者, 猶祖其遺風, 蕩而不知所止, 四方傳唱, 敏
若風雨焉. 能改齋謾錄. <가곡원류(국악원본)>

방향이 매우 보수적이어서, 주나라 때의 시가를 이상적인 것으로 설정하고 이후의 시가는 문란한 왕과 신하들, 오랑캐 문화의 영향 등으로 인해 악화 일로에 놓인 것으로 제시하고 있다. 이는 앞 시대에 민족어시가론을 전개하며 중국의 시가 변천 과정을 되짚어 본 것과는 그 방향이 사뭇 다르다. 앞 시대에는 중국의 시가 변천 양상을 소개하며 궁극적으로 시와 가는 본래 하나였고, 금악今樂이 곧 고악古樂임을 강조하였다. 이에 반해 윗글에서는 금악, 곧 지금의 노래에 대한 긍정적 시각을 찾을 수 없다.

박효관과 안민영이 『가곡원류』를 편찬하며 『능개재만록』의 이 글을 서두로 삼은 이유는 무엇일까? 윗글의 논리대로라면 『가곡원류』는 오랑캐 땅에서 불린 말세의 노래들을 모은 것일 뿐이고 따라서 훌륭한 가치를 지니리라 기대하기 어려운 것이 되므로, 이러한 글을 서두로 붙인다는 것은 자가당착에 빠지는 일이 된다. 그러나 『가곡원류』의 편찬자들이 윗글의 "오랑캐"에 투영한 것은 자신들이 아니라 "뿌리 없는 잡요雜謠"를 부르는 동시대의 여항인들이었을 것이다. 그리고 자신들은 이러한 사람들과는 반대되는, 중화中華의 악樂에 근접한 "옛날의 현인과 군자가 즐기던 정음"의 담지자라고 자부하였을 것으로 짐작된다.

한편 안민영이 지은 가집인 『금옥총부』에는 박효관의 서문과 안민영의 서문이 실려 있어서 참고가 된다. 이 글들에서는 공통적으로 자신들의 음악적 재능을 자부하며 동시에 홍선대원군 이하응李昰應(1820~1898) 및 그의 장남 이재면李載冕(1845~1912) 등과의 예술적 교류를 과시하고 있다. 이를 보면 다음과 같다.

박효관,〈운애서雲崖序〉

구포동인 안민영은 자가 성무 또는 형보고, 호는 주옹이다. 구포동인은 국태공國太公(홍선대원군)이 하사한 아호雅號다. 그는 성품이 본래 고결하고 자못 운치가 있으며, 산수를 좋아하고 공명을 구하지 않아, 구름과 더불어 놀고 호방하기로 일을 삼았으며, 노래를 짓는 데 뛰어나고, 음률에 정통하였다. 이때에 오직 석파대로石坡大老(홍선대원군)와 우석상공又石相公(이재면)께서 또한 음률에 환히 통달하여 장고를 잘 치셨다. 주옹이 자기를 알아주는 사람으로 여겨 이 분들을 항상 모시고 지내면서, 새로운 노래 수백 수를 지어 나에게 음의 고저와 청탁淸濁이며 율려의 어울림과 절주의 부합 등을 교정해 줄 것을 부탁하였다. 솜씨 좋은 악공들에게 이를 가르쳐 관현악 반주에 맞추어 노래해 즐거운 놀이로 삼았으므로, 내가 지식이 얕고 재주가 둔함에도 불구하고 교정하여 한 편의 가집을 만들어 후학에게 전하기를 바란다. 병자년(고종13, 1876) 7월 16일, 운애옹雲崖翁 박효관이 필운산방弼雲山房에서 쓰니, 방년 77세요, 자는 경화다.[267]

안민영,〈주옹자서周翁自序〉

운애雲崖 박 선생(박효관)은 평생 노래를 잘하여 당대에 명성이 높았다. 물 맑고 꽃 피는 밤이나, 달 밝고 바람 맑은 날이면 언제나 술단지를 꺼내 놓고 단판檀板(박자를 맞추는 악기)을 두드리며 목청을 굴려 소리하니 그 소리가 아름답고도 맑아 어느새 들보의 티끌을 흩날리며 구름까지 닿으려 하여, 비록 예전 당나라의 이구년李龜年(당 현종 때의 명창)이라 해도 그 재주가 이에서 더함이 조금도 없을 것이다. 그러므로 교방教坊과 기생집의 풍류랑과 사녀士女들이 모두 받들어 그의 이름과 자를 부르지 않고 박 선생

---

267) 口圃東人安玟英, 字聖武, 又荊寶, 號周翁. 口圃東人卽國太公所賜號也. 性本高潔, 頗有韻致, 樂山樂水, 不求功名, 以雲遊, 豪放爲仕, 又善於作歌, 精通音律. 時惟石坡大老及又石相公, 亦曉於音律, 聖於擊缶. 周翁爲知己, 人長常陪過而爲之, 作數百関新歌, 要余校正高低淸濁, 協律合節. 使訓才子賢伶, 彼以管絃唱, 爲勝遊樂事, 故不避識蔑才鈍, 校正爲一編, 願流傳後學焉. 歲赤鼠夷則月旣望, 雲崖翁朴孝寬書于弼雲山房, 方年七十七, 字景華. 〈金玉叢部〉

이라 칭하였다.

이러할 때 우대의 몇몇 노인들이 있어 모두 당대의 호걸이었는데, 계를 조직하여 "노인계"라 하였다. 또 호화롭고 부귀하여 음풍농월하는 사람들이 있어서, 이들도 계를 조직하여 "승평계"라 하여 오직 잔치자리에서 즐기는 것만을 일삼았는데, 여기에서 선생은 사실상의 맹주盟主였다. 나도 이러한 일을 매우 좋아하고 선생의 풍류를 남몰래 사모하여 허심히 서로 따른 지가 이제 40년이 되었다.

아! 우리들이 세상에 나서 성세聖世를 만나 함께 천수를 누리니, 위로는 국태공國太公 석파대로께서 계시어 온갖 정사 다 보시며 사방을 교화하시어 예악과 법도가 빼어나게 새로워졌으며 음악과 율려에 관한 일에 이르러서는 정통하지 않음이 없고, 뒤를 이어 우석상서께서는 더욱 밝으셨으니, 어찌 천년에 한 번 오는 때가 아니겠는가?

내가 고무되어 일어나는 생각을 금치 못하여 외람되기를 무릅쓰고 벽강 김윤석 군과 더불어 확인하여 이에 새로운 노래 몇십 수를 지으니, 성대한 덕을 노래하여 하늘을 모사하고 해를 그리는(제왕의 덕행을 드러내는) 정성을 부쳤다. 또 전후에 읊은 노래 수백 곡을 모아 한 책을 만들었다. 삼가 선생께 질의하여 취사선택하고 윤색한 후에야 완벽하게 되었다. 이에 이름난 기생, 악공들이 관현에 올려 서로 화답하기를 다투니 또한 일대의 훌륭한 일이다. 이 곡보曲譜의 끝에 어찌 기록하여 뒷날 뜻을 같이 하는 사람들로 하여금 다 함께 우리가 이 세상에 태어나 이와 같은 즐거움이 있었음을 알게 하리오? 선생의 이름은 효관孝寬이요, 자는 경화景華고, 호號는 운애雲崖인데, 국태공께서 주신 호이다. 고종18(17)년 경진년(1880) 12월, 구포동인 안민영(자는 성무, 처음의 자는 형보, 호는 주옹) 서하다.268)

---

268) 雲崖朴先生, 平生善歌, 名聞當世. 每於水流花開之夜, 月明風淸之辰, 供金樽, 按檀板, 喉轉聲發, 劉亮淸越, 不覺飛樑塵而渴於雲, 雖古之龜年, 善才無以加焉. 以故敎坊句欄風流才士, 冶遊士女, 莫不推重之不名與字, 而稱朴先生. 時則有友臺某某諸老人, 亦皆當時聞豪傑之士也, 結稧曰, 老人稧. 又有豪華富貴及遺逸風騷之人, 結稧曰, 昇平稧, 惟歡諛娛讌樂, 是事而先生實主盟焉. 余酷好是道, 竊慕先生之風, 虛心相隨, 將四十年于玆. 噫! 吾儕生逢聖世, 共踏壽域, 而上有國太公石坡大老, 躬攝萬機, 風動四方, 禮樂法度傑然更張, 而至音樂律呂之事, 無不精通, 繼而又石尙書, 尤皦如也, 豈非千載

『금옥총부』에 실린 위의 두 서문은 저자인 박효관과 안민영이 서로의 풍류를 치켜세우는 내용으로 되어 있다. 박효관의 <운애서>에서는 안민영의 고결함과 운치, 호방함과 더불어 안민영이 시가의 창작과 이론에 능했던 사실을 서술하였다. 그런가 하면 안민영의 <주옹자서>에서는 박효관이 가창에 뛰어나 모든 사람의 존경을 받았던 사실을 기록했다.

앞 시대의 『청구영언』이나 『해동가요』의 서발문과 비교해 보면, 『금옥총부』의 두 서문에 그려진 풍류의식은 한층 더 도도하다. 『청구영언』과 『해동가요』에 대한 김천택 혹은 김수장의 서발문에서는 노래의 전승이 끊길 것이 두려워서 가집을 편찬한다고 하였다. 이에 비해 『금옥총부』 서문의 저자들은 자신들이 누리는 풍류의 절정에 대한 자긍심을 한껏 드러낼 뿐 두려워하거나 변명하는 기색 같은 것은 보이지 않는다.

안민영과 박효관이 호방한 풍류를 과시하고 자신들의 시가 활동을 정음正音의 구현이라고 자부할 수 있었던 데에는 당대의 시가문화가 그 배경으로 자리하고 있었다. 앞서 보았듯이 19세기에 들어 가곡은 궁중악으로 편입되며 고급문화로서 입지를 다지게 되었고, 19세기 후반에 와서는 윗글들에서도 나타나듯이 흥선대원군과 그의 장자 이재면 등이 가곡을 애호하면서 더욱 그 위상을 높일 수 있었다.

고급문화로서의 입지를 다진 시조에 대한 비평적 인식은 풍도형용을 통해, 또 선택적 한역 작업을 통해 작품들의 미학적 특징을 밝히는 쪽으로 나아갔다. 하지만 이에 대한 보다 본격적인 논의를 거친 시조시학의

時也歟? 余不禁鼓舞作興之思, 不避猥越, 與碧江金允錫君, 仲相確, 酒作新飜數十関, 歌詠盛德, 以寓慕天繪日之誠. 又輯前後漫詠數百閲, 作爲一篇. 謹以就質于先生, 存削之潤色之然後成完璧. 於是名姬賢伶被之管絃, 競唱迭和, 亦一代勝事也. 奚錄于曲譜之末, 使後來同志人, 咸知吾儕之生斯世, 而有斯樂也? 先生名孝寬, 字景華, 號雲崖, 國太公所賜號也. 上之十八年庚辰臘月, 口圃東人安玫英, 字聖武初字荊寶號周翁序. <위의 책>

수립은 20세기에 와서야 이루어질 수 있었다. 그것은 20세기 신문물이 수입되면서 시조가 고급문화에서 구시대적 통속문화로 전락할 위기를 맞았을 때였다. 신문물이라는 새로운 타자 앞에서 민족어시가로서의 시조의 가치는 다시 한 번 재인식되었다. 이때 그것은 서구의 문예학적 틀에 입각한 본격적이고 분석적인 형태를 띠고 있었다.

제 8 장

부르는 시詩의 비평사

고전시가는 노래다. 향가로부터 시조와 가사에 이르기까지 고전시가의 장르들은 기본적으로 선율에 얹어 부르는 형식으로 향유되었다. 물론 그 선율의 종류는 간단히 민요조로 흥얼거리는 것부터 국가의 가악으로 쓰일 만큼 복잡한 형식을 지닌 것까지 다양했다. 그러나 그것들이 언제나 부르는 형식으로 존재했다는 점에서는 변함이 없다. 그리고 후대로 갈수록 그 음악적 형식은 더욱 세련되어지고 다양해져서 민民과 관官의 가악이 서로 뒤섞이며 더 많은 사람들이 더 전문화된 노래를 즐길 수 있게 되었다.

그런데 노래는 시와 대립하는 개념이었다. 그리고 그러한 대립 구도는 다시 몇 가지 다른 대립적 개념들과 연결되어 있었다. 예를 들면 다음과 같은 것들이다.

　노래: 시
　국문: 한문

민중: 지식인
저급: 고급
동방: 중화
주변: 중심

여기에서 노래가 속한 왼쪽 열은 오른쪽 열에 비해 열등한 것으로 인식되기 쉬웠다. 권력을 지닌 지식인의 편에는 국문으로 된 노래가 아니라 한문으로 된 시가 있었기 때문이다. 이러한 이분법적 구도는 중세적 보편중심주의의 강화와 함께 신라와 고려를 넘어 조선에 접어들면서 더 견고해져 갔다.

고려 전기에 최행귀가 균여 대사의 향가 <보현시원가>에 대해 보여주었던 자긍심과 주체성은 이후의 시가 비평사 어디에서도 찾아보기 힘들다. 최행귀는 향가를 당시唐詩, 즉 한시와 대비해 설명했지만, 그러한 설명의 어디에도 향가를 당시에 비해 열등하게 인식한 부분은 없다. 오히려 당시에 대비해도 손색이 없는 향가의 형식적·내용적 가치를 당시의 가치와 대등하게 드러내고자 하였다.

그러나 유교를 중심으로 한 중국 문화의 영향이 갈수록 커지는 가운데, 신라인들과 고려인들이 보여준 것과 같은 국문시가에 대한 사랑과 자긍심은 사그라졌다. 역성혁명을 통해 고려가 전복되고 조선이 건국되는 과정에서 고려조의 다른 문화들과 마찬가지로 고려의 우리말 노래 또한 심한 비판의 대상이 되었고, 결과적으로 우리말 노래는 위축될 수밖에 없었다.

고전시가 비평사는 이러한 불리한 조건 속에서 이어져 왔다. 노래를, 자국어를, 민중문화를 열등한 축에 속하는 것으로 보는 이원론적 사고 체계 내에서 노래의, 자국어의, 민중문화의 의미를 찾으려고 애쓴 흔적이 고전시가 비평사의 다른 이름이다. 그것은 비루하고 저속한 말이라는 뜻의 "비리지사鄙俚之詞"라는 비판에서부터, 진정한 시라는 의미의 "진시眞詩"라는 평어에 이르기까지, 우리말 노래에서 서정의 본령을 찾는 여정이었다. 그 여정은 효용론에서 출발하여 표현론으로 선회하며 이어졌다.

고려말기부터 조선전기까지 국문시가는 작품이 독자에게 미치는 영향을 중시하는 효용론적 시각에서 옹호될 수 있었다. 익재 이제현은 노래를 통해 백성의 풍속을 살필 수 있다는 "채시관풍采詩關風"(여기서의 시는 가와 분리되기 이전의 시다.)의 시각에 입각하여 고려속요를 수집하고 번역하였으며, 이러한 일을 후배 문인에게 독려하기도 하였다. 이는 통치의 이익을 궁극적으로 추구하는 것이므로 분명 정치적이고 효용론적인 시각이다. 그러나 그러한 효용론의 전제가 되는 것은 국문시가에 백성들의 삶과 감정이 진실되게 반영되어 있다는 점이다. 그러한 점에서 이제현이 보여 준 "채시관풍"의 시각에는 작품을 통해 작가의 감정을 표현한다는 표현론적 전제가 깔려 있다고도 볼 수 있다.

한편 조선전기로 오면 국문시가에 대한 효용론적 접근은 교화론적 색채를 한층 더 띠게 된다. 이때 그것은 시가의 내용에 대한 규제를 전제로 하였다. 조선초의 문인 관료들은 "관풍"을 명분으로 속요를 수용한 고려조의 이제현과는 달리, 고려속요를 "음사淫詞", 즉 음란한 노래로 비판하며 그것이 청자에게 미치는 부정적 영향과 비윤리성을 규탄했다. 효용론적 시각을 중심으로 시가를 바라본다는 점에서는 선초와 여말의 시각이 같다. 그러나 청자를 통치자에 한정하지 않고 일반 백성들에게까지 넓히면서 결과적으로 시가의 교화론적 기능과 내용적 윤리성을 강조하게 되었다는 점은 선초의 시가론이 여말과 다른 점이다.

시가의 윤리성이 중시되는 선초의 상황에서, 남녀상열지사男女相悅之詞

가 많았던 고려속요는 16세기 무렵까지 대다수의 궁중악에서 퇴출되기에 이른다. 이때 효용론적 시각에 입각하여 국문시가를 옹호할 수 있었던 길은 그것의 내용이 지닌 윤리성을 강화하는 것이었다. 그러한 방향은 주세붕과 이황의 논의를 거치면서 공고해졌다. 유학자들에게 있어 가악은 본래 통치의 도구일 뿐 아니라 심성수양의 방편이기도 하다. 이 중 특히 심성수양의 도구로서 주세붕과 이황 등은 도학적인 내용을 담은 시가 향유의 필요성을 역설하였다.

특히 이황은 주세붕과 달리 시가가 청자에게 미치는 교화의 측면에만 논의를 국한시키지 않고, 작자 자신의 생각과 느낌을 표현한다는 서정적 자아의 상황을 주목하였다. 이황이 제시한 이러한 유교적 서정론은 그의 인품과 업적을 바탕으로 조선조 내내 영향력 있는 시가론의 기틀이 될 수 있었다. 이후의 수많은 문인들이 이황의 연시조 <도산십이곡>을 전범으로 스스로 시가를 짓고 또 자신들의 시가 창작을 정당화할 수 있었던 것이다.

그러나 시가의 서정적 가능성은 독자에게 미치는 효용보다 작자가 경험하는 표현의 중요성을 강조하면서 더 넓어질 수 있었다. 무엇보다 17세기로 넘어오면서 조선의 지식인들은 더 이상 이황이 말한 것과 같은 온유돈후한 내용만을 시가에 담기 어려웠다. 당쟁의 격화 및 임진왜란과 병자호란 등 내우외환을 겪으면서 조선사회는 계속되는 혼돈에 빠져들고 있었다. 그러한 사회현실 속에서 시가의 주제와 표현의 영역은 다양해질 수밖에 없었다. 이제 시가는 더 이상 온화한 내용만을 담아야 할 것으로 기대되지 않게 되었다. 그것은 오히려 슬픔과 분노와 같은 불평한 마음을 드러내고 초월적 의지를 표현하는 데서 그 가치가 발견되었다. 그리고 그러한 발견 속에서 노래는 진솔한 정서를 표현하는 진정한 시로서 인식되게 된다.

송강 정철의 탁월한 시가 작품과 그에 대한 후인들의 흠모와 비평이 표현론에 입각한 민족어시가론을 견인하는 역할을 하였다. 절실한 감정을 표현함으로써 강렬한 정서 작용을 일으키는 시가 작품들에 대한 적극적 평가가 이어졌고, 17세기의 신흠, 홍만종, 김만중과 같은 문인들은 이러한 표현론적 의의를 국문시가 일반에 대해 표명하기에 이른다. 지봉 이수광의 가사 <조천록>에 대한 신흠의 논의에서 국문시가는 한시에 뒤지지 않는 가치를 지닌 것으로 논의되고, 김만중은 한문학을 포함한 당대의 모든 작품들 중에서 가장 뛰어난 것으로 송강의 가사 작품들을 꼽기에 이른다. 이처럼 17세기의 표현론적 민족어시가론은 시와 노래는 하나라는 "시가일도론詩歌一道論"으로부터 노래야말로 진정한 시라는 "가즉진시론歌卽眞詩論"으로 나아간다.

17, 18세기에 국문시가는 비평적 시각을 전제로 한 취사선택의 과정을 거치며 한역되기도 하고 가집의 형태로 편찬되기도 했다. 또한 필기문학과 총서류 저작의 집필이 활성화되면서 민족어시가의 가치와 역사에 대한 인식이 점차 깊어져 갔다. 17세기 후반 홍만종이 이미 가집 편찬의 선편을 잡았고, 18세기의 이정섭, 홍대용 등도 가집 편찬의 사상적 근거를 제공하며 스스로 그 편찬을 주도하기도 하였다. 한편 그 가운데 세대인 이형상은 유교적 효용론과 교화론을 중시하면서도 국문시가에 대한 방대한 비평 작업을 통해 국문시가에 대한 주체적 인식을 키워 나갔다. 또한 이러한 양반 사대부 문인들과 함께 김천택, 김수장 같은 중인 가객들 역시 가집 편찬을 주도하며 악조와 곡조에 대한 인상비평을 통해 국문시가에 대한 이해를 심화시켰다.

18세기 후반의 유득공에게 와서 민족어시가론은 정점에 이른다. 저속하다고 비판되던 시가의 내용은 오히려 진정성이라는 측면에서 지고한 가치가 되고, 이러한 진정성을 담지 못한 일부 한시들은 사라져야 마땅하다는 강한 비판이 그의 논의에서 이루어졌다. 이후 19세기로 접어들면 비평의 초점은 국문시가의 가치를 드러내는 것 자체보다 그것의 효과적인 전승방향과 같은 보다 실제적인 문제에 놓이게 된다. 민간의 시조 문화가 왕실로 편입되고 가악의 종류와 수용자층이 한층 넓어지고 다양해져 가던 상황에서, 17·18세기의 문인들이 애써 입증하고자 했던 시가의 표현론적 가치는 이제 당연한 전제가 되었다. 대신 논의의 대상은 어떻게 하면 시가의 예술성을 높일지, 또 어떻게 예술성을 담보한 효과적인 방법으로 시가를 한역하여 보전할지와 같은 문제가 되었다.

19세기 말, 개항 이후 서구 문물이 수입되면서 조선사회는 대변혁기를 겪게 되었다. 유구한 전통의 한학도 점차 역사의 뒤편으로 사라지게 되었고, 절대 사라지지 않을 것처럼 보이던, 시가의 대립항인 한시도 소멸의 길을 걸었다. 그러나 시가는 여전히 살아 있었고, 또 여전히 이원적 틀 속에서 인식되었다. 한시가 사라진 공간에 새롭게 근대시의 영역이 들어왔고, 고전시가와 근대시라는 이항대립 아래로 다시 "부르기와 쓰기", "민중과 지식인", "대중문화와 본격문학", "저급과 고급"의 대립항들이 따라붙었다. 중세 보편문화에 대한 지향은 사라졌지만 그 자리에는 다시 신문물에 대한 동경이 들어섰고, 민족 개념은 강해졌지만 "구문화"인 민족문화에 대한 열등감은 오히려 더 커졌다.

근대에 대한 동경은 중세 보편주의에 대한 지향보다 그 열망의 정도가 결코 작지 않았다. 그와 함께 "부르기와 쓰기", "민중과 지식인", "대중문화와 본격문학", "저급과 고급"의 이항 대립들은 어쩌면 더 깨기 힘든 것이 되었다. 전근대의 민족어시가론은 "부르기/민중/문화"와 같은 열등하다고 여겨진 개념들에 대한 인식을 쇄신함으로써 진실한 서정을 찾아가는 여정이었다. 반면 근대시와 대립관계에 놓인 고전시가의 가치는 "쓰기 / 지식인 / 본격문학"의 편에 섬으로써 획득될 수 있는 것으로 여겨졌다. 이를 위해 서구의 문예이론을 수용하며 고전시가의 시학이 본격적으로 연구되었다. 쓰고 읽는 문학으로서, 개인의 내밀하고 섬세한 감정을 참신한 형식에 담아 표현하는 근대시의 일부로서 고전시가는 거듭나고자 했다.

20세기에 들어와 전근대시기의 옛 노래들을 지칭하기 위해 시詩와 가歌는 시가詩歌라는 새로운 용어로 처음 합쳐졌다. 그러나 그러한 용어로 불리게 된 국문시가는 역설적이게도 이때에 와서 비로소 시와 가의 분리를 겪게 되었다. 시조를 중심으로 하여 국문시가는 더 이상 불리는 노래로서 존재하기를 멈추고 시의 영역으로 들어가리라고 선언되었다.

하지만 "부르는 시"로서의 가치를 찾고자 노력한 전근대 시가 비평의 존재를 잊지 말아야 할 것이다. 이항대립적 인식 속에서 타자화된 "부르는 시"로서의 시가가 지닌 가치를 찾는다는 것은 계급과 제도의 틀을 넘어 진정한 서정을 찾고자 하는 노력이었기 때문이다. 기술의 발달과 매체의 변화로 문학과 문화, 순수예술과 대중예술의 경계가 흐려지고 예술의 제도와 권위가 허물어지며 예술의 존재양식이 다변화되고 있는 오늘날의 사회에서, "그들만의" 폐쇄된 문학형식이 아니라 누구에게나 열려 있고 아름다우며 진정한 예술을 찾고자 했던 고전시가의 비평담론들은 다시금 새로운 의미를 우리에게 던져 주고 있다.

참고 문헌

1. 자료

『歌曲源流』(국악원본)

『嘉梧藁略』

『經國大典』

『敬亭集』

『高麗史』

『孤山遺稿』

『均如傳』

『金玉叢部』

『琴合字譜』

『錦湖遺稿』

『及菴詩集』

『聾巖集』

『湛軒書』

『陶山十二曲板本』

『桐巢遺稿』

『東埜集』

『晚悟遺稿』

『武陵雜稿』

『瓶窩集』

『沙村集』

『三家樂府』

『三國史記』

『三國遺事』

『三峯集』

『世宗實錄』

『西浦漫筆』

『石灘集』

『仙石遺稿』

『成宗實錄』

『星湖僿說』

『松江集』

『松巖集』

『水南放翁遺稿』

『水西先生文集』

『旬五志』

『時用鄕樂譜』

『息山集』

『樂章歌詞』

『藥泉集』

『樂學軌範』

『安和堂私集』

『梁琴新譜』

『陽村集』

『浣巖集』

『洽齋書種』

『大東野乘』

『玉所稿』

『浣巖集』

『慵齋遺稿』

『益齋亂稿』

『林下筆記』

『雜卉園集』

『楞村集』

『存齋集』

『竹溪志』

『中宗實錄』

『芝峰類說』

『芝湖集』

『靑丘永言』 (진본, 육당본)

『淸溪歌詞』

『秋江集』

『漆室遺稿』

『太宗實錄』

『退溪集』
『寒碧堂文集』
『海東歌謠』(박씨본, 주씨본)
『海東歌謠錄』
『玄琴東文類記』
『玄琴新證假令』

국립국악원 편,『한국음악학자료총서』, 은하출판사, 1989.
김흥규 외 편,『고시조 대전』・고려대학교 민족문화연구원, 2012.
박승훈 외 역,『水西集』, 대보사, 1996.
박을수,『時調의 序跋類聚』, 아세아문화사, 2000.
신경숙 외,『고시조 문헌 해제』, 고려대학교 민족문화연구원, 2012.
심재완,『歷代時調全書』, 세종문화사, 1972.
윤영옥,『안민영이 읊은 가사 금옥총부 해석』, 문창사, 2007.
이형상,『瓶窩全書』, 韓國精神文化硏究院, 1982.
정구복 외,『역주 삼국사기』, 한국정신문화연구원, 1997.
정긍식 외 역,『譯註 經國大典註解』, 한국법제연구원, 2009.
정주동・유창균 교주,『진본 청구영언』, 대성출판사, 1987.
최철・안대회 역주,『譯註 均如傳』, 새문사, 1986.
허흥식,『韓國金石全文』中世上, 亞細亞文化社, 1984.
홍만종,『旬五志』, 이민수 역, 을유문화사, 1974.
홍만종,『洪萬宗全集』, 태학사, 1986.
황충기 편저,『校注 海東歌謠』, 국학자료원, 1994.

국사편찬위원회, 한국사 데이터베이스 <http://db.history.go.kr>
한국고전번역원, 한국고전종합DB <http://db.itkc.or.kr>

2. 논저

강명관,『국문학과 민족 그리고 근대』, 소명출판, 2007.
강전섭,「漆室 李德一의 憂國歌帖」,『국어국문학』 31, 국어국문학회, 1966.
_____,「淸溪歌詞中의 短歌 86首에 對하여」,『어문학』 19, 1970.
_____,「賞春曲의 作者를 둘러싼 問題－逸民歌와 賞春曲의 和同性」,『동방학지』 24, 연세대학교 국학연구원, 1980.

고미숙, 『18세기에서 20세기 초 한국 시가사의 구도』, 소명출판, 1998.

_____, 『19세기 시조의 예술사적 의미』, 태학사, 1998.

고영진, 「기획: 조선사회를 어떻게 볼 것인가 조선사회의 정치·사상적 변화와 시기구분」, 『역사와현실』 18, 한국역사연구회, 1995.

길진숙, 『조선 전기 시가예술론의 형성과 전개』, 소명출판, 2002.

김경미, 「朝鮮後記 小說論 硏究」, 이화여자대학교 박사논문, 1994.

김명순, 『조선후기 한시의 민풍 수용 연구』, 보고사, 2005.

김사엽, 「存齋集, 閨壺是議方과 田家八曲」, 『瀛西高秉幹博士 頌壽紀念論叢』, 경북대학교, 1960.

김상진, 『16·17세기 시조의 동향과 경향』, 국학자료원, 2006.

김영만, 「曹友仁의 歌辭集 頤齋詠言」, 『어문학』 10, 한국어문학회, 1963.

김영진, 「유득공의 생애와 교유, 年譜」, 『대동한문학』 27, 대동한문학회, 2007.

김영호, 「玄默子 洪萬宗의 靑丘永言 編纂에 관하여―新發見 洪萬宗 著述 覆瓿藁의 靑丘永言序 및 梨園新譜序를 중심으로」, 『대동문화연구』 61, 성균관대학교 대동문화연구원, 2008.

김용찬, 『18세기의 시조문학과 예술사적 위상』, 월인, 1999.

_____, 「청구영언 진본의 성격과 편찬의식」, 『어문논집』 35, 고려대학교 국어국문학연구회, 1996.

김윤조, 「樗村 李廷燮의 生涯와 文學」, 『한국한문학연구』 14, 한국한문학회, 1991.

_____, 「『고운당필기』 연구―諸 異本에 대한 검토―」, 『대동한문학』 26, 대동한문학회, 2007.

김주한, 「韓國漢文學批評硏究의 近況과 問題點」, 『모산학보』 11, 동아인문학회, 1999.

김진희, 「시조 시형의 정립 과정에 대하여―악곡과 관련하여」, 『한국시가연구』 19, 한국시가학회, 2005.

_____, 「조선전기 강호가사의 시학」, 『한국시가연구』 24, 한국시가학회, 2008.

_____, 「원세순 편 三家樂府의 특성과 의미」, 『고전문학연구』 41, 한국고전문학회, 2012.

_____, 「甁窩 李衡祥의 樂府觀을 통해 본 芝嶺錄 第六冊의 체재와 의미」, 『한국시가연구』 33, 2012.

_____, 「冶齋 柳得恭의 한역시가 東人之歌 연구」, 『동방학지』 159, 연세대학교 국학연구원, 2012.

_____, 「이형상의 지령록 제6책에 쓰인 '평조·우조·계면조'의 의미」, 『동방학지』 163, 2013.

김현식, 「마천별곡 연구」, 『한국문화』 38, 서울대학교 규장각 한국학연구원, 2006.

김흥규, 『조선후기 시경론과 시의식』, 고려대학교 민족문학연구소, 1982.

남정희, 「18세기 京華士族의 시조 향유와 창작 양상에 관한 연구」, 이화여자대학교 박사학위논문, 2002.

려기현, 「병와 이형상의 樂論 연구(2)」, 『반교어문연구』 12, 반교어문학회, 2000.

문주석, 『歌曲源流 新考』, 지성인, 2011.

박애경, 『한국 고전시가의 근대적 변전과정 연구』, 소명출판, 2008.

박을수, 『韓國 詩歌文學史』, 아세아문화사, 1997.

박재민, 「향가 대중화의 기반에 대한 소고」, 『한민족어문학』 68, 한민족어문학회, 2014.

송준호, 『柳得恭의 詩文學 研究』, 태학사, 1984.

신경숙, 『조선후기 시가사와 가곡 연행』, 고려대학교 민족문화연구원, 2011.

신은경, 「申緯 小樂府에 대한 문체론적 연구」, 『한국시가연구』 4, 한국시가학회, 1998.

안대회, 『朝鮮後期詩話史研究』, 국학자료원, 1995.

_____, 「17세기 비평사의 시각에서 본 김만중의 복고주의문학론」, 『민족문학사연구』 20, 민족문학사학회, 2002.

양태순, 『고려가요의 음악적 연구』, 이회문화사, 1997.

윤덕진, 「18세기 가사의 연구 試論」, 『애산학보』 14, 애산학회, 1993.

_____, 『선석 신계영 연구 – 역주 선석유고 합철』, 국학자료원, 2003.

이능우, 『李朝時調史』, 이문당, 1956.

이동연, 『19세기 시조예술론』, 월인, 2000.

이민홍, 『朝鮮中期詩歌의 理念과 美意識』, 성균관대학교출판부, 1993.

이상원, 『17세기 시조사의 구도』, 월인, 2000.

장사훈, 『國樂論攷』, 서울대학교출판부, 1966.

전일환, 「玉鏡軒 孤山別曲 研究」, 『국어국문학』 102, 1989.

전형대, 『한국고전비평 연구』, 책세상, 1987.

정요일, 『漢文學批評論』, 인하대학교출판부, 1990.

조규익, 『선초악장문학연구』, 숭실대학교출판부, 1990.

조동일, 『한국문학통사』, 지식산업사, 1994.

조윤제, 『朝鮮詩歌史綱』, 동광당서점, 1937.

진동혁, 『古詩歌研究』, 하우, 2000.

최재남, 「육가의 수용과 전승에 대한 고찰」, 『관악어문연구』 12, 서울대학교 국어국문학과, 1987.

_____, 『士林의 鄕村生活과 詩歌文學』, 국학자료원, 1997.

최 철, 「균여전·삼국유사 향가 기록의 쟁점(Ⅰ)」, 『문학한글』 7, 한글학회, 1993.

하윤섭, 「17~8세기 '민족어문학론'에 대한 재검토」, 한국어문학국제학술포럼, 2008.

찾아보기

ㄱ